i

为了人与书的相遇

王静芝/著

# 诗经通释

## 风

广西师范大学出版社
·桂林·

**图书在版编目(CIP)数据**

诗经通释 / 王静芝著. —— 桂林：广西师范大学出
版社, 2022.7

ISBN 978-7-5598-4618-1

Ⅰ.①诗… Ⅱ.①王… Ⅲ.①古体诗 – 诗集 – 中国 –
春秋时代②《诗经》– 注释 Ⅳ.①I222.2

中国版本图书馆CIP数据核字(2022)第013061号

广西师范大学出版社出版发行

广西桂林市五里店路9号　邮政编码：541004
网址：www.bbtpress.com

出　版　人：黄轩庄
责任编辑：揭志勇
特约编辑：张　卉
装帧设计：赤　祥
内文制作：李丹华
全国新华书店经销
发行热线：010-64284815
北京盛通印刷股份有限公司

开本：850mm × 1168mm　1/32
印张：40.5　字数：847千字
2022年7月第1版　2022年7月第1次印刷
定价：238.00元

如发现印装质量问题，影响阅读，请与出版社发行部门联系调换。

# 诗从平易见艰辛

## —— 思忆静芝先生的国学教育

张大春

静芝先生，是我在辅仁大学读书时期的系主任和研究所所长。我大学入学的第一天头一堂课，即是静芝先生亲自主持及讲述的系务与课程介绍。其中最重要的课题是：我们的学系不应如俗称之"辅大中文系"，而该正名为"辅大国文系"。"称中文系，就是把自己放在一个外国人的地位了。"他再三强调。这句话可以算是我的大学国文或者国学导读的第一章、第一节、第一个主题旋律。四十多年后想来，静芝先生当时的谆谆切切，确有远见。

在《诗经通释》书前的自叙中，有这样一段话："说《诗》之书，或过于繁富；或过于专精；或择句寻字，别作释言；或略抒己见，随笔议论。其中虽各有精到之处，而初学者徒见其浩繁分歧，无从寻绎。"这段话之中，有两个字非常重要，那就是"初学"。静芝先生讲学，始终强调要使初学者跬步积行，而不求深织偏执，独发奥义。这是静芝先生一切国学授述的基本精神。

对于初学者"必须"具备的古典知识究竟该如何设计？清末民初时代的学者们言人人殊，有以通达多识为急务者；有以明白晓畅为当先者；也有为速求国家之富强而力主移植西学为新页者，自然也有为避免文化之沦失而强调保守旧学为国本者。静芝先生的师承，便是其中极为特殊的一脉。

这就要说到余嘉锡先生。余先生籍隶湖南常德，出生于河南商丘，光绪十年（1884 年）生人。世传其十四岁作《孔子弟子年表》、十五岁注《吴越春秋》、十七岁始读《四库全书总目提要》，"日夜读之不厌"，且"时有所疑，常取旧书加以考证"。并因之而撰写《四库提要辨证》，这是一份长达半个多世纪的著述工作，非但是目录学的巨作，更为自西方引进中国的近代高等学府——无论称之为"大学"或是"上庠"——点亮了国学教育的明灯。

余先生光绪二十七年（1901 年）中举，未几而科举废除。他在常德师范学堂任教，不多时，又逢辛亥革命，由于辅仁大学校长陈垣的赏识，受聘为目录学讲师。这是静芝先生得以与余先生结缘的背景。

近现代的大学所主张的教育，是在三五年之内（通常是四年）将本科系所必须具备的基本知识以及一部分专业教养得以重点浸润，或者也还追求一定程度的、常识性质的见解。

可是，三五年的程期足以应付浩如烟海的百家群籍吗？相较于历代旧学学者，那些尽一生之力，穷充栋之文，朝夕浸淫，孜矻注解的传习者，新式高等教育如何化繁入简，挦理摘要，甚至破陈说以得新诠，都有赖于一套择精发微以求纲举目张的方法。

辅仁大学在台复校之后，戴君仁教授手创国文系，旋由静芝先生接掌教务。其治学授业，数十年如一日，向以平易为典则。比方说在论及《诗序》价值的时候，他在课堂上就说："《诗序》最值得我们后学者留意的地方，就是它往往矫枉过正而不可信。"

在我多年前的随堂笔记上，还有这样几段静芝先生当年上课的录音稿：

"有许多篇《诗序》所说的内容，和诗的内容，实在相去太远，令人无法接受。像《关雎》篇，《诗序》说：'关雎，后妃之德也。'我们读完了《关雎》四章，实在找不出'后妃之德'究竟记载在哪一句里头。

"这诗所说的明明是君子和淑女应该作为好配偶。由'求之不得'到'琴瑟友之'，最后再到'钟鼓乐之'而结了婚，这个过程在诗中一层一层说得清楚明白。不知怎么能曲解成了'后妃之德'了，这就是牵强附会，甚至也还不能自圆其说。

"再来，像《桃夭》篇，明明是祝福女子出嫁。可是《诗序》却说：'后妃之所致也。不妒忌，则男女以正，婚姻以时。国无鳏民也。'这也实在和原诗所说的相去太远。尤其是说什么不妒忌。更不知从何而来。总之，《诗序》总喜欢找一个大题目，使人不能不听，不敢反驳，不得不信。"

平易的表现和追求就是浅近，这是"民国范儿"的底蕴。毋宁以为，这正是发三千年庙堂泮宫所未曾有之俚俗，以示学术"请卑之，毋甚高论"的底细。

虽然如此，静芝先生说《诗经》（乃至其它经史子集之学）一以近人情、求贯通、结合生活经验以及普通生活为要务，有些时候，就放过了某些容或不甚重要，但是也颇可玩味的论理。

有一次，我以《诗序》"四始"为题，写了一篇报告呈交。在讲台上收件的时候，静芝先生刻意低头看一眼我的题目，《诗四始发微》，他当下微微一笑，道："诗所谓的'四始'指的就是《诗经》里的四篇，分别是风、小雅、大雅和颂这四个单元里的第一篇，既然是第一篇，谓之开始，这似乎并没有什么微意可发吧？"

然而报告批改完成，发还之后，我才发现：静芝先生给了我一个极高的分数。他还特别批注，大意是说：四始问题固然无甚可论，但是报告里提的"六义"问题则非常新颖，值得继续探讨。

那是因为《周礼》提到"太师以六诗教国子"，此处的"六诗"后来就被称为"六义"，顺序是"风、赋、比、兴、雅、颂"。这一个次第很奇怪，原因是后之学者都惯以"赋比兴"为三个写作手法，而以"风雅颂"为三种体制，割裂了风与雅颂而置入赋比兴，究竟是何道理？我在报告中发明了一个解释的方向：由于太师以六诗教学，这个不寻常的次第应该就是教学的顺序。太师教国子，先教民歌，次以最平易的赋为教程，再次进之于比，再次进之于兴。技巧学习到位之后，复可进之于雅，这就涉及了诗歌对于社会、现实、世情等较深刻的主题的涉猎。至于颂，如何表现对政治环境积极的期许，而不流于阿谀媚谄，则不止需要吟撰的技巧，更需要深刻的智慧。太师授弟子以诗，于是有浅深渐次之别。

历来学者之能博古通今、娴熟经史的，固然一向为后学所景慕，而读书志学之士一直以为经世致用是一桩大事业，也是唯一的事业。直到十九、二十世纪之交，现代中国学术内容起了革命性的变化。

从余嘉锡先生的那一代人，到静芝先生的那一代人，同样求学治学，所怀抱的文化焦虑已然大是不同。以下所引的这一段出自静芝先生手笔的话，恐怕是余嘉锡先生一生也不会想到的。这段文字，截取自静芝先生手著《经学通论》的自叙：

"到清代末叶，欧美文化东渐。此一时代浪潮的冲激，使经学的光彩趋于黯淡。民国以来，大家对经学的尊重大不如前，甚而有持偏激之论的，指经学为全无价值……这一本书并不足以为讲学论道的书。只是将日常我们常谈到的十三经、四书、小学等习用名词，依次地说明其源流内容，并对各书的意义和研究价值略作分析叙述，所论述的都是极为浅近通俗，所持见解都是平易近人。"

从上揭之文可知，原本理所当然为"志学"之士终身浸润且毫不应有任何疑义的学程，已经必须透过"浅近通俗"的手段，才能"使多数人了解"。其原因，静芝先生在《诗经通释》的自叙里也有简答：

"盖古人之于传注，或以为学者早有根柢，不必多所辞费；或自炫其学，旁征博引。而时至今日，学科滋繁，读者兼顾乏力，甚望求之简明，得其肯要。若探赜钩玄，穷理究竟，为专家学者之事，非人人之所必为。"

曾经为刘勰所盛称的"恒久之至道，不刊之鸿教"（《文心雕龙·宗经》)，在经过一千五百年岁月人事的磨砺之余，即使变俗以求媚于庶众，似乎也没有推而广之的内在动能。比静芝先生仅年长七岁、应属同一代人的唐君毅，曾以"花果飘零"四字为喻状述中华民族（文化），也曾于文章中提及佛家以为：在污泥中生莲花，则秽土亦是净土。

　　民初一代人抱冰怀炭，忧思夥颐，他们讲平易、求浅近，自觉去古已远，竟有辜负所学之叹，但是世俗仍加速抛花弃果，终未许花落莲成。"通释"二字，又是何其艰难呢？于今世思之，或许只能说是深情眸子依依不舍的一个回顾罢了。

　　静芝先生，原名大安，以字行，号菊农、霜茂楼主，晚号龙壑，笔名王方曙，合江省佳木斯市人，国学家，也是剧作家、书法家。

# 目　录

# 自　叙

　　《诗经》为我国自古必读之书。孔子云："不学《诗》无以言。"《论语》《孟子》每引《诗》句,《诗》在当时受普遍重视,于是可见。后世读者益多,用之益广,引用其义,采择其辞藻者,布在群籍；其流风遗韵之所及,若诗赋古文骈俪词曲,莫不因依。《诗》三百篇乃成为后世语言辞汇一主要之源。复以其内容广泛,亦足为考据古代事物之根据。故《诗》之为书,不独为古人所必读,亦为今人所必读。

　　然《诗经》之文字甚古,篇首初无标题,义旨难明,字义艰奥。于是乃有传笺注疏,以为之释。惟诗义之传,各立门户,传世愈久,异说愈多。三家诗亡,由汉末迄唐宋之间,多宗毛郑。而欧阳修《毛诗本义》出,疑者寝多,新义间作。朱熹作《诗经集传》,尽废《诗序》,别标新旨。自兹以降说诗者或推崇朱传,蕃衍其说；或尊重毛传,扩而张之；或自立为说,独树新帜；聚讼纷纭,争论无已。然不论其为旧说,抑为新义,愈演愈繁而愈纷絭。且复加以考据,及训诂声韵名物之探讨。于是说

《诗》之书，或过于繁富；或过于专精；或择句寻字，别作释言；或略抒己见，随笔议论。其中虽各有精到之处，而初学者徒见其浩繁纷歧，无从寻绎。至于字句之间，又多一字已释而略一句，一句已释而略一章。初学者往往知其一字而不能解其一句，知其一句而不能贯串全章。朱子《集传》颇能兼顾，但如《周南·南有樛木》，其解"南有樛木，葛藟累之，乐只君子，福履绥之"则云："后妃能逮下而无嫉妒之心，故众妾乐其德而称愿之曰：'南有樛木，则葛藟累之矣；乐只君子，则福履绥之矣。'"其于樛木葛藟与君子福履，未作贯串阐释，而径以为不需解说。读者难明，宁无疑惑？类此极多，不胜枚举。盖古人之于传注，或以为学者早有根柢，不必多所辞费；或自炫其学，旁征博引。而时至今日，学科滋繁，读者兼顾乏力，甚望求之简明，得其肯要。若探赜钩玄，穷理究竟，为专家学者之事，非人人之所必为。爰杂采古今诸家之说，间以愚者一得，字注句解，贯串全章，单义简释，力求明快，草为此帙，以供初学及自修者之资。并在诗篇注释之前，先为绪论，将读诗应有之常识，作为略说。意在使读者有此一书，对《诗经》本文，有一平易单纯之了解；对有关《诗经》之问题，有一简明之认识。

　　至于《诗经》一书，可资深入研究之处甚多：训诂、声韵、人物、地理、历史、风俗、生活、宫室、服饰、草木鸟兽虫鱼种种有关历史文化者，围范至广，自有古今诗学专家，各为专书，刻意探讨。而本书则但求简洁，避免繁巨，不多揽取。学者如欲作专攻，则当另检他书。

静芝不揣愚陋，释此古籍，自度于二千年来说《诗》之疑案，固不足以定其说而息喙。惟愿出此一书，供大雅君子匡正纠谬，庶几来日有完美之笺注出焉。

　　　　　　　　　　1968 年王静芝大安叙于辅仁大学

# 凡　例

一、本书在使初学者能洞识《诗经》每篇每章每句每字之义：每篇之首，先标明诗旨；然后于每句之间，注明字义；其句有难解者，或兼说明句义；每章毕，则专为此章作为解说，阐明全章之义。务求不滋疑惑，诗意了然。

二、本书每篇诗旨之标明，不拘一家之说，惟采其是者；或别具愚见，总以实事求是为主。旧说是者，乃取旧说；旧说不妥者，则别求真义。不以驳倒旧说自标新奇为目的，更不一意附和某家，以立门户。然《诗序》之说，流传已久，读者往往先入为主。故于义有参差之处，略作辨明。

三、字句之注释，以简洁明朗为主，虽杂采诸家，而只取一义，不兼采或说。凡采旧说若毛传郑笺朱传属于通训性质者，皆不注出处。若采新义，则于每章解说之后另附案语。亦不在句间注明出处，以免字数太多，于句间增加纷扰。惟此案语只略加说明，不多征引，读者欲求其详，可检原书。

四、每章之解说，除说明本章文义，及句法上下连缀关系，以资贯通外，偶亦略及文学分析，俾增读者认识，亦冀提高读书兴趣。

五、本书为节省字数，又为使读者易解，采用浅近之文言。

六、"诗经"一辞，在古无之，然后世于"诗"称为"诗经"，已成通称，本书因之。

七、《小雅》分什，毛传不计有目无辞六篇，每十篇有文者为一什。朱传以为笙诗，有声无辞，虽无文字，计入十篇之数。二书分什，因以不同。本书以为无辞者不宜计，从毛传。

# 绪　论

## 一、引言

《诗经》一书，既多历年所，且属于经学，传世愈久，议论愈繁，积累所致，问题滋多。诸如诗之来源，诗之时代，诗之作者，诗之义旨，诗之内容，以及四始、六义、《诗序》，删诗与诗学流派各端，均与《诗经》本身关系至重，实为读《诗经》不可不预为了解者。故本书于《诗经》本文之解注以前，先为绪论，对读《诗经》必应先有之常识略作介绍。意在使读者在未读《诗经》本文之先，对有关各问题有一适当之认识，以为读《诗经》之助。

## 二、《诗经》之来源

诗者，言志者也。《虞书》云："诗言志，歌永言。声依永，律和声。"《说文》云："诗，志也。从言，寺声。古文作訨，从言，之声。"《释名》云："诗，之也；志之所之也。"

故诗之为作，是感情之所之也。《诗大序》云："情动于中而形于言；言之不足，故嗟叹之；嗟叹之不足，故永歌之；永歌之不足，不知手之舞之，足之蹈之也。"朱熹《诗经集传》序云："人生而静，天之性也；感于物而动，性之欲也。夫既有欲矣，则不能无思；既有思矣，则不能无言；既有言矣，则言之所不能尽，而发于咨嗟咏叹之余者，必有自然之音响节族而不能已矣！此诗之所以作也。"

以上二文，于诗之成因，阐明已备。然则诗之为作，由情而发，由言而现，由永歌韵律而成，至于手舞足蹈而为之象。是知古之诗也，可低吟长啸，可扣弦高歌，亦可依声和律，顿足起舞者也。其为至情之表现，人性之流露，而生活之写照乎！

诗之肇始，盖有文字之先，情动口号而已；有文字之后，乃有记录。口号则难于流传，记录则易于远播而永久。于是一人为诗，众人讴之；记于简帛，传诵益远。诗之作也，或缘于喜怒，或缘于苦楚，或缘于郁陶，或缘于激愤。凡情之所触，意之所之，则宣之于词。故于生活之所历，风俗之所存，政治之得失，邦国之治乱，无不为诗之所欲吟咏者。王者治世，欲观风俗，察民心，知得失，乃求之于民间之风谣。于是古者乃有采诗之制；行人乘𬴊轩，振木铎，以采诗而献之太师，陈于天子。《汉书·艺文志》云："古有采诗之官，王者所以观风俗，知得失，自考正也。"《礼记·王制》云："命太师陈诗以观民风。"斯则十五《国风》之所由成也。

至于其乐调属于中夏正声者，虽采于民间，则归之于《雅》；合宴飨之乐以为《小雅》，会朝之乐以为《大雅》。庙堂祭祀颂扬之诗则以为《颂》。盖《风》皆来自民间，《雅》则士大夫所作宴飨朝会及民间正声之乐,而《颂》则庙堂祭祀及颂扬之辞,要皆由官方编辑而成,总为三百十一篇。其中《小雅》有六篇有目无文,今所存三百五篇,即《诗经》也。

## 三、《诗经》之名称

"诗经"一词,古无之也。古惟称之曰"诗"。孔子曰:"诗,可以兴,可以观,可以群,可以怨。""不学诗无以言。""子所雅言:诗、书执礼,皆雅言也。"或称"诗三百"者,言其数目也。孔子曰:"诗三百,一言以蔽之,曰:思无邪。""诵诗三百,授之以政,不达;使于四方,不能专对;虽多亦奚以为?"故后世或称为"诗三百篇",盖三百十一篇,言其成数,曰三百耳。

或称之为"毛诗",缘毛公而得名,盖与齐鲁韩"三家诗"同以传人称。是在"诗"之上注以传人,仍为"诗"而已。

诗始称为经,当起于战国晚年。《礼记·经解》云:"入其国,其教可知也。其为人也,温柔敦厚,《诗》教也;疏通知远,《书》教也;广博易良,《乐》教也;絜静精微,《易》教也;恭俭庄敬,《礼》教也;属辞比事,《春秋》教也。"是以"诗书乐易礼春秋"为"经"。《庄子·天运》篇:"孔子谓老聃曰:'丘治《诗》《书》《礼》《乐》《易》《春秋》六经。'"《庄子·天运》约成于战国晚年,而《礼记·经解》或更后之。故知"经"之一称,当起于战国晚年,以前无之也。然"经"亦非儒家六艺之专称,《庄子·天下》篇论"别墨"云:"俱诵墨经,而倍谲不同。"《墨子》一书有《经》上下篇,《经说》上下篇。《吕氏春秋·察微》篇云："《孝经》云：'高而不危，所以长守贵也。'"其《墨经》当为墨家门弟子尊其师而尊称其书；而《孝经》为传记之书，《汉志》列于《论语》之后，然亦称为经。可见斯时于"经"之一称，大约视为载我之道者，则称为"经"。然此"经"字于六经盖指其书之性质为经，仍未以经字加于原名之下，若《诗》加"经"而为《诗经》，《易》加"经"而为《易经》也。《汉书》作于后汉，《汉志》于《诗》则云："《诗》，经二十八卷，鲁齐韩三家。"其经字仍为书之类别称，非以"诗经"二字为书名也。《汉志》中五经书名与经字连属者有"《易》，经十二篇""《诗》，经二十八篇"，其于《书》则曰："《尚书》，古文经四十六卷，经二十九卷。"于《礼》则曰："《礼》，古经五十六卷，经七十篇。"于《春秋》则曰："《春秋》，古经十二篇，经十一卷。"可证其句读，凡经字皆断离书名，是古经与经之别，非谓书名为《诗经》《易经》也。《汉志》中以经为书名者，惟《孝经》一书而已。《汉志》云："凡《孝经》十一家，五十九篇。《孝经》者，孔子为曾子陈孝道也。"其行文与记《诗》《易》均不同，可得而见也。

经字加于易之下，称《易》为《易经》，最早见于《晋书·束皙传》，记汲郡发冢得竹书事，有"易经二篇""卦下易经一篇"等语。《晋书》成于唐代。"易经"一名，或是唐代学者笔下叙述所用之词。杜预《春秋经传集解》后序记此事，则曰《周易》，并未言《易经》。故知"易经"二字非竹书上原书名，亦非晋代对《易》之通称。且其行文："易经二篇，与周易上下经同。""卦下易经一篇，似说卦而异。"既曰与《周易》上下经同，可见晋唐之时，其正式书名，仍称《易》为《周易》。孔颖达作《五经正义》，于《易》称《周易》，于《诗》称《毛诗》，仍未称为《易经》《诗经》也。"易经二篇"一语或仍应断为"《易》，经二篇""卦下易经一篇"或则"卦下《易》，经一篇"也。

"诗经"二字正式连属为书名，以宋人廖刚之《诗经讲义》为最早。廖氏之书成于南宋初年，其后则以经字连于《诗》《易》《书》之下，而称为《诗经》《易经》《书经》者，风气渐盛。至元明则已视《诗经》为《诗》之通称矣。

四、《诗经》之时代

《诗经》作于何时？《孟子》："王者之迹息而《诗》亡，《诗》亡然后《春秋》作。"据此则《诗》之作当在《春秋》之前。然其最早之诗是何时作，最晚之诗是何时作，则古今说《诗》者多有异说。

最早之诗，据《诗序》所言，为商人祭祖之诗。然则《诗》之最早作品当在商代。《钦定诗经传说汇纂》有《作诗时世图》，将三百篇按时代排列，据《诗序》列《商颂》为太甲之世所作。然《国语》云："正考父校商之名《颂》十二篇于周太师，以《那》为首。"正考父为宋之大夫，周太师为周室乐官。《国语》所言，谓正考父以其所作《商颂》十二篇，请周太师校正。而《诗序》云："有正考父者，得《商颂》十二篇于周之太师，以《那》为首。"乃竟以为《商颂》是正考父所得，而非正考父所作矣。清魏源《诗古微》举证十三条，断《商颂》为宋襄公时正考父祭商先祖而称颂君德所作。其所考颇有根据。《史记·宋世家》赞谓

《商颂》为正考父作。扬雄《法言》云："正考父睎尹吉甫。"尹吉甫为《诗·大雅·崧高》及《烝民》之作者。今言正考父希慕之，可见扬雄亦以正考父为《商颂》之作者。至于宋之诗所以称"商"者，以其为商之后也。《左传·僖公二十二年》，宋大司马固曰："天之弃商久矣。"可见以商代宋彼时常用也。《商颂》有"奋伐荆楚"之语。商代尚无荆楚一词，因商代荆楚尚为蛮夷也。据此，虽《商颂》为正考父所作一事，论者或有未信；但《商颂》非商代作品，已可为定论。则《诗经》中最早之诗不过周初而已，当属《周颂》也。

至于《诗经》中最晚之诗，据《诗序》则是《陈风·株林》《泽陂》二诗。《株林》写陈灵公与夏南之事，夏徵舒弑陈灵公在周定王八年。时当鲁宣公十年，西历纪元前五百九十九年。后四十八年而孔子生（前五五一年）。《陈风·株林》一诗，《诗序》之说可信。《泽陂》一诗，《序》说颇为模糊，然指为与《株林》同时，无证其更晚之据。以《株林》为最晚之诗，可无失也。

故知《诗经》中作品最早当为《周颂》，是周初所作；最晚当为《株林》，作于周定王之世。盖皆约略其时，详则不可考也。然则《诗》之时代，大约作于西历纪元前一千一百年至六百年之间。


五、《诗经》之内容

《诗经》为我国最古之诗歌总集，分《风》《雅》《颂》三部分。《风》又别为十五《国风》：周南、召南、邶、鄘、卫、王、郑、齐、魏、唐、秦、陈、桧、曹、豳。《雅》则别为《大雅》

及《小雅》。《颂》则有《周颂》《鲁颂》及《商颂》。

十五《国风》之诗，为各国民间之歌谣。所以名之曰风者，盖其歌谣所咏者，民间风土人情、生活情状、社会动态。由此诗中，可以见民情，察风土，而其乐调皆地方腔调，乡里流行，如风之吹拂而莫不及焉，故曰风。

《周南》《召南》，其命名似与其他十三国有异，故说诗者每有疑惑，或谓应不属于《风》，而独立为《南》。若苏辙《诗集传》、程大昌《考古编》、王质《诗总闻》、顾炎武《日知录》、梁启超《释四诗名义》等均主此说。然皆无真正有力之证据。陈启源《毛诗稽古篇》、魏源《诗古微》、胡承珙《毛诗后笺》、方玉润《诗经原始》则仍主二南属《风》。实则《周南》《召南》者，南方之国之风谣也，固不得脱《风》而为《南》。若能独立为《南》，三百篇编集时早应别以列之，不待宋以后揣度之矣。《周南》《召南》为南国歌谣之说，详见本书《周南》《召南》二卷首，于此不多赘述。

《雅》者，多为燕享朝会公卿大夫之作。所以名之曰雅者，谓中夏之正声也。雅与夏古音近，时互通而用。《墨子·天志》篇引《大雅·皇矣》，谓之大夏，可为明证。夏者，中夏也。雅训正，故雅一字含二义：于地为中夏，于声为正声。正声者，其乐非若风之为地方腔调，而为中原雅正之音乐，故曰雅。惟《小雅》中亦有类似《国风》吟咏性情之作，但以其乐调之属于正声，其地区属于中夏，故不属于《风》，而属于《雅》。宴飨之乐归之《小雅》。朝会之乐，受釐陈戒之辞，归之《大雅》。盖《大雅》《小雅》之间，词气不同，音节亦异也。

《颂》者,本为祭祀颂神或颂祖先之乐歌。所以名之曰颂者,阮元《释颂》论之的当：颂即形容之容,容者形态也。是歌而兼舞之义。盖颂之为诗不仅有辞有乐,而并有舞。舞者形态之表现,歌颂美之词而舞以表达之,故曰颂。

《诗经》以性质分类,乃编为《风》《雅》《颂》三部分。若以其吟咏之内容分类,约可大别为二部：一为民间歌谣,一为贵族与庙堂之乐歌。兹分述如下：

甲、民间歌谣

恋歌：如《静女》《桑中》等。

结婚之歌：如《桃夭》《鹊巢》等。

感伤之歌：如《氓》《谷风》等。

和乐之歌：如《君子阳阳》《萚兮》。

祝贺之歌：如《螽斯》《麟之趾》等。

悼歌：如《蓼莪》《葛生》等。

赞美之歌：如《淇奥》《硕人》等。

农歌：如《七月》《大田》等。

讽刺之歌：如《相鼠》《株林》等。

劳人思妇之歌：如《小戎》《小雅·杕杜》等。

乙、贵族与庙堂乐歌

宴乐之歌：如《鹿鸣》《伐木》等。

颂祷之歌：如《閟宫》《殷武》等。

祀宗庙之歌：如《玄鸟》《长发》等。

祀神之歌：如《丰年》《载芟》等。

田猎之歌,如《车攻》《吉日》等。

颂美之歌：如《泂酌》《卷阿》《酌》《桓》等。

述先王功绩圣德之歌：如《文王有声》《生民》等。

记战事之歌：如《常武》《采芑》。

讽刺之歌：如《瞻卬》《召旻》等。

以上所述各类，不能详尽，盖内容纷繁，不便区分太细，更见琐碎。约见其性质可矣。欲窥其详，当读原诗。各诗属于《风》者，多属抒情之作；属于《雅》者，抒情叙事参半；属于《颂》者，多属叙事。

六、《诗经》之作者

《诗经》集三百十一篇，成为总集，然不著作者名氏。盖古人对著作之观念与今不同也。古人惟知诵一诗，而不求此诗为谁作；作者但因情之所之而作一诗，亦不求因此而获著作之名。故于诗中见作者之名者绝少，而由编者题作者之名者绝无。今在诗中求作者之名，甚为困难，其最为可靠而毫无疑义者，仅得四篇。其余则或有争议，或属臆断，或竟全然无考。兹分述之：

甲、在《诗经》本文中有作者姓名，此为最可信者：

（一）、《小雅·节南山》：诗中有云："家父作诵，以究王讻。"家父，作此诗者之字也。旧说谓为周大夫。朱传："春秋桓十五年，有家父来求车，于周为桓王之世，上距幽王之终已七十五年。"按作诗之"家父"是否即求车之"家父"，颇为难定。

（二）、《小雅·巷伯》：诗中有云："寺人孟子，作为此诗。"孟子为寺人之名，即此诗作者也。寺人，内小臣，奄人也。

（三）、《大雅·崧高》：诗中有云："吉甫作诵，其诗孔硕。"吉甫即作此诗者之名。旧说以为尹吉甫。王国维以为作兮甲盘之兮甲。未知孰是。

（四）、《大雅·烝民》：诗中有云："吉甫作诵，穆如清风。"此诗亦吉甫所作。

按：《鲁颂·閟宫》有"奚斯所作"一语，或谓《閟宫》一诗即公子奚斯所作。然其上文为"新庙奕奕"，明示奚斯所作者为庙，而非诗也。《閟宫》一诗，当非奚斯所作。

乙、在《尚书》《左传》《国语》中载有诗作者之名，虽未尽可信，但亦可谓有据者。

（一）、《豳风·鸱鸮》：《尚书·金縢》："武王既丧，管叔及其群弟乃流言于国，曰：'公将不利于孺子。'周公乃告二公曰：'我之弗辟，我无以告我先王。'周公居东二年，则罪人斯得。于后公乃诗以贻王，名之曰《鸱鸮》。"《诗序》据此谓此诗为周公作。按《金縢》疑是春秋晚年或战国初年作品，其说盖根据传说，惟是亦可谓有据者耳。

（二）、《大雅·桑柔》：《左传·文公元年》引此诗"大风有隧"六句，谓为周芮良夫之诗。《诗序》从之："桑柔，芮伯刺厉王也。"然诗中有"天降丧乱，灭我立王"之语，此诗应作于共和之际，或在东周之初。

（三）、《周颂·时迈》及《武》《赉》《桓》：《左传·宣公十二年》，引"载戢干戈"以下五句，及《武》之"耆定尔功"、《赉》之"铺时绎思"二句、《桓》之"绥万邦"二句，以为武王克商所作之颂。又《国语·周语》亦引《时迈》"载戢干戈"

五句，谓为周文公之颂。周文公即周公。《左传》《国语》二说不一，然《左传》言武王克商，似言其时，非武王自作也。《国语》之说近是。《时迈》既为周公作，《左传》引诗，言"又作"，则《武》《赍》《桓》当亦为周公作也。惟《左传》谓"铺时绎思"为《武》之三章，"绥万邦"为《武》之六章，或古时《武》为多章，后乃分为多篇也。

（四）、《周颂·思文》：《国语·周语》祭公谋父引此诗曰："周文公之为颂曰：'思文后稷，克配彼天。'"殆为可信。

（五）、《国语·鲁语》："昔正考父校商之名《颂》十二篇于周太师，以《那》为首。其辑之乱曰：'自古在昔，先民有作，温恭朝夕，执事有恪。'"魏源以为校者，审校音节，《商颂》即正考父所作。王国维以为"校"为"效"之借字而训献，则是正考父以前之作品。

丙、《诗序》指出为某人所作，而并无实据者。此类有指出作者人名者，有泛指某国某官所作而不言名姓者，皆不足信也。其例甚多，择举一二：

（一）、指出人名者：《大雅·抑》，《序》云"《抑》，卫武公刺厉王，亦以自警也"。《大雅·卷阿》，《序》云"《卷阿》召康公戒成王也"。《大雅·民劳》，《序》云"召穆公刺厉王也"。

（二）、泛指某国某官所作：如《小雅·大东》，《序》云："《大东》，刺乱也。东国困于役而伤于财，谭大夫作是诗以告病焉。"此言谭国大夫之作，未言其名。然亦无据。又如《小雅·四月》，《序》云"《四月》，大夫刺幽王也"。《小雅·北山》："大夫刺幽王也。"皆此类。然是否为大夫作，未可知也。

丁、郑笺或孔疏指为某人所作，然亦无据，不足信也。如《小雅·常棣》，《序》云："《常棣》，燕兄弟也，闵管蔡之失道，故作《常棣》焉。"笺云："周公吊二叔之不咸，而使兄弟之恩疏，召公为作此诗而歌之。以亲之。"孔颖达《毛诗正义》云："作《常棣》诗者，言燕兄弟也。谓王者以兄弟至亲，宜加恩惠以时燕而乐之，周公述其事而作此诗焉。"《正义》又云："《外传》云：周文公之诗曰：'兄弟阋于墙，外御其侮。'则此诗自是成王之时，周公所作，以亲兄弟也。但召穆公见厉王之时，兄弟恩疏，重歌此周公所作之诗，以亲之耳。"《左传·僖公廿四年》富辰之语，谓召穆公作诗。杜预注，谓召穆公作周公之乐歌。而《国语·周语》，亦富辰之语，谓为周公之诗。古书竟已纷歧如此，其不可确信，亦可见矣。

戊、全然无考，亦无臆测。此类最多。由诗首《关雎》起，《葛覃》《卷耳》等皆此类也。

## 七、诗六义——风赋雅颂比兴

《周礼·春官·太师职》："太师教六诗：曰风，曰赋，曰比，曰兴，曰雅，曰颂。"《诗大序》："诗有六义焉：一曰风，二曰赋，三曰比，四曰兴，五曰雅，六曰颂。"《序》所谓之六义，亦即《周礼》所言之六诗。

六义别为六，而其质则为二：一为风、雅、颂三者，依诗之性质而作编集之类别也；一为赋、比、兴三者，依诗之作法而分为体别也。风雅颂之别，已见前"《诗经》之内容"一节，在此不再赘述。兹述赋比兴：

赋比兴三者，古人说者甚多，大致于赋则皆能明见一致，于比兴则往往多所费辞，而模糊混乱，比与兴终难分辨。其作法究竟如何，亦难了解。兹为便于论述，先说明赋之一体，以其易解也；次则比兴合说，俾易比较。

赋者，直陈其事，铺叙说明，不作隐曲譬喻。朱子云："赋者敷陈其事而直言者也。"此解释最为清楚。至于郑玄所云："赋之言铺，铺陈政教善恶。"则似赋非陈政教则不为赋，于赋义未安也。赋之体若《周南·葛覃》："葛之覃兮，施于中谷……"三章由首至尾，敷陈一事。如《卷耳》："采采卷耳，不盈倾筐……"四章亦由首至尾敷陈一事，此赋体之最易窥见者。

其次于诗中亦有初为赋体，而杂入兴者。如《豳风·东山》："我徂东山，慆慆不归……"本为铺叙之赋。忽又云："蜎蜎者蠋，烝在桑野，敦彼独宿，亦在车下。"朱子于此节释之甚佳："又其在涂，则又睹物起兴……"

又赋体亦有中间杂入比者，如《小雅·頍弁》"有頍者弁，实维伊何……"，是赋也。"茑与女萝，施于松柏。未见君子，忧心奕奕。既见君子，庶几说怿。""茑与女萝"二句朱子谓为赋而兴又比也。其后又云："又言茑萝施于木上，以比兄弟亲戚，缠绵依附之意。"则又未言兴而比之义。朱子于比兴二者，于原则解释甚明，于注释中则时时莫能分辨。此处茑萝二句，似兴又似比，故乃含糊其词。盖比兴之间颇难清明，前贤亦每有误也。此处茑萝之语，是比也。（说详后）

比与兴，原甚明显有别，而以先儒说法参差，故说愈多而义愈混。甚至比兴可混为一谈，每谓为比而兴、兴而比者。若比而可为兴，兴而可为比，则比兴尚有何分别？

比与兴之不同：直接以事物比当前之事，不需再以铺叙之文解释者为"比"。以事物意态之接近联想，引起正文者，为"兴"。朱子云："比者，以彼状此。"一言道破，本无何玄奥也。若《周南·螽斯》："螽斯羽，诜诜兮。宜尔子孙振振兮。"此诗之辞，完全写螽斯，言其羽声之盛，而子孙众多之状。然虽正面言螽斯，而实以比之方法祝贺人之子孙盛多也。

又若《豳风·鸱鸮》："鸱鸮鸱鸮，既取我子，无毁我室！恩斯勤斯，鬻子之闵斯。"此诗纯取鸟言以自比，于比之义，最为鲜明。若《小雅·頍弁》"茑与女萝，施于松柏"二语，承前"岂伊异人，兄弟匪他"之语，示兄弟相连之义，乃直接以茑萝松柏比之，非另立新义，引起下文之词，是亦比之作法也。

比之为法，但以此事物，象彼事物。二者虽非一事一物，而可以此事物解作彼事物。如螽斯即象彼受祝贺之人，鸱鸮即象彼为恶之人，茑萝松柏即象兄弟之相连关系，实无何不易了解之处。然郑玄云："比，见失，不敢斥言，取比类以言之。"孔颖达云："比者比托于物，不敢正言，似有所畏惧，故云见今之失，取此类以言之。"此皆释"为何用比之法，而不用赋之法"者，未能释明比之作法也。而比亦未曾皆以不敢言而用比，试睹《螽斯》《鸱鸮》有何不敢言之处？此先儒解诗之所以滋惑也。

"兴"之为法，则较"比"为难明。先儒每解释不清，虽指为兴，而释为比。每谓起兴之语，即以象其后铺叙之事，如

《关雎》："关关雎鸠，在河之洲。窈窕淑女，君子好逑。"朱子云："言其相与和乐而恭敬，亦若雎鸠之情挚而有别也。后凡言兴者，其文意皆放此云。"朱子先明言"兴者托物兴辞"，而继之却谓和乐之情亦若雎鸠，岂非适反其道？盖托物兴词，已正合兴之义。言先取雎鸠之鸣，在洲之和乐，因引起联想，乃思及君子淑女之和乐。此即兴也。若言君子淑女之和乐，若雎鸠之和乐，则先后颠倒，释兴若比矣。朱子释兴为"托物兴辞"，本为极洽之说，但对正文之释，则又模糊矣。若毛传则于始即未能明兴之义，于《关雎》云："后妃说乐君子之德，无不和谐，又不淫其色，慎固幽深，若雎鸠之有别焉。"此直为比矣。

兴之解释，亦有谓兴之作，无何可循之理者。郑樵《六经奥论》云："凡兴者，所见在此，所得在彼，不可以事类推，不可以义理求也。"此说前半甚是。"所见在此，所得在彼"，即因事物之联想而及于本题之事也。若谓"不可以事类推，不可以义理求"，则是于兴仍有未明之语。凡兴，其起兴之语，皆有关于本题，无一例外也。若《关雎》前已言之。若《桃夭》云："桃之夭夭，灼灼其华，之子于归，宜其室家。""桃之夭夭，灼灼其华"二句则起兴之语也。

或谓桃之少好，其华鲜明，与之子出嫁，宜其室家，毫无关系。实则关系至深。盖结婚之事，为姿彩鲜丽之事，青春少好之表现。故由桃夭以起兴。"桃之夭夭，灼灼其华"，可联想及少女青春，亦可表现结婚当时之姿彩。"桃夭"并不能直接释为"婚姻"，此所以为兴而不为比。今假设易桃夭二句为"风雨晦暝，落叶满山"之类言语，试一读之，则结婚景象凄然可悲。明其不可易之理,则明其相关之义矣。凡兴之作,无不类此。比兴之不同,亦在此。

比兴之用,后世诗词中随地可见,如《古诗十九首》:"胡马依北风,越鸟巢南枝。"说胡马越鸟,实"比"游子之处境及心情也。李白诗:"浮云游子意,落日故人情。"直道出"兴"之作法。言见浮云而"兴"游子意,见落日而"兴"故人情。实则浮云与落日固与游子故人无直接关系也。然有联想之关系,有触景及情之关系,此即兴也。温庭筠《菩萨蛮》词最后二句云,"新贴绣罗襦,双双金鹧鸪",则完全是《关雎》之作法。《关雎》先言雎鸠双双在洲,而温词先叙事最后言"双双金鹧鸪",其兴起情感之联想则一也。然《关雎》之兴词在先,而温词之兴词在后,是技巧之发展,至后世活用灵妙,毫不拘束,故几乎不露形迹。实则古今诗词仍不脱赋比兴三法也。

总之,比与兴之间,可以清楚划分,而不可混。比是以彼事物比作此事物,为类似之联想。而兴则以彼事物,由联想而引起此一事物,为接近之联想,非直接作比。兴是先以兴起之词,引起叙事之词。亦可谓先以一相关引起之语,引起赋体之铺叙,二者合并则为兴。比体则纯是比,而不与赋体合并而成。

八、《诗序》

《诗》之难解,不在一字一句,而在一篇之旨最难明。《诗经》各篇,初无标题,故不知其内容何所指也。后世说《诗》者,为明其旨,乃为之作序,今之《毛诗》,乃有《诗序》存焉。《诗序》者,冠于每篇之先,说明该诗内容之旨。《周南·关雎》为《诗》

之首篇，其序最长，或有称之为大序，而其余皆为小序者（成伯瑜，二程）；又有谓每序之前一句为小序，其后诸语为大序（程大昌、范处义）；又有谓发端命题之语为大序，其下为小序（郑樵）。此皆名词问题，可置不论。今欲讨论者，《诗序》之作者及《诗序》之意义。

一、《诗序》之作者，说法不一：

甲、子夏所作。（毛公、郑玄、萧统、王肃、陆德明、陆玑、陈奂）

乙、孔子所作。（程颢、程颐、王得臣、范处义）

丙、毛公或其门人作。（曹粹中）

（陆德明谓子夏作《序》，又谓或曰毛公作《序》）

丁、当时史官所作。（郑樵、程颐、姜炳璋）（程颐谓小序为国史作）

戊、诗人自制。（王安石）

己、大序为子夏作，小序为子夏毛公合作。（郑玄）

庚、子夏毛公作，卫宏润饰。（《隋书·经籍志》）

辛、卫宏作。（《后汉书》）

以上各说纷歧，多为无据而作臆断之词。惟卫宏作《序》一条，见于《后汉书·儒林传》："卫宏字敬仲，东海人也。少与河南郑兴俱好古学。初九江谢曼卿善《毛诗》，乃为其训。宏从曼卿受学，因作《毛诗序》，善得风雅之旨，今传于世。"其所载《诗序》之作，稍有根据，较前众说亦稍可信。但仍不足以为定论。

《诗序》之作者为谁，虽难确定，但于诗之本身尚无重大之关系。其问题乃在《诗序》所言诗之主旨，往往为猜度、造作、牵强附会之语，与原诗实难应合。若《诗经》首篇《关雎》，显为咏君子淑女相求以至结婚之诗，而《诗序》竟云"后妃之德也"。次篇《葛覃》，为妇人自咏嫁后生活之诗，而《诗序》谓为"后妃之本也"。皆显然与诗不合。《诗序》之所以如此说者，非作序之人不能知诗也，而是作序之人故为此说，以应当时需要耳。盖作诗之人，有其用意；采诗之人，又有其用意；而作序之人，则更别有其用意也。

作诗之用意，惟情动于中，歌咏于外而已，其基本出发点在抒情叙事。本书在前"《诗经》之内容"一节已大致做一分析。至于采诗者之用意，取其可以被之管弦，足以见风俗民情，以为施政之本；用以益时政、播教化、和乐悦性、美化风俗是矣。盖作诗之人，全凭一时志兴所之，一吐其所欲言或所必言，皆自我抒发，用意当然者也。而采诗者则必以为有所取义方得采之，是已存别有选择之意者也。然采诗者之用意，尚属自然，民情风俗之吟，劳人思妇之咏，男女相悦之歌，讽刺赞美之词，但求其可取者，兼容并蓄。盖存其真，而传其文，教化在其中矣，未曾强作解人也。

《诗序》之作则不然，于诗之旨，必作深远委曲之释，以见其正大载道之旨。揆其原因，以作序之人时代已晚，当时以《诗》为日常通读载道之书。为配合政治教育，乃不得不如此。细审其作序之原则，约有五项：合于"思无邪"；合于美刺；合于礼教；合于政治要求；合于历史。

据此，则知作序之人，往往矫枉过正。如《关雎》，为男女思慕追求至于结婚之诗，本为人情之常，事理之自然。而作序者以为男女相悦即违"思无邪"之义，乃强指为"后妃之德"。《葛覃》为妇女嫁后生活之诗，而强指为"后妃之本"。《诗序》之强作解释，多为此类。然亦有若干与诗义相合者。故吾人于读诗之际，对于《诗序》之说，不可全信，亦不可全不信，当深察其诗辞文字，揆度其义，庶可得其旨矣。

## 九、"三家诗"及《毛诗》

《诗》遭秦火之后，以《诗》为人人讽诵，不赖竹帛而传，以今文写成之书，与古文本无何差异。说《诗》者汉初有齐鲁韩三家及毛公。《汉书·艺文志》云："汉兴，鲁申公为《诗》训故，而齐辕固、燕韩生皆为之传。或取《春秋》，采杂说，咸非其本义。与不得已，《鲁诗》最为近之。三家皆列于学官。又有毛公之学，自谓子夏所传，而河间献王好之，未得立。"所称毛公之学，即今所传之《毛诗》，亦即今之《诗经》也。齐鲁韩三家《诗》皆今文，而毛公所传为古文。今文者，以汉当时之隶书口传而写。古文者，出于孔子壁中，以先秦文字所书，未遭秦火者也。

鲁申公为鲁人申培，与燕国韩婴在文帝时以治《诗》为博士。辕固为齐人，景帝时以治《诗》为博士。三家所传《诗》，次第亡佚。《齐诗》亡于魏。《鲁诗》亡于晋。《韩诗》亡最晚，约亡在唐宋之间。今存《韩诗外传》十卷。三家之说，后世有辑本，惟见一斑，不足以窥其整体。后世仅存《毛诗》。

毛公者，《汉书·艺文志》及《儒林传》均未见其名。郑玄《诗谱》云："鲁人大毛公为诂训传于其家，河间献王得而献之，以小毛公为博士。"

陆玑《毛诗草木鸟兽虫鱼疏》云："毛亨作诂训传，以授赵国毛苌。时人称亨为大毛公，苌为小毛公。"

孔颖达云："大毛公为其传，至小毛公而题毛。"

《毛诗》之传，于《汉书》仅知为毛公，其后始见记载为毛亨毛苌，不知何所依据。但此亦不甚重要，吾人但知《毛诗》为汉初毛姓儒者所传古文诗，即今之《诗经》可矣。无论其为毛亨或为毛苌，或为毛某某，终是此诗此传而已。

十、四始

四始者指《诗》中四篇，为《风》《小雅》《大雅》《颂》四部分之开始；并以为所以如此者，乃别有意义，故命之曰"四始"。

四始之说，亦有不同。《毛诗》之说，见于《诗序》："《关雎》后妃之德也，《风》之始也。风，风也，教也。风以劝之，教以化之。雅者，正也。言王政之所由兴废也。政有小大，故有《小雅》焉，有《大雅》焉。颂者，美盛德之形容，以其成功告于神明者也。是谓四始，诗之至也。"

《诗序》所言之四始，并未能详细道出何者为四始，惟叙《关雎》为《风》之始，余则述风、小雅、大雅及颂之本义，而谓之四始，其义未能明晰。

《齐诗》之说，《诗纬泛历枢》云："大明在亥，水始也。四牡在寅，木始也。嘉鱼在巳，火始也。鸿雁在申，金始也。"

此说与《毛诗》之说迥异。其四始之义，引用水木火金，杂入五行之说，尤为怪异。

《鲁诗》之说，魏源《诗古微》云："周礼太师以六诗教国子，一曰风，二曰赋，三曰比，四曰兴，五曰雅，六曰颂。而六义兴焉。故季札观乐，已分风雅颂之名，其体用博矣。而汉儒以四始之说，媲之后人，无一能析之者。请先以《鲁诗》之义明之。司马迁曰：'《关雎》之乱，以为《风》始，《鹿鸣》为《小雅》始，《文王》为《大雅》始，《清庙》为《颂》始。'盖深求其故，而知皆三篇连奏也。古乐章皆一诗为一终，而奏必三终。故仪礼歌《关雎》，则必连《葛覃》《卷耳》而歌之。而四始则又夫子反鲁正乐正《雅》《颂》，特取周公述文德者各三篇，冠于四部之首，固全诗之裒领，礼乐之纲纪焉。"

《鲁诗》之说，特别指出《关雎》为《风》之始，《鹿鸣》为《小雅》之始，《文王》为《大雅》之始，《清庙》为《颂》之始。然此四始究竟有何作用，魏源不过臆测之词，并谓特取周公述文德者各三篇，以为礼乐之纲纪。但何以足为纲纪，用意为何，仍不能道出。

《韩诗》之说，今可见之于《韩诗外传》者，有子夏问"《关雎》何以为《国风》始也"之语。魏源《诗古微》据服虔解《左传》用《韩诗》，考证《韩诗》以《周南》十一篇为《风》之始，《小雅·鹿鸣之什》十六篇、《大雅·文王之什》十四篇为二《雅》正始。《周颂》为周公述文武诸乐章，为《颂》之始。其说亦非全可信。

总观以上四家之说，《诗》之四始，并无何重大意义。司马迁《孔子世家》虽言四始，但亦未言其有何深义。后世或误以为此必有深义存焉，故力求其解，勉强而为之，四始乃与六义并称。实则六义为有实质之问题，而四始则为《风》《雅》《颂》之首篇而已。

十一、孔子与《诗经》

《史记·孔子世家》云："古诗三千余篇，及至孔子，去其重，取可施于礼义，上采契、后稷，中述殷、周之盛，至幽、厉之缺。始于衽席，故曰，《关雎》之乱，以为《风》始，《鹿鸣》为《小雅》始，《文王》为《大雅》始，《清庙》为《颂》始。三百五篇，孔子皆弦歌之，以求合《韶》《武》《雅》《颂》之音。"

后人据此谓孔子曾删《诗》。《汉书·艺文志》云："古有采诗之官，王者所以观风俗，知得失，自考正也。孔子纯取周诗，上采殷，下取鲁，凡三百五篇。"

陆德明《经典释文》曰："孔子最先删录，既取周，上兼《商颂》，凡三百十一篇。"

欧阳修曰："马迁谓古诗三千余篇，孔子删存三百。郑学之徒，以迁为谬，予考之，迁说然也。"

苏辙曰："孔子删诗三百五篇，其亡者六焉。"

然孔子删诗之说，除《史记》言及之外，未见于他书。后世此说皆据《史记》而言。《史记》据何而言，已不可知。而若《论语》者，载孔子言行之书，并未言及孔子曾经删诗，亦未言及诗有三千。崔述驳《史记》云："孔子删诗孰言之？孔子未尝自言之也。《史记》言之耳。孔子曰：'郑声淫。'是郑多淫诗也。

孔子曰：'诵诗三百。'是诗止有三百，孔子未尝删也。"后世反对删诗之说甚多，综合言之，大致理由如下：

（一）、未见孔子自言曾删诗之语。

（二）、孔子谓郑声淫，而郑诗今仍存而未删，可见孔子未删。

（三）、季札观乐在孔子前，当时所歌之诗，皆在今《诗经》之内。可见孔子前后之诗内容相同，并未删减。

（四）、逸诗见于《论语》者，如"唐棣之华"四句，《左传》"虽有丝麻"四句，"思我王度"五句，毫不悖于礼义，何以孔子删去此诗，而留郑之淫诗？可见非孔子所删。

（五）、诸子言《诗》，皆举三百之数。可见《诗》原为三百。

由主删诗之说与驳斥删诗之说，互相比较，主张未删者证据切实，删诗之说实不能成立。至于古诗是否有三千余篇，今已难考。惟古诗必较三百篇为多，则由逸诗可以见之。至于何以只存三百十一篇，其原因已不可知。但其成为三百十一篇之诗，是在季札观乐以前之事，可以断言。非孔子所删减也。

孔子虽未删诗，然于《诗》曾作整理。《论语》："吾自卫反鲁，然后乐正，《雅》《颂》各得其所。"此出自孔子之言，当最可信。《史记》所谓"三百五篇，孔子皆弦歌之"，盖即"乐正"；编订次序，为今《诗经》之编排，或即"《雅》《颂》各得其所"之谓也。据此，盖《诗经》在孔子整理之前，为一大众诵读之官书。经孔子整理之后，乃成为后世众所尊重之经书也。

十二、《诗经》正变之说

《诗经》有正变之说，其说出于《诗序》："至于王道衰，礼义废，政教失，国异政，家殊俗，而变风变雅作矣。"

后世据此，乃为正变之分。而正变之分，其说亦各不同。《诗序》与孔颖达以世之治乱分正变。《诗序》之言见前。孔颖达云："……然则变风变雅之作，皆王道始衰，政教初失，当可匡而复之。故执彼旧章，觊望更遵王道，所以变诗作也。"

郑玄、欧阳修以时代分：郑云："文武之德，光熙前绪，以集大命于厥身，遂为天下父母，使民有政有居。其时《诗》：《风》有《周南》《召南》，《雅》有《鹿鸣》《文王》之属。及成王、周公致太平，制礼作乐，而有《颂》声兴焉，盛之至也。本之由此风雅而来，故皆录之，谓之《诗》之正经。后王稍更陵迟，懿王始受谮亨齐哀公，夷身失礼之后，邶不尊贤。自是而下，厉也，幽也，政教尤衰……故孔子录懿王、夷王时诗，讫于陈灵公淫乱之事，谓之变风变雅。"欧阳修云："风之变，自夷懿始；雅之变，自幽厉始。霸者兴，变风息焉；王道废，诗不作焉。"

顾炎武则以入乐与否分正变，《日知录》云："夫二南也，《豳》之《七月》也，《小雅》正十六篇，《大雅》正十八篇，《颂》也，诗之入乐者也。《邶》以下十二国之附于二南之后而谓之《风》，《鸱鸮》以下六篇之附于《豳》而亦谓之《豳》，《六月》以下，五十八篇之附于《小雅》，《民劳》以下，十三篇之附于《大雅》，而谓之变雅，诗之不入乐者也。"

其余尚有主以美刺喻正变者，如惠周惕《诗说》。而朱子则以乐之应用不同而分正变。然大致都以郑玄所分为准。郑氏所分者：

正风：《周南》《召南》二十五篇为正风。

正雅：《小雅》自《鹿鸣》至《菁菁者莪》廿二篇为正小雅。《大雅》自《文王》至《卷阿》十八篇为正大雅。

变风：自《邶风》至《豳风》一百三十五篇为变风。

变雅：自《六月》至《何草不黄》五十八篇为变小雅。自《民劳》至《召旻》廿三篇为变大雅。

《颂》本无正变之说，然宋王柏亦指《颂》有正变。以《周颂》为正，以《商颂》《鲁颂》为变颂，然其说未能行。

综观《诗经》正变之说，于诗之本身并无何必然之用意，而所持之理由又纷纭各异，且亦无何可信之理。《诗》之正变之说，直可不必多加探讨，置之可矣。惟此说历时既久，论者亦多，姑略述之，知《诗》亦有此一说耳。

十三、诗学之流派

诗在创作之际，惟情动于中，而歌咏之耳。及其采而为官书也，乃有用意矣。其后由于为众所诵读，引用益广乃生诗外之义。每断章取义，或牵强附会，诗之别义乃生。其始不自《诗序》，春秋时已然也。

春秋之时，《诗》为知识阶级之所必读。诸侯卿大夫会晤，必赋诗以喻其志。用之既广，取义亦泛，于是每脱离诗之本义。如《左传·昭公元年》："赵孟叔孙豹曹大夫入郑，郑伯享之。子皮赋《野有死麕》之卒章，赵孟赋《棠棣》，且曰：'吾兄弟比以安，尨也可使无吠。'"注："《野有死麕》卒章曰：'舒而脱脱兮，无感我帨兮，无使尨也吠。'……义取君子徐以礼来，无使我失节，而使狗惊吠。喻赵孟以义抚诸侯，无以非礼相加陵。"

"死麕"本叙男女之事，而竟喻以义抚诸侯之事。盖随意牵引，旁申侧延，断诗之章，成己之义，固非诗之本义也。此类屡见，不多举例。

至于古籍引《诗》，以申己义，往往亦非诗之本义。若《荀子·大略》篇引《齐风·东方未明》："颠之倒之，自公召之。"谓"诸侯召其臣，臣不俟驾，颠倒衣裳而走，礼也"。然此诗本义述君命不时，致臣慌乱，乃衣裳颠倒。若果如荀子之言，臣下颠倒衣裳而走，何能赴朝？不俟驾可矣，竟颠倒衣裳而不为纠正即走可乎？此皆断章取义，与诗之本义相违者，其例极多。

诗义既泛滥而无定说，说《诗》者乃自立门户，各为一说。汉初有齐鲁韩三家传今文诗，毛公传古文诗，于前章业已叙之。而汉志谓齐鲁韩三家诗"或取春秋杂说，咸非其本义"，然三家并列于学官。《毛诗》则以传古文而未能立，以博士皆习今文也。平帝时，立《左氏春秋》《毛诗》《逸礼》《古文尚书》。光武兴皆罢之。终汉世此数经未得立。故"三家诗"为官学，而《毛诗》则为私学。"三家诗"于西汉之世甚盛，《毛诗》则未盛也。迨东汉之世，"三家诗"仍为诗之主流，治《鲁诗》者有高诩、包咸、魏应。治《齐诗》者有伏恭、任末、景鸾。治《韩诗》者有薛汉、杜抚、召驯、杨仁、赵晔。《后汉书·儒林传》谓其皆能自持其身，而无哗众取宠之行为。盖"三家诗"至东汉已不若西汉之烜赫矣。

《毛诗》之学,至东汉渐趋于盛。据《后汉书·儒林传》载,卫宏从九江谢曼卿受《毛诗》,因作《毛诗序》,善得风雅之旨。郑众、贾逵皆传《毛诗》。后马融作《毛诗传》,郑玄作《毛诗笺》。由此可见传《毛诗》者多。而贾逵、马融皆东汉之大儒,皆传《毛诗》,故《毛诗》因以日显。及郑玄作笺后,《毛诗》因以大行。"三家诗"乃渐微,以渐至于亡。《毛诗》独盛,郑玄为功最大。而孔颖达取毛传郑笺作疏之后,《毛诗》在诗学中乃惟我独尊。而至唐犹存之《韩诗》,亦无人理会,而趋于亡。盖自东汉末至唐为《毛诗》最盛之时代。

"三家诗"之衰,当由于"或取春秋杂说,咸非其本义"之故;尤以《齐诗》多用纬说,颇涉怪诞,旁义之外,别生异旨,后世对"三家诗"乃不能信服。《毛诗》《诗序》当较"三家诗"多近理,加以郑笺孔疏,义旨显明,学者乃取毛而舍三家矣。

然《毛诗》传至宋,亦遭挫折。其始有欧阳修作《毛诗本义》,其言有云:"先儒于经,不能无失,而所得固已多矣。尽其说而理有不通,然后以论正之。"

欧阳修所著《毛诗本义》,不轻易议论毛郑,但亦不确守毛郑之说,实开宋人不遵毛传之始。其后苏辙作《诗集传》,开始怀疑《诗序》。及郑樵作《诗辨妄》,专斥毛郑,反驳《诗序》,而另立己意说诗。王质作《诗总闻》,亦在《诗序》之外,别立新义。朱熹作《诗经集传》,尽扫去《诗序》不用,自立诗旨,虽有时径亦采《序》之说,亦不言及《诗序》。读朱书者,完全不见《序》矣。《诗序》至此全部动摇。此外如程大昌《考古编》、杨简《慈湖诗传》等亦皆为新派。其时有吕祖谦《读诗记》、严粲《诗辑》等，说《诗》仍宗毛郑，然终不胜新派。自是之后，说《诗》者多宗朱子矣。此外王应麟著《诗考》，搜集"三家诗"遗说，又辑《诗》异字异义，及逸诗附其后。辑"三家诗"实始于王氏。王氏又著《诗地理考》，述诗中地理，足资参考。此宋人《诗》学之又一派也。

元儒说《诗》，马端临力主存《序》，而无专著。其余则大都本于朱子《集传》。如许谦之《诗集传名物钞》、刘瑾之《诗传通释》、梁益之《诗集旁通》、朱公迁《诗经疏义》、刘玉汝《诗缵绪》、梁寅《诗演义》等，皆宗朱传。

明代《诗经》之学，主流仍为朱子一派：胡广奉敕撰《诗经大全》，悉以刘瑾之书为主。颁为功令，一时大行。其他如季本之《诗解颐》，李先芳之《读诗私记》，何楷之《诗经世本古义》，朱谋㙔之《诗故》等，则并取汉宋之说。然皆不若胡广一书之盛行也。总之，自南宋至明，又为朱传一派之全盛时期。毛传于此时黯然失色，不足与新说抗也。

清代《诗》学，在乾嘉以前，承前代余绪，一时家法未立。如钱澄《田间诗学》，并采汉唐宋明。至朱鹤龄《诗经通义》，力驳废《序》之非，已趋汉学。至陈启源《毛诗稽古篇》，训诂准《尔雅》，诗旨准《序》。戴震《毛郑诗考正》，一准汉之训诂，已开汉学之门，然亦采朱说。迨马瑞辰《毛诗传笺通释》、胡承珙《毛诗后笺》、陈奂《毛诗传疏》出，清代说《诗》宗汉者蔚成风气，而《毛诗》之学又复大盛。

清代于三家《诗》之搜集亦有成就。如范家相辑《三家诗拾遗》，陈乔枞《三家诗遗说考》《齐诗翼氏学疏证》，马国翰玉函山房辑本《鲁诗故》《齐诗传》《韩诗故》。魏源《诗古微》，宗三家而斥毛郑。

清儒于《诗》，有专攻文字声韵者。属文字者如段玉裁《诗经小学》、陈乔枞《毛诗郑笺改字说》《四家诗异文考》、周邵莲《诗考异字笺余》等。属声韵者如顾炎武《诗本音》、陈奂《释毛诗音》、苗夔《毛诗韵订》、钱坫《诗音表》、夏炘《诗经廿二部古音表集说》、孔广森《诗声类》。又有考地理者，如焦循《毛诗地理释》。有考名物者，如毛奇龄《续诗传鸟名》、徐鼎《毛诗名物图说》、俞樾《诗名物证古》。有考礼制者，如包世荣《诗礼徵文》。考世族者，如李超孙《诗世族考》。《诗》之汉学，至此灿然大备。

此外亦有自立门户，不受汉宋所囿者。如崔述《读风偶识》、姚际恒《诗经通论》、方玉润《诗经原始》等。

总之，《诗》学至于清代，汉学大盛，然宋学亦复不绝，又有超越汉宋若崔述、姚际恒等之新说。乃使此一时期，成为《诗》学承先启后之大时代。其各家之说虽异，而其追求探讨之成就，足以为后世学《诗》者参考采取，其功不可泯也。

十四、《诗经》之价值及读法

《诗经》一书，在古代为读书人之基本读物。孔子曰："不学《诗》无以言。""《诗》可以兴，可以观，可以群，可以怨。""多识于草木鸟兽之名。""人而不为《周南》《召南》，其犹正墙面而立也与？"可见孔子视《诗》之教人，有多方面之作用。然此为《诗》在古代之价值。时至今日，此种作用已大半消失。然则今日之《诗经》，尚有何价值？当值一谈。

第一，吾人知《诗经》为吾国最早之韵文总集，亦为后世一切韵文之祖，故《诗经》在文学上之价值当永远存在。分别言之，其价值有三：作文学欣赏，陶冶性情，镕铸情操；《诗经》为我国语言词汇之重要来源，故可作语言文字声韵之研究材料；做辞章结构、文字技巧之研究。

第二，《诗经》为古人生活写照，其中包括古代政治社会各种情状，故《诗经》亦有历史价值：作史实研究之资料；作古代社会研究之资料；作古代政治研究之资料；作古代地理研究之资料。

第三，《诗经》中所言及之草木鸟兽虫鱼、器物衣服宫室等，亦足以为研究资料。

吾人既明《诗经》之价值，则不难知其读法。吾人今日读《诗经》，则各就其兴趣所在，或重在欣赏，以陶冶性情；或重在语言文字声韵之研究；或作文章技巧之探讨；或注意历史价值，资以考索；或重视名物，加以探求释证。然不论向任何方向研究，总宜实事求是，则庶几得之矣。


附识：

此绪论杂采古今之说，间有己意。为行文方便，所采各说，不分别注明出处。其中采今人屈万里先生之说，皆见屈著《诗经释义》。

国风

国者，诸侯所封之域；风者，民俗歌谣也。《诗经》编制分《风》《雅》《颂》三部。自《周南》至《豳》，凡十五国之诗，谓之风，是即十五国之歌谣也。歌谣之作，每为感情激荡，乃发诸肺腑，而宣其至情，言其至理。朱熹以为：谓之风者，其言足以感人，如物因风之动以有声，而其声又足以动物也。是以诸侯采之，以贡于天子；天子受之，而列于乐官，于以考俗尚之美恶，而知其政治之得失焉。吾人读十五《国风》，虽未见其尽属正言得失，吾人说《诗》，虽不必一若《诗序》之臆造经义，但吾人于此风谣之中，固可感其情、体其理，兼可窥其风俗（生活、礼仪、服饰、舟车、宫室之状），得见其国之治乱、其人之好尚、其民之性情、其社会之组织，斯足以通古今世事之变，系古今人物之情者也。故《风》之影响于后世者，方之《雅》《颂》，尤为大焉。

# 周　南

　　《周南》者，周公采邑中之诗，及在其邑中所采周地以南各地之诗也。周公之采邑，即周初之周地，雍州岐山之阳之地也。大王始居之，国号曰周。其后武王有天下，分周故地以为弟旦及奭之采邑。以周封旦，曰周公；以召封奭，曰召公。武王封周公之国为鲁，周公不就封，佐武王，相成王，摄行政，使子伯禽代封于鲁。武王封召公于燕，召公亦未就封，以元子代之，而召公留佐王室，次子留代为召公。成王时，召公为三公，自陕以西，召公主之；自陕以东，周公主之。

　　周召二地，西为犬戎，北则豳，东则列国也。惟其以南之地甚广，及乎江汉之间，以近于周故地，民情风俗乐调皆近于周，固早被周之文化者也。故其地之诗，乃与周召二地之诗合：合周公采邑之诗，及在周邑所采其地以南各地之诗，命曰《周南》焉；合召公采地之诗，及在召邑所采其地以南各地之诗，命曰《召南》焉。此《周南》《召南》之所以命名也。

　　周南、召南之地域，约在今陕西省东部，河南省西部，黄河以南，汝水以至汉水之间。周南之诗，但为在周公采邑所采，因地以名耳，其诗不必言周公之事，其时代亦不必在周公之时。

按：旧说谓周为岐周之故地，自文王徙都于丰，乃分其故地，以为周公旦、召公奭之采邑。南，则言周召之化行于南国。然文王为诸侯，安得封二公之采地？故知文王之世，未封周召二公。所谓"南"是"周召之化，行于南国"，纯属臆度敷衍之词，而于实际未能合也。若云其化行于南国则曰南，然则是此诗属于南国乎？抑不属于南国乎？是周召之诗行于南国乎？抑南国之诗成于周召乎？皆未能明也。亦皆无可明之示意也。又云："得圣人之化者曰《周南》。"圣人指周公也。"得贤人之化者曰《召南》。"贤人指召公也。此又更不可解者。得周公之化何以便曰周南？得召公之化何以便曰召南？皆不知南之一字，所指为何事也。朱熹谓其得自国中者，杂以南国之诗曰《周南》；其直得自南国者，曰《召南》。得自国中，杂以南国之诗曰《周南》，颇有命名之理；然直得南国何以即名曰《召南》？召字有何直接之义在？诚令人不能信服。至于《诗序》所云："《关雎》《麟趾》之化，王者之风，故系之周公。南，言化自北而南也。《鹊巢》《驺虞》之德，诸侯之风也。先王之所以教，故系之召公。"其说更觉迂而不近情理。王者之风与诸侯之风之说，既难成立；王者系周，诸侯系召，亦未见有何理由。至言王化自北而南，便曰南，尤为意识模糊，难于解释。此皆先儒囿于文王、圣人、王化之说，强作解人之语也。

周召二南，旧说难信，而后世虽说者甚众，而多引据过繁，考证滋棼。虽甚见博雅，而牵引过远，致难于遽信。兹徐而察之，窃于简明平易之中，悟其命名之理：周召二字，自古连用皆周召二公也。南者南方之国。二公既各有采邑，而各接南方之国，取其邑内之诗兼合其地以南各国之诗，乃命曰周南及召南，是极为平常易见之事也。旧说以见其义之浅，而故为探其深，于是入歧途而不返，乃多留后世之惑耳。

周南之国共十一篇。

# 关雎

此为咏君子求淑女，终成婚姻之诗。

关关雎鸠，在河之洲。
窈窕淑女，君子好逑。

参差荇菜，左右流之。
窈窕淑女，寤寐求之。

求之不得，寤寐思服。
悠哉悠哉，辗转反侧。

参差荇菜，左右采之。
窈窕淑女，琴瑟友之。

参差荇菜，左右芼之。
窈窕淑女，钟鼓乐之。

**关关雎鸠，在河之洲。窈窕淑女，君子好逑。**

关关，雌雄相和之鸣声。◎雎，音居。雎鸠，王鸠，雕类，好在江渚山边食鱼，或呼之为鹗者。

河，谓黄河也。《诗经》中凡单言河者，皆谓黄河。◎洲，水中可居之地。

窈，音杳。窕，音挑拨之挑。窈窕，容貌美好，幽闲贞静之貌。◎淑，善也。淑女，品德美善之女子。

君子，有才德或有官位之男子也。◎逑，音求，匹偶也。好逑，佳善之配偶也。

第一章，由"关关雎鸠"起兴，以引起君子淑女之宜为佳善之配偶也。言雎鸠雌雄，栖于河之洲上，关关然相鸣和。因而联想及君子淑女，实为良好之配偶。故曰幽闲贞静之淑女，是君子之好匹偶也。此种作法，即"兴"之作法，参前绪论"诗六义"一节。

按：雎鸠，毛传："王鸠也。"陆玑疏："雎鸠大小如鸱，深目，目上骨露，幽州人谓之鹫。"《尔雅》："雎鸠，王鸠。"郭注："雕类，今江东呼之为鹗，好在江渚山边食鱼。"毛传以为挚而有别，谓有定偶而不乱也。邵晋涵《尔雅正义》以为鱼鹰。

**参差荇菜，左右流之。窈窕淑女，寤寐求之。求之不得，寤寐思服。悠哉悠哉，辗转反侧。**

参差，长短不齐貌。◎荇，音杳。荇菜，水生植物，又名接余，叶圆径寸许，浮在水面，可食。◎参差荇菜言荇叶之长短不齐也。

流，求也。◎左右流之，言荇菜参差，在水面浮动，择取不易，乃左右寻求采择之也。

寤，觉醒。◎寐，入眠。◎寤寐求之，言不仅醒时，即使寝眠，亦心向而求之也。

思，语词，无义。◎服，思念也。◎寤寐思服，言寤寐之间，皆思念不止也。

悠，长也。◎悠哉悠哉，言思念之深长也。

辗转，反复转动也。◎反侧，反复翻动不安貌。◎辗转反侧，犹今之俗语翻来覆去。此形容夜寐不能入眠也。

第二章，由"参差荇菜，左右流之"起兴。言荇菜参差浮动，故左右追求而择取之。因以联想淑女之求也不易，乃引起"窈窕淑女，寤寐求之"。然后叙述求之不得，乃寤寐想念，入夜就寝，思念深长，以致翻来覆去，不能入寐。悠哉悠哉，形容思念之长，亦言失眠之人，感夜之长也。

按：寤寐思服之"思"，为语助词，无义。王引之《经传释词》有说。


**参差荇菜，左右采之。窈窕淑女，琴瑟友之。**

琴，七弦；瑟，廿五弦。皆丝属乐器。◎友，亲爱之义。◎琴瑟友之，言以鼓琴鼓瑟求亲近相爱也。

第三章，仍以"参差荇菜"起兴，以重复手法，造成诗之风格。言既左右采而得之矣。引起君子得近淑女，鼓琴瑟相和，以亲近相善。


**参差荇菜，左右芼之。窈窕淑女，钟鼓乐之。**

芼，音帽，择也。

乐，使其快乐也。◎鸣钟击鼓，尽其欢乐，象其已结合也。

第四章，仍用"参差荇菜"起兴，而以"钟鼓乐之"叙出君子淑女之结合。君子淑女，终得结婚。

按：《诗序》谓此诗咏后妃之德，不免牵强附会之甚。朱传以为女指文王之妃大姒，君子指文王。其说较《序》稍近情理，但亦穿凿。愚意以为全诗过程，是由君子追求淑女，至于结婚。中间且有"求之不得""辗转反侧"之语，盖君子淑女相求相友，终至结婚，诗人美而咏之也。与《序》所谓后妃之德者，诚毫无相关。至于文王大姒之说，亦无据也。

# 葛覃

此妇女自咏嫁后生活之诗。

葛之覃兮，施于中谷，维叶萋萋。
黄鸟于飞，集于灌木，其鸣喈喈。

葛之覃兮，施于中谷，维叶莫莫。
是刈是濩，为絺为绤，服之无斁。

言告师氏，言告言归。
薄污我私，薄澣我衣。
害澣害否，归宁父母。

葛之覃兮，施于中谷，维叶萋萋。黄鸟于飞，集于灌木，其鸣喈喈。

葛，草名，蔓生细长，茎之纤维可织葛布。◎覃，音谭，延也。

施，音异，移也。◎中谷即谷中。

维，语词，无义。◎萋萋，盛貌。

于，助词。于飞即飞，有正在飞之义。

灌木，丛木也。◎喈，音阶。喈喈，鸟鸣之声。

第一章，描写妇女采葛时之景物，言葛草蔓生，延移而至谷中。葛叶茂盛。黄鸟飞鸣，集于灌木之上，鸣声喈喈。

按：于飞之"于"，助词也。《经传释词》有说。助词本身无义，与动词"飞"相成而为"正在飞"之义。或谓"于"，"之"也。则黄鸟之飞，极为易解矣。然此乃不解助词之为用者，乃就其语而定其训，不足采。

葛之覃兮，施于中谷，维叶莫莫。是刈是濩，为絺为绤，服之无斁。

莫莫，茂密之貌。

是，乃也，于是也。◎刈，音义，斩也。◎濩，音镬，煮也。◎此言斩葛而煮之也。

为，治之以使成也。◎絺，音痴，精细之葛织物。◎绤，音隙，粗厚之葛织物。

服，穿着也。◎斁，音易，厌也。

第二章，描写采葛制为絺绤之事。葛既延于谷中，其叶茂密，于是斩之煮之，治为精细织品及粗厚织品。服之可喜，不生厌也。

**言告师氏，言告言归。薄污我私，薄澣我衣。害澣害否？归宁父母。**

　　言，语词，无义。◎师氏，女师也。

　　两言皆语辞，无义。◎告，告于女师也。◎归，归宁也。

　　薄，发语词，无义。◎污，去其污也。污训为去污，如治乱曰乱，乱训理。◎私，燕服，即私生活之服。

　　澣，同浣，音缓，洗濯也。◎衣，礼服也。

　　害，音曷，何也。◎否，不也。◎言何者当洗，何者不当洗耶？自问之语。意谓皆当洗也。

　　宁，安也。归宁，归父母家问安宁也。

　　第三章，述既成絺绤之服，乃告于女师，将归宁也。乃先将私生活之家常衣服洗好，又将礼服亦洗好。自问曰：何者当洗何者不当洗邪？意谓凡我之衣皆应洗也。我将着洗好之服，归家向父母问安矣。

　　按：言告言归之"言"，毛郑训"我"。《尔雅·释诂》："言，我也。"引诗《葛覃》"言告言归"。高本汉引《庄子·山木》："言与之偕游。"陆德明《毛诗释文》云："言，我也。"以为言训我之据。但未知《释文》之训我，亦以《尔雅》及毛传为根据耳，何得以为例证？陈奂《毛诗传疏》云："言告，我告；言归，曰归。"曰，语词。两言字作两解，义更混乱，尤为不妥。"言"于此但为语词耳，《经传释词》释之甚明："言，云也。语词也。话言之言谓之云，语词之云亦谓之言。诗若《葛覃》之'言告师氏，言告言归'……皆与语词之云同义。"云为语词，或为语已词，或为语中助词，皆无义。

按《诗序》云："《葛覃》后妃之本也。后妃在父母家，则志在于女功之事。躬俭节用，服澣濯之衣，尊敬师傅。则可以归安父母，化天下以妇道也。"朱传以为庶几近之。但细察全篇，实无后妃之义在。由词中揆度，先言采葛，末有"言告言归"等语，当为妇女自咏嫁后生活之诗。

## 卷耳

此诗人咏劳人思妇之诗。

采采卷耳，不盈顷筐。
嗟我怀人，寘彼周行。
　　　zhì　　　háng

陟彼崔嵬，我马虺隤。
zhì　　wéi　　　huī tuí
我姑酌彼金罍。维以不永怀。
　　　　　　léi

陟彼高冈，我马玄黄。
我姑酌彼兕觥。维以不永伤。
　　　　　　sì gōng

陟彼砠矣！我马瘏矣！
zǔ　　　　　tú
我仆痡矣！云何吁矣！
fū　　　xū

采采卷耳，不盈顷筐。嗟我怀人，寘彼周行。

采采，采之又采也。◎卷耳，植物名，一年生草，茎叶皆有细毛，叶作长卵形，对生无柄，嫩叶可食。

盈，满也。◎顷筐，竹制容器。顷，欹也。欹斜之筐。

嗟，叹乱。◎怀，思念。

寘，同置。◎彼，语助词。◎行，音杭。周行，大道也。

第一章，诗人咏闺人怀念行人之情。言闺人方采卷耳，采之又采，而不能满一顷筐。只因心有所思，故无心采卷耳，故所得者少也。复以心中怀念行役之人，叹息忧伤，不能复采，乃置筐于大道之旁，以稍休息。

陟彼崔嵬，我马虺隤。我姑酌彼金罍。维以不永怀。

陟，音至，升也。◎彼，语助词。◎崔嵬，山高也。

虺，音灰。隤，音颓。虺隤，马病也。

姑，且也。◎罍，音雷。金罍，金属之酒器，刻为云雷之象。

维，发语词，无义。◎永怀，长思也。

第二章，是诗人咏行人思念闺人之情。其中用我字，诗人代行役者之言，非诗人本身。言行路之间，登高山以望故乡。而我马至此，已疲病不能行。因姑且酌金罍以自饮，期以沈醉而忘却所怀，而不致长存于心也。

按：崔嵬，毛传释为土山之戴石者。《说文》："崔，高大也。嵬，山石。"刘熙《释名》云："土戴石曰崔嵬。"《尔雅》："石戴土谓之崔嵬。"毛传与《尔雅》相反，孔氏《正义》以为传写之误。总之，崔嵬有山石高大之义耳。

陟彼高冈，我马玄黄。我姑酌彼兕觥。维以不永伤。

冈，山脊曰冈。

玄黄，病貌。

兕，音四。兕觥，以兕角为爵也。

伤，忧伤也。

第三章，述行人之情。言行路之间，登彼高冈以望。而我马以行路之远，已病矣。我姑且酌兕觥以自饮，期以忘却所怀，不致长陷于忧伤。此章重上章义，往复咏叹之。

陟彼砠矣！我马瘏矣！我仆痡矣！云何吁矣！

砠，音阻，石山之戴土者。

瘏，音途，病也。

痡，音敷，病也。

云，犹如也。云何，如何。◎吁，音须。吁，应作盱，或为盱之假借。盱，张目远望也。

第四章，仍为行人之情。言渐行渐远，登彼石山之顶以望，而我马以行远而病矣。我仆亦病矣！仆马皆病，行愈远而人愈苦，将如之何？但张目远望而已！此最后一章连用四矣字，慨叹无既，如闻其声。

按：吁，毛传："忧也。"《尔雅·释诂》注引此作"云何盱矣"。邢昺《尔雅注疏》云："《卷耳》及《都人士》文也"，邢所据《卷耳》作盱。《说文》："盱，张目也。"

"云，犹如也。"《经传释词》说。

按《诗序》云："《卷耳》，后妃之志也。又当辅佐君子，求贤审官，知臣下之勤劳；内有进贤之志，而无险诐私谒之心，朝夕思念，至于忧勤也。"细寻全文，全无此义。虽《毛传》《郑笺》勉强作解释，但终觉不能相合耳。此说盖本于《左传·襄公十五年》引"嗟我怀人，寘彼周行"，谓"楚于是乎能官人"，遂解周行为周之行列。毛郑因之。欧阳修驳之曰："妇人无外事。求贤审官，非后妃之责。"所见极是。度其全诗，纯是咏劳人思妇之情，诚不必多所附会也。

# 樛木

此妇人祝福丈夫之诗。


南有樛木，葛藟累之。
乐只君子，福履绥之。

南有樛木，葛藟荒之。
乐只君子，福履将之。

南有樛木，葛藟萦之。
乐只君子，福履成之。

**南有樛木，葛藟累之。乐只君子，福履绥之。**

南，泛指南面。◎樛，音鸠，木下曲曰樛。

藟，音垒。葛藟，葛之属。◎累，音雷，缠绕也。

只，语助辞。

履，禄也。◎绥，安也。

第一章，由南面有下曲之樛木，葛藟缠绕之，兴起君子多福之意。故曰乐哉君子，福禄安之。此兴之法也。由樛木之纠绕葛藟，联想有德之君子，有妻子以附之助之，其身必及福禄。木为葛藟之所累，君子乃福禄之所归也。

按：毛传："南，南土也。"郑笺谓荆扬之域，皆无据。不若泛指南面地方为妥。

**南有樛木，葛藟荒之。乐只君子，福履将之。**

荒，掩覆也。

将，扶助也。

第二章，义同首章，换韵而重唱之。

**南有樛木，葛藟萦之。乐只君子，福履成之。**

萦，绕也。

成，成就之也。

第三章，作法与前二章相同。言南有樛木，葛藟萦绕之矣。和乐之君子，则必有福禄以成就之矣。

以上三章，作法相同。是用重复三叠唱之法，加强祝福之意。

按《诗序》云："《樛木》后妃逮下也。言能逮下而无嫉妒之心焉。"于诗义实未能安。朱传谓众妾之颂后妃，亦未见近理。观其由樛木葛藟起兴，有依附之义，是妇祝其夫也。

# 螽斯

此贺人生子之诗。

螽斯羽，诜诜兮。宜尔子孙振振兮。

螽斯羽，薨薨兮。宜尔子孙绳绳兮。

螽斯羽。揖揖兮。宜尔子孙蛰蛰兮。

**螽斯羽，诜诜兮。宜尔子孙振振兮。**

螽，音终。螽斯，蝗属，长而青，长股，能以股擦翅作声。◎羽者，其翅也，作声之物。

诜，音森。诜诜，羽声也，言羽声之众多。

尔，指螽斯。◎振，音真。振振，众盛貌。◎言螽斯，尔宜乎子孙之众多也。

第一章，贺人生子，乃以螽斯一物比之。螽斯繁殖极快，比子孙众多之状。用以预祝此生子之人将来子孙众多。先由螽斯羽说起。螽斯既众，其羽擦股成诜诜之声。以其繁殖之速，宜乎其子孙之盛多也。此章由首至尾，皆言螽斯，并未言及于人。是藉物以比人，所以为比之作法也。比与兴之差别，见本书绪论"诗六义"一节。

按：诜诜，毛传："众多也。"朱传谓"和集貌"。马瑞辰云："诜诜，薨薨，揖揖，皆羽声之盛多。"最为切合。和集实亦众多也。

**螽斯羽，薨薨兮。宜尔子孙绳绳兮。**

薨薨，羽声众多貌。

绳绳，不绝貌。

第二章，义与作法如第一章。螽斯集聚，羽声盛多，宜乎子孙绵绵不绝。此章重复首章之义而换韵。

**螽斯羽。揖揖兮。宜尔子孙蛰蛰兮。**

揖，音缉。揖揖，羽声盛多貌。

蛰蛰，和集也，亦盛多之貌。

第三章，作法仍旧。螽斯和集，羽声既盛而多，乃见其宜乎子孙之众也。三章仍重上两章之作法，而又换韵，以为三唱，使祝意加深。

按《诗序》云：“《螽斯》，后妃子孙众多也。言若螽斯，不妒忌，则子孙众多也。”其言子孙众多之义固是。而言后妃则不免附会。南自《汉广》以前，《诗序》无不指言后妃，而文中绝无一后妃字样。盖皆民间歌咏祝福之词，实与后妃无关也。至谓《螽斯》不妒忌尤为无据。此诗则贺人生子者，末以“宜尔子孙”之语贺之，而假螽斯为比，预贺其将来子孙必多也。

# 桃夭

此祝女子出嫁能宜其室家之诗。


桃之夭夭，灼灼其华。
之子于归，宜其室家。

桃之夭夭，有蕡其实。
之子于归，宜其家室。

桃之夭夭，其叶蓁蓁。
之子于归，宜其家人。

桃之夭夭，灼灼其华。之子于归，宜其室家。

夭夭，木之少好貌。

灼灼，鲜明貌。◎华，古花字。

之子，是子，犹言此一女子。◎于，助词，无义。◎归，女子嫁曰归。于归二字连用有正在进行出嫁之意。

第一章，由桃树经春娇发，其花灼灼、鲜艳照人写起。在此艳丽景象中，有女出嫁，则以联想其女子之少好艳丽，此兴之作法也。继又言女能宜其夫之家室，盖预祝也。一路写来，景象绝美。

按：于归二字，于，毛传训往。之子往归，固亦可通。但未若于字为助词之合理。参看《周南·葛覃》"黄鸟于飞"一节之解释及按语。

桃之夭夭，有蕡其实。之子于归，宜其家室。

蕡，音坟，大也。有蕡犹云蕡然，蕡然，大貌。

第二章，由桃之少好实大起兴，诗义与首章同。

按：有，《经传释词》云："状物之词也。若诗《桃夭》，有蕡其实是也。他皆放此。"屈万里云："诗中凡有'有'字冠于形容词或副词上者，等于加'然'字于形容词或副词之下。"

桃之夭夭，其叶蓁蓁。之子于归，宜其家人。

蓁，音臻。蓁蓁，茂盛貌。

第三章，写法与前二章同，三章重复叠唱，以示祝贺。

按：以上三章，为兴之写法。由与少女及出嫁皆毫无关连之桃树写起，而引至少女之出嫁。前二句固与少女出嫁无关，但如不用桃花灼灼一类描写，而改成木落花谢之词，再接之子于归，则觉黯然不能相映发。是以见兴之写法，初不必与主旨相关，但必能引发主旨，辉映主旨，陪衬主旨，所以有兴起主旨之义，所以谓之兴也。

按《诗序》云："后妃之所致也。不妒忌，则男女以正、昏姻以时，国无鳏民也。"《诗序》以此篇强属之后妃，实为习套迂腐之论。朱传谓为文王之化，虽已不言后妃，仍见束缚于王化后德旧说之中。实则此诗仅为祝嫁女而能宜其室家之诗，极为鲜明，嫁女为人间正常之事，何以牵于后妃不妒忌？《诗序》之不可解，竟有如此者。

# 兔罝

此猎士自咏，自许为公侯干城之诗。

肃肃兔罝，椓之丁丁。
赳赳武夫，公侯干城。

肃肃兔罝，施于中逵。
赳赳武夫，公侯好仇。

肃肃兔罝，施于中林。
赳赳武夫，公侯腹心。

**肃肃兔罝，椓之丁丁。赳赳武夫，公侯干城。**

肃肃，整饬貌。◎罝，音居，网也。兔罝，捕兔之网也。

椓，音琢，击也。◎丁，音争。丁丁，击木橛以拊兔罝之声。

赳，音纠。赳赳，勇武貌。

公侯，指国君。◎干，盾也。盾与城皆御敌之物，故以比之武夫。可为公侯之干城，言可御敌也。

第一章，先由张兔网说起，言我出猎于林中，兔网已整饬而树立矣。我击张网之木橛，丁丁然作响。因自许若我者赳赳之武夫，虽今日为猎士，而来日必可为公侯之干城而能御敌也。

**肃肃兔罝，施于中逵。赳赳武夫，公侯好仇。**

施，布置也。◎逵，九达之道也。此九达之道，指兔之行道，非指人行之道也。中逵即逵中，言兔常行之路中。

仇，匹也。◎此言能伴公侯而佐之也。

第二章作法同第一章。言猎士布兔罝于兔常行之道中。自许若吾赳赳之武夫，实能距关杀敌，乃佐公侯之好助手也。

**肃肃兔罝，施于中林。赳赳武夫，公侯腹心。**

中林即林中。

腹心，言可以与公侯同心同德，可为公侯心膂之助。

第三章，作法与前二章同。

按《诗序》云："《兔罝》后妃之化也。《关雎》之化行，则莫不好德，贤人众多也。"此文直不可解。诗中只咏武夫之可为公侯干城，既未言贤人，亦未言众多。《诗序》又言后妃，诚不知何所指。此诗明为猎士出猎之时，自咏其武勇之状。意谓虽今为猎士，而以我之赳赳，来日必为国之干城也。盖意气轩昂，有心报国之士，藉诗以一吐其志也。

# 芣苢

此妇女采芣苢时所唱之歌。

采采芣苢，薄言采之。
采采芣苢，薄言有之。

采采芣苢，薄言掇之。
采采芣苢，薄言捋之。

采采芣苢，薄言袺之。
采采芣苢，薄言襭之。

采采芣苢，薄言采之。采采芣苢，薄言有之。

采采，采之又采。◎芣苢音浮苡，即车前子。

薄，语词。◎言，语词。◎有，既得之也。

第一章，采芣苢时所唱也。言采之又采之，继续采之；采之又采之，采得许多。全诗无何含义，惟在工作时一唱一和，以助工作兴趣而已。

按：薄为语词。言，毛传训我，实亦语词，已见本书《周南·葛覃》"言告言归"句下。郑笺云："薄言，我薄也。"尤为失之。薄既为语词，何又移至我之下而成语乎？

采采芣苢，薄言掇之。采采芣苢，薄言捋之。

掇，音夺，拾也。

捋，音埒，捋取其子也。

第二章，述采时之动作，言采之又采之，忽则拾取之；采之又采之，忽则采取其子。群歌互答，情辞并美。

采采芣苢，薄言袺之。采采芣苢，薄言襭之。

袺，音结，用手持衣襟为兜，贮存所采得之芣苢，曰袺。

襭，音絜，将衣襟结于腰带间，使之成兜，以贮存所采得之芣苢，曰襭。

第三章，言采芣苢，已采得之，暂时将衣襟持起，贮于襟内；或将衣襟结于腰间，以贮存芣苢。

按以上三章，一章为开采，二章为采时之动作，三章为采得之情形。但实际亦不必执著于其程序。此皆采芣苢时信口讴歌，惟任其情，歌其歌，自得其趣也。

按《诗序》云："《芣苢》，后妃之美也。和平，则妇人有子矣。"毛传谓芣苢即车前子，宜怀妊焉。于是附会于有子，乃又及于后妃。《诗序》之不顾诗中文字，而专牵诗义于后妃，诚难令人信服。此诗纯属采芣苢时合唱之词，如今之采茶者之歌，插秧者之歌。全诗无何深义，惟信口而歌耳。平原绿野，风和日丽，三五妇女，且采且歌，真天籁自鸣，一片好音，何必后妃之言哉。

# 汉广

此为山中樵人之恋歌。

南有乔木，不可休思。
汉有游女，不可求思。
汉之广矣，不可泳思。
江之永矣，不可方思。

翘翘错薪，言刈其楚。
之子于归，言秣其马。
汉之广矣，不可泳思。
江之永矣，不可方思。

翘翘错薪，言刈其蒌。
之子于归，言秣其驹。
汉之广矣，不可泳思。
江之永矣，不可方思。

**南有乔木，不可休思。汉有游女，不可求思。汉之广矣，不可泳思。江之永矣，不可方思。**

南，泛指南方。◎乔木，上竦之木。◎言乔木枝叶太高，不能荫下，故不可休息。

汉，江汉。◎游女，出游之女。江汉之俗其女好游。◎思，语尾词，无义。

汉之广矣，江汉广阔。

永，长也。

方，桴也。编木为筏以渡水者也。大曰筏，小曰桴。

第一章，由南有乔木说起。乔木虽高，然枝叶上竦，不能荫下，故不可休息。因兴起汉有游女，游女虽美，而不可追求之联想。何以不可追求？以汉之广，以江之长，既不可泳而过之，又不能筏而渡之，故不可追求汉之游女也。

**翘翘错薪，言刈其楚。之子于归，言秣其马。汉之广矣，不可泳思。江之永矣，不可方思。**

翘翘，众也。◎错，杂也。

言，语词，无义。◎刈，割取之。◎楚，木名，荆属。

之子于归，此子出嫁也。见前《桃夭》篇。

言，语词。◎秣，饲也。

第二章，由翘翘众多错杂之薪说起。有薪如此多而且杂，惟选择其中之楚木而割斩之，取其好者也。由此联想，汉有游女，必求其中之美好者矣。如果彼美女出嫁，愿秣马以送也。惟此女颇为难求，以汉广之不可泳，江永之不可筏以渡也。

翘翘错薪，言刈其蒌。之子于归，言秣其驹。汉之广矣，不可泳思。江之永矣，不可方思。

蒌，音吕，蒿也，草中之翘翘然。

驹，小马。

第三章，形式与第二章同。惟易蒌、驹两字以换韵，重叠前唱，反复咏叹之也。

按《诗序》云："《汉广》，德广所及也。文王之道被于南国，美化行乎江汉之域，无思犯礼，求而不得也。"此说至朱传以下，多以为然，甚至姚际恒皆从之。然细味其诗，诚距《序》说甚远。清方玉润《诗经原始》云："所谓樵唱是也。近世楚粤滇黔间樵子入山，多唱山讴，响应林谷。盖劳者善歌，所以忘劳耳。其词大抵男女赠答，私心爱慕之情。"兹据其"乔木错薪"之言，若非樵人，恐难联想。然亦不仅平日之唱而已。察其所言，当为樵人恋歌。

# 汝坟

朱传云："妇人喜君子行役而归，因记其来归之时，思望之情如此。"

遵彼汝坟，伐其条枚。
未见君子，惄<sup>nì</sup>如调<sup>zhōu</sup>饥。

遵彼汝坟，伐其条肄<sup>yì</sup>。
既见君子，不我遐<sup>xiá</sup>弃。

鲂<sup>fáng</sup>鱼赪<sup>chēng</sup>尾，王室如燬<sup>huǐ</sup>。
虽则如燬，父母孔迩<sup>ěr</sup>。

**遵彼汝坟，伐其条枚。未见君子，惄如调饥。**

遵，循也。◎彼，指示字，在语中如"那"，无何显著之意义。盖指某物而言也。◎汝，水名，在今河南。◎坟，大防也。

条，枝也。◎枚，干也。

君子，指丈夫。

惄，音溺，思也。◎调，音周，朝也。

第一章，写妇人以夫之于役在外，因自循汝水之大堤防而伐树之枝干，以为炊爨之用。此时思及丈夫在外，不知何时能归，心中忧思，如朝饥之思食也。

**遵彼汝坟，伐其条肄。既见君子，不我遐弃。**

肄，余也。斩而复生之条干曰肄。言斩余新生者也。

不我遐弃，不远弃我，言仍还与我相聚也。

第二章，言循彼汝水之防而伐其枝条之斩后又新生者。伐其斩后又新生之条者，谓去年曾伐之，而今年又新生，时间已过一年也。此时君子已归来，喜其能不远弃我，生还相聚，于是则喜悦而不似以前之若朝饥矣。

**鲂鱼赪尾，王室如燬。虽则如燬，父母孔迩。**

鲂，音房，赤尾鱼也。◎赪，音称，赤也。旧云鱼劳则尾赤，恐不可信。然在文学则可用其传说而取其意。

王室，指当时之王室也。◎燬，焚也。王室如焚，言天下离乱也。

孔，甚也。◎迩，近也。◎言父母甚近，指夫已归家，近父母也。

第三章，由"鲂鱼赪尾"写起，章法突变。鲂鱼为红尾鱼，旧传鱼劳则尾赤。此以鱼劳比行役之劳苦。人之所以行役者，盖由王室之如焚也。虽则王室如焚，行役甚苦，今日终能回家，近我父母，一家团聚，至可喜也。从此幸以亲为念，勿再远别父母矣。

按：本章旧说以为王室是指纣，纣之时天下大乱，故曰如燬。殷室如燬，故行役甚苦。于父母则毛传以为指夫之父母，朱传以为父母指文王。文王有德，可以往而依附之，乃云父母甚近。此说于诗义颇有未安。盖女子与闻国事，彼时已少有矣。而能指示其夫，以文王为归趋，见解竟胜于其行役归来之丈夫。且在文王之时，三分天下已有其二，何待其妻言之？实不合理。《韩诗外传》谓："二亲不侍，家贫亲老，不择官而仕。"是勿远行以奉亲之义，则绝似女子之言也。然则父母仍以夫之父母为是。

至此诗所言之王室，若父母非指文王而言，则其王室似可为殷室，亦可为周室。然周南既为周代之诗，不宜称殷为王室。盖南国既被文王之化，三分天下，二分归周，即使殷室如燬，似亦不必过于关心。而此诗之语，显见夫之所役，直接为王室而劳，绝不类被文王之化，而为殷服役之语。此诗疑为西周末东周初所作，则王室如燬，当指周。

按《诗序》云："《汝坟》道化行也。文王之化，行乎汝坟之国，妇人能闵其君子，犹勉之以正也。"朱传云："汝旁之国亦先被文王之化者。故妇人喜其君子行役而归，因记其未归之时思望之情如此，而追赋之。"此说惟取其妇人喜君子行役而归足矣。不必附会于被文王之化也。至于《诗序》所言"闵其君子，犹勉之以正"，则尤觉牵强。

# 麟之趾

此颂赞王之子孙盛美之诗。

麟之趾，振振公子。于嗟麟兮！

麟之定，振振公姓。于嗟麟兮！

麟之角，振振公族。于嗟麟兮！

**麟之趾，振振公子。于嗟麟兮！**

麟，相传为神兽，世不常出。王者至仁则出。◎趾，足也。

振，音真。振振，众盛貌。◎公子，指王之子孙。

于，同吁，音须。吁嗟，叹之也。

第一章，意在颂美公子，而以麟比之。言麟之趾者，盖若单言麟，则与后之"吁嗟麟兮"之"麟"字相重，在修辞上亦过于拙滞；且公子一辞既不可免，又为韵脚，故首言"麟之趾"，以协韵。故麟之趾者，亦即麟而已。不必另具趾之义，更不必另寻趾之义。麟既为祥瑞，麟趾所及，即祥瑞所至。故以比公子。公子若麟，则振振兴起，可赞叹矣。全章无何特殊意义，惟藉麟以比公子，以赞叹耳。

按：此诗之解，穿凿者极多；尤以"趾"字之解，毛传以为"麟信而应礼，以足至者也"。朱传以为"麟之足不践生草，不履生虫"。其后各家，愈解愈繁，愈繁愈不得其旨。姚际恒云："诗因言麟，而举麟之趾、定、角为辞。诗例次叙本如此，不必论其趾为若何，定为若何，角为若何也。又趾子，定姓，角族，第取协韵，不必有义；亦不必有以趾若何喻子若何，定若何喻姓若何，角若何喻族若何也。"此为最近情理之说。振振，毛传及朱传均训仁厚。《螽斯》"宜尔子孙振振兮"，马瑞辰云："众盛也。"朱传云："盛貌。"而于此篇朱传则谓仁厚貌，不甚近理。螽斯振振之义当与此振振同。屈万里说。

**麟之定，振振公姓。于嗟麟兮！**

定，额也。

公姓，公之子孙也。

第二章，作法与第一章同，惟换韵，以麟之定，协振振公姓，公姓即公之子孙也。子孙同姓，故曰公姓。

## 麟之角，振振公族。于嗟麟兮！

麟之角，麟有一角。

公族，子孙也。

第三章，以换韵方法，重叠颂美之。公族，亦公之子孙也。

按：公姓公族争议亦多。姚际恒云："趾子、定姓、角族，第取协韵。"然则公子、公姓、公族，皆言公之子孙后裔而已。《经义述闻》云："公姓、公族皆谓子孙也。"确为的当之说。解诗务求其通达明顺，务避穿凿附会。文学一道，时时因其夸张藻饰，而不执著于常理。若一以物类相推，义理相求，则不能解者多矣！解而不通者更多矣！《诗经》之解说，往往读其一章之释，竟达千言，而卒不能获其旨者，皆此蔽障为祟耳。

按《诗序》云："《麟趾》，《关雎》之应也。《关雎》之化行，则天下无犯非礼。虽衰世之公子，皆信厚如《麟趾》之时也。"此说迂谬不可信，历代皆有批判，兹不赘述。姚际恒《诗经通论》云："此诗只以麟趾比王之子孙族人。盖麟为神兽，世不常出，王之子孙，亦如非常人，所以兴比而叹美之耳。"庶几近之。

# 召　南

　　召南，召公采邑中之诗，及在其邑中所采其地以南各地之诗也。（详见《周南》卷首）

　　召南之诗，只缘采地而名，不必专言召公之事，更不必在召公当时也。

　　召南之国共十四篇。

# 鹊巢

此咏诸侯嫁女之诗也。


维鹊有巢，维鸠居之。
之子于归，百两(liàng)御之。


维鹊有巢，维鸠方之。
之子于归，百两将之。


维鹊有巢，维鸠盈之。
之子于归，百两成之。

维鹊有巢，维鸠居之。之子于归，百两御之。

维，语词，无义。◎鹊，鸟名，善为巢。相传鹊每年十月后迁巢，其空巢则鸠居之。

鸠，鸟名，拙不能为巢，居鹊之成巢。

之子于归，指此子出嫁，结婚也。见前《桃夭》篇。

两，即辆。百两，指车有百辆。◎御，迎也。

第一章，由鹊有其巢，而鸠居之说起，引起女子出嫁，百两迎之。此为兴之作法。欲言女子出嫁，而先以与出嫁之事实无关之鹊巢鸠居之事引起，其间但存联想之关系以兴起也。言鹊有巢而鸠居之，由此居彼之巢，联想女嫁于男而居男之室也。鸠居鹊巢之事，不论其是否事实，文学作品中每引传说之事，以为行文之据，不必过于追寻事实也。

按：鹊巢鸠占以兴女居男室，原为旧说。然为可通之说。姚际恒《诗经通论》，举其附会者四，力攻序传，彼自解云："言鹊鸠者，以鸟之异类况人之异类；其言巢与居者，以鸠之居鹊巢，况女之居男室也。"方玉润《诗经原始》以为："此说又与旧说何异？"方又驳云："以鸟之异类，况人之异类，男女纵不同体，而谓之异类可乎哉？此不通之论也。窃意鹊巢自喻他人成室耳，鸠乃取譬新昏人也。"此说则又不知兴之作法者是也。兴固不必以物比人。若以物比人则为比矣。毛传指此为兴，极为明显。先儒论诗，于兴之一法，即使通达者，亦多拘束于以物比人，以致比兴相混，自乱步骤，往往甚为易解者反不能解，多若此也。

维鹊有巢，维鸠方之。之子于归，百两将之。

> 方，有之。

> 将，送也。

> 第二章，与第一章同。方之将之，换韵而已。

维鹊有巢，维鸠盈之。之子于归，百两成之。

> 盈，满也，言占之也。

> 成，成其礼也。

> 第三章，与一二章同。盈之成之，又换韵，三叠咏歌之也。

按《诗序》云："《鹊巢》夫人之德也。国君积行累功，以致爵位，夫人起家而居有之。德如鸤鸠，乃可以配焉。"与诗义相去甚远。朱传以为南国诸侯被后妃之化，嫁于诸侯，而其家人美之。朱说所谓嫁于诸侯，家人美之者，已甚近之。惟所谓被后妃之化，又甚牵强。诗中所咏，只为诸侯嫁女耳。诗中有百两御之、将之、成之之语，自为诸侯之家也。

# 采蘩

此妇人自咏采蘩奉公以供祭祀之诗。

于以采蘩，于沼于沚。
于以用之，公侯之事。

于以采蘩，于涧之中。
于以用之，公侯之宫。

被之僮僮，夙夜在公。
被之祁祁，薄言还归。

于以采蘩，于沼于沚。于以用之，公侯之事。

于以，发语词，犹"薄言"。◎蘩，音烦，白蒿也。凡艾白色为蟠蒿，春始生，及秋，香美可食。

于，于也。◎沼，池也。◎沚，渚也。◎于沼言在池，于沚言在渚。

事，祭祀之事也。

第一章采蘩所咏。言今采蘩矣，在池上，在渚上。采得将用之矣。将用此蘩于公侯祭祀之事也。

按：于以，郑笺云："犹往以。"陈奂《毛诗传疏》云："发声语助，犹'薄言'。"胡承珙《毛诗后笺》以为犹"越以"，同为语词也。细察全章文字，乃为采蘩所歌，大致云："今采蘩矣，在沼在沚，采以奉公侯祭祀之用。"其语意但为采者之语而已。采者可以为任何妇女，无专指夫人之处。而采蘩之工作，又非夫人专任，且为普通妇女之所应为。普通妇女采蘩而奉之公宫，以供祭祀，乃作此歌，以为采取工作时之互唱，自为平易近人之理。

杨树达以为"于以"之"以"假为"台"（台音怡）。台，何也。于以者，于何也。故凡言"于以"皆问词，其下句则答词也。详见《古书疑义举例续补》。颇有卓见，录备参考。


于以采蘩，于涧之中。于以用之，公侯之宫。

涧，山夹水曰涧。

宫，庙也。所以言祭祀。

第二章，与第一章同，惟"于涧之中""公侯之宫"二句换韵，重唱也。前二章言采蘩之行事。

**被之僮僮,夙夜在公。被之祁祁,薄言还归。**

被,首饰也。◎僮,音同。僮僮,形容首饰之盛多。

夙,早也。◎在公,言为奉公而采蘩也。

祁祁,众多貌。

第三章,写采蘩之情况。言众妇人头饰众多。盖采蘩之人多,一望而见头饰之众,以形容其人众也。此众人奉公采蘩,早夜而作,故曰夙夜在公。及采事已毕,相与而归,但见头饰祁祁众多。此写工作时及工毕时之景象也。

按:僮僮、祁祁皆形容首饰之盛。王引之《经义述闻》说。

按《诗序》云:"《采蘩》,夫人不失职也。夫人可以奉祭祀,则不失职矣。"朱传从其说。又云:"或曰,蘩所以生蚕。盖古者后夫人有亲蚕之礼。"二说皆有可取之处。然祭祀生蚕,均为采蘩之目的,并非咏诗之本旨也。此诗之行文,明为咏采蘩之诗,非咏祭祀或生蚕者。且"夫人可以奉祭祀,则不失职",一若夫人之职惟奉祭祀而已;而祭祀之道,惟采蘩而已。夫人能采蘩则为不失职矣,是能为最合理之事乎? 村妇皆能采蘩则亦若夫人之不失职乎? 作《序》者固未深思,而朱传亦不深察。废《序》而又尊《序》如此,亦令人不解矣。

# 草虫

此诗是思妇喜劳人归来之诗。

喓喓草虫，趯趯阜螽。
未见君子，忧心忡忡。
亦既见止，亦既觏止，我心则降。

陟彼南山，言采其蕨。
未见君子，忧心惙惙。
亦既见止，亦既觏止，我心则说。

陟彼南山，言采其薇。
未见君子，我心伤悲。
亦既见止，亦既觏止，我心则夷。

喓喓草虫，趯趯阜螽。未见君子，忧心忡忡。亦既见止，亦既觏止，我心则降。

喓，音腰。喓喓，鸣声。◎草虫，蝗属，青色。

趯，音惕。趯趯，跳也。◎阜螽，蠽也，即蝗子也。幼蝗未生翅，善跳。

君子，指丈夫。◎忡，音冲。忡忡犹冲冲，不宁貌。

亦，词也，无义。◎既，已经。◎止，语尾词。

觏读为遘，遇也。

心降，犹心安。意谓心在忧悬，降则不悬而安矣。

第一章，言喓喓然，草虫鸣矣。阜螽随之跳跃矣。时节又至夏日，而丈夫犹在外未归。睹时物之变，思念君子，不免忧心不宁。但夫忽然归来，既已相见，则久久思念之心，降平而安矣。

按：亦既见止，"亦"字为语词，无义。《经传释词》有说。


陟彼南山，言采其蕨。未见君子，忧心惙惙。亦既见止，亦既觏止，我心则说。

陟，升也。◎彼，指示字。

言，语词，无义。见前《葛覃》。◎蕨，植物名，其叶可以食。

惙，音辍。惙惙，忧也。

说，音悦。喜悦也。

第二章，言登山采蕨，感时之逝，乃思君子，心为之忧。其后见君子归来，其心乃大悦也。

陟彼南山，言采其薇。未见君子，我心伤悲。亦既见止，亦既觏止，我心则夷。

薇，叶可食，今之野豌豆苗也。

夷，平也。平亦安之义。

第三章，与二章之义同，惟薇、悲、夷三字换韵。

按《诗序》云："《草虫》，大夫妻能以礼自防也。"细咏其诗，毫无自防之意。朱传云："南国被文王之化，诸侯大夫行役在外，其妻独居，感时物之变，而思其君子如此。"此说亦即丈夫行役，妻子思念之义。但拘于难移之观念，故牵及文王之化。此诗说者异说甚多，何玄子以为思南仲作，据《小雅·出车》篇有"喓喓草虫"六句而言之也。伪《子贡诗传》，谓为南国大夫聘于京师，睹召公而归心切。并臆断之说也。诗并非写故事者，更非设谜语者。说诗者不必猜，更不必编故事。但宜由其文之情景，以平易之理见之，则可不失也。欧阳修云："召南之大夫，出而行役，其妻所咏。"颇为近之，惟亦未必为大夫耳。此诗只是思妇喜劳人归来之咏。

# 采蘋

此咏将嫁女，采蘋藻以奉祭祀之诗。

于以采蘋，南涧之滨。
于以采藻，于彼行潦。

于以盛之，维筐及筥。
于以湘之，维锜及釜。

于以奠之，宗室牖下。
谁其尸之，有齐季女。

于以采蘋，南涧之滨。于以采藻，于彼行潦。

蘋，音频，本草谓水萍有三种：大者曰蘋，中者荇菜，小者曰浮萍。◎于以见前《采蘩》。

滨，厓也。

藻，水草也。有二种，其一种叶如鸡苏，茎大如箸，长四五尺；其一种茎大如钗股，叶如蓬蒿，好聚生，谓之聚藻。二者皆可食。

行，音行动之行。行潦，流动之水也，指溪河也。

第一章，欲咏祭祀，先由祭祀所用之物咏起。言采蘋、采藻，在南涧之厓，在流动之水中。采之供祭祀菜羹之用也。此泛言采蘋藻，并未说明何人采之，亦不必说明何人采之也。盖蘋藻二物既为嫁女前祭祀必用之物，故先由此咏起。

按：行潦，孔疏云："行者道也。"《说文》云："潦，雨水也。"然则行潦为道路上流行之水。马瑞辰则以为，行者，洐字之淆借，引说文："洐，沟行水也。"雨水之大曰潦，行与潦为二。孔疏之说，谓为道路上流行之水。流行之水，岂能生藻？至马说，沟水与大雨水，亦非生藻之处。凡生藻者，皆水之长存之处。行潦解为水流之处，即溪河是也，则近理矣。

于以，发语词。或为"于何"之义。见前《采蘩》第一章及其后之按语。


于以盛之，维筐及筥。于以湘之，维锜及釜。

盛，音成。以器容物也。

维，语词。◎筥，音莒。方形为筐，圆形为筥，竹器也。

湘，烹也。

锜，音倚，三足釜也。

第二章，述蘋藻业已采得，盛之以筐及筥。然后烹之于锜中及釜中。此章叙采蘩已得之事，为前章之续也。

**于以奠之，宗室牖下。谁其尸之，有齐季女。**

奠，置也。言置蘋藻菜羹之处。

宗室，大宗之庙也；所谓祖庙既毁，教于宗室者也；不云宗庙而云宗室者，宗子之室也。◎牖下，大夫士祭于宗庙，奠于牖下。牖下，户牖间之前也。

尸，主也。祭祀时设生人为尸，以生人代受也。后世始用画像而废尸。

齐，读为斋。有斋，斋然也，敬貌。◎季女，少女也。

第三章，续二章述祭祀时之景象：置蘋藻菜羹于大宗之庙之牖下。于是祭焉。谁为尸邪？斋然庄敬之少女也。

按：尸，《仪礼·士虞礼》："祝迎尸。"郑注："尸主也。孝子之祭，不见亲之形象，心无所系，立尸而主意焉。一人，主人兄弟。"主人者，谓孝子；尸为孝子之兄弟。

按《诗序》云："《采蘋》，大夫妻能循法度也。能循法度则可以承先祖奉祭祀也。"《诗序》释采蘋祭祀之事，为循法度之义。虽可牵引，但失本旨。此咏将嫁女，采蘋藻以奉祭祀之诗也。毛传云："古之将嫁女者，必先礼之于宗室，牲用鱼，芼之以蘋藻。"郑笺引《礼记·昏义》："古者妇人先嫁三月，祖庙未毁，教于公宫。祖庙既毁，教于宗室。教以妇德、妇言、妇容、妇功。教成之祭，牲用鱼，芼用蘋藻，所以成妇顺也。"郑注："谓与天子诸侯同姓者也。嫁女者必就尊者教成之，教成之者，女师也。祖庙，女所出之祖也。公，君也。宗室，宗子之家也。"孔疏："祖庙未毁教于公宫者，此谓与君为骨肉亲。庙有四高祖之庙未毁除，此欲嫁之女教于公宫。祖庙既毁教于宗室者，谓与君四从以外，同高祖之父以上，其庙既迁，是祖庙既毁，此女则教于大宗子之室。"牲者祭之俎实，芼者羹菜也。菜杂肉为羹。此言以蘋藻杂鱼为羹。《礼·昏义》郑注："祭为牲宰，告事也。非正祭也。"此诗所咏，教成之祭也。

# 甘棠

此南国之人，念召公之德，因及其所会憩息之树，乃作是诗。

蔽芾甘棠，勿翦勿伐。召伯所茇。

蔽芾甘棠，勿翦勿败。召伯所憩。

蔽芾甘棠，勿翦勿拜。召伯所说。

**蔽芾甘棠，勿翦勿伐。召伯所茇。**

蔽，谓可蔽风日。◎芾，茂盛貌。◎甘棠，今棠梨也。

翦，翦其枝叶。◎伐，伐其条干。

召伯，召公奭也。伯，诸侯之长也，故曰召伯。◎茇，音跋，草中止息也。此指止息树下，树下为草地，故曰茇也。

第一章，由茂盛可蔽风日之甘棠说起。言此树不可翦伐也。何以不可翦伐？因此树下为召伯所曾止息之处，故此树当受保护而永存之也。全为怀念召伯遗爱之语。

**蔽芾甘棠，勿翦勿败。召伯所憩。**

败，折也。

憩，息也。

第二章，与首章义同，惟换韵而重言之。

**蔽芾甘棠，勿翦勿拜。召伯所说。**

拜，拔也。

说，音税，舍也。舍言止息也。

第三章，义同前两章，重叠三唱。三章重叠咏叹，以表示其思慕怀恋之情也。

按《诗序》云：“《甘棠》美召伯也。召伯之教，明于南国。”朱传云：“召伯循行南国，以布文王之政，或舍甘棠之下。其后人思其德，故爱其树而不忍伤也。”二说并不相违。然皆未能适得其旨。此诗盖南国之人，怀念召伯在南国之政，而召伯当日劝农教稼，曾憩此甘棠树下。后虽不见召伯，见树思德，乃咏此诗。若朱传所谓布文王之政者，又不必强加之词矣。

# 行露

朱传云：“女子有能以礼自守，而不为强暴所污者，自述己志，自作此诗，以绝其人。”

厌浥行露，岂不夙夜？
谓行多露。

谁谓雀无角？何以穿我屋？
谁谓女无家？何以速我狱？
虽速我狱，室家不足。

谁谓鼠无牙？何以穿我墉？
谁谓女无家？何以速我讼？
虽速我讼，亦不女从。

厌浥行露，岂不夙夜？谓行多露。

厌，音叶。厌浥，湿貌。◎行，音航，道路也。行露，道上
之露也。

岂不，言岂有不如此者。岂不夙夜，言岂有不欲早夜而行于
道者？

谓行多露，谓道路之上，露甚多，畏受露浸而不行也。

第一章，言道路之上，露湿浸人。岂有不欲早夜以行于道
路者？惟以道路之上多露，故有人不欲早夜以行耳。诗人以露
比强暴之人，早夜之间，强暴易行之时，故当避之。以此表示
贤女避强暴男子之意。

谁谓雀无角？何以穿我屋？谁谓女无家？何以速我狱？虽速
我狱，室家不足。

雀无角，雀虽无角，以能穿屋，故谓有角也。

女，读为汝。◎家，谓媒聘，求为室家之礼。

速，促也。◎狱，讼也。

不足，指媒聘之礼不备。

第二章，以雀之有角，而兴起强暴之人，促我狱讼之事。
言谁谓雀无角？如果无角，何能穿我屋而入？谁谓汝无媒聘来，
不然何能促成彼我之间之狱讼？由雀之有角穿屋，引起强暴男
子之强而有力，可以排坚而入。但强暴男子亦非无媒聘也，惟
其媒聘仅具形式。此媒聘虽有之，亦皆非礼之强暴行为。故有
此媒聘反而促狱讼。虽促成狱讼，但汝之媒聘，不足为室家之礼，
徒为强暴非礼之举。故我亦决不能因畏狱讼而从汝。

**谁谓鼠无牙？何以穿我墉？谁谓女无家？何以速我讼？虽速我讼，亦不女从。**

墉，墙也。

第三章，作法同第二章，意亦与二章同。此重复前章之义以加重言之。言之又言，示意之决。

按《诗序》云："召伯听讼也。衰乱之俗，微贞信之教，兴强暴之男，不能陵贞女也。"《诗序》以召伯听讼为主。朱传不言听讼，但言女子拒强暴，颇能得其旨。此诗当是强暴男子，无礼求为婚姻，贤女守礼而拒之，乃为此诗以见志耳。此诗说者纷纭不一，或谓贫士却昏以远嫌；或谓女既许嫁而见男家太贫，一物不具，一礼不备，而不肯往，以致争讼。虽各有独见，然皆但凭臆测，毫无根据，不过虚造故事而已，不可信也。

# 羔羊

此美南国大夫燕居生活之诗。

羔羊之皮，素丝五<ruby>紽<rt>tuó</rt></ruby>。
退食自公，委蛇委蛇。

羔羊之革，素丝五<ruby>緎<rt>yù</rt></ruby>。
委蛇委蛇，自公退食。

羔羊之<ruby>缝<rt>fèng</rt></ruby>，素丝五总。
委蛇委蛇，退食自公。

**羔羊之皮，素丝五紽。退食自公，委蛇委蛇**

羔，小羊也。羔羊为裘，大夫燕居之服也。

素，白色也。◎丝，饰裘者也。素丝，白色之丝也。◎紽，音驼，数也，言丝之数。五丝为紽。◎素丝五紽，言以白丝五紽以为羔裘之饰。

退食，自公衙退值归家而进食也。◎公，公衙，执行政务之处也。

蛇，音移。◎委蛇，委曲自得之貌。

第一章，言以羔羊之皮为裘，以素丝五紽为饰。此大夫退朝而处，燕居所服也。形容其燕居之情形，自公衙退值归家进食之后，从容委曲，安适自得。

**羔羊之革，素丝五緎。委蛇委蛇，自公退食。**

革，皮也。

緎，音域。四紽为緎。

第二章，义与一章同。惟换韵，而将"委蛇委蛇"移前，"退食自公"改为"自公退食"，变化奇妙。

**羔羊之缝，素丝五总。委蛇委蛇，退食自公。**

缝，音奉，皮缝接以为裘。

总，四緎曰总。

第三章，义与一二两章同。又换韵，而将"自公退食"改为"退食自公"，往复变换"委蛇委蛇，自公退食"八字，上下颠倒换韵，以生往复申咏之作用。三章并无新义，而每章因文字之改动而生新意念，而成其三重叠唱。

按：紽、緎、总，王引之《经义述闻》云："紽、緎、总皆数也。五丝为紽，四紽为緎，四緎为总。"

按《诗序》云："《羔羊》《鹊巢》之功致也。召南之国，化文王之政，在位皆节俭正直，德如羔羊。"朱传云："南国化文王之政，在位皆节俭正直，故诗人美其衣服有常，而从容自得如此也。"《诗序》之说，可取在节俭正直。至德如羔羊，不免附会。朱传采《诗序》节俭正直之说，而指出诗人美其衣服有常，而从容自得，实已得此诗之旨。惟不敢轻易放弃"南国化文王之德"之语耳。此诗一写衣服，一写退食，纯为美南国大夫燕居生活之情况也。

# 殷其靁

朱传云："妇人以其君子从役在外，而思念之，故作此诗。"

殷其靁，在南山之阳。
何斯违斯，莫敢或遑。
振振君子，归哉归哉！

殷其靁，在南山之侧。
何斯违斯，莫敢遑息。
振振君子，归哉归哉！

殷其靁，在南山之下。
何斯违斯，莫或遑处。
振振君子，归哉归哉！

殷其靁，在南山之阳。何斯违斯，莫敢或遑。振振君子，归哉归哉！

殷，雷声。靁，即雷。

阳，山南曰阳。

何斯之斯，斯人也；违斯之斯，斯地也。◎ 违，去也。◎ 何斯违斯，言何斯人离去此地耶。

遑，暇也。

振振，信厚貌。

第一章，由殷然之雷声在南山之阳，兴起怀念征夫之意。盖家人思念行役之人，总由感时感物。现闻雷声于南山之阳，则引起怀人之思。故怀念其劳苦之情，曰："何此人离去此地而不稍暇隙邪？"然后想到丈夫之美德，曰："信厚之君子，归来归来！"盼其平安早归也。

殷其靁，在南山之侧。何斯违斯，莫敢遑息。振振君子，归哉归哉！

第二章，义与第一章同，惟换韵。

殷其靁，在南山之下。何斯违斯，莫或遑处。振振君子，归哉归哉！

处，居也。

第三章，义与前二章同。惟换韵。此仍为重叠咏叹，以加重表现思念之意。

按《诗序》云："《殷其靁》，劝以义也。召南之大夫，远行从政，不遑宁处。其室家能闵其勤劳，劝以义也。"读诗中文字，毫无劝以义之意。《诗序》强作解释，令人无法信服。以朱传之说为是。

# 摽有梅

《诗序》云："摽有梅，男女及时也。召南之国，被文王之化，男女得以及时也。"

摽<sup>piǎo</sup>有梅，其实七兮。
求我庶士，迨<sup>dài</sup>其吉兮。

摽有梅，其实三兮。
求我庶士，迨其今兮。

摽有梅。顷筐塈<sup>xì</sup>之。
求我庶士，迨其谓之。

摽有梅，其实七兮。求我庶士，迨其吉兮。

摽，音漂白之漂，落也。◎梅，梅树也，结梅子似杏者。◎有，语词，无义。

其实七兮，指梅实有七。

庶，众也。

迨，及也。◎言及其吉时，勿失时也。

第一章，由梅树落实，兴起求我庶士之语。梅子落，其实有七。梅与媒同音。梅落乃有花开结实之义，故兴起男女宜及时嫁娶之义。求我庶士之我字，非女子自咏也。盖诗人之语，以我字代女字。言求女之众士，应及其吉而成婚姻也。

按：摽训落，见《尔雅·释诂》。有为语词，无义，若"有唐""有虞"之有。说见《经传释词》。

摽有梅，其实三兮。求我庶士，迨其今兮。

第二章，义与一章同，惟换韵。其实三兮之三字，谓树上梅子已少，指又过一段时间也。此不过求意会而已。七与三之间，三少于七，故知又落掉四枚，意指又过一段时间。事实则未必为七为三也，但言先多后少而已。

摽有梅。顷筐塈之。求我庶士，迨其谓之。

顷筐，竹制容器，后高前低，参前《卷耳》。◎塈，音系，取也。

谓，告也。告之，言告语之也。

第三章，作法与前二章同。顷筐塈之，言梅落之更多，乃以顷筐取之。梅落更多，指又过一段时间。庶士之求为婚姻者，应及其相告语之时，而速遣媒而成其婚姻，以免再误也。

按《诗序》除"被文王之化"一语为费词以外，本得其旨。而朱传谓惧其嫁不及时，而有强暴之辱，不免臆断。其后或有指为卿大夫为君求庶士之诗。或谓讽君相求贤之诗。各标新义。自朱传废《序》以后，另有见解者，大率以反《序》为主，乃造成种种异说。实则《序》亦有甚多合于诗义者，若此篇即是。若求士求贤之论，本为反《序》，实为助《序》。因此说虽与本篇《诗序》异，但实深类《诗序》处处牵附后妃文王诸侯贤士之说，而失去文学本质。今《诗序》自云男女得及时矣，说《诗》者却又为反之，而另树新义，竟复蹈《诗序》之弊，岂不误哉！

# 小星

此行役之人，自咏其劳苦而无怨之诗。

嘒彼小星，三五在东。
肃肃宵征，夙夜在公。
寔命不同。

嘒彼小星，维参与昴。
肃肃宵征，抱衾与裯。
寔命不犹。

嘒彼小星，三五在东。肃肃宵征，夙夜在公。寔命不同。

嘒，音慧。微貌。◎彼，指示字，无义。

肃肃，疾貌。◎征，行也。

公，公家之事也。

寔，同实。

第一章，行役之人，夜间行路，见彼微光之小星，三三五五，闪动于东方。因以想起远方之家，及自己之远行。因公家之事，夙夜赶路，故夜间疾行。所以如此劳苦，实因自己之职务不同，乃有此命运。

嘒彼小星，维参与昴。肃肃宵征，抱衾与裯。寔命不犹。

参，音身。◎昴，音卯。◎皆星名。皆西方星宿也。

衾，被也。◎裯，音俦，禅被也。禅，衣不重也。禅被言单层之被也。

犹，若也。

第二章，行役之人，夜间见参与昴，而引起思家之念。因念夜间疾行，携带衾裯行李，至为劳苦，但以职责所在，命不若人，故而安之而不怨也。

按《诗序》云："《小星》，惠及下也。夫人无妒忌之行，惠及贱妾，进御于君，知其命有贵贱，能尽其心矣。"朱传亦信其说。然实未合也。诗中但言"肃肃宵征，夙夜在公"，毫无女子无妒忌、妾御于君之语。若云"抱衾与裯"则为妾御于君，亦不可靠。郑笺云："诸妾夜行，抱被与床帐，待进御之理席。"孔疏引《礼·内则》郑注云："诸侯取九女，姪娣两两而御，则三日也。次两妻，则四日也。次夫人专夜，则五日也。"孔云："是五日之中，一夜夫人，四夜媵妾。夫人御后之夜，则次者抱衾而往。其后三夜，御者因之，不复抱也。四夜既满，其来者又抱之而还。以后夜夫人所专，不须帐也。所须帐者为二人共侍于君，有须在帐者。"此说郑笺与《礼·内则》均未言及抱衾。孔疏于《礼》郑注之下，亦未加以抱衾之解释，惟于《诗》郑笺下引《内则》郑注而加抱衾之说。孔氏有何根据，并未说明。此说既不见于经文，亦不见经注，惟凭孔氏于郑笺之下，作为此说，甚滋疑惑。盖诸侯御妾媵一夕二人，可以有之。而二人为须帐而必自行抱衾而往，诸侯之寝处何其陋邪？又以夫人专夜不须帐，则又必抱衾以去，更为奇异。不须则不用之可矣。何必取去而再抱回？且诸侯寝处，何以只有一处？能娶九女，而并衾亦须抱来抱去？妾媵进御于君，自当盛装美服，若抱衾以往，衣服散乱，怀抱衾裯，入于寝处，是何等景象？诸侯竟有此寒士不为之事乎？岂有为君者，并衾裯亦无多余者乎？诚不可信矣。揆其文词，此当是行役者自咏之诗耳。

# 江有汜

此为居江上之男女初相悦，而后男子弃女而归，女子乃有所咏。

江有汜（sì）。

之子归，不我以。

不我以，其后也悔。

江有渚。

之子归，不我与。

不我与，其后也处。

江有沱（tuó）。

之子归，不我过。

不我过，其啸（gē）也歌。

江有汜。之子归，不我以。不我以，其后也悔。

汜，音祀。水决复入为汜。水之歧流，复还本水也。

之子，是子也，指男子。

以，犹与也。不我以，言不与我相共也。

第一章，由"江有汜"兴起之子归。所以先言江有汜者，睹江之有汜，水决而复入，因而念及与子之别也。盖咏诗之人，当为居处江边之人，初男与女相悦，常偕游于江上；今彼男子归家，循江而去。故见江之汜而兴其情。乃云之子归，不与我相共矣。但不与我相共，将来必后悔也。

按：如此解释，完全依诗之行文而作解，既不臆断，更不必编故事，作演义。先儒所以编故事者，盖必附会于文王之化、后妃之德之说，甚至媵能无怨、嫡能无嫉，乃致脱离原义，诗意索然，毫无生气耳。

江有渚。之子归，不我与。不我与，其后也处。

渚，水中小洲也。

与，共也，偕也。

处，安也。言得其所安也。

第二章，由"江有渚"说起，亦见江而兴其情者。然后言之子归，不与我相偕，但愿后来汝有安处。此诗人敦厚之意也。一章言其将悔，二章言望其有所安处。虽自伤不偕，仍望对方得安，情义何深邪！

江有沱。之子归，不我过。不我过，其啸也歌。

沱，音跎。江水之别出者曰沱。

过，音戈，访也。

啸，蹙口发声。

第三章，由"江有沱"起兴。言彼人归去而不访我。但虽彼不过而访我，我仍愿其能得安处喜悦，但愿其啸歌自喜乐耳。极尽诗人温柔敦厚之意。

按《诗序》云："《江有汜》，美媵也。勤而无怨，嫡能悔过也。文王之时，江沱之间，有嫡不以其媵备数，媵遇劳而无怨。嫡亦自悔也。"此说之迂曲不通，已不待解释。且自编故事，以求符合其说，尤为《诗序》中之最不近理者。而朱传谓汜水之旁媵有待年于国，而嫡不与之偕行者。其后嫡被后妃夫人之化，乃能自悔而迎之。故媵见江水之有汜而因以起兴。此又将《诗序》之加以演义者，近于小说家之言，并强牵于后妃夫人之化，诚不可通矣。

# 野有死麕

此山野男女相恋期会之诗。

野有死麕（jūn），白茅包之。
有女怀春，吉士诱之。

林有朴樕（sù）。野有死鹿。
白茅纯束（tún）。有女如玉。

舒而脱脱（duì）兮。
无感我帨（shuì）兮。
无使尨（máng）也吠。

**野有死麕，白茅包之。有女怀春，吉士诱之。**

麕，音菌，即麞。

白茅，植物名。高一二尺，叶细长而尖，春时开花，簇生茎顶，有白毛密生，长二寸许。

怀春，当春日而有所怀念也。

吉士，犹美士也。

第一章，述男女相悦之情况。言野有死麞。死麞者，男猎而射死者也。猎得而以白茅草包之。盖有当春而有所怀之少女，美士乃赠以猎物而与女相晤也。

按：诗既言吉士，固非恶徒。山中男女相悦，赠以猎物，以为见面之机缘，以示男子之强健善猎，固常情也。《国风》包括各种风谣，此惟山中男女相悦之风谣耳。何必指为无礼强暴耶？

**林有朴樕。野有死鹿。白茅纯束。有女如玉。**

樕，音速。朴樕，小木也。

纯，读如屯。纯束，犹包之也。

第二章，谓林有小木，故可藏鹿也。于是吉士猎之，乃野有射死之鹿矣。于是以白茅包而束之。束之何用？献之如玉之少女也。此一章重复上章之义，而变换写法，文字绝美。以有女如玉作结，尤感余波荡漾。

**舒而脱脱兮。无感我帨兮。无使尨也吠。**

舒，徐也。◎脱，音兑。脱脱，舒缓貌。

感，动也。◎悦，音税，佩巾。

尨，音芒，亦音旁，狗也。

第三章，写吉士与少女相晤也。女谓男曰：汝应舒迟有仪度，举止徐缓；勿动我之佩巾，勿惊我之犬而使之吠也。叙写极尽生动之能事，如见其人，如闻其声。

按：此诗之解说，由来纷纭。《诗序》以为"恶无礼也"。朱传云："女子有贞洁自守，不为强暴所污者，诗人美之。"又或以为淫诗，或以为刺淫，或以为拒招隐。然皆未能得其旨。姚际恒云："此篇是山野之民，相与及时为昏姻之诗。"大旨近之。此盖山野男女相恋之诗，男赠女以猎获之物，而终相期会，则婚姻想当继之而成也。

## 何彼襛矣

《诗序》云："《何彼襛矣》，美王姬也，虽则王姬亦下嫁于诸侯，车服不系其夫，下王后一等。犹执妇道，以成肃雝之德也。"

何彼襛矣！唐棣之华。
曷不肃雝！王姬之车。

何彼襛矣！华如桃李。
平王之孙，齐侯之子。

其钓维何？维丝伊缗。
齐侯之子，平王之孙。

**何彼襛矣！唐棣之华。曷不肃雝！王姬之车。**

襛，盛也。

唐棣，栘也，似白杨，又名扶栘。花白色，短穗状，五瓣，细而长，雄蕊比花瓣为多。◎华，花也。

曷，何也。◎肃，敬也。◎雝，和也。◎曷不肃雝，言何能谓为不肃敬和雝邪！赞叹之语。

王姬，周王之女也。周，姬姓，故周之女称为王姬。

第一章，由写唐棣之花之艳盛，兴起王姬之车之肃雝。言何彼花如此之艳丽茂盛邪！乃唐棣之花也。然后由花之盛，引起车服之盛。言何能谓此车之不肃敬雝和邪！此乃周王之女之车也。前后以两何字引起，皆惊叹之意也。皆取先作惊叹，继以解释之法，倍觉生动。


**何彼襛矣！华如桃李。平王之孙，齐侯之子。**

平王，指周平王也。

齐侯，齐君也。

第二章，仍由"何彼襛矣"起兴。引起述及乘车出嫁之人，则为平王之孙，而所适者为齐侯之子也。

按：旧说平王之"平"训正。王姬指为武王女，文王孙女，适齐侯之子。此说若指在文王时，则太公当未封齐，固不通矣。若谓武王之女文王之孙，而武王元妃邑姜乃姜氏女，果能以邑姜所生嫁回于姜姓太公之子乎？此在平民且不可，天子岂能为之。故知此说之谬也。

其钓维何？维丝伊缗。齐侯之子，平王之孙。

伊，语词，犹维也。◎缗，音民，丝纶也。

第三章，由钓丝起兴。言其钓以何而为之？维以丝合而成纶矣。因以引起联想，婚姻则若丝之合而为纶耳。今则齐侯之子，平王之孙，已媾婚矣。

# 驺虞

此美司囿之官能驱兽以供射之诗。

彼茁者葭<sup>zhuó</sup><sup>jiā</sup>。
壹发五豝<sup>bā</sup>。
于嗟乎驺虞<sup>xū</sup><sup>zōu</sup>。

彼茁者蓬。
壹发五豵<sup>zōng</sup>。
于嗟乎驺虞。

# 驺虞

此美司囿之官能驱兽以供射之诗。

彼茁者葭(zhuó)(jiā)。
壹发五豝(bā)。
于嗟乎驺虞(xū)(zōu)。

彼茁者蓬。
壹发五豵(zōng)。
于嗟乎驺虞。

彼茁者葭。壹发五豝。于嗟乎驺虞。

茁，音卓，草生盛壮貌。◎葭，音加，芦也。◎彼茁者葭，言彼生长盛壮者，芦苇是也。

壹发，一发车也。◎豝，音巴，牝豕也。

驺，音邹。驺虞，掌鸟兽之官。◎于，同吁。于嗟，美之而赞叹之声也。

第一章，美田猎，自芦草盛长写起，囿中芦苇盛长，田猎进行，一发车而获五豝。此皆囿官驺虞善驱兽以供猎取之功耳。故赞叹之曰："吁嗟乎，驺虞！"

按：一发五豝之解，多以为一发矢而中五豝。一以贯五，似非近理。方玉润云："《周礼·大司马》中冬教大阅曰：'鼓戒三阕，车三发，徒三刺。乃鼓退。'似一发之发，乃车一发而取兽，非矢一发而中兽五。"似为得之。

彼茁者蓬。壹发五豵。于嗟乎驺虞。

蓬，草名。

豵，音踪。豕生一岁曰豵。

第二章，义与一章同。

按《诗序》云："《驺虞》，《鹊巢》之应也。《鹊巢》之化行，人伦既正，朝廷既治，天下纯被文王之化，则庶类蕃殖，搜田以时，仁如驺虞，则王道成也。"毛传以驺虞为义兽，有至信之德。朱传因之。按贾谊《新书·礼篇》云："驺者天子之囿也。虞者囿之司兽者也。"《周礼·春官·钟师》贾疏引今文诗韩鲁说，以驺虞为天子掌鸟兽之官。《尔雅·释兽》又并无驺虞。可证驺虞为掌天子囿之官，非兽名也。《诗序》、朱传之说皆失之。

# 邶

邶，音佩，周国名。《汉书·地理志》云："河内本殷之旧都，周既灭殷，分其畿内为三国，《诗·风》邶庸卫国是也。邶以封纣子武庚；庸，管叔尹之；卫，蔡叔尹之；以监殷民，谓之三监。故《书序》曰：'武王崩，三监畔。'周公诛之，尽以其地封弟康叔，号曰孟侯，以夹辅周室；迁邶庸之民于洛邑，故邶庸卫三国之诗，相与同风。邶诗曰：'在浚之下。'庸曰：'送我淇上'，'在彼中河'。卫曰：'瞻彼淇奥'，'河水洋洋'。故吴公子札聘鲁，观周乐，闻邶庸卫之歌曰：'美哉渊乎！吾闻康叔之德如是，是其卫风乎！'至十六世，懿公亡道，为狄所灭。齐桓公帅诸侯伐狄，而更封卫于河南曹、楚丘，是为文公。而河内殷虚更属于晋。康叔之风既歇，而纣之化犹存，故俗刚强多豪杰，侵夺薄恩，礼好生分。"

按郑玄《诗谱》云："武王伐纣，以其京师封武庚，三分其地，置三监，使管叔蔡叔霍叔尹而教之。自纣城而北谓之邶，南谓之鄘，东谓之卫。"《史记正义》引皇甫谧《帝王世纪》云："自殷都以东为卫，管叔监之；殷都以西为鄘，蔡叔监之；殷都以北为邶，霍叔监之。是谓三监。"其说不一，莫知孰是。武庚及管蔡之乱既平，乃以卫封康叔，兼领邶鄘殷之故地，都于朝歌（今河南淇县）。至是则无邶与鄘矣。故邶鄘卫三国之诗，所言皆卫事。《地理志》所谓"三国之诗，相与同风"者是也。卫至懿公，为狄所灭，戴公东徙渡河，处于漕邑（今河南滑县）。文公又徙居楚丘（今河南滑县东）。《地理志》所谓"更封卫于河南曹、楚丘"者是也。其地盖皆属卫之本土。

邶国共十九篇。

# 柏舟

此怀才不遇者自咏也。

汎<sup>fàn</sup>彼柏舟，亦汎其流。
耿耿不寐，如有隐忧。
微我无酒，以敖以游。

我心匪鉴，不可以茹。
亦有兄弟，不可以据。
薄言往愬<sup>sù</sup>，逢彼之怒。

我心匪石，不可转也。
我心匪席，不可卷也。
威仪棣棣<sup>dì</sup>，不可选也。

忧心悄悄，愠<sup>yùn</sup>于群小。
觏<sup>gòu</sup>闵既多，受侮不少。
静言思之，寤辟<sup>bì</sup>有摽<sup>piáo</sup>。

日居月诸，胡迭而微？
心之忧矣，如匪澣<sup>huǎn</sup>衣。
静言思之，不能奋飞。

汎彼柏舟，亦汎其流。耿耿不寐，如有隐忧。微我无酒，以
敖以游。

汎，音泛，流貌。◎柏舟，柏木所造之舟也。

亦，语词，无义。◎流，流水也。◎汎其流，言流于水上。

耿耿，忧貌。

隐，痛也。

微，犹非也。

敖，出游也。

第一章，写怀才之士见柏舟空汎于水而无用，因而引起怀
才不遇之心情，乃赋此诗。先由水上漂柏舟，顺流而下起兴。
言见彼柏舟之空空漂浮于河中，心中颇为忧虑而难寐，如有忧
痛。非我无酒而不能携酒出游也。以虽有酒亦不能解我之忧，
即使遨游亦不能解我之愁耳。意谓此柏舟可以乘而出游也，但
因内心之忧痛而不欲出游，故柏舟空汎而已。


我心匪鉴，不可以茹。亦有兄弟，不可以据。薄言往愬，逢
彼之怒。

匪，非也。◎鉴，镜也。

茹，度也。

亦，语助词，无义。◎兄弟，指同族同姓。

据，依也。

薄言，语词，见前《芣苢》。◎愬，音诉，告也。

逢，遭也。◎彼，指兄弟也。

第二章，述其遭遇。言我之心非镜，故不可赖以度真伪是

非也。意谓我心既不如镜之照物清明，故人不能明察我之心也。虽有兄弟同族，但皆不可依赖。甚至往告以我之事，而反遭其怒也。

我心匪石，不可转也。我心匪席，不可卷也。威仪棣棣，不可选也。

转，转动也。

席，藉地之物。

威仪，容止也。◎棣棣，富盛而娴习之貌，此言自己之美。

选，简择也。不可简择，是显然美好，自居高尚之意。

第三章，述自己之高尚坚强。言我心非石，石虽重，尚可转动，而我心不可转也。我心非席，席可卷，而我心不可卷也。以不转不卷形容其心之坚也。我之容止富盛，处事娴习，实显然美好，不可受人简择者也。此自许之语也。

忧心悄悄，愠于群小。觏闵既多，受侮不少。静言思之，寤辟有摽。

悄悄，忧貌。

愠，怒也。◎言为群小所怒。

觏，遇也。◎闵，病也。

静言，即静。◎言，语词，无义。

寤，觉也。◎辟，拍心也。

摽，音瓢，击也。◎有摽，即摽然，拍心之貌。

第四章，述群小排挤，故而激愤。言忧心悄悄矣，然群小仍见怒于我。群相排挤。我遭逢之病既多，受侮辱自更不少。于此情形下，每静而思之，激愤不已，则寤觉之中，乃激动而拍心也。

按：摽，《说文》："击也。"毛传训拊心貌。击与拊心一也。屈万里云："摽当读为嘌。有摽犹摽然，象击声，近人某氏说。"按此说极是。然仍与拊心貌同。盖象击声与击然，皆是形容拊心之一击。有手击物，摽然有声，故摽即是击，摽然即是击貌。击声与击貌，皆形容击也。

**日居月诸，胡迭而微？心之忧矣，如匪澣衣。静言思之，不能奋飞。**

居，诸，皆语词。无义。

胡，何也。◎迭，更也。◎微，亏也。◎此言日月更迭，何以竟有亏食之时。指日食月食也。

匪，非也。◎澣音缓，洗也。◎如匪澣衣，言如未洗之污衣在身也。

第五章，述其忧伤之心情也。言日当常明，月当常满。何以日月更迭而时有亏食，竟不能圆满？吾心实为之忧，如污衣在身。静而思之，但觉无力奋起而高飞耳。

按《诗序》云："仁而不遇也。卫顷公之时，仁人不遇，小人在侧。"朱传以为"妇人不得于其夫，故以柏舟自比"。《诗序》之说，大致可取。朱传以为妇人之事，于行文中求之，颇难相合。惟《诗序》执著于卫顷公时，无据。实则任何时皆可有此种事也。

# 绿衣

《诗序》云:"绿衣,卫姜伤己也。妾上僭,夫人失位,而作是诗也。"

绿兮衣兮,绿衣黄里。
心之忧矣,曷维其已。

绿兮衣兮,绿衣黄裳<sup>cháng</sup>。
心之忧矣,曷维其亡。

绿兮丝兮,女所治<sup>rǔ</sup>兮。
我思古人,俾无訧<sup>yóu</sup>兮。

絺<sup>chī</sup>兮绤<sup>xì</sup>兮,凄其以风。
我思古人,实获我心。

绿兮衣兮，绿衣黄里。心之忧矣，曷维其已。

绿，间色，非正色，故以为衣则非正。◎兮，语词。即绿衣兮。

绿衣，以闲色之绿为衣。◎黄，正色，高贵，但以为衣之里。◎此喻贵贱上下失其序。

曷，何也。维语词。◎已，止也。

第一章，以绿衣黄里作比，喻贵贱上下之失序。先慨叹而言曰：绿衣兮，绿色为衣，竟以黄色为里，何贵者屈而贱者反居上邪？心为之忧矣，不知如何能止此忧也。

按：绿兮衣兮，上兮字为语助，下兮字为语尾。故即为"绿衣兮"。陈奂说之甚详。

绿兮衣兮，绿衣黄裳。心之忧矣，曷维其亡。

绿衣黄裳，以绿色为衣，衣为上衣；以黄色为裳，裳为下衣。贱色为上衣，黄色为下衣，上下失序矣。

亡，犹已也。

第二章，义与一章相同。惟换韵。

按：曷维其亡之"亡"字，旧说训忘。王引之《经义述闻》以为亡犹已也。较旧说为长。

绿兮丝兮，女所治兮。我思古人，俾无訧兮。

绿兮丝兮，犹绿丝兮。说见前。

女，读为汝。◎治，染治也。◎言其绿色之丝，本为素丝，汝染治乃成绿丝。既为贱色之绿丝，岂可加诸贵色黄之上乎？

俾，使也。◎訧，音尤，过也。

第三章，怨其君子而又勉其君子之言也。谓彼绿色之丝，本是汝所染治。以比贵贱之间，本为汝所造成。然今又颠倒其次，上下失序。我将如之何哉？我思古人之中，亦难免有类此遭遇而能善处，因而使其不至有过者。愿君能如此焉。

**绤兮绤兮，凄其以风。我思古人，实获我心。**

绤，音痴，葛布之细者为绤。◎绤，音隙，葛布之粗者为绤。◎绤兮绤兮，犹绤绤兮。并二物而呼之也。

凄其，犹凄然。

实获我心，能得我心中之所求也。

第四章，自怨之词也。言若绤绤之葛布，诚夏令之物。凄然风至，则寒意满身。以此比自身与君子之间，犹秋扇之见捐，物非其时，已见弃矣。然我思古人有能善处此情形者，诚能适得我心之所求也。我心之所求，言能正其贵贱上下之序，不为今之反常也。

按，妾上僭当指公子州吁之母，卫庄公之嬖妾也。庄姜无子。嬖妾生子州吁。《诗序》之义，以庄公妾受宠而庄姜失位，故作是诗。

## 燕燕

此是卫君送女弟远嫁之诗。

燕燕于飞，差池其羽。<sup>chā</sup>
之子于归，远送于野。
瞻望弗及，泣涕如雨。

燕燕于飞，颉之颃之。<sup>xié háng</sup>
之子于归，远于将之。
瞻望弗及，伫立以泣。<sup>nìng</sup>

燕燕于飞，下上其音。
之子于归，远送于南。
瞻望弗及，实劳我心。

仲氏任只，其心塞渊。<sup>sè</sup>
终温且惠，淑慎其身。
先君之思，以勖寡人。<sup>xù</sup>

燕燕于飞，差池其羽。之子于归，远送于野。瞻望弗及，泣涕如雨。

　　燕燕，重言燕也。◎于，助词，于飞即正在飞。

　　差池，音叉池，犹参差。

　　于归，出嫁。见前《桃夭》。

　　于，于也。◎野，郊外谓之野。

　　瞻望弗及，言远瞻而不能视及。

　　第一章，述送女弟之情。由燕之飞说起。燕燕者，重言燕。言燕者，燕为候鸟，依时远飞，故见燕之飞而兴起远别之思。燕飞时翅膀扇动，羽毛参差，故曰差池其羽。因念之子于归，远嫁他国，故远送至于野。虽送至于野，然终须一别，瞻望远视，而不能得见，乃泣涕如雨矣。


燕燕于飞，颉之颃之。之子于归，远于将之。瞻望弗及，伫立以泣。

　　颉，音协，鸟飞而向上也。◎颃，音杭，鸟飞而向下也。

　　将，送也。

　　伫，音宁，久立也。

　　第二章，重前章之义，惟换韵。言燕飞忽而上，忽而下，终于远去。兴起之子远嫁之思。我虽远送之，但彼远去。瞻望弗及，故久立以泣。


燕燕于飞，下上其音。之子于归，远送于南。瞻望弗及，实劳我心。

下上其音，言燕飞鸣上下也。

南，指卫之南。

第三章，又重叠前章之义。末言实劳我心，心难忘之也。三重叠唱，以加重其相送远怀之意。

**仲氏任只，其心塞渊。终温且惠，淑慎其身。先君之思，以勖寡人。**

仲氏，卫君称其妹之辞。◎任，以恩相信也。◎只，语尾助词。

塞，实也。◎渊，深也。◎塞渊者，诚实而深远。

终温，既有温和之性情。◎且惠，且有柔顺之女德。

淑，善也。◎言其立身行事，能持善而谨慎。

先君，指卫君之先君。◎之，是也。◎先君之思，即先君是思。意谓当以常思先君为是也。

勖，勉也。卫君之妹勉卫君常思先君之德，以善治其国也。◎寡人，卫君自称。

第四章，言我女弟仲氏，与我以恩相信也。其心诚实而深远，既温且顺，立身能持善而谨慎。今当别离，则以"常思先君之德"，以勖勉寡人，可见关心之深也。

按：诗中凡言"终……且……"皆谓"既……且……"，《经义述闻》说。之，是也。见《经传释词》。

按《诗序》云："《燕燕》，庄姜送归妾也。"后世多从之。庄姜之事见《左传》隐公三年及四年。卫庄公娶齐女曰庄姜，美而无子。又娶陈女厉妫，幸其女弟戴妫，生子完，庄姜以为己子。嬖妾生子州吁，有宠而好用兵。庄公卒，太子完立，是为桓公。桓公立十六年，州吁弑桓公而自立。郑笺云："庄公薨，完立而州吁杀之。戴妫于是大归。庄姜远送之于野，作诗以见己志。"然《左传》并无戴妫大归之语。《史记·卫康叔世家》云："陈女女弟亦幸于庄公，而生子完。完母死，庄公令夫人齐女子之，立为太子。"据此戴妫既死于庄公卒前，则其子完立为卫君之时，戴妫早已不在人世。州吁弑卫桓公，在桓公立十六年后，戴妫骨已朽矣，又何能大归于子完被州吁弑后？司马贞《史记索隐》云："女弟，戴妫也，子完，为州吁所杀。戴妫归陈。《诗》燕燕于飞也。"《史记》明载戴妫先死，而后庄公令庄姜收完为子。而司马贞竟依郑笺而注之。矛盾若是，诚可笑也。考《诗序》所云，既不见《左传》，而《史记》又明载戴妫早死。是诗之作，非庄姜送戴妫明矣。然检历代说《诗》之书，多以庄姜送戴妫之说为是，似未曾见史记者，亦蔽也矣。王质谓此诗为国君送女弟远适他国之诗。屈万里云："惟所谓国君，当是卫君也。"

# 日月

朱传云：“庄姜不见答于庄公，故呼日月而诉之。”

日居月诸，照临下土。
乃如之人兮，逝不古处。
胡能有定？宁不我顾！

日居月诸，下土是冒。
乃如之人兮，逝不相好。
胡能有定？宁不我报！

日居月诸，出自东方。
乃如之人兮，德音无良。
胡能有定？俾也可忘。

日居月诸，东方自出。
父兮母兮，畜<sub>xù</sub>我不卒。
胡能有定？报我不述。

日居月诸，照临下土。乃如之人兮，逝不古处。胡能有定？宁不我顾！

> 居，诸，皆语词。

> 下土即下地。日月在上，下土人所居也。

> 之人，是人也。当指庄公。

> 逝，发语词。◎古处，以古之夫妇之道相处。

> 胡，何也。◎言其心志何能有定止。

> 宁，会也。会，乃也。◎言乃不顾于我。

> 第一章，慨叹之也。日居月诸，呼日月以倾诉也。照临下土，谓天道有常也。然乃如庄公者，竟不以古之夫妇之常道相处。其人之心已动摇，如何能使其心有定邪？其人之心已他向，竟乃不顾于我也。

> 按：宁不我顾之"宁"，毛传训会，会可训乃。马瑞辰云："宁犹乃也。""宁乃一声之转。""诗中宁字，义多为乃。"马氏之说，以宁乃为一声之转而训乃。毛传则径训会，会亦乃也。二说虽不同，而皆是乃之义。逝，毛传："逮。"《经传释词》云："逝，发声也。字或作噬。《诗·日月》曰：'乃如之人兮，逝不古处。'言不古处也。"

日居月诸，下土是冒。乃如之人兮，逝不相好。胡能有定？宁不我报！

> 冒，覆也。下土是覆，义犹照于下土。

> 报，报答也。

> 第二章，义与一章同，惟换韵。言是人竟不与我相和好，

其心不定而他向，乃不报答我对彼之情义也。

**日居月诸，出自东方。乃如之人兮，德音无良。胡能有定？俾也可忘。**

日出东方，月望亦出东方，言天之常道也。

音，语言也。◎德音，美其辞以指他人之语言，故称他人之语言为德音。是对人之美辞，己之谦辞，非真有德之意也。◎无良，言无善意也。

俾，使也。◎俾也可忘，言使我成为可忘却之人。与宁不我顾之义同。

第三章，义同前二章，惟换韵而重叠慨叹之。言日月出自东方，天地有常道也。然何乃有如此人者，语言从无善意。何其心志之不定而他向邪？乃使我成为彼已遗忘之人！三章叠唱，再三诉之，足见痛心之深。

按：俾也可忘，毛传谓使是无良可忘。朱传谓何独使我为可忘者邪？以朱传为稍近。细审此诗四章，一二四各章，"宁不我顾"，"宁不我报"，"报我不述"，语气皆相同。惟三章"俾也可忘"一语，若依毛传之释，则失去其一贯之以彼为主词、以我为宾词之语法。依朱传之释，则不失其语法，然亦不宜为问语。以释为"乃使我为彼遗忘之人"较为安妥。

**日居月诸，东方自出。父兮母兮，畜我不卒。胡能有定？报我不述。**

畜，养也。◎不卒，不终也。◎畜我不卒，言天养我不终，非怨父母也，呼父呼母但为无可奈何之呼号耳。

报我不述，言彼所报我者，于我不能述之也。盖彼人所行不义，乃使我不能述。述之不仅过于痛心，亦失敦厚之道也。

第四章，亦由"日居月诸"诉起，然不再诉乃如之人，而呼父母矣。盖再三呼诉而不应，乃改呼父母矣。乃自叹其生不逢辰，天养我不终也。因念若彼人者何能心有所定？我对彼恩义至矣。而其所报于我者，我实不能述之；我虽痛心，不能述之。述之则失敦厚之道也。

按：不述，毛传："不循。"笺云："不循礼也。"朱传云："述，情也。言不循义理也。"方玉润云："不述，言不欲称述也。"义直接而深长。亦是再四呼诉，乃作收束之语。若不循礼、不循义理等义，与前三章皆同，不如不欲述之为含蓄，类结束之语也。


按：《诗序》："卫庄姜伤己也。遭州吁之难，伤己不见答于先君，以至穷困之诗也。"其遭州吁之难一语，纯属臆度而凑泊历史者。此诗乃以庄公不以古之夫妇常道相处，故庄姜怨之也。

# 终风

此庄姜伤庄公遇之狂暴之诗。

终风且暴，顾我则笑。
谑浪笑敖，中心是悼。

终风且霾，惠然肯来。
莫往莫来，悠悠我思。

终风且曀，不日有曀。
寤言不寐，愿言则嚏。

曀曀其阴，虺虺其雷。
寤言不寐，愿言则怀。

终风且暴，顾我则笑。谑浪笑敖，中心是悼。

终，既也。见前《燕燕》。◎终风且暴，言既风且暴也。

则，犹而也。

谑，音虐。谑浪笑敖，戏谑也。无敬爱之意。

第一章，既风且暴，比其夫庄公之行为，有如风而狂暴。然亦有顾我而笑之时，但不过为戏谑而已，故心中伤悼之也。

按：则，犹而也，说见《经传释词》。

终风且霾，惠然肯来。莫往莫来，悠悠我思。

霾，音埋，雨土也，风扬土落如雨。

惠然，和顺貌。

莫，不也。◎莫往莫来，言又不往不来也。

悠悠，思之长也。

第二章，既有风来，且扬其土矣，比其夫之暴也。忽又和顺肯来相与。然此来非真肯来也，乃又不往不来矣。使我思之者长矣！以上二章，虽义相似，而结语一则以怨，一则以思，意味深长。

终风且曀，不日有曀。寤言不寐，愿言则嚏。

曀，音缢，阴而风也。

不日，不旋日也。不旋日言见日未久。◎有，又也。

寤，觉醒也。◎言，语词。◎寤言不寐，言觉醒而不能入寐也。

愿，思也。◎嚏，音帝，喷嚏也。◎则，即也。◎愿言则嚏，谓思之即作喷嚏。

第三章，言既风且阴，方见日不久又阴而风矣。比其夫之狂惑，如乍晴乍阴。因使人心为之忧，不能入寐，而思之则作喷嚏。喷嚏实受寒而作疾也。俗以为有人思念己，己则喷嚏。女作喷嚏，虽哀伤成疾，而犹以为夫或正在思己，故有喷嚏也。真温柔敦厚之极矣。以上三章，虽均以"终风且……"起，然每章各有其义，非叠唱之法。

**曀曀其阴，虺虺其雷。寤言不寐，愿言则怀。**

*虺虺，雷声。*

*怀，伤也。*

第四章，忽改换其章首，不曰"终风且……"，而曰"曀曀其阴"，形容阴暗凄淡之甚也。又加"虺虺其雷"，形容狂暴之甚也。比其夫如此之狂暴，则诚不能入寐，诚令人思之而伤感不已也。四章章首乍改，气象一变，哀伤愈厉，感叹愈深。

按《诗序》云："庄姜伤己也。遭州吁之暴，见侮慢而不能正也。"朱传以为："详味诗辞，有夫妇之情，未见母子之意。"盖州吁虽暴，绝无"顾我则笑，惠然肯来"之态。《序》说未妥也。

# 击鼓

此为卫国戍卒思归不得之诗。

击鼓其镗，踊跃用兵。
土国城漕，我独南行。

从孙子仲，平陈与宋。
不我以归，忧心有忡。

爰居爰处，爰丧其马。
于以求之。于林之下。

死生契阔，与子成说。
执子之手，与子偕老。

于嗟阔兮！不我活兮！
于嗟洵兮！不我信兮！

击鼓其镗，踊跃用兵。土国城漕，我独南行。

镗，音汤，击鼓声。

踊，音勇。踊跃，跳跃奋起之貌。

土国，役土功于都城，言作水土之工事于国都。◎漕，卫邑，在今河南滑县。城漕，修治漕城也。

第一章，述用兵远行。言今镗然击鼓，而奋起用兵矣。他人或役土功于国之都城，或修治漕邑之城，而我独南行远征。是故怨也。

从孙子仲，平陈与宋。不我以归，忧心有忡。

孙子仲，人名，当时领兵之将也。

陈，宋，国名。陈国在今河南开封以东及安徽北部之地。宋在今河南商丘以东及江苏铜山以西之地，两者皆在卫国之南。◎平，平其祸乱也。

以，犹与也。◎不我以归，言不与我归去也。

忡，音冲，忧貌。有忡，忡然也。

第二章，述南征后不得返也。言从孙子仲南征，已平陈与宋矣。然竟留我戍守，不得与其同归，故使我忧心忡然也。

按：孙子仲，毛传谓为公孙文仲。朱传谓孙氏子仲，时军帅也。今若不必穷究其为某时某将帅，则不牵于全局，但释为当时军帅，若朱传所言者，则无不通矣。平陈与宋，当另有其事，非州吁之事也。

爰居爰处，爰丧其马。于以求之，于林之下。

爰，于也。◎爰居爰处，言于是居，于是处。

爰丧其马，于是丧失其马。

于，语词，无义。

第三章，续上章而述居留远方，全无斗志之情也。言于是居于此矣，于是处于此矣。然全无斗志，于是竟失其马矣。乃搜求其马，竟于林下得之。言林下得之者，见其失伍，全无统次矣。

按：于以或有于何之义，问辞。见前《采蘩》。

**死生契阔，与子成说。执子之手，与子偕老。**

契，音挈。契阔，隔远之义。◎死生契阔，言死生远离，生而不能见，死而永长别也。

说，音悦。成说，谓相与约誓，成相悦爱之恩，志在相存相救相与偕老也。

执手，相与誓约之时，执手而言也。

偕，音皆，俱也。偕老，言相伴到俱老也，誓约之辞。

第四章，忆与妻相誓偕老，而思今远别之情。言今日之事，生因远隔而不能见，死则永别矣。忆早日与汝相誓约，成悦爱之恩，执手作誓，相与偕老，而今竟不能得，何其可悲！

**于嗟阔兮！不我活兮！于嗟洵兮！不我信兮！**

于，同吁。于嗟，叹声。◎阔，远离也。

不我活，言不能与我相共而生活也。

洵，远也。

信，音申，义与申同。

第五章，慨叹无既也。吁嗟！相去远矣！汝不能与我相共而生活矣！吁嗟远矣！我不能申我誓约之言，不能与子偕老矣！

按《诗序》云："《击鼓》，怨州吁也。卫州吁用兵暴乱，使公孙文仲将，而平陈与宋。国人怨其勇而无礼也。"朱传以为："恐或然也。"固已疑之。此事见《左传·隐公四年》。考其本事与诗不合者甚多。盖诗中"平陈与宋"一语，为《诗序》之所据。以为此语足以证明州吁用兵。然《左传》所载：卫告于宋，要与陈蔡同行伐郑。宋人许之。于是陈蔡方睦于卫。故宋公陈侯蔡人卫人伐郑，围其东门，五日而还。然则何得谓之"平陈与宋"？平者，讨伐平乱之谓。要人同行伐郑，并未以兵攻伐，何能曰平？至于未言及蔡，亦觉未合。其围郑仅五日而归。诗中竟言"不我以归""死生契阔"，固久别难逢之语，与《左传》之事不合甚矣。大率《诗序》之作，力牵于某时某事某人。往往不顾实情，径为附会，乃成曲解，而诗意荡然。此诗极明显为戍卒思归之诗，固不必为州吁而作，更不必在州吁其时也。

# 凯风

此孝子念母氏劬劳而自疚之诗也。

凯风自南，吹彼棘心。
棘心夭夭，母氏劬劳。

凯风自南，吹彼棘薪。
母氏圣善，我无令人。

爰有寒泉，在浚之下。
有子七人，母氏劳苦。

睍睆黄鸟，载好其音。
有子七人，莫慰母心。

**凯风自南，吹彼棘心。棘心夭夭，母氏劬劳。**

凯风，南风也。

彼，指示字，无义，犹言那个。◎棘，小枣丛生者。◎心，指纤细之处。棘本多刺难长，棘心则更稚弱易摧者。

夭夭，少好貌，言长大也。

劬，音瞿，劬劳，劳苦也。

第一章，赞美母氏劳苦抚子也。言凯风自南吹来，吹彼棘之纤弱者，比七子稚弱易摧也。然棘心竟成长而夭夭少盛，是母氏劳苦抚育所成也。

**凯风自南，吹彼棘薪。母氏圣善，我无令人。**

棘薪，谓棘已长大，可以为薪者。

圣，睿智也。

令，善也。◎言我等子女无能为善，以报母恩者。

第二章，赞美母之抚七子成长，而子无善可报。言凯风自南吹来，吹彼已长大之棘薪。比子已成长矣，但棘薪非美材，故云母氏诚有圣善之德，而子则无善以为报也。

**爰有寒泉，在浚之下。有子七人，母氏劳苦。**

爰，犹乃也。

浚，卫邑，在今山东濮县境。

第三章，再述母氏之劳苦。言乃有寒泉，在浚邑之下。虽曰寒泉，其流且有益于浚邑也。而今母氏有子七人，竟无益于母，而使母氏劳苦。七子不能有所事奉而减其劳，故自疚也。

睍睆黄鸟，载好其音。有子七人，莫慰母心。

睍，音现。睆，音晚。睍睆，美好貌。

载，语词，无义。

第四章，自疚之辞也。言美好之黄鸟，犹有婉转好音以悦人。而我七人，竟不能安慰母心！自疚甚矣！

按：本诗七子自疚，非真不能孝其母也。惟以愈能孝母，故见母之劳而愈自疚，乃思更尽其孝道，以慰母心也。

按《诗序》云："《凯风》，美孝子也。卫之淫风流行，虽有七子之母，犹不能安其室，故其七子能尽其孝道，以慰其母心，而成其志尔。"朱传亦云："七子之母不能安其室，故其子作此诗。"考此诗古今说者，多以为母欲改嫁，孝子能尽孝道；或曰孝子自责；或曰孝子感动母氏。然无能言母之有善德者，非缘《诗序》之言，盖由孟子"凯风，亲之过小者也"（见《孟子·告子下》）一语，不能易耳。孟子既言亲有小过，则后人无以释其无过。惟孟子只此一语，并未对全诗有所解释。《诗序》竟指为淫风流行，七子之母，犹不能安其室。其言真骇人听闻！若母如此之淫，岂可谓之美孝子？说诗者解释女子改适，故曰小过。但不知诗中何句指出母氏改适？改适是否即为不安于室？孟子所指亲之小过，究为何过？孟子之时，尚无毛传。是否有《诗序》，更为疑问。然则孟子之时，此诗如何解释，今不可知。亲有小过之亲，是否指母，抑为指父？此诗是否父遗弃母，母氏有子七人，劬劳养子，子乃感而自疚？是以孟子指亲有小过，或父之小过也。此固为臆测之词，毫无根据。但淫风大行，七子之母不安于室，则近诬人，岂仅臆断而已！且孟子之时，《诗》是否已遭曲解，亦颇难言。后人但据孟子一语，固指七子之母淫荡不安于室，其施于后人者是何教育邪？而七子且又当其母改嫁时，极称母之圣善，其七子是何思想邪？而孟子又以是为子能不怨亲之小过者。《诗序》乃云："美孝子也！"试想：一淫荡之母，七无依之子，母不安于室，七子竟歌颂之。而诗人竟美之，以为孝子。真奇异哉！"高叟之为诗也！"愚意以为：此诗只是孝子念母氏劬劳而自疚之词也。何必多所臆测哉！

## 雄雉

朱传云："妇人以其君子从役于外，故言雄雉之飞，舒缓自得如此。而我之所思者，乃从役于外而自遗阻隔也。"

雄雉于飞，泄泄其羽。
我之怀矣，自诒伊阻。

雄雉于飞，下上其音。
展矣君子，实劳我心。

瞻彼日月，悠悠我思。
道之云远，曷云能来？

百尔君子，不知德行？
不忮不求，何用不臧！

**雄雉于飞，泄泄其羽。我之怀矣，自诒伊阻。**

雄雉，雄野鸡，长而有冠，能飞，羽有文采。◎于，助词，无义。于飞犹正在飞。

泄，音异。泄泄，鼓翼貌。

怀，思也。

诒，遗也，与也。◎伊，维也。◎阻，隔也。◎自诒伊阻，言自己给予自己阻隔。意谓今日夫妇远隔，是夫自己为之，以其从军远役，故远隔而不能见也。

第一章，由雄雉之飞，羽翼鼓动，而兴起丈夫远役不得归之情。妇必居于山野之乡，否则不能见雄雉也。诗之作，皆取其所见，动其所感，非凭空设想者也。此妇人见雄雉之飞，感眼前事物，念丈夫昔日猎取雄雉之事，引起怀念，而怨夫之自成其远隔也。

**雄雉于飞，下上其音。展矣君子，实劳我心。**

下上其音，言飞鸣上下，意甚得也。

展，诚也。言诚以君子久役之故。

第二章，重首章义。言雄雉之上下飞鸣，意态甚得，乃使我怀念君子。诚以君久役之故，实使我思君为劳也。

**瞻彼日月，悠悠我思。道之云远，曷云能来？**

瞻，视也。

悠悠，言思之长。

道，道路也。◎云，句中语助词，无义。

曷，何也。

第三章，叹其路远难晤也。言视彼日月之更迭往来，叹时光之流逝，而人远难晤，使人悠悠长思。道路远阻，何能来邪？

## 百尔君子，不知德行？不忮不求，何用不臧！

百，犹凡也。百尔即凡尔。

不知，明知其知，而反问之。意谓"岂有不知德行之理"？

忮，音治，嫉害也。◎求，贪求也。

用，以也。◎臧，善也。

第四章，念君子之德，虽在远方，必能嘉善。一为勉励，一为祝福之义。言凡尔君子，岂有不知德行者？如能不嫉害人，不贪求好利，则何能不臻于善！

按《诗序》云："《雄雉》，刺宣公也。淫乱不恤国政，军旅数起，大夫久役，男女怨旷，国人患之，而作是诗。"大夫久役本亦思妇之义。然牵入宣公淫乱，则使人迷惑。朱传但云妇人以其君子从役于外，则较《序》之必附会宣公，接近真实多矣。

## 匏有苦叶

此咏涉世、处事、守礼、重义之诗，盖生活之箴铭也。

匏<sup>páo</sup>有苦叶，济有深涉。
深则厉，浅则揭<sup>qì</sup>。

有渳<sup>mǐ</sup>济盈，有鷕<sup>yǎo</sup>雉鸣。
济盈不濡轨？雉鸣求其牡！

雝雝<sup>yōngyōng</sup>鸣雁，旭日始旦。
士如归妻，迨<sup>dài</sup>冰未泮<sup>pàn</sup>。

招招舟子，人涉卬<sup>áng</sup>否。
人涉卬否，卬须我友。

**匏有苦叶，济有深涉。深则厉，浅则揭。**

匏，音袍，瓠也。瓠音壶，扁圆者曰瓠。匏之短柄大者，曰壶。壶之两端大而中腰细者曰蒲芦，今俗称葫芦者是也。匏之苦者，不能食，渡水者佩之，可加浮力也。有苦叶者谓之苦匏也。

济，渡水处也。◎涉，行渡水曰涉。

厉，不脱衣涉水曰厉。

揭，音器，提起衣而涉水也。

第一章，言涉水，比涉世也。苦匏可以渡水，但水有甚深不易渡之处。若经水太深之处，只有牺牲衣服，不脱衣而渡，盖提衣亦必湿，不如竟着衣而过，任其湿也。若浅处，则提起举衣服而涉之。此比人之处世，当深察事之难易，谨慎将事。或必有所牺牲而济事，如渡深水也；或不必牺牲而可济，若涉浅水，揭衣而行，则衣不湿而人可渡矣。此涉世之法也。


**有㳽济盈，有鷕雉鸣。济盈不濡轨？雉鸣求其牡！**

㳽，水满貌。有㳽，㳽然也。◎济盈，济渡之水满也。

鷕，音咬。雉鸣之声。有鷕，鷕然。◎雉，野鸡，见前《雄雉》篇。

濡，沾湿也。◎轨，车轴头也。◎济盈不濡轨，言渡处之水满，车由水中渡过，能不沾湿车之轴头耶？

牡，雄也，言雄性之雉。禽之雌雄亦言牝牡，如《书》云"牝鸡司晨"。

第二章，言世之常理也，亦喻人之常情也。言济水之满，野鸡之鸣，此两事皆平常事也。但由水之满，可知车由水中渡过则必湿其车轴；由雌雉之鸣，则知在求其雄雉也。此固事之常理，亦见人之常情。如以为水深而能不濡轨，则绝无此理；如男女已长成，则必男女相求，而婚嫁及时，则为不易之理也。

按：本章之词，今日乡里之间，似此者亦甚多，如"男大当婚，女大当嫁"，如"东边太阳西边落"。虽但道常理，实寓真理不可磨灭之义。

**雝雝鸣雁，旭日始旦。士如归妻，迨冰未泮。**

雝，音雍。雝雝，雁鸣声之和也。

旭日，初出之日。旭日初升，故曰始旦也。

归，嫁也。归妻，言有妻嫁之，即娶妻之义。

迨，及也。◎泮，消散也。

第三章，述婚礼当行之事也。言其当行之事，即其当守之礼。始言雝雝鸣雁，以古时纳采之礼，必用雁为聘礼。古代婚礼自纳采至请期之礼，用昕（朝也），故曰"旭日始旦"。士如娶妻，则应及冰之未解之时。盖冰未解之时，人车都可由冰上行过，不必涉水也。读此可知此诗之作，为河边之人之生活座右铭。凡事凡理，皆以水之事喻之。结婚之时间，且慎守冰之未解。可见水对其生活影响之重大矣。

**招招舟子，人涉卬否。人涉卬否，卬须我友。**

招招，号召貌。

卬，音昂，我也。◎言人皆从舟子而渡，我则不然。

须，等待也。

第四章，述重义守信之道也。言河边舟子招人渡河，他人都随之而渡，而我独不渡。我之所以不肯渡者，因我与友人有约，必待之而行也。

以上四章，表面似不相关，但自一章之涉世之道，二章所言世之常理，三章言男女婚嫁当守之事，四章言友朋重义守信，实为生活之箴铭。且由首至尾，皆以涉水为贯。故知为河滨之地，乡里所唱，有关生活守则之歌谣。

按：此诗由来众说纷纭，莫能定其旨。《诗序》云："刺卫宣公也。公与夫人，并为淫乱。"朱传以为只是讥刺淫乱之诗。方玉润指为刺世礼义澌灭也。吴闿生《诗义会通》云："当以《论语》荷蒉所引为其正义。味其辞，盖隐君子所作。徐璈云'此士之审于自处而讽进不以道者'，得其旨矣。"细审全篇，若依《诗序》、朱传之说，则此诗不能为诗，但为一甚不切合谜底之谜语耳。而此谜底之揭出又为强猜独断者，何能使人信服。方说亦囿于美刺之间而已。夫诗之为作，吟咏性情。情动于中，而形于言。然则何必非美刺不能咏？吴闿生之说，"士之审于自处"一语颇切，惟亦未能尽获全篇之义。愚意以为：此诗前后四章，但为咏涉世处事守礼重义者，若今日乡里间述人情事理之歌谣。其前后四章，未必为一义。然可以为作人之箴铭者则一。想为卫国当时流行之歌谣也。

# 谷风

朱传云：“妇人为夫所弃，故作是诗。”

习习谷风，以阴以雨。黾勉同心，不宜有怒。
采葑采菲，无以下体？德音莫违，及尔同死。

行道迟迟，中心有违。不远伊迩，薄送我畿。
谁谓荼苦，其甘如荠。宴尔新昏，如兄如弟。

泾以渭浊，湜湜其沚。宴尔新昏，不我屑以。
毋逝我梁，毋发我笱。我躬不阅，遑恤我后。

就其深矣，方之舟之。就其浅矣，泳之游之。
何有何亡，黾勉求之。凡民有丧，匍匐救之。

不我能慉，反以我为仇。既阻我德，贾用不售。
昔育恐育鞫，及尔颠覆。既生既育，比予于毒。

我有旨蓄，亦以御冬。宴尔新昏，以我御穷。
有洸有溃，既诒我肄。不念昔者，伊余来墍。

习习谷风，以阴以雨。黾勉同心，不宜有怒。采葑采菲，无以下体？德音莫违，及尔同死。

习习，和舒貌。◎谷风，东风。

以阴以雨，言以谷风阴，以谷风雨，言风之调和时节。

黾，音敏。黾勉，勉力也。

不宜有怒，言阴阳既和，时雨既降，如夫妇同心，不宜有怒之生也。

葑，音封，芜菁也。根叶皆可食。◎菲，萝卜也。又名蔓菁，菜名。二物皆根叶可食者。

以，及也。◎无以下体者，言能不及其根乎？谓夫妇为一体，不能分离也。

德音，语言也，见前《日月》。谓他人之言曰德音，美之也，非真有德。此言德音，妻指夫之言，夫指妻之言，谓双方之言也。◎莫，无也。◎德音莫违者，彼此之言，都无相违者。

及，与也。◎二人相与至于同死而无不和也。

第一章，以谷风之和舒，风雨阴阳之调和，引起夫妇之间，应勉力同心，不宜有怒。若采芜菁萝卜，无不兼及下体之根者，固根叶不可分也。故云夫妇之间当永不分离，彼此所言，互不相违，相亲相敬，至于同死。此一章言夫妇相处之道也。

行道迟迟，中心有违。不远伊迩，薄送我畿。谁谓荼苦，其甘如荠。宴尔新昏，如兄如弟。

迟迟，缓行貌。

违，徘徊也。有违即徘徊然。

伊，语词，无义。◎迩，近也。

薄，语词，无义。◎畿，音祈，门内也。

荼，音涂，苦叶。

荠，甜菜名。

宴，乐也。◎昏，同婚。

如兄如弟，言相亲也。

第二章，妇自述被弃而行也。言我既被弃，行道迟缓，心中徘徊然，不愿行也。而夫之送我，竟不远送，即近而止，送我于门内而已。夫妇之情，至于如此之薄，故妇又慨叹曰："谁谓荼菜为苦，于我而言，有如荠菜之甘。"妇之言，谓彼之心中苦极，较之荼菜更过之，故以荼菜为甘也。然夫既已另结新欢而弃我，事已如此，乃复祝夫与新人相好，曰："乐尔之新婚，愿尔与新人相亲爱如兄弟！"温柔之心，哀怨之情，动人怜悯。


泾以渭浊，湜湜其沚。宴尔新昏，不我屑以。毋逝我梁，毋发我笱。我躬不阅，遑恤我后。

泾，水名。渭，水名。泾浊，渭清。泾流入渭，故言泾使渭浊。◎以，使也。

湜，音殖。湜湜，清貌。◎沚，音止，水清也。

屑，洁也。◎以，与也。◎言不以我为洁，不与我相与也。

逝，往也。◎梁，鱼梁。堰石障水而空其中，以通鱼之往来，因从其间以捕鱼者。

笱，音苟，竹器，承梁空以捕鱼者，有倒门，能入而不能出，鱼入乃留。◎发，举也。

躬，身也。◎阅，容也。

遑，暇也。◎恤，忧也。◎我后，我去后之事。

第三章，妇怨夫之弃，而又念及自己去后之事。言泾水虽使渭水浊，但清者自清，浊者自浊，泾虽使其浊，但渭水之清之本质，仍自为清也。不见其渚湜湜然犹清乎？此以喻你我夫妻本自相亲相敬，为好夫妻，我之为妇亦本美而且贤。然自君结新欢，始因彼人之浊而污染我之清，破坏我夫妇之情。实则我仍为美而且贤，若谓渚之仍见其清者也。但因夫之乐尔之新婚，竟以我为不洁，而至于不能相与，至于离绝，岂不令人痛心！但今既已弃我，我只有行矣。惟仍对自己行后之事，不能放心。因而瞩曰"勿使新人至我之鱼梁，勿使新人举我之捕鱼之笱"。然彼随又想到：我之身且不能容于此，我尚何暇担忧于我去后之事乎？其难舍难别之情，与不得不舍、不得不别之情，真缠绵悱恻也。

按：旧说"泾以渭浊，湜湜其沚"，谓泾水以合于渭，方显其浊。比夫以有新妇，方见其貌之衰老。湜湜其沚，比虽衰老其心犹有可取者。此语决不类女子自叙之词。此处清浊，是妇自喻清者仍清，彼新妇乃真浊者也。

**就其深矣，方之舟之。就其浅矣，泳之游之。何有何亡，黾勉求之。凡民有丧，匍匐救之。**

方，筏也。

首四句比夫家之事，如就是难易而处之也。

有，富有。◎亡，同无，贫也。

丧，凶祸之事。

匍匐，音蒲服，手足并行也。手足并行喻急遽之甚，尽力之意也。

第四章，叙以前持家之情形，始以水深则以筏以舟渡之，水浅则以泳以游渡之，比遇事之有难有易，而各以其适当之法克服处理之。然后直叙：无论何时，或为富有，或为贫困，我皆不顾，但勉力适应，以求生活之合理。凡邻里有危难，莫不尽力救助。此于持家睦邻，亦可谓尽力矣。此述其已尽为妇之道，不宜被弃也。

**不我能慉，反以我为仇。既阻我德，贾用不售。昔育恐育鞠，及尔颠覆。既生既育，比予于毒。**

慉，音畜。养也。◎不我能慉，言不能养我。

阻，拒却。◎德，善也。

贾，音古，卖物也。◎言卖物不能售出也。

育，生也，犹言生活。◎鞠，穷也。◎育恐育鞠，言生于恐惧患离之中，生于穷困之中。

及，与也。◎颠覆，倾跌也。◎言与之同度患难。

生，指财业。◎育，谓长大。

毒，恶也。

第五章，怨其夫不顾恩义也。言汝不但不能养我，反以我为仇。既拒却我之好处，若我有珍物，而遭汝拒我而不得售也。至此因念及从前，共同生活于恐惧之中，共同生活于穷困之中，与汝同度患难。而今既已有财业矣，既已成长壮大矣，此皆我二人共同致力之结果，但汝今竟以我为毒恶之物而弃之。

按：育恐育鞫，朱传引张子云："育恐谓生于恐惧之中，育鞫谓生于困穷之际，亦通。"此说在行文上甚为顺适，兹从之。

**我有旨蓄，亦以御冬。宴尔新昏，以我御穷。有洸有溃，既诒我肆。不念昔者，伊余来墍。**

旨，甘美也。◎蓄，蓄存干菜以过冬。

首四句言汝穷困时，以我与汝共同奋斗而抵御穷困，今已不穷困矣，则另结新欢矣。

洸，音光，武貌。◎溃，音绘，怒貌。◎有洸即洸然，武勇之态。有溃即溃然，怒态。诗中凡形容字上加一有字者，即如形容字下加一然字。

诒，遗也。◎肆，劳也。◎言既遗我以劳苦之事。

伊，语词。◎墍，音戏，息也。◎末二句言不念我昔初嫁之时，来息止于夫家之情也。

第六章，怨之更深也。言我本早蓄好甘美之干菜，用之以御冬，盖冬季无鲜菜，主妇早为之计，晒干菜以为冬季之食。此妇自述美德也。但汝却乐汝之新婚而弃我，从前之与我相共者，不过以我御穷困而已。今不穷困，则另结新欢矣。汝今对我，威武然，震怒然，尽遗我以劳苦之事，毫不顾念昔日之情义，曾不念昔者，予初来嫁，止息汝家之情也。此结尾处追念其初嫁之时，止息夫家，相与欢乐之情。而今竟相弃。语意极尽伤感，怨亦无限。

按《诗序》云："《谷风》，刺夫妇失道也。卫人化其上，淫于新婚，而弃其旧室。夫妇离绝，国俗伤败焉。"夫妇失道一语，本合此诗之旨，然又曰刺，又曰卫人化其上，乃又失之。

## 式微

《诗序》云："式微，黎侯寓于卫，其臣劝以归也。"


式微式微，
胡不归！
微君之故，胡为乎中露！

式微式微，
胡不归！
微君之躬，胡为乎泥中！

式微式微，胡不归！微君之故，胡为乎中露！

式，发语辞。◎微，衰也。

微，非也。

中露，露中也。在露中言有霑濡之辱，无所庇覆也。

第一章，慨叹劝君之言也。曰："衰微矣，衰微矣！"叹国之衰，君之寄寓他国也。一再言之，叹衰微之甚也。故曰："何不归国邪？若非君之故，则何致若在露中，无所庇荫邪？"言以君久寄他国，故微而受辱，而君又优游忘归，故着力劝之。其言虽短，而忧国爱君之心，溢乎纸上。

式微式微，胡不归！微君之躬，胡为乎泥中！

微君之躬，言非以君之身，亦犹以其故也。

泥中，犹言在泥涂也。

第二章，与一章同义，惟换韵而重言之。反复而劝之也。

按：中露及泥中，毛传作邑名。然作邑名解，毫无意义。由"微君之故，胡为乎中露"二语之语气辨之，胡为乎之下，必为受辱受困之义方妥。若只为一邑名，则无何作用，何必用"胡为乎"一语？露中，泥中，当为辱困失庇之义，上下语气连贯，方为合理。毛传未妥也。

按：黎为侯国，故地约当今山西长治县西。郑笺云："黎侯为狄人所逐，弃其国而寄于卫。卫处之以二邑.，因安之。可以归而不归，故其臣劝之。"其说是也。

# 旄丘

《诗序》云："《旄丘》，责卫伯也。狄人迫逐黎侯。黎侯寓于卫，卫不能修方伯连率之职，黎之臣子，以责于卫也。"

旄丘之葛兮，何诞之节兮！
叔兮伯兮，何多日也！

何其处也！必有与也。
何其久也！必有以也。

狐裘蒙戎，匪车不东。
叔兮伯兮，靡所与同。

琐兮尾兮，流离之子。
叔兮伯兮，褎如充耳。

**旄丘之葛兮，何诞之节兮！叔兮伯兮，何多日也！**

旄丘，前高后下之丘也。◎葛，蔓生植物。

诞，通羡，延也，犹葛羡之羡。◎之，犹其也。◎节，葛之节。

叔伯，字也。古人字每曰叔，曰伯。此呼卫之诸臣，非一人，故曰叔曰伯。

何多日也，言何日之多时之久如此，而未见来救。谓未见卫来救也。

第一章，黎之臣登前高后下之丘，见葛之延伸，而感留卫之久。故先写旄丘之葛，何羡延其节已如此之长邪！因感时序之迁，留他国已久，而不得归。故叹怨曰："叔兮，伯兮，卫国诸臣，日已多矣，何以尚不来救我？"此章是由登高而感慨，见葛而生情，所谓睹物生情者是。

按：毛传："诸侯以关相连属，忧患相及，如葛之蔓延相连及也。"郑笺云："士气缓则葛生润节。兴者喻此时卫伯不恤其职，故其臣于君子亦疏废也。"此皆囿于"兴"之一字，刻意求其符合，而适见其迂曲模糊。实则兴即由此而联想及彼，见旄丘之葛，而联想及留卫之久，亦即为兴也。若必如毛郑之说，则兴皆若比矣，而迂曲之余，不见性情，全失诗意。

**何其处也！必有与也。何其久也！必有以也。**

处，安处。◎言彼何以安处坐视而不来救邪？

与，相与者也。◎言必有相与俱来者，故俟时也。

以，他故也。

第二章，黎国之臣，虽怨卫不救，然亦原谅卫之困难，故云："彼何能安处坐视而不来救邪？其必有相与之国，需相计议，或同时行动，故俟其时也。何以俟时竟如此之久邪？其必有他故也。"此猜测而自我安慰之词。

**狐裘蒙戎，匪车不东。叔兮伯兮，靡所与同。**

狐裘，大夫狐苍裘。◎蒙戎，散乱貌。

匪，非也。◎言非是卫国之车不东来迎黎之君臣也。

同，同心协力也。

第三章，黎臣慨叹之词也。言大夫之狐裘已蒙戎散乱矣，言流寓在外时之久也。而卫车仍不东来迎我君臣。非车之不来也，是由于卫国之群臣叔某伯某，靡与我同心协力者，故无救于我也！

**琐兮尾兮，流离之子。叔兮伯兮，褎如充耳。**

琐，细也。◎尾，末也。◎琐尾言细小微末，指黎君臣之地位也。

流离，漂散也。

褎，音右，盛服貌。◎充耳，塞耳也。

第四章，黎臣怨卫之甚也。言我黎之君臣，流离之人，寓居于卫，已沦为细微之人矣。而卫臣诸人叔某伯某，竟盛服如常，似乎充耳不闻于我黎之君臣也。

按：方伯，一方诸侯之长也。连率亦诸侯之长。《礼·王制》："十国以为连，连有帅。"帅率通。盖感卫之不能为诸侯之长，故不能率诸侯，乃视黎之难而不能救也。

# 简兮

此美卫庭之舞之诗。

简兮简兮，方将万舞。
日之方中，在前上处<sup>chù</sup>。

硕人俣俣<sup>yǔ</sup>，公庭万舞。
有力如虎，执辔<sup>pèi</sup>如组。

左手执籥<sup>yào</sup>，右手秉翟<sup>dí</sup>。
赫如渥赭<sup>wò zhě</sup>，公言锡爵<sup>cì</sup>。

山有榛<sup>zhēn</sup>，隰有苓<sup>xí líng</sup>，
云谁之思？西方美人。
彼美人兮！西方之人兮！

简兮简兮，方将万舞。日之方中，在前上处。

简，择也。

方将，且将也。◎万舞，兼文武之舞之总名。

在前上处，在前列明显之处也。

第一章，述将舞之准备也。简兮简兮，言未舞之前，先分别选取舞人，择其合宜。何以如是？以且将举行万舞也。何时用舞邪？在日之方中之时。在何处舞邪？在公庭中之前列明显之处也。

按：简，《释文》："分别之也。"郑笺："择也。"义通。万舞，毛传谓干羽。干为武舞，羽为文舞。干羽者，并文武而言。郑笺谓为干舞，则单指武舞。按姚际恒引《左传·庄公廿八年》："楚令尹子元欲蛊文夫人，为馆于其宫侧而振万焉。夫人闻之，泣曰：'先君以是舞也，习戒备也。'"证万舞为武舞。今据第二"章有力如虎，执辔如组"，当是武舞也。第三章"左手执籥，右手秉翟"，当是文舞。则万舞固文武兼言之谓也。

硕人俣俣，公庭万舞。有力如虎，执辔如组。

硕，大也。◎俣，音语。俣俣，大貌。

公庭，宗庙公庭也。

辔，缰也。◎组，织丝为之，言其柔也。

第二章，述武舞之状。硕人指舞人之身形高大，美之也，其人长大而美姿容，作万舞于宗庙公庭之上，武舞表现者为力，故形容其有力如虎。武舞所表现者为战斗，战斗则必御马执辔，辔为革制，而善御者，随意使辔，柔如丝织，故曰执辔如组也。

有力如虎形其武勇态，执辔如组形其技巧。

**左手执籥，右手秉翟。赫如渥赭，公言锡爵。**

籥，音药，乐器，以竹为之，似笛，六孔。

翟，音狄，山雉也。此指雉之羽，山雉尾羽长而美，舞时执而挥舞。

赫，赤貌。◎渥，浸润也。

公，指卫君也。◎锡，赐也。爵，酒器也。锡爵谓赐酒以饮之。

第三章，述文舞之状也。舞人左手执籥，右手执雉尾羽毛，作舞甚美。舞人容色，赫然如渥丹，美貌炫目，卫君于是赐酒以饮之。

**山有榛，隰有苓，云谁之思？西方美人。彼美人兮！西方之人兮！**

榛，音臻，树名，其实似栗而小。

隰，音习，下湿之地。◎苓，音零，即今国药之甘草。

云，发语词，无义。◎之，犹是也。

第四章，赞叹舞者之美也。言山则生榛，下湿之地则生苓。谓物之生，各因其地之适也。而今之善舞者则由西方而来。盖西方为周之兴起之地，文物鼎盛，故能生此善舞之人，有此盛美之舞也。故曰：观此舞则引起何思？思西方之美人矣！然后重复赞叹，思慕不已，余波荡漾，神味无穷。

按：毛传分本篇为三章，每章六句。首章至"公庭万舞"为止。次章至"公言锡爵"止。朱传改为四章，极为合理，今从之。

按《诗序》云：“《简兮》，刺不用贤也。卫之贤者，仕于伶官，皆可以承事王者也。”朱传谓贤者自言。皆囿于刺之一字，乃为附会。揆其词则美舞之诗而已。

# 泉水

此卫女嫁于他国，思归宁之诗。

毖<sup>bì</sup>彼泉水，亦流于淇。
有怀于卫，靡日不思。
娈<sup>luán</sup>彼诸姬，聊与之谋。

出宿于泲<sup>jǐ</sup>，饮饯于祢<sup>nǐ</sup>。
女子有行，远父母兄弟。
问我诸姑，遂及伯姊。

出宿于干，饮饯于言。
载脂载舝<sup>xiá</sup>，还车言迈<sup>xuán</sup>。
遄<sup>chuán</sup>臻于卫，不瑕有害！

我思肥泉，兹之永叹。
思须与漕，我心悠悠。
驾言出游，以写我忧。

毖彼泉水，亦流于淇。有怀于卫，靡日不思。娈彼诸姬，聊与之谋。

毖，音必，泉流貌。◎彼，指示字，无义。

亦，语词，无义。◎淇，水名，经今河南汤阴汉县等地。

靡，无也。

娈，美也。◎诸姬者，诸卫女也；卫女姬姓。

聊，且也。

第一章，由泉水之流于淇，而兴起怀卫之思。乃与诸卫女相谋归宁也。言泉水远流，流至于淇水。彼水能远流于淇，而我独不能归卫，而使我怀念，而无日不在思卫也。因与彼诸美貌之卫女，且相谋划。此章言谋划，故引起下章相谋之词。

出宿于泲，饮饯于祢。女子有行，远父母兄弟。问我诸姑，遂及伯姊。

泲，音济。水名。

饯，饯行也。送行饮酒曰饯。◎祢，音你，水名。或云即大祢沟，在今山东菏泽县西南。

女子有行，女子出嫁而远行也。

第二章，与诸卫女相谋之言也。谋云：可出宿于泲水之滨，饮酒饯行于祢水之侧。女子出嫁远行，离父母兄弟，日久自甚想念。如能归宁，则亦兼问诸姑，及我伯姊。

按：《水经注》："泲水自荥阳卷县以东，分为二水。其支流曰北泲，经阳武，封邱泲阳冤朐，定陶之北而合南泲。"王应麟云："《寰宇记》：大祢沟在曹州冤句县北七十里。"

女子有行，郑笺云："行，道也。女子有出嫁之道。"或云："行，嫁也。"皆以"行"之一字于句中难解，故为牵引。愚意以为，行即行走之行。女子远嫁夫家，出门而行，故曰行。实含嫁之意也。其下云"远父母兄弟"，出行远嫁之意甚明。行字固不必训道，亦不必训嫁也。

**出宿于干，饮饯于言。载脂载舝，还车言迈。遄臻于卫，不瑕有害！**

干，地名，在今河北省清丰县西南。

言，地名，在清丰县北。

载，则也。◎脂，加油也。◎舝，读如辖，车轴头键；辖不用则脱下，用则加之。此处用以为动词，将车辖加于轴头也。

还，音旋，返也。◎言，语词，无义。◎迈，行也。

遄，音船，速也。◎臻，至也。

瑕，何也。◎言我此次之归宁，能不有何害邪？

第三章，述相谋设想归宁，而终以未便而不得行之经过也。言可出宿于干地，饮饯于言地。车轴加油，轴头加以车辖，然后驾车返卫而行，速至于卫。然此归宁之事，不当行而行，能不有何害处邪？

按：不瑕有害，毛传："瑕，远也。"郑笺云："瑕犹过也。害，何也。我还车疾至于卫而返，于行无过差，有何不可而止我？"朱传云："瑕何古音相近，通用。"以"不何"成为疑词。犹言能不有何害邪？姚际恒云："不瑕有害，谓我之归，不为瑕过，而有害也。"三说皆能通，以朱说最为平易。采朱说。

干，在清丰县西南。言，疑即《方舆纪要》之聂城，在清丰县北。屈万里引朱右曾说。

**我思肥泉，兹之永叹。思须与漕，我心悠悠。驾言出游，以写我忧。**

肥泉，水名，自卫而来所渡之水，在今河南省淇县东，东南流入卫河，亦名阳河。

永，长也。

须、漕，皆卫邑名。须，在今河南滑县东南。漕亦作曹，即白马县，在滑县东。

悠悠，言思之长也。

驾，驾车也。◎言，语词无义。

写，除也。

第四章，述思归不得，乃出游以除忧也。言我不得归，亟思肥泉，于是乃长叹息。又思须地与漕地，使我心长思而不能安。因乃驾车出游，以消除我心之忧郁耳。

按《诗序》云：“《泉水》，卫女思归也。嫁于诸侯，父母终，思归宁而不得，故作是诗，以自见也。”朱传因之。然全篇未见“父母终”之意，但取卫女思归一语，以为诗旨足矣。

# 北门

此卫臣劳而贫困，因自咏之诗。

出自北门，忧心殷殷。
终窭且贫，莫知我艰。
已焉哉！天实为之，谓之何哉！

王事适我，政事一埤益我。
我入自外，室人交遍谪我。
已焉哉！天实为之，谓之何哉！

王事敦我，政事一埤遗我。
我入自外，室人交遍摧我。
已焉哉！天实为之，谓之何哉！

出自北门，忧心殷殷。终窭且贫，莫知我艰。已焉哉！天实
为之，谓之何哉！

北门，背明向阴之门。

殷殷，忧也。

窭，音巨，贫而无以为礼也。◎终，既也。言既居处狭隘而
又贫穷也。

谓之何，犹如之何，奈何之义。

第一章，士而贫困，出北门而自叹咏之词。言自出北门，
背阳向阴而行，忧心殷殷。自叹如我之贤，而既居陋室，又且
贫穷。然君亦不知我之艰难。此实天为之也，如之何哉？

按：谓之何，犹如之何，奈何之义。孔氏《正义》云："天
实为之，使我遭此君。我止当勤以事之，知复奈何哉？"《新
方言·释言》："凡言谓某何者，多有难于酬对之义。"

王事适我，政事一埤益我。我入自外，室入交遍谪我。已焉
哉！天实为之，谓之何哉！

王事，王命使为之事也。◎适我，之我也，犹言至我也。

政事，公事也。◎一，一切也。◎埤，音琵，增也。◎一
埤益我，言一切增益于我之身也。

室人，家人也。◎谪，责也。

第二章自咏其劳如此，而贫困不改，家人责难之状。言王
事至于我，使我为之。政事亦一切增益于我身。其劳如此，而
贫困不改。故我自外归家，家人交遍责我，指我任事多而获偿
太少。然此实天为之，奈何奈何！

按：之，犹至，见《鄘风·柏舟》毛传。

王事敦我，政事一埤遗我。我入自外，室人交遍摧我。已焉哉！天实为之，谓之何哉！

敦，音堆，投掷。

遗，音味，加也。言政事一切增加于我身。

摧，沮也。言出沮丧于我之言。

第三章，与二章同，惟换韵而重言之，以增慨叹也。

按《诗序》云："《北门》，刺仕不得志也。言卫之忠臣不得其志尔。"然诗中有"王事适我，政事一埤益我"之语，当属有权之士，惟贫困耳。劳而贫困，任事而不得其偿，乃作是诗也。

# 北风

此卫人避乱政，相偕出行之诗。

北风其凉，雨雪其雱。
惠而好我，携手同行。
其虚其邪，既亟只且。

北风其喈，雨雪其霏。
惠而好我，携手同归。
其虚其邪，既亟只且。

莫赤匪狐，莫黑匪乌。
惠而好我，携手同车。
其虚其邪，既亟只且。

北风其凉，雨雪其雱。惠而好我，携手同行。其虚其邪，既亟只且。

雨，音玉，雨雪，落雪。◎雱，音滂，雪落盛多之貌。

惠，爱也。◎好，音爱好之好。

行，音杭。

虚，虚宽貌。◎邪，读如徐，缓也。◎其虚其邪，言行路之宽缓，未能尽其速也。

既，尽也。◎亟，急也。◎且，音居。只且，语尾词。◎既亟只且，言尽其急速矣。

第一章，由北风雨雪说起。北风其凉，雨雪其雱者，一者描写当前之景物，一者喻卫政之乱。随即言爱我而与我相好之人，共携手而行。然行走宽缓，固不合宜，乃曰"尽其急速"，以相催促也。此章北风雨雪二句之下，毛传曰兴朱传谓比。在文学中，凡一事之叙写，或先写景，或先写情，或先写事。然先写景则亦不能背其情。若避政之乱，相偕出走者，于风雨交加之中携手同行，自属情景相合。若云春日晴和，柳丝袅娜，则其景与其情相背矣。若此诗北风雨雪者，既景与情合，景可以映衬其情，景亦可以喻其事，初不必一定为诗六义中之比，亦不必为赋。然则固亦不必为兴。诗之作，情动于中，歌咏于外，情景相融，达其意而已。所谓赋也比也兴也，皆后世归纳而得，作者固未先取何种作法，然后下笔。北风雨雪，不过作者在出走之日，当风凛雪飞之际，去国远别，凄然有感，乃先自当前愁惨气象写起而已，初未曾为比为兴为赋。而毛传谓之兴，朱传谓之比，皆可通而皆不必固执。若谓为赋则亦未尝不可也。

北风其喈，雨雪其霏。惠而好我，携手同归。其虚其邪，
既亟只且。

喈，音皆，疾貌。

霏，雪盛貌。

第二章，作法文义与首章均同，惟换韵而重言之。

莫赤匪狐，莫黑匪乌。惠而好我，携手同车。其虚其邪，
既亟只且。

莫赤匪狐，狐毛黄赤色，此言无不赤之狐狸。

莫黑匪乌，乌鸦黑色，此言无不黑之乌鸦。

第三章，作法换章首，变北风雨雪为赤狐黑乌。变换眼前
景象者，盖心中所感：言此国中之执政者，皆为同类，无能独
修其德者。如狐无不赤，鸦无不黑，良可叹矣。故与爱我同好，
携手急去也。

按《诗序》云："《北风》，刺虐也。卫国并为暴虐，百姓不亲，莫不相携
持而去焉。"暴虐而致百姓不亲之语，甚合诗旨。若"莫不"二字则又未
洽。"莫不"当指国中全民。若是则卫国将无一人留矣。何《序》之用辞
之不求理哉？朱传云："国家危乱将至，而气象愁惨，故欲与其相好之人，
去而避之。"此得其平实之说也。

# 静女

此男女期会之诗。

静女其姝，俟我于城隅。
爱而不见，搔首踟蹰。

静女其娈，贻我彤管。
彤管有炜，说怿女美。

自牧归荑，洵美且异。
匪女之为美，美人之贻。

**静女其姝，俟我于城隅。爱而不见，搔首踟蹰。**

静，闲雅之意。◎姝，音舒，美色也。

城隅，城角也，幽僻之处。

不见者，期而不至也。

踟，音驰。◎蹰，音厨。◎踟蹰犹徘徊也。

第一章，述与女相约未见也。言有闲雅美女，与我相约，会于城隅。我爱而往候之，然至期而未至，令人搔首而徘徊不去也。

**静女其娈，贻我彤管。彤管有炜，说怿女美。**

娈，美好貌。

贻，赠也。◎彤，音同，赤漆也。彤管，赤漆之管，古妇人以盛针线。

炜，音伟，赤貌。有炜即炜然。

说，同悦。◎怿，音易，悦也。◎说怿女美，言喜悦女之美好也。

第二章，述与女相见怡悦之状。言静女美好，与我相见，赠我盛针线之赤色管。彼彤管耀然赤色，令人喜爱；而女之容貌美好，更令人怡悦也。

按：彤管，郑笺以为笔赤管也，朱传云："未详何物。"欧阳修《诗本义》作盛针线之盒。姚际恒以为彤管即《礼记·内则》"右佩箴管"之管，其色赤，故曰彤管。欧公之说恐亦据《内则》而言，兹采欧说。

**自牧归荑，洵美且异。匪女之为美，美人之贻。**

牧，外野也。◎归，赠也。◎荑，音提，茅之始生者。

洵，信也，犹确实也。◎异，不平凡也。

女，同汝。

贻，赠也。

第四章，述男女相期会已晤，于是同游，而两心相悦之状。言游于外野，相与甚乐，女乃自外野间采茅芽以赠男。男赞此赠物，诚美而又不平凡。非汝茅草本身之能美也，以美人所赠，故为美也。写两情欢悦，流露纸上。

按：诗中凡咏男女之间诗，《诗序》必以为刺失德。此《诗序》云："静女，刺时也。卫君无道，夫人无德。"审其词与卫君及夫人丝毫无关。亦更无关于刺时。朱传以为淫奔期会之诗，固已打破《诗序》。然淫奔一语亦过甚其词。此惟男女约期相会之诗，在今日则极为平常，在古代固已有之，不足为怪也。

# 新台

《诗序》云:"《新台》,刺宣公也。纳伋之妻,作新台于河上而要之。国人恶之,而作是诗也。"


新台有泚,河水瀰瀰。
燕婉之求,籧篨不鲜。

新台有洒,河水浼浼。
燕婉之求,籧篨不殄。

鱼网之设,鸿则离之。
燕婉之求,得此戚施。

**新台有泚，河水弥弥。燕婉之求，籧篨不鲜。**

泚，鲜明貌。有泚即泚然。

弥，音米。弥弥，水满貌。

燕，安也。◎婉，顺也。◎燕婉之求，谓齐女来为求与太子伋为安顺于室家。

籧，音蘧。◎篨，音除。◎籧篨，臃肿不能俯，病之丑者也。◎鲜，少也。少犹绝也。◎籧篨不鲜，言宣公肥胖不堪，不能俯身，有丑恶疾而不能已也。

第一章，由新台景物写起。言有如此鲜明之台，临如此盛满之流水，佳景高台，诚为美矣。然齐女之来，本求与太子伋为燕婉之好，不料乃逢此拥肿不堪、有丑疾而不能愈者于此台上也。

按：籧篨不鲜，鲜，郑笺训善，朱传训少。孔氏《正义》云："首章鲜为少，传不言耳。"意谓不少与下章之不殄同义，不能止已也。


**新台有洒，河水浼浼。燕婉之求，籧篨不殄。**

洒，音璀，高峻貌。

浼，音免。浼浼，平也。

殄，绝也。不殄，犹言不已也。

第二章，与首章同义，换韵重言之。


**鱼网之设，鸿则离之。燕婉之求，得此戚施。**

离，犹罹也；罹，遭也。◎言鸿则遭遇网罗也。

戚施，不能仰者，亦疾之丑者也。

第三章，改换章首二句，由"鱼网之设"说起，以喻事之离奇。言鱼网本为捕鱼而设，而鸿雁竟遭网而被捕。以示宣姜本不应身入新台，伴老丑之宣公，但竟有如此奇怪之事实发生。宣姜原为燕婉之求，而今乃得此不能仰之丑人相与，岂不出人意料！

按：《诗序》此说，后世多以为是。惟崔述疑之，亦未能有实据驳倒之也。吴闿生云："《序》之说诗，惟此篇最有据。"宣公此事见《左传·桓公十六年》及《史记·卫世家》。宣公初淫其庶母夷姜，生子急。急，《史记》及《诗序》均作伋。以伋为太子。伋娶齐女而美，宣公纳之，生子寿及朔。夷姜失宠而自缢。宣公名晋，桓公之弟。所纳太子伋之妻，即宣姜也。新台，陈奂疏以为当在郵东大河之旁。

# 二子乘舟

《诗序》云："二子乘舟，思伋寿也。卫宣公之二子，争相为死，国人伤而思之，作是诗也。"

二子乘舟，汎汎其景。
愿言思子，中心养养。

二子乘舟，汎汎其逝。
愿言思子，不瑕有害！

二子乘舟，汎汎其景。愿言思子，中心养养。

　　二子，伋与寿也。

　　汎汎，漂浮貌。◎景，远行貌。

　　愿，念也。◎言，语词。

　　养养，忧不知所定貌。

　　第一章，写二子乘舟，漂浮不定而远去，然念思二子，心中忧愁而不定也。

　　按：景读如《鲁颂·泮水》"憬彼淮夷"之"憬"，远行貌。《经义述闻》说。


二子乘舟，汎汎其逝。愿言思子，不瑕有害！

　　逝，往也。

　　不瑕，疑词。不瑕有害，言岂不有害而不能返乎？

　　第二章，言二子乘舟远去，念思二子，岂不有害而不能返乎？

　　按：《左传·桓公十六年》云"使盗待诸莘"，莘当乘车而不乘舟。且二子亦并未同行。莘为卫地，渡河则为齐地。既未渡河，固未乘舟。毛传云："待于隘而杀之。"《史记》云："令盗遮界上杀之。"亦非河上。刘向《新序》云："使人与伋乘舟于河中，将沈而杀之。寿知不能止也，因与之同舟，舟人不得杀伋。方乘舟时，伋之傅母恐其死也，闵而作诗。"此因诗作解而已。盖《二子乘舟》之诗，惟伤二子之争相为死，乃以乘舟喻之。谓同乘一舟，舟覆则同死，未必真乘舟也。若必寻其乘舟之事实，则伋寿二人既未乘舟，亦未同行，则全与事实不合矣。诗以达情,伤二子之没,托事以咏之,见其义达其情而已。

按:此诗本事,略见前篇《新台》。宣公既夺太子伋之妻,是为宣姜,生寿及朔。伋母夷姜失宠自缢死。宣姜及朔谗恶太子伋。宣公亦自以纳太子妻,心恶太子,令伋使齐,使盗先待于莘地而杀之。寿知之,以告伋。使逃去。伋曰:"弃父之命以求生,不可。"寿窃伋之旌旟先行,遇盗,盗杀寿。伋至,谓盗曰:"当杀者我也。"盗并杀伋。

# 鄘

鄘，音庸，又作庸，国名。说见前《邶》。

鄘国共十篇。

# 柏舟

此节妇自誓之诗。

汎彼柏舟，在彼中河。
髧彼两髦，实维我仪。
之死矢靡它。母也天只！不谅人只！

汎彼柏舟，在彼河侧。
髧彼两髦，实为我特。
之死矢靡慝。母也天只！不谅人只！

汎彼柏舟，在彼中河。髧彼两髦，实维我仪。之死矢靡它。母也天只！不谅人只！

汎，音泛，漂浮也。◎柏舟，柏木所造之舟也。

中河，即河中。河，指黄河。

髧，音坦，发垂貌。◎髦，音毛，两髦者，头上发由两面下垂至眉也。两髦夹囟，子事父母，幼小之饰，父母在，虽长不去。亲没乃去之。◎此髧彼两髦者，指男，即女之夫也。

仪，匹配也。◎实维我仪，言实为我之配偶。

之，至也。◎矢，誓也。◎靡它，无其它之心意也。

只，语尾助词。◎母也天只，呼母呼天也。

谅，谅解也。

第一章，由柏舟之漂浮，兴起人生之漂浮。然柏舟质坚，虽浮而能定。乃以柏舟之坚，兴节妇之坚。节妇乃云："两髦下垂者，实乃我之配偶。彼既已逝，我至死誓无他适之心。"然其母欲迫嫁之，故呼母呼天，怨其不能谅解我之心意也。

按：谅，旧说皆训信。训信则谓母之不能信我。意似未切。因母之迫嫁，不必由于不信，而由于事势利害。今人屈万里先生谓谅犹今言谅解，至为的当。

汎彼柏舟，在彼河侧。髧彼两髦，实为我特。之死矢靡慝。母也天只！不谅人只！

特，匹也。

慝，音特，邪也。

第二章，换韵重叠首章之义，以加重言之也。

按《诗序》云："《柏舟》，共姜自誓也。卫世子共伯蚤死，其妻守义，父母欲夺而嫁之，誓而弗许，故作是诗以绝之。"按《史记·卫康叔世家》云："厘侯卒，太子共伯余立为君，共伯弟和有宠于厘侯，多予之赂，和以其赂赂士，以袭攻共伯于墓上，共伯入厘侯羡，自杀。卫人因葬之厘侯旁，谥曰共伯，而立和为卫侯，是为武公。"羡音延，墓道也。司马贞《史记索隐》以为此说不可信，疑史公采杂说而记。而《索隐》所据者为《诗序》之说，指共伯当早卒，不云被杀。后世多以为是。胡承珙《毛诗后笺》力证史公之非。于年岁部分，引范氏《诗渖》，以为共伯长于武公，其死时必近五十，何云蚤死？共姜年必相仿，非少艾也，父母何尚欲夺而嫁之？故以为不合《诗序》早死之说，而知共伯必当蚤死，武公嗣为太子，共姜无倚，而大归于齐。其母欲夺其志，乃指共伯两髦以自矢。此皆据《诗序》以强改史者。愚意以为，《史记》之说是否有误，不足以证明《诗序》之说是否正确。然在尚无确凿之证据足以驳倒《史记》以前，《史记》足以证《诗序》之可疑。前人多据《诗序》以驳史，盖以《诗》为经，经可以为据。然《诗序》不足全信，自宋以后，已成定论。自朱传废《序》，说《诗》者不从《序》者多矣。《序》既不足以解其本身之诗，安足据以改史？若史之说可信，则《诗序》共伯蚤卒之言自属不可信之说。且诗中始终并未言及共伯，亦未言及共姜。《诗序》无所据而径指为共姜自誓，虽《史记》明载与《诗序》不同，而后世竟据《诗序》驳史，致是非难明耳。客观论之，《序》《史》既不能一致，而诗中之言又未明言某人，则此诗何必专指某一史实？姚际恒云："此诗不可以事实之。当是贞妇有夫蚤死，其母欲嫁之，而誓死不愿之作也。"当是平正之论。

# 墙有茨

《诗序》云："卫人刺其上也，公子顽通乎君母，国人疾之，而不可道也。"

墙有茨，不可扫也。
中冓之言，不可道也。
所可道也，言之丑也。

墙有茨，不可襄也。
中冓之言，不可详也。
所可详也，言之长也。

墙有茨，不可束也。
中冓之言，不可读也。
所可读也，言之辱也。

墙有茨，不可扫也。中冓之言，不可道也。所可道也，言之丑也。

茨，音慈，蒺藜也。

冓，音垢。中冓，谓室中也。

第一章，以墙上有蒺藜而不可以扫去，以兴起中冓之言，不可道也。墙以防盗，隔断内外之物也。今墙上乃生蒺藜，墙已失其坚，而不能隔绝墙内外之事，于是室内之事人已知之也。若扫去蒺藜，则墙当复其坚。然而不可扫也。以蒺藜之多刺，扫之则必刺人而且毁墙也。以此兴室内之言，虽已外传，然不可道也。以室内之言，丑事也；丑事虽生，而不可道，道之则有害于室内之人，亦必有伤于传言之人也。

按：冓，《说文》："交积材也。"言材之交积，结构为屋之义。故冓即屋之代辞；中冓即冓中，冓中，即屋中。胡承珙有说。

墙有茨，不可襄也。中冓之言，不可详也。所可详也，言之长也。

襄，除也。

详，审也。

长，难以说完，犹今之一言难尽，亦不便说出之意。

第二章，作法与首章同，惟换韵重复道之。

墙有茨，不可束也。中冓之言，不可读也。所可读也，言之辱也。

束，束而去之。

读，说也。

第三章，与前二章同，惟又换韵，三重复之，以加重其义。

按：读，毛传："读，抽也。"笺："抽犹出也。"朱传训读为诵言，都未尽洽。马瑞辰据《广雅》，训读为说，较旧说为长。

按：事见《左传·闵公二年》："初惠公之即位也少。齐人使昭伯烝于宣姜。不可，强之。生齐子、戴公、文公、宋桓夫人、许穆夫人。"按：惠公为宣公之子，名朔。朔之母即宣姜也。宣姜初为公子伋之妻，宣公纳之。宣公卒，朔立。是为惠公。昭伯即公子顽，宣公之子，伋之同母弟而惠公之兄也。烝于宣姜，生子申。惠公卒，子赤立，是为懿公。懿公被杀，申立为卫君，是为戴公。戴公卒，其弟燬立，是为文公。戴公文公皆昭伯之子而宣姜所生也。

# 君子偕老

《诗序》云:"《君子偕老》,刺卫夫人也。夫人淫乱,失事君子之道,故陈人君之德,服饰之盛,宜其与君子偕老也。"

君子偕老,副笄六珈。
委委佗佗,如山如河。
象服是宜。
子之不淑,云如之何。

玼兮玼兮,其之翟也。
鬒发如云,不屑髢也。
玉之瑱也,象之揥也。
扬且之皙也,胡然而天也,胡然而帝也。

瑳兮瑳兮,其之展也。
蒙彼绉絺,是绁袢也。
子之清扬,扬且之颜也。
展如之人兮,邦之媛也。

君子偕老，副笄六珈。委委佗佗，如山如河。象服是宜。子之不淑，云如之何。

君子，夫也。◎偕老，偕生至死。

副，后夫人之首饰，编发为之。◎笄，音鸡，衡笄也；垂于副之两旁，当耳，其下紞悬瑱。◎珈，音加，以玉加于笄为饰也。六珈云六饰。

委，音威。◎佗，音驼。◎委委佗佗，行路纡曲之状，言其舒缓从容，雍容自得也。

如山如河，状其气象如山之安重，如河之弘广。

象服，法度之服，王后及夫人所服。

淑，善也。

云如之何，感叹其不淑，不能称其服饰也。

第一章，述宣姜服饰之盛，而为不善之行，不能称其服饰。言宣姜既居与君偕老之位，固宜居尊位服盛服也。乃编发为副，并加六饰，从容自得，有安重弘广之态，诚宜于象服矣。然汝之行为不善，乃不能合于此服饰，奈何奈何！慨叹而言之也。

按：委委佗佗，旧说以为行路纡曲之状，形其雍容自得之貌也。今人屈万里先生云："古叠字往往不重书，且于首字下记以略小之二字。委委佗佗，古盖写作"委委佗佗"，当读作"委佗委佗"，与《召南·羔羊》之"委蛇委蛇"同；亦即逶迤，为行路纡曲之状，言其缓而从容也。"此说极近事实，兹录供参考。

象服，毛传云："尊者所以为饰。"郑笺云："象服，谓褕翟、阙翟也。人君之象服，则舜所云予欲观古人之象，日月星辰之属。"马瑞辰以为诗上所云象服者，盖袆衣，画衣也，画文彩于其上，故曰象服。其说是。

**玼兮玼兮，其之翟也。鬒发如云，不屑髢也。玉之瑱也，象之揥也。扬且之皙也，胡然而天也，胡然而帝也。**

玼，音此，鲜盛貌。

翟，音狄。褕翟、阙翟，画羽饰之衣也。王后之服。

鬒，音轸，黑发也。

屑，洁也。◎髢，音替，假发也。◎不屑髢，言以假发为不洁。谓不肯施用假发，加于自己之真发也。

瑱，音田去声，塞耳之玉也。

象，象骨也。◎揥，音替，搔头之簪也。

扬，眉上广也。即眉之上发之下之处。◎且，音居，语词，无义。◎皙，白皙也。

胡然，何以而然。◎而，犹如也。◎言何以而如天耶？

胡然而帝，言何以而如帝耶？

第二章，言服饰之盛有如天帝，刺其德不称也。言画羽饰之服，极为鲜明华盛，黑发如云。绾饰极美，而不加假发，以嫌其不洁也。有美玉塞耳，有象骨搔头，华美之至。眉上白皙，容光照人，见者惊为天，见者惊为帝。但何以而乃如天？何以而乃如帝？非由服饰之盛，颜色之庄欤？然其人反为淫昏之行，不能与其服饰相称合也。

按：胡然而天，而，古而如通用，陈奂有说甚详。

瑳兮瑳兮，其之展也。蒙彼绉絺，是绁袢也。子之清扬，扬且之颜也。展如之人兮，邦之媛也。

瑳，音错，鲜白貌。

展，后妃六服之次，白色。

蒙，复也。◎绉絺，絺之蹙蹙者。絺，音池，细葛布曰絺。

绁，昔泄。◎袢，音烦。◎绁袢，近身之衣。

清扬，视清明也。

扬，眉上广也。◎颜，额角丰满也。

展，诚也。

媛，音院，美女也。

第三章，作法如二章，极赞其服饰之盛。然徒艳丽而已，非高尚也。言其展服，诚鲜白矣。又复覆体以绉絺所制之近身之衣。此人目之清明，额之丰满，诚如邦之美女矣！然其德不能称其服，良可叹也。

此诗三章，写服饰之盛，仪容之丽，辞藻华美宏肆，极为可观。

按：展，毛传："以丹縠为衣。"郑笺："展衣宜白。"是据《周礼·天官·内司服》："掌王后之六服，袆衣、揄翟、阙翟、鞠衣、展衣、褖衣。"郑司农云："展衣，白衣也。"陈奂云："展衣字误。《礼记》作襢衣。郑依《玉藻杂记》《丧大记》作襢。《释名》云：'襢衣，襢，坦也。坦然正白，无文采也。'与郑同。"马瑞辰云："展，诚也，即亶之假借。""襢之言亶，亶，诚也。""亶之声多有白色之义。"郑笺是也。

清扬，毛传："清，视清明也。"陈奂以为传清下夺扬字，应作"清扬，视清明也"，引《猗嗟》"美目扬兮"，扬即明也。马瑞辰云："清扬皆美貌之称。《野有蔓草》诗：'清扬婉兮''婉如清扬'。此泛言貌之美也。《猗嗟》诗：'美目扬兮''美目清兮'。此专言目之美也。"二说皆以"清扬"二字为指目之清明，是也。

按：卫夫人即宣姜也。宣姜初为宣公子伋之妻，宣公纳之。宣公卒，宣公之子昭伯顽烝宣姜，生齐子戴公等。详见《邶风·新台》及《鄘风·墙有茨》二篇。

# 桑中

此当时流行之恋歌，以男女期会为题材者也。

爰采唐矣，沫之乡矣。
云谁之思？美孟姜矣。
期我乎桑中，要我乎上宫，
送我乎淇之上矣。

爰采麦矣，沫之北矣。
云谁之思？美孟弋矣。
期我乎桑中，要我乎上宫，
送我乎淇之上矣。

爰采葑矣，沫之东矣。
云谁之思，美孟庸矣。
期我乎桑中，要我乎上宫，
送我乎淇之上矣。

爰采唐矣，沫之乡矣。云谁之思？美孟姜矣。期我乎桑中，
要我乎上宫，送我乎淇之上矣。

　　唐，蒙菜也，即女萝。

　　沫，音妹，卫邑，在河南淇县境。

　　之，是也。

　　孟姜，姜姓之长女也。

　　桑中，桑林之中也。

　　要，约也。◎上宫，楼也。

　　第一章，叙与女相约晤之情况。其人自言采唐于沫之乡，
实则思美丽之孟姜，赴约相晤耳。在何处相晤？彼与我相期于
桑林中之楼上。相别之时，且送我于淇水之上也。此孟姜当为
托言某氏，并非真实姓名。

　　按：桑中上宫，毛传："所期之地。"朱传以为沫乡之小地名。
姚际恒云："桑中即桑之中，古卫地多桑，故云然。上宫，《孟子》：
'馆于上宫。'赵岐注：楼也。谓期于桑中，要于桑中之楼上也。"
颇得其当。

爰采麦矣，沫之北矣。云谁之思？美孟弋矣。期我乎桑中，
要我乎上宫，送我乎淇之上矣。

　　弋，音翼，姓也。

　　第二章，作法与首章同。惟换韵。

爰采葑矣，沫之东矣。云谁之思，美孟庸矣。期我乎桑中，
要我乎上宫，送我乎淇之上矣。

葑，音封，蔓青也。

庸，姓也。

第三章，作法与前二章同，惟换韵。

此诗前后所约三人，在沫之三地，若追其实情，决非如此。此惟当时流行之恋歌，泛指某男某女，相期相晤，故无何实情可据耳。

按《诗序》云："《桑中》，刺奔也。卫之公室淫乱，男女相奔，至于世族在位，相窃妻妾，期于幽远，政散民流，而不可止。"按此《序》据《左传》《礼记》拼凑而成。姚际恒云："《左传·成公二年》，巫臣尽室以行，申叔跪遇之曰：'夫子有三军之惧，而又有桑中之喜，宜将窃妻以逃者也。'《大序》本之为说。传所言桑中，固是此诗．然传因巫臣之事而引此诗，岂可反据巫臣之事以说此诗？大是可笑。其曰：'政散民流，而不可止'，亦本《乐记》语。按《乐记》云：'郑卫之音，乱世之音也，比于慢矣。桑间濮上之音，亡国之音也，其政散，其民流。诬上行私而不可止也。'桑间即指此诗，濮上用《史记》卫灵公至濮水，闻琴声，师旷谓纣亡国之音事，故以为亡国之音。其实此诗在宣惠之世，国未尝亡也，故曰其政散云云。"姚氏虽讥《序》之不妥，然仍以为刺淫之诗。盖古人以为未婚男女则不许相会，相会则为淫。故以此诗为诗人所作，非诗中人自作。诗人所以作者，刺也。崔述云："《桑中》一篇，但有叹美之意，绝无规戒之言。若如是而可以为刺，则曹植之《洛神赋》，李商隐之《无题》诗，韩偓之《香奁集》，莫非刺淫者矣！"力斥刺淫之说。朱传曰："此人自言将采唐于沫而与其所思之人相期会，迎送如此也。"朱之为此说，是指此诗为淫奔之诗。以为此诗若为诗人所作则为刺，如为诗人自叙之诗则为淫矣。愚意以为，此亦不必为自叙之诗，应是当时流行之恋歌，写男女约期相会之情。后世此类之歌多矣，非刺亦非自叙也。

## 鹑之奔奔

此卫人慨叹卫公子顽及宣公淫乱之诗也。

鹑之奔奔，鹊之彊彊。
人之无良，我以为兄！

鹊之彊彊，鹑之奔奔。
人之无良，我以为君！

**鹑之奔奔，鹊之彊彊。人之无良，我以为兄！**

> 鹑，昔纯。鸟名。◎奔奔，有匹偶，居有常匹，飞则相随之貌。

> 鹊，鸟名。◎彊，音姜，彊彊，与奔奔同义。

> 我，指惠公也。◎兄，指公子顽。

> 第一章，以鹑鹊之居有常匹，奔奔彊彊，引起人之行为之不善，竟至鹑鹊之不如，乃有如公子顽之烝于宣姜者。人之无良若此，而惠公尚必以之为兄，可慨也哉。

**鹊之彊彊，鹑之奔奔。人之无良，我以为君！**

> 我，指卫国之民也。

> 第二章，仍以鹑鹊之有匹偶引起。惟两句倒置，以换韵脚。人之无良，乃有如宣公之纳其子伋之妻者，然我等且不得不以为君，此卫国之事也，奈何奈何！此诗只有二章，其词虽短，慨乎言之。虽不免言之率直，而所指之事甚明，所叹息者甚深。不为不可解之诗，亦不为失其温柔敦厚之旨也。

按：此诗之旨，古今争论，未能定议。《诗序》云："刺宣姜也。卫人以为宣姜鹑鹊之不若也。"然诗中"我以为兄""我以为君"，释为宣姜，都有未合。朱传谓卫人刺宣姜与顽非匹耦而相从，故为惠公之言以刺之。然此诗决非惠公之言。盖宣姜为惠公生母，生子为君，竟为此诗以指生母之淫秽，恐天下无如此为子者也。姚际恒云："为兄为君，乃国君之弟所言耳。盖刺宣公也。"此说似近之，但君之弟又为何人。亦难通之论。方玉润则径谓："或另有别解，则未可知，存而不论焉可也。"至此则此诗之旨，竟无说矣。愚按《诗序》之说，迂不可通。朱姚二说，亦有其难释之处。若以此为卫人慨叹其国中宫庭秽乱之事，而讽咏之，则明朗可释也。首章"我以为兄"，是指公子顽为惠公兄，国人慨叹公子顽之行，而惠公则仍以为兄也。次章"我以为君"，君指宣公，言卫国有此等行为之君，我等仍不得不以之为君也。"我"字初不必为作诗人自指，"我"但为一人之代词而已。首章之"我"字，是诗人之言，而以指惠公也。次章"我"字亦是诗人之言，而以指全国之民也。若谓宣公之事在前，公子顽之事在后，何以章次前后与事之前后不符。诗之为作，既非叙事，何先何后，固不必计也。且此诗不过卫国人慨叹风俗，随口吟咏之歌，国中秽乱之事实有二，一为公子顽，一为宣公，但道之而已，若必曰宣公之事当在前，则过于执著于事实，非诗人之旨也。

# 定之方中

《诗序》云："《定之方中》，美卫文公也。卫为狄所灭，东徙渡河，野处漕邑。齐桓公攘夷狄而封之。文公徙居楚丘，始建城市，而营宫室，得其时制，百姓说之，国家殷富焉。"

定之方中，作于楚宫。
揆之以日，作于楚室。
kuí

树之榛栗，椅桐梓漆，爰伐琴瑟。

升彼虚矣，以望楚矣。
望楚与堂，景山与京，降观于桑。
卜云其吉，终然允臧。

灵雨既零，命彼倌人。
guān

星言夙驾，说于桑田。
shuì

匪直也人，秉心塞渊，騋牝三千。
fēi                    lái pìn

定之方中，作于楚宫。揆之以日，作于楚室。树之榛栗，椅桐梓漆，爰伐琴瑟。

定，星名，北方之宿，营室星也。定星于夏历十月望至十一月初昏而在天中。此云定之方中，指夏历十月末至十一月初也。

于，语词。作于犹"于作"。于作之语法，犹于归，见前《葛覃》《桃夭》二篇有说。◎楚宫，楚丘之宫也。春秋僖公二年，春，王正月，城楚丘。周正月，即夏历之十一月，所谓定之方中之时。◎宫，谓宗庙也。

揆，度也。树立枭木，以度其日之出入之影，以定东西，参日中之旨以定南北。

室，居室也。

树，种也。

椅桐梓漆，四者皆木之名，四木皆可作琴瑟。

爰，曰也，语词。◎伐，斩伐也。◎谓以上四木长大可伐制琴瑟也。

第一章，叙作宫之状也。言在定星方中之时，即周之正月，夏之十一月也。乃作楚宗庙，树枭木以度东西南北之方向，复作居室。种植榛栗之树，及椅桐梓漆四种树木，四木皆可为琴瑟，待其长大则可伐为琴瑟也。此写作宫之状也，述众民合作经营之情，以美文公之得民也。


升彼虚矣，以望楚矣。望楚与堂，景山与京，降观于桑。卜云其吉，终然允臧。

虚，同墟，故城也，指漕墟。

楚，楚丘也。

堂，楚丘有堂邑。

景，大也。景山，大山也。◎京，高丘也。

降，由漕丘下而至平地也。◎观，观察也。◎桑，桑林也。桑叶饲蚕，观之以视生产之情况也。

卜云其吉，言卜之，乃得吉辞。

允，信也。◎臧，美也。◎言终而知其信为美地也。

第二章，叙文公登高观察楚丘之状。言升彼漕之墟，以望楚丘。望楚丘与堂邑，有大山与高丘，是宜建国之地也。又下降而观于桑林，见桑多足以饲蚕，亦足生产之地也。乃卜之，得吉辞，终知其信为美地也。此盖美文公之为重建卫国而先注意建国复兴之地也。

**灵雨既零，命彼倌人。星言夙驾，说于桑田。匪直也人，秉心塞渊，騋牝三千。**

灵，善也。◎零，落也。

倌，音官。倌人，小臣，主驾者也。

星，见星也，星与夙相接，则见星之早之义。◎言为语词，无义。◎夙，早也。驾，驾车也。◎此言星尚未落，则早起而驾，勤勉之状也。

说，音税，舍息。

匪，非也。◎直，徒也，特也。◎人，泛指国人。◎此言用心所及，匪但及于人，且兼及于物。

秉，操也。◎塞，实也。◎渊，深也。◎言文公持心塞实而渊深。

骙，音来。◎牝，音聘，畜母也。◎言骙马与牝马有三千之多。

第三章，美文公为卫之兴，勤劳如是也。见好雨既降，则命小臣，戴星驾车，止息于桑田，以视农桑也。又云：文公之用心，非只限于对人也，其持心塞实渊深，兼及于物，骙牝之马，繁殖至于三千，此其国之所以能复兴也。

按：星言凤驾，毛传："星，雨止星见也。"朱传云："星，见星也。"二义其实一也。雨止星见，言虽在夜间，雨止星见，天尚未明，文公即戴星驾往桑田。朱云见星，指天尚未明，星辰未落，文公即往桑田，二者皆言其早也。惟朱传之义较近事实，不必言雨止，但言戴星早驾，其义较合也。

匪直也人，毛传云："非徒庸君。"言非只为一平常之国君，而为一非常之国君也。朱子答刘坪书云："言非特人化其德，而有塞渊之美，至于物被其功，亦至众多之盛。"此说最为近理。匪直为匪徒，与孟子非直为观美也义同。胡承珙有说。

按：郑笺云："春秋闵公二年，冬，狄人入卫，卫懿公及狄人战于荧泽而败。宋桓公迎卫人遗民渡河，立戴公，以庐于漕。戴公立一年而卒。鲁僖公二年，齐桓公城楚丘而封卫，于是交公立而建国焉。"郑笺所叙，详见《左传·闵公二年》。卫文公既立，大布之衣，大帛之冠，务材训农，通商惠工，敬教劝学，授方任能。元年革车三十乘，季年乃三百乘。卫因之以兴。漕与楚丘皆在今河南省滑县东，今滑县东有白马城者即漕故地。

# 蝃蝀

此诗人代宣姜辩其所处之诗。

蝃蝀在东，莫之敢指。
女子有行，远父母兄弟。

朝隮于西，崇朝其雨。
女子有行，远兄弟父母。

乃如之人也，怀昏姻也。
大无信也，不知命也。

**蝀蝀在东，莫之敢指。女子有行，远父母兄弟。**

蝀，音帝。蝀，音东。蝀蝀，虹也。◎暮晴则虹在东方。

莫之敢指，虹，古代传说为天地灵气所现，指之则为不敬，当必有祸。

女子有行，言女子出嫁也。见《邶风·泉水》。

远父母兄弟，故孤单而无人照顾，受强力之压迫，不敢反抗也。

第一章，以虹之在东，莫之敢指，比宣公之为人所惧，莫敢指其过。若宣姜者，女子远嫁，离父母兄弟，何能抗宣公之邪恶耶？

**朝隮于西，崇朝其雨。女子有行，远兄弟父母。**

隮，升也。此指虹，在朝则升于西方。

崇，终也。从旦至食时为终朝。◎崇朝其雨，言朝雨而虹见，则终朝雨不止也。

第二章，亦以虹象宣公。言虹既已升于西方矣，则终朝落雨为必然矣。比宣公既已有如此之行为矣，则事之不可改为必然矣。若宣姜之弱女子，远嫁离父母兄弟，何能拒之？

**乃如之人也，怀昏姻也。大无信也，不知命也。**

之人，是人也。

怀，思也。思婚姻之事，以有所图也。

命，命运也。

第三章，直指宣公矣。言乃有是人若宣公者，思其子之婚姻之事，以有所图。父纳子妻，大不信之人也，亦不知命运之人也。盖谓如此行为，将有恶运之来也。

按：《蝃蝀》一诗，旧说于蝃蝀一词类皆血气阴阳之论。强指其义，实难令人置信。文义亦难通顺。愚意以为：以蝃蝀象宣公，则全篇畅达无阻。《诗序》每多强牵某诗入某事，而此篇反以为泛咏止奔之义。愚见素以为不可强为诗编故事，而于此诗则确认其合于宣公之事者无他，只缘能通与不能通耳。若不能通，虽云确指某事，而不敢信；若能通，虽未言指某事，而可引入某事。一切但求合理，不必囿于旧说也。

按《诗序》云："《蝃蝀》，止奔也。卫文公能以道化其民，淫奔之耻，国人不齿也。"朱传以为刺奔之诗。谛审此诗，初以蝃蝀之莫之敢指起，似是有所畏也。次以朝虹隮于西，终朝其雨承之，似含天实为之，莫之能改之意。而此二语皆冠女子出嫁之上。其女子之所嫁，似有所畏，有不得不然者，可以见之。三章之乃如之人也，大无信也。更见其怨意。方玉润以为是诗人诗，为宣姜之义，代答新台之咏，辩弱女之受强力，非其过也。但未敢遽定。愚意以为此说最为近似，极为可取。

# 相鼠

《诗序》云："相鼠，刺无礼也。"

相鼠有皮，人而无仪。
人而无仪，不死何为！

相鼠有齿，人而无止。
人而无止，不死何俟！

相鼠有体，人而无礼。
人而无礼，胡不遄死！

**相鼠有皮，人而无仪。人而无仪，不死何为！**

相，视也。

仪，礼仪也。

第一章，由看到鼠之有皮，兴起人之应有仪。鼠为贱恶窃食之小动物，犹有皮以饰其形。为人能无礼仪乎？如人而无仪，不死何为！

**相鼠有齿，人而无止。人而无止，不死何俟！**

止，容止也。

俟，待也。

第二章，与首章作法同，惟换韵而重言之。看鼠且能有其排列合理之齿，人而可无高尚之容止乎？

**相鼠有体，人而无礼。人而无礼，胡不遄死！**

体，支体也。言有其合理之定型也。

遄，音船，速也。

第三章，与前二章同，又换韵三叠而言之，重复加重其辞也。

按：此诗《诗序》首云："《相鼠》刺无礼也。"已甚妥矣。而其下云："卫文公能正其群臣，而刺在位，承先君之化，无礼仪也。"然此诗只为泛刺无礼可矣，不必附会为卫文公能正群臣之说，强说反觉其迂曲而不实。孔疏云："由文公之能正其群臣，使有礼仪，故刺其在位有承先君之化无礼仪者。由文公能化之，使有礼，而刺其无礼者，所以美文公也。"此文远引刺无礼而为美文公，愈见其迂矣。

# 干旄

此美卫大夫夫妇出游之诗。

孑孑干旄，在浚之郊。
素丝纰之，良马四之。
彼姝者子，何以畀之。

孑孑干旟，在浚之都。
素丝组之，良马五之。
彼姝者子，何以予之。

孑孑干旌，在浚之城。
素丝祝之，良马六之。
彼姝者子，何以告之。

孑孑干旄，在浚之郊。素丝纰之，良马四之。彼姝者子，何
以畀之。

孑，音结。孑孑，特出之貌。◎干旄，干，旗杆；旄，牛尾。
以旄牛尾注于旗杆之首而连车后也。

浚，卫邑名。◎郊，邑外山郊。

素，白色也。◎纰，音皮，联属相为组织也。◎盖以素丝为
线，缝旌旗而成之也。

良马四之，一车四马，两服两骖也，两服相并在中在前，两
骖在左右两侧，在外在后。

彼，指示字。◎姝，美色也。◎言彼美色之女。

畀，予也。◎言赠之以言，赠之以物也。

第一章，写出游车马之盛，与仪态高雅，令人羡慕之状。
言大夫所乘之车，孑孑然特出之干旄，树于车后。车行浚之郊
外，旌旄飞动，见其美盛；良马四匹，雄健昂扬，何其美也！
而与同乘者，美色之女子，正相与对言。不知美人以何言何物
赠与大夫也。此写夫妇出游，意兴甚高，相与对言，诗人描写
其旁观之心情，未知此时彼美人将以何言何物，赠与其夫婿。
情调之美，无以过之。


孑孑干旟，在浚之都。素丝组之，良马五之。彼姝者子，何
以予之。

旟，音余，九旗之一，画鸟隼以为饰者也。

都，下邑曰都。

组，组织之，亦缝合之义。

五之，言其盛也。车惟四马，言五者，形容其多而已，并求叶韵。

予，犹舆也。

第二章，作法与首章同，惟换韵重言之。在浚之都，近其地；良马五之，盛其事。皆加重之法也。

**孑孑干旄，在浚之城。素丝祝之，良马六之。彼姝者子，何以告之。**

旄，析羽注干首也。◎干旄，析翟羽设于旗干之首，特言其羽，故曰干旄。

祝，属也。联属之义，亦缝合之谓也。

六，又加其数之多，写其车马之盛；未必真为六，夸大之耳，且叶韵。

第三章，与前二章同。又换韵三叠咏之。在浚之都城，又近其地。良马者六，又增其盛，更加重之法也。彼姝之子，何以告之。写出二人对语之状，诗人揣测之情，如在目前。

按《诗序》云："《干旄》，美好善也。卫文公臣子多好善。贤者乐告以善道也。"朱传谓："诗言卫大夫乘此车马，建此旌旄。以见贤者。"姚际恒云："《邶风》'静女其姝'，称女以姝。《郑风》'东方之日'，亦曰彼姝者子，以称女子。今称贤者以姝，似觉未安。"愚意以为：诗中所写车马之盛，盖卫之大夫。而彼姝者子，则与大夫同乘，是大夫之妻也。《史记·孔子世家》载卫灵公与夫人同车，《郑风·有女同车》皆见其风俗。兹以本篇为卫大夫夫妇出游之诗，庶几是也。

# 载驰

《诗序》云：“《载驰》，许穆夫人作也。闵其宗国颠覆，自伤不能救也。”

载驰载驱，归唁卫侯。
驱马悠悠，言至于漕。
大夫跋涉，我心则忧。

既不我嘉，不能旋反。
视尔不臧，我思不远。

既不我嘉，不能旋济。
视尔不臧，我思不閟。

陟彼阿丘，言采其蝱。
女子善怀，亦各有行。
许人尤之，众稚且狂。

我行其野，芃芃其麦。
控于大邦，谁因谁极。
大夫君子，无我有尤。
百尔所思，不如我所之。

载驰载驱，归唁卫侯。驱马悠悠，言至于漕。大夫跋涉，我心则忧。

载，则也。

唁，吊生为唁。◎卫侯，文公。

悠悠，远貌。◎言，语词。

漕，卫邑也。

大夫，许之大夫也，许穆夫人使其唁卫侯者。◎跋涉，草行曰跋，水行曰涉。

第一章，叙赴漕唁卫之状。言驰驱而行，为归唁卫侯也。驱马远行，乃至于漕邑。此行大夫跋山涉水，至为辛苦，而我终不能自归以唁卫侯，故心为之忧也。

按：旧说谓大夫为来许告难之卫大夫。然由其文词之情理度之，当是许之大夫。许穆夫人欲亲往唁卫侯，而许不能许，故遣大夫往唁。

既不我嘉，不能旋反。视尔不臧，我思不远。

嘉，善也。指许穆夫人欲亲往唁卫侯，而许人不以为善也。

不能旋反，指旋反于卫也。

臧，善也。◎言视尔之不以我为善。

远，去也。不远谓不去，即不止之义。◎言自我思卫不止也。

第二章，述自己不能归唁之情。言许既不以我亲归为善，而阻我归卫，故我不能返矣。视尔之不以我归为善，我固不能归矣，然我思卫之心，固亦不能止也。

既不我嘉，不能旋济。视尔不臧，我思不閟。

济，渡水也。

閟，音闭，闭也，犹止也。

第三章，重二章之义，换韵言之。

陟彼阿丘，言采其蝱。女子善怀，亦各有行。许人尤之，众稚且狂。

陟，升也。◎阿丘，偏高之丘。

蝱，音盲，贝母也。

善，多也。◎怀，思也。

行，音杭，道也。◎言女子多思，亦各有道，许人不善之，令人惆怅也。

尤，过也。

第四章，述许夫人不得亲归，惆怅之情也。言升彼阿丘，采贝母之药。谓采药者，疗其疾也。盖夫人心中郁阿乃成疾也。继云：女子固为多思，但亦各有其多思之道。而今许人竟以怀归为过，众人实皆幼稚而且狂也。此语盖有所指，当是指有力阻其归唁之人，其人有骄狂之态，以归唁为不善，致夫人不得归，乃有此怨语也。

我行其野，芃芃其麦。控于大邦，谁因谁极。大夫君子，无我有尤。百尔所思，不如我所之。

芃，音彭。盛长貌。

控，走告也。自伤许之小而走告大邦。

因，亲也。◎极，正也。

大夫君子，指国中贤者。

无我有尤，勿以我为有过。

百尔，尔思之百。◎言其思之多也。

不如我所之，不如我所思之为合也。

第五章，辩自己之是也。言我行过郊野，见麦正成长茂盛。见此麦则思故国之麦，此时亦正长成，而以乱而无人收割也。自伤国小，不能平乱。但控于大邦，谁为亲者，谁为能持正义而救者。故而关心卫之情况而欲归唁也。而许人竟以为不善。大夫君子，请勿以我为有过也。虽尔等百次所思者，不如我之所思之为合理也。

按：《序》说本于《左传·闵公二年》，卫懿公及狄人战于荧泽，卫师败绩，遂灭卫。初惠公之即位也少，齐人使昭伯烝于宣姜，生于齐子、戴公、文公、宋桓夫人、许穆夫人。及败，宋桓公逆诸河，立戴公以庐于曹。许穆夫人赋载驰。杜预云："许穆夫人痛卫之亡，思归唁之不可，故作诗以言志。"按惠公为宣公与宣姜所生。懿公为惠公之子。戴公为昭伯顽与宣姜所生。昭伯顽者，惠公之异母兄，亦宣公之子也。戴公立一月即卒，戴公弟燬立，是为文公。戴公文公皆许穆夫人同母兄也。狄人入卫在闵公二年，是年冬十二月，宋桓公立戴公以庐于漕。戴公旋即卒。诗言"芃芃其麦"，此时为周之十二月乃夏之十月，麦焉得芃芃？至僖公元年十二月至二年，始城楚丘。在僖公元年春夏之间，戴公已卒，文公虽立而尚无宁居，许穆夫人赋诗当在此时。盖即芃芃其麦之时，亦可唁之时也。是则所唁者文公，非戴公也。旧说谓卫侯指戴公之言非是。详见胡承珙说。此诗之作，许穆夫人未能亲自赴漕，遣许大夫以往，乃为此诗也。

# 卫

卫，国名。说见《邶》。

卫国共十篇。

# 淇奥

《诗序》云：“《淇奥》，美武公之德也。有文章又能听其规谏，以礼自守，故能入相于周，美而作是诗。”

瞻彼淇奥，绿竹猗猗。
有匪君子，如切如磋，如琢如磨。
瑟兮僴兮，赫兮咺兮。
有匪君子，终不可谖兮。

瞻彼淇奥，绿竹青青。
有匪君子，充耳琇莹，会弁如星。
瑟兮僴兮，赫兮咺兮。
有匪君子，终不可谖兮。

瞻彼淇奥，绿竹如箦。
有匪君子，如金如锡，如圭如璧。
宽兮绰兮，猗重较兮。
善戏谑兮，不为虐兮。

瞻彼淇奥，绿竹猗猗。有匪君子，如切如磋，如琢如磨。瑟兮僩兮，赫兮咺兮。有匪君子，终不可谖兮。

淇，水名。◎奥，隈也，水曲中也，厓岸之内侧也。

绿竹，绿色之竹。◎猗，音医。猗猗，美盛貌。

匪，斐之假借，文章貌。有匪即斐然。

磋，音搓。◎切，磋，治骨曰切，治象牙曰磋。

琢，磨，治玉曰琢，治石曰磨。

瑟，庄矜貌。◎僩，音限，威严貌。

赫，显明之貌。◎咺，音选，宣著貌。

谖，音宣，忘也。

第一章，美武公。以"瞻彼淇奥"说起。彼淇水之奥，绿竹美盛，国人瞻望，但觉一片发荣滋长，富丽而更趋美盛之景象。此皆其君之成就也。因以兴起武公之德，乃曰：斐然之君子，其所以有此德者，因其修身治事，如切如磋，如琢如磨。故能若是也。武公之仪容，庄矜威严，赫然宣著；武公之斐然有成，终不可忘也。

按：绿竹猗猗，旧说多谓绿为王刍，竹为萹竹，可食之物，不免牵强。朱传云"绿，色也"，极为平易合理。

瞻彼淇奥，绿竹青青。有匪君子，充耳琇莹，会弁如星。瑟兮僩兮，赫兮咺兮。有匪君子，终不可谖兮。

青，音菁。青青，茂盛貌。

充耳，瑱也，玉饰。◎琇莹，美石。

会，音快，缝也。弁，音卞，冠之属。◎会弁，即弁之缝。

◎以玉缀之，故闪耀如星也。

第二章，作法与首章同。"充耳琇莹，会弁如星"两句，写武公盛服仪容。

**瞻彼淇奥，绿竹如箦。有匪君子，如金如锡，如圭如璧。宽兮绰兮，猗重较兮。善戏谑兮，不为虐兮。**

箦，音责，席也。形容竹之密也。

金，锡，言其锻炼之精纯。

圭，璧，皆美玉，其质温润，玉之高贵者。

绰，开大也。宽绰，恢宏宽大貌。此指性情。

猗，当作倚。◎较，车之两輢，即车两旁之立板，以其高出式上，故曰重较，卿士之车也。◎此形容武公乘华贵之车，仪态雍容之状。

虐，言过甚而为虐于人也。不为虐，指其善戏谑而不为过甚。

第三章，仍以淇奥绿竹写起。如金如锡，如圭如璧，美其修德之纯，气质之温润也。宽绰形其胸襟之恢宏。倚重较状其仪态雍容。善戏谑而不为虐，赞其虽矜庄威严，而与人接谈，亦偶有吐辞生趣，不为过于严肃，然亦不至戏谑过甚。盖亦谈笑风生，饶有常人相接之趣。故能受人之言，亦能为人所爱敬也。本章结尾变化，倍觉生动。形其仪容，见其气度，而又能传其言语神态，极尽描写人物之能事。

按：猗重较兮之"猗"，旧说多以为叹词，亦通。陈奂《毛诗传疏》云："猗当作倚。《礼记·曲礼》孔疏，《论语·乡党》皇疏，《荀子·非相》篇杨注，《文选·西京赋》李注，引诗皆作倚。《正义》云：'入相为卿士，倚此重较之车。'孔所据本当不误也。"陈说有据，兹采之。

按：武公名和，厘侯之子，共伯余之弟。厘侯卒，太子共伯余立，弟和袭攻共伯于墓上，共伯入厘侯墓道自杀。和立为卫侯，是为武公。武公即位，修康叔之政，百姓和集。四十二年，犬戎杀周幽王，武公将兵佐周平戎，甚有功。周平王命武公为公。《序》称入相于周者指此。见《史记·卫康叔世家》。《国语》称武公耄而咨儆于朝，受戒不怠。盖虽初年篡弑，而即位修德，佐王室立功，晚成圣德，乃为国人所敬者。徐幹《中论》云："昔卫武公年逾九十，犹夙夜不怠，思闻训道……卫人诵其德，为赋《淇奥》。"

# 考槃

此美隐者自乐之诗。

考槃在涧，硕人之宽。
独寐寤言，永矢弗谖。

考槃在阿，硕人之薖。
独寐寤歌，永矢弗过。

考槃在陆，硕人之轴。
独寐寤宿，永矢弗告。

考槃在涧，硕人之宽。独寐寤言，永矢弗谖。

考，扣也。◎槃，器也，扣之以节歌。◎涧，山夹水也。

硕，大也。◎宽，言胸怀宽广也。

独寐寤言，言独寐，独寤，独言。

永，长也。◎矢，誓也。◎谖，音宣，忘也。◎言长誓以此
为乐而终身不忘也。

第一章，写贤者隐处幽深之涧谷，而自得其乐之状。言扣
槃而歌，在涧谷之间。此虽幽隐穷隘之处，但贤者硕大宽广之
胸怀，固能自乐。彼独睡、独醒、独言，虽无人能知之，而甚
为寂寞，但彼贤者隐居独乐，自誓长以此为乐，而为终身不忘
之乐也。


考槃在阿，硕人之薖。独寐寤歌，永矢弗过。

阿，陵曲也。

薖，音科，宽大貌。

独寐寤歌，言独寐，独寤，独歌。

过，音戈。弗过，不与人相过从也。

第二章，与首章同，换韵重言之。

按：弗过，郑笺："不复入君之朝也。"胡承珙："弗过当
是无所过从之意。"是隐者之语，较笺义为长。


考槃在陆，硕人之轴。独寐寤宿，永矢弗告。

陆，高平之地。

轴，音迪，道也。◎言此为硕人之道。

独寐寤宿，言独寐，独寤，独宿。

永矢弗告，此乐永不以告人也。

第三章，章法同首二章，三叠而咏之也。考槃啸歌，在深谷之间，幽居独处，茆屋三椽，风雨一床；虽孤独寂寞，而别有天地；是贤者隐居适意之所，硕人游心物外之境。反复诵咏，不禁向往也。

按：硕人之轴，旧说多未能甚通。轴音妯，见毛传。今人屈万里引《尚书·大禹谟》伪孔传云："妯，道也。"此说最为平易可取。

按《诗序》云："刺庄公也。不能继先公之业，使贤者退而穷处。"然诗意纯为隐者自乐之词，既无怨意，更未见刺意。《诗序》每愿引政入诗，至于强牵，不足取也。

# 硕人

此卫人赞庄姜貌美而贤之诗也。

硕人其颀，衣锦褧衣。
齐侯之子，卫侯之妻，
东宫之妹，邢侯之姨，
谭公维私。

手如柔荑，肤如凝脂，
领如蝤蛴，齿如瓠犀，
螓首蛾眉。
巧笑倩兮，美目盼兮。

硕人敖敖，说于农郊。
四牡有骄，朱幩镳镳，翟茀以朝。
大夫夙退，无使君劳。

河水洋洋，北流活活。
施罛濊濊，鳣鲔发发，葭菼揭揭。
庶姜孽孽，庶士有朅。

硕人其颀，衣锦褧衣。齐侯之子，卫侯之妻，东宫之妹，邢侯之姨，谭公维私。

硕，大也。硕人，指庄姜也。◎颀，音祈，长貌。◎言庄姜仪表长丽佼好。

锦，文衣也。◎褧，音扃，以单縠而为之；单縠，单绉纱。褧衣，锦褧衣也，锦衣上加褧，出嫁之衣。

齐侯之子，齐庄公之女。

卫侯之妻，卫庄公之妻也。

东宫，太子所居之宫。此指齐太子得臣言。庄姜为得臣之妹。

邢，姬姓之国。邢国故地在今河北省邢台县。邢侯未知何人。审其语气，邢侯之母当为齐女，庄姜之姊妹，故云。

谭，国名。谭国故地在今山东济南之东。◎维，是也。◎私，姊妹之夫也。◎谭公未知何人，当是庄姜姊妹之夫。

第一章，先描写其人之容貌及衣着，次叙其人之身份。其人之貌，长身玉立；其人之衣，文衣加褧。用此两语，已见其仪表俊丽，衣着华贵。此人为谁？齐庄公之女，卫庄公之妻，齐太子得臣之妹，邢侯之姨，谭夫人之姊妹也。一路写来，读之如珠落玉盘，声调铿锵，笔法瑰琦。

手如柔荑，肤如凝脂，领如蝤蛴，齿如瓠犀，螓首蛾眉。巧笑倩兮，美目盼兮。

荑，音啼，茅芽也。茅芽柔美，此形容其手之美且柔也。

凝脂，凝结之膏脂。形容肤之腴润。

领，颈也。◎蝤，音酉。◎蛴，音齐。◎蝤蛴，木虫之白而长者。◎此形容其颈之白皙柔婉。

瓠，音户，葫芦之一种。◎瓠犀，瓠中之子也，白而整齐，故以形容其齿之美。

螓，音秦，昆虫如蝉，其额广阔。此言人之额宽广也。◎蛾眉，言人之眉如蛾之触须，细长而曲也。

倩，音欠，口辅之美。即以口为中心，并及腮颊，笑时所表现之美。

盼，音判，黑白分明。形容其目之清明有神。

第二章，形容手肤头面之美。先写手之柔嫩，肤之腴润，及面之白皙柔婉，齿之洁白整齐，额之广阔，眉之曲细。此皆静之态也。然后忽及动之态，写其笑之美状。最后及其神态，形其目之清明。写美人之美，多以物象之，笔法之妙，为汉赋状美人之辞所自来。

按：瓠犀，《尔雅·释草》作瓠栖。郭璞注引诗亦作瓠栖。今诗作犀，栖之借字也。说见郝懿行《尔雅义疏》。

盼，或作眄。邵瑛《说文解字群经正字》："《说文》盼下引诗曰：'美目盼兮。'今《诗·硕人》《论语·八佾》作眄，诸本皆同。陆氏《释文》本亦同。此大谬。"按此字当作盼，作眄谬。阮元《十三经校勘记》："唐石经硕人眄作盼，毛本同。"

**硕人敖敖，说于农郊。四牡有骄，朱幩镳镳，翟茀以朝。大夫夙退，无使君劳。**

敖敖，长貌。形容其美。

说，音税，舍息也。此指庄姜至卫，先息止于卫郊，尚未入城。

骄，壮貌。有骄即骄然。形其壮大也。

幩，音坟，镳饰也；镳为马衔外之铁。朱幩，以朱缠镳为饰。
◎镳，音标。镳镳，盛貌。◎此句言以朱饰镳为幩，容色甚盛也。

翟，音狄，翟车也，夫人以翟羽饰车。◎茀，音弗，蔽也。
妇女所乘之车，前后设蔽。◎以朝者，入君之朝也。

以上言夫人既舍息农郊之后，乃乘四牡朱镳翟茀之车而入君
之朝也。

夙，早也。◎此谓夫人初至，大夫之朝者，宜早退也。

无使君劳，言无使国君劳于政事而不得与夫人早相近也。

第三章，述庄姜自齐至卫，止郊而后入朝之状。言既舍止
于农郊矣，乃乘四牡朱幩翟茀之车入朝。大夫于是早退，以无
使君劳于政事，而不得与夫人早相近也。

**河水洋洋，北流活活。施罛濊濊，鱣鲔发发，葭菼揭揭。庶
姜孽孽，庶士有朅。**

洋洋，盛大貌。

活，音括。活活，流声。

施，设也。◎罛，音孤，鱼罟也。◎濊，音豁，碍流也。濊
濊，言鱼网施之水中，碍阻水流之声也。

鱣，音沾，鱼名，黄色锐头，口在颔下，背上腹下皆有甲，
大者千斤。◎鲔，音尾，似鱣而小，色青黑。◎发，音拨。发发，
鱼入网，尾发发然；发发然，形其摇动之急而所成之声也。

葭，音加，芦也。◎菼，音毯，荻也。◎揭揭，长也。

庶，众也。庶姜，谓庄姜之侄娣也。指媵女。

庶士，众士也，指齐之送女者，媵臣。◎揭，音揭，武壮貌。有揭，即揭然。

第四章，述庄姜母家齐国之富饶广大，送嫁士女之众之美。言黄河之水，北流入海，洋洋盛大，设网捕鱼，鳣鲔丰产，芦荻高长。此言河水所经，齐地之广，物之丰饶，洵为大国。而写送嫁诸齐女之美盛，诸齐媵臣之武壮，形容大国嫁女，礼仪盛备如此。此章连续以重叠字为形容词，与首章之子、之妻、之妹、之姊，次章手如、肤如、领如、齿如，连续用相同字法前后映照，于文词之运用，别具风格。

按：发发，毛传及朱传并谓发发为盛貌。《释文》云："鱼着网，尾发发然。"发发然未知何义，或以为释毛传之所谓盛貌也。愚意以为《释文》言"尾发发然"，当是鱼入网则焦急欲脱网，故冲突而尾激动，发发有声。发发是鱼多尾动之声也。观渔人拉网离水时，鱼在网中惊跳，则此情形也。此发发然自亦具盛多之义，二说不相背也。

按：《左传·隐公三年》："卫庄公娶于齐东宫得臣之妹，曰庄姜，美而无子，卫人所为赋硕人也。"而《诗序》云："硕人，闵庄姜也。庄公惑于嬖妾，使骄上僭，庄姜贤而不答，终以无子，国人闵而忧之。"嬖妾当指州吁之母。然审全诗惟赞美之词，而无闵忧之语。《左传》所云"卫人所为赋硕人也"，在"美而无子"句下，故《诗序》乃引之为闵庄姜之义。实则此诗只为赞庄姜美而贤之诗耳。

# 氓

此妇人为男子所弃，而自作之怨词也。

氓之蚩蚩<sup>chī</sup>，抱布贸丝。
匪来贸丝，来即我谋。
送子涉淇，至于顿丘。
匪我愆<sup>qiān</sup>期，子无良媒。
将<sup>qiāng</sup>子无怒，秋以为期。

乘彼垝垣<sup>guǐ yuán</sup>，以望复关。
不见复关，泣涕涟涟。
既见复关，载笑载言。
尔卜尔筮<sup>shì</sup>，体无咎<sup>jiù</sup>言。
以尔车来，以我贿迁。

桑之未落，其叶沃若。
于嗟<sup>xū</sup>鸠兮，无食桑葚<sup>shèn</sup>。
于嗟女兮，无与士耽。
士之耽兮，犹可说<sup>tuō</sup>也。
女之耽兮，不可说也。

桑之落矣，其黄而陨。
自我徂尔，三岁食贫。
淇水汤汤，渐车帷裳。
女也不爽，士贰其行。
士也罔极，二三其德。

三岁为妇，靡室劳矣。
夙兴夜寐，靡有朝矣。
言既遂矣，至于暴矣。
兄弟不知，咥其笑矣！
静言思之，躬自悼矣。

及尔偕老，老使我怨。
淇则有岸，隰则有泮。
总角之宴，言笑晏晏。
信誓旦旦，不思其反。
反是不思，亦已焉哉！

氓之蚩蚩，抱布贸丝。匪来贸丝，来即我谋。送子涉淇，至于顿丘。匪我愆期，子无良媒。将子无怒，秋以为期。

氓，民也。◎蚩，音迟，蚩蚩，敦厚貌。

布，布帛也。◎贸，买也。◎抱布帛来以易丝也。

匪，非也。

即，就也。◎言来就我谋为室家。

淇，水名。

顿丘，地名，在今河北省清丰县西南。◎此言民已与己相识而好。民去，乃送之涉淇水，至于顿丘，定室家之谋，且约相会之期。

愆，过也。◎此言至期女未能至，非女之心欲过期也。

子无良媒，尔无良媒以来请求，故不得会也。

将，音锵，愿也。◎言今尔已有媒至而责我失约，然望汝勿怒。

秋以为期，此言民欲为近期，而女以秋为期。

第一章，写男女相识之经过，及为媒聘之经过。言男初以贸丝来谋我与彼为婚姻，其貌颇为敦厚。因送之涉淇水，至顿丘，相约后会。但彼媒未来，故致愆期。今既媒来，勿责我前期失约。实由汝无媒来之故。现愿汝勿怒，秋日可以为期也。描写前后经过，曲折有情致。


乘彼垝垣，以望复关。不见复关，泣涕涟涟。既见复关，载笑载言。尔卜尔筮，体无咎言。以尔车来，以我贿迁。

乘，登也。◎垝，音鬼，毁也。◎垣，墙也。

复关，氓之所居之处。

涟涟，泪下流貌。

载，则也。

卜筮，占卦也。卜用龟，筮用蓍。

体，兆卦之体。◎咎，音白，凶也。◎体无咎言，谓卜卦所得之兆，无不吉之言也。

以尔车来，以男之车来迎。

贿，财也。◎言以我之财物，迁往而嫁之。

第二章，叙订婚至于结婚期间之过程。言自订婚之后，久未来娶，时登高处，以望夫之家乡复关。但以地远，不能望见，每至涕泣也。及既见复关——言男士已来，以能见复关喻之——则笑矣，言矣，欢欣不已。加以卜筮又皆吉语，于是男以车来，女携财物归之。虽短短数语，而道出曲折之经过，忧喜之心情。


桑之未落，其叶沃若。于嗟鸠兮，无食桑葚。于嗟女兮，无与士耽。士之耽兮，犹可说也。女之耽兮，不可说也。

沃若，沃然也。沃，柔嫩貌。

于，读为吁。◎鸠，鸟名。

葚，音甚，桑之实也。

耽，乐也。

说，解也。

第三章，言嫁后初期，欢娱之情，及见弃自伤之情。言桑之未落，其叶沃然柔嫩润泽。其不久结实，则有桑鸠。若鸠者，喜食桑葚。愿鸠勿食之，以留其实，此数语以"桑之未落"，比女之年貌正盛，其不久当有结实。结实者生子女也。鸠食桑葚，此外力之破坏。但外力何以能破坏其夫妇之情感？惟女与男之相处耳。相处稍有不恰，则外力入矣。故曰"吁嗟女兮"，勿与男只愿耽乐，而不奠定夫妇之间之感情。女之务，若早生子女，若操持家事，皆宜尽力。若只以年青貌美，与夫耽乐，则貌一稍衰，必被弃矣。此弃妇经验之谈，故曰"无与士耽"。然后云：男之耽乐，犹可说也。女之耽乐，不可说也。盖彼时男女之地位相异甚多。男为一切之主。男人有暇可以耽乐，见女色衰则不喜而弃之，当时社会不责男也。故曰："士之耽兮，犹可说也。"至女如不生子女，或不能操持家务，且年少多耽乐事，至色衰被弃，则社会必责女矣。故彼时之女，必先尽其为妇之道，若遭男子遗弃，当可得社会同情也。若女子耽乐于初，而后色衰被遗，则社会必不同情。故曰"女之耽兮，不可说也"。此弃妇之怨词也。此妇虽少好与夫燕欢，而并未耽乐，但仍遭遗弃，而社会仍未见责男士之非，乃有此怨也。彼所以以桑自比者，古代妇人采桑养蚕，桑为日常接近之物。诗中比兴，皆作者日常接近之事物，并非随意言之也。

按：本章毛传谓鸠食桑葚，过则醉而伤其性；女与士耽，则伤礼义。郑笺以为鸠以非时食葚，犹女子嫁不以礼，耽非礼之乐，以符所谓"淫风大行""礼义消亡"之说。后世如废《序》之朱传，亦谓妇女自悔一失其正，则余无足观！盖皆因袭前说，强指女为淫乱。愚意此章明显为承二章而来，述婚后燕乐情好，亦并未甚耽乐，后竟被弃，乃抒且悔且怨之意。其下章则继言桑之落矣，述色衰被弃之情状，其词中有"女也不爽，士贰其行"之语。可见女行无差，何以其有淫泆邪行耶？

此章历来说诗者，多从毛传之说，或不作详解。兹据其文词，作平实顺理之释，虽不与前贤相同，惟求其顺适能解而已。

桑之落矣，其黄而陨。自我徂尔，三岁食贫。淇水汤汤，渐车帷裳。女也不爽，士贰其行。士也罔极，二三其德。

陨，落也。

徂，音殂，往也。徂尔，谓往尔家以嫁。

食贫，言食谷贫乏，生活贫困也。

汤，音伤。汤汤，水盛貌。

渐，渍湿也。◎帷裳，车衣也。◎此追思女嫁时渡河之情景。帷裳为妇人之车所有。

爽，差也。

贰，变异而与前不同也。◎行，音杭。◎贰其行，言其士已变其前行，不如初时之相好也。

罔极，无所极止。◎此叹士之心之不善，有不可想象之意。

二三其德，言不能守其专一而不变其意也。二三者，不能一之意也。

第四章，叙色衰而被弃也。言桑之落矣，其叶黄而陨落。此比妇之色衰而被弃也。妇乃怨曰："自我往而嫁汝，三年之间生活贫困，余并无怨言，而今竟弃我矣。忆嫁汝之时，渡淇水汤汤之流，水浸车帷，而一心向往夫家，至今记忆犹新。自嫁汝之后，行为毫无差错，而男竟变其初行！此男之心之不善，真无极止，竟尔变心如此也！"

三岁为妇，靡室劳矣。夙兴夜寐，靡有朝矣。言既遂矣，至于暴矣。兄弟不知，咥其笑矣！静言思之，躬自悼矣。

靡，不也。言不以室家之务为劳也。

夙，早也，谓起早睡晚。

靡有朝，言无准时间之工作，无论早晚，不得休息也。

言，相谋之言也。◎遂，成也。◎此指男女初相谋结婚之事既已成为婚姻矣。

至于暴矣，谓婚姻既成，则男子态度渐变，乃以色衰，以致施暴。

兄弟不知，兄弟见我被弃而归，不知其内情。

咥，音戏，笑貌。◎此指兄弟见其被弃而笑之也。

言，语词，无义。静言思之，静而思之。

躬，身也。◎言自身惟悼伤而已。

第五章，又回忆新婚之后，持家之劳，因而伤悼也。言三年为妇，劳苦不堪，而男既遂其娶妇之事，竟渐因色衰而施以暴虐。今乃被弃而归，兄弟不知，且以我为不是，必定笑我。思及此事，诚可悼也。此章写妇女无理被弃，兄弟皆不能同情之状，令人感动。


及尔偕老，老使我怨。淇则有岸，隰则有泮。总角之宴，言笑晏晏。信誓旦旦，不思其反。反是不思，亦已焉哉！

及尔偕老，言本期与尔偕老也。◎及，与也。

老使我怨，但言及偕老，则使我怨恨也。

隰，音习，低湿之地。◎泮，读为畔，涯也。◎此言物皆有止，而惟汝心无极止也。

总角，结两角之发辫。男未冠女未笄之时，发型如此。◎宴，乐也。

晏晏，和柔貌。

信誓旦旦，誓以昭信，故曰信誓，旦旦，明也。

不思其反，不能反思自己之信誓也。

反是不思，谓思其应反思之事既已不肯。

已，终了也。◎言了结而已，尚复何言？

第六章，总结其怨之意也。言本望与尔偕老，然思及偕老之事，诚令我怨恨。盖未能偕老，已中途被弃也。若淇水尚有岸，隰地尚有畔，而此人之心竟尔无极止。想总角之时，言笑之乐，信誓之诚，而今彼已不能反思从前之事及幼时之情矣。彼对此深情竟不肯思，尚复何言！惟有听其自行其所欲而已。由末章可见，此男女相识之始，方当总角。或其后乃假贸丝以相会，再遣媒妁，以成婚嫁。其相识之时间已久矣。而后男竟弃女，故女怨之深也。

按《诗序》云："《氓》，刺时也。宣公之时，礼义消亡，淫风大行，男女无别，遂相奔诱。华落色衰，复相弃背，或乃困而自悔，丧其妃耦，故序其事以风焉。美反正，刺淫佚也。"朱传则以为淫乱为人所弃，而自叙其事，以道其悔恨之意。然细审诗中所言，男女之结合既经媒妁，又经卜筮，何淫乱之可言？此诗纯为弃妇自作之怨词，绝无《序》所谓礼义消亡，淫风大行。或朱传所谓淫乱为人所弃之状。至如《诗序》所云刺时也者，《诗序》必尽力牵诗入美刺之义，强完其说。则又《诗序》之通弊。若不顾内容，任意曲解，则此诗，亦可指为弃臣自咏之诗，以妇自喻也；亦可指为贤人不得信任之诗，或不遇贤君之诗。可指为比为喻者多矣。又何止刺时？古人说诗，每不敢直就诗中文辞所言作解，以为涉于肤浅，乃力求曲解，以寻深义，故多失诗旨。此诗由首至尾，叙述鲜明，只为弃妇怨词而已，何必他求哉！

# 竹竿

此居淇水畔之男子，怀念远方女子之诗。

籊籊竹竿，以钓于淇。
岂不尔思，远莫致之。

泉源在左，淇水在右。
女子有行，远兄弟父母。

淇水在右，泉源在左，
巧笑之瑳，佩玉之傩。

淇水滺滺，桧楫松舟。
驾言出游，以写我忧。

籊籊竹竿，以钓于淇。岂不尔思，远莫致之。

籊，音笛。籊籊，长而梢处渐细也。

岂不尔思，岂不怀念尔也。

致，招致。◎言因路远而莫能来会也。

第一章，诗人持长锐之竹竿，钓于淇水之上，触景而生情，因思念彼人也。盖从前曾见彼女于淇水之上。今日独在淇水钓鱼，见眼前景物，乃思慕其人。惟因彼女业已出嫁居远，故莫得再见之耳。此诗人必为居淇畔之人，故所言皆水边之事。

泉源在左，淇水在右。女子有行，远兄弟父母。

泉源，小水之源，比于淇水而言。以淇为大水也。

有行，谓出门，即指出嫁也。见《邶风·泉水》。

远兄弟父母，嫁于远地，故远离兄弟父母也。

第二章，始言其人已嫁。泉源在左，淇水在右，写眼前景象，仍如昔日也。淇水既如昔之流在右，小泉源之水亦如前之流在左，然独尔之情况不同矣。尔已远嫁他方，离兄弟父母以去，而我无由再见汝矣。

淇水在右，泉源在左，巧笑之瑳，佩玉之傩。

瑳，音脞，鲜白色。笑而见齿，其色瑳然。此指女笑貌之美。

傩，音挪，行有节度也。◎言女子佩玉，行有节度，未有失仪态之处也。

第三章，写彼女之美也。言淇水泉源仍如旧也，而彼女之巧笑之倩，仪容之美，只可怀想，不能目见矣。

淇水滺滺，桧楫松舟。驾言出游，以写我忧。

滺，音由。滺滺，水流貌。

桧，木名。◎楫，音接，或音纪，桨也。◎以桧为楫，以松为舟。

驾，驾车。◎言，语词，无义。◎出游，出而游玩。

写，除也。

第四章，因思女忧深，故驾车出游，以除其忧也。言淇水长流，有桧之楫松之舟在水上系焉。然我睹物而伤情，盖往日曾与女同舟而游。故不愿再作水上之游，而驾车出游，以除我心中之忧郁也。

按：此诗旧说以为卫女思归之诗。《诗序》云："《竹竿》，卫女思归也。"朱传云："卫女嫁于诸侯，思归宁而不可得，故作此诗。"各家多从之。姚际恒虽以《序》为臆说，而指为许穆夫人之媵作。亦谓是卫女思归，而媵和其嫡夫人之词。此则造故事之类耳。盖各说皆受《序》之影响，而不在诗之文词上寻求解释。此诗细寻其文词，乃一男子之语气，"以钓于淇"为以作者为主位之词。彼时诸侯夫人，临淇自钓，恐非常理。且淇水在卫，此为思卫之诗，人不在卫乃思卫，何能临淇而钓？"岂不尔思"之"尔"字，不知指谁。如指父母，则其词不敬。不指父母，所指为何？"巧笑之瑳，佩玉之傩"二语，若为女子自言，亦不可解。若作为男子思慕女子之诗，则无不可通之处矣。此男子当居淇水之上，女子当居远也。屈万里云"此男子怀念旧好之诗"是也。

# 芄兰

此讽人应守分之诗也。

芄兰之支，童子佩觿<sup>wǎn</sup><sup>xié</sup>。
虽则佩觿，能不我知。
容兮遂兮，垂带悸兮。

芄兰之叶，童子佩韘<sup>shè</sup>。
虽则佩韘，能不我甲<sup>xiá</sup>。
容兮遂兮，垂带悸兮。

芄兰之支，童子佩觿。虽则佩觿，能不我知。容兮遂兮，垂带悸兮。

芄，音丸。芄兰，草名，蔓生，枝叶细弱。◎支，同枝。

觿，音携，锥也，以象骨为之，用以解结。成人之佩也。俗名解锥。

能，才能也。◎言论其才能则我不知其能佩觿也。

容，遂，舒缓放肆之貌。

悸，带下垂之貌。

第一章，由芄兰之枝，枝叶细弱，兴起童子佩觿。盖童子之智慧不足，不能与成人智者相并，今智低之童子，竟躐等而佩觿，欲作成人之事矣，岂非不守分乎？此显然讽刺凡庸之人躐等而踞高位者。因平时即使有一童子佩觿，亦不关大事，诗人何必刺之？而愚者竟踞高位，则诗人欲刺之对象也。因云："虽则佩觿，而论其才能，则我不知其足以佩觿也。然彼竟容兮遂兮，舒缓放肆，束带下垂，自鸣得意，殊可叹也。"

芄兰之叶，童子佩韘。虽则佩韘，能不我甲。容兮遂兮，垂带悸兮。

韘，音摄，玦也。非玉佩之玦，以象骨为之，着右手大姆指，射时用以钩弦。如清季拉弓所载之搬指。

甲，狎也。狎，习也。◎此言其能力不及我之所习而能者也。

第二章，作法与首章同，惟换韵以重言之，加重其义也。

按《诗序》云："《芄兰》，刺惠公也。骄而无礼，大夫刺之。"朱传云："不知所谓，不敢强解。"方玉润云："惠公纵少而无礼，臣下刺君，不应直以童子呼之。此诗不过刺童子之好躐等而进，诸事骄慢。"愚意以为此说较为接近。惟诗人之意，未必以刺童子，盖以童子喻智之未高者。人之智愈低，往往自以为聪明过人，好为骄慢，故谓为童子，实不必真为童子也。

# 河广

此宋人侨居于卫地者所作。居卫而思宋也。

谁谓河广？
一苇杭之。
谁谓宋远？
跂<sup>qǐ</sup>予望之。

谁谓河广？
曾<sup>zēng</sup>不容刀。
谁谓宋远？
曾不崇朝。

**谁谓河广？一苇杭之。谁谓宋远？跂予望之。**

河，指黄河。

一苇，轻物。◎杭，义同航。◎以一苇可以为舟而航渡，言其易渡也。

跂，同企，举踵也。◎予，我也。◎言我可跂踵而望之，意谓不远也。

第一章，述宋卫不远，而欲归不得之情也。言谁谓黄河为广？一苇轻舟，可以航渡；谁谓宋远？我一跂踵即可望见之。皆言路之不远亦不难行，惟能否返宋，并非路之远近问题，当有不能返宋之问题存在也。此为留卫之人，思宋之作，显然可见。不必固指为襄公母之作也。

**谁谓河广？曾不容刀。谁谓宋远？曾不崇朝。**

曾，音增，乃也。◎刀，小船也。

曾，如上。◎崇，终也，行不终朝而至，言其近也。

第二章，作法与首章同，惟换韵重言之，以加重其义。诗中若此者甚多，有二重者，有三叠者。

按《诗序》云："宋襄公母归于卫，思而不止。故作是诗也。"崔述云："春秋闵公二年，狄灭卫。卫人渡黄河而庐于曹。僖公九年，宋桓公乃卒。宋襄公之世，卫已徙都黄河之南，适宋不待航而后渡也。诗安得作如是言乎？"王质以为宋人侨居于卫地者所作，极为近理。

# 伯兮

此卫之思妇寄征夫之诗也。

伯兮揭兮，邦之桀兮。
伯也执殳，为王前驱。

自伯之东，首如飞蓬。
岂无膏沐？谁適为容，

其雨其雨，杲杲出日。
愿言思伯，甘心首疾。

焉得谖草，言树之背，
愿言思伯，使我心痗。

**伯兮朅兮，邦之桀兮。伯也执殳，为王前驱。**

伯，古人字长男多用之，此为妇人呼其夫之字。◎朅，音揭，武貌。◎此指伯之为人，甚为武壮。

桀，同杰，才过人也。

殳，音殊，兵器，长一丈二尺而无刃。

王，指周王。◎前驱，先锋也。春秋桓公五年秋，蔡人、卫人、陈人从王伐郑。

第一章，寄夫之诗，先呼夫字，然后称述伯为国家之人才，故执殳为国作战，而为周王之前锋，远征郑国也。

**自伯之东，首如飞蓬。岂无膏沐？谁適为容。**

之东，往东也。郑在王国之东，故曰之东，此非指卫之东也。

蓬，草名，实有毛，如絮，风吹则乱。◎首如飞蓬，言发如蓬之乱，此形容女之发乱而不梳理也。

膏，泽发之油也。◎沐，洗发去垢也。◎此言所以发若飞蓬之乱者，岂是因无油可用，无水以去垢耶？

適，音的，主也。言专意于一事也。◎此谓非无膏沐以整发饰，惟以夫之远征，故无心专作整饰之事故耳。

第二章，继述自伯之远行，吾乃蓬首垢面，无心装饰容貌之状及心情。

**其雨其雨，杲杲出日。愿言思伯，甘心首疾。**

其，将然之词。其雨犹言将要降雨。

杲，音槁，杲杲，明貌。

愿，念也。◎言，语词，无义。◎言念而思伯也。

甘心，指心中怡悦也。◎首疾，指头痛也。心中怡悦而又头痛，是情绪之难定也。忽而闻伯之将归，忽而闻伯之不能归；忽而喜，忽而忧；乃有甘心、首疾之情状也。

第三章，由"其雨其雨，杲杲出日"说起。方以为将雨，而忽又日出，言天时之变，不可预测，犹人事之变之无常。故心中思念远行之伯，有时心悦，有时头痛。盖所得消息有时若阴雨之郁闷，有时若日出之开朗，故心绪多变也。

**焉得谖草，言树之背。愿言思伯，使我心痗。**

焉，怎也。◎谖，言萱，谖草即萱草，传说食之可令人忘忧。

言，语词。◎背，音佩，北堂也。◎言如何能得谖草，植之于北堂，则食之可以忘忧，能忘忧则可不思伯矣。

痗，音妹。病也。

第四章，言思念之深，心忧过度，但愿得忘忧之萱草，植之于北堂，食以忘忧。但此乃不可能之事，故仍怀念伯而不已，致使我心成病也。

以上所言，自属思妇之词，而自二章"自伯之东"以下，至四章止，皆妇与夫语，不类自言自语。当为思妇寄夫之词也。

按《诗序》云："《伯兮》，刺时也，言君子行役，为王行驱，过时而不反焉。"郑笺云："卫宣公之时，蔡人卫人陈人从王伐郑伯也。为王前驱久，故家人思之。"朱传以为妇人以夫久从征役，而作是诗。按《诗序》每必牵诗入于刺时刺人，固不足取。此诗郑笺之说，甚为通达，与朱传可以合流。诗中有为王前驱之语，可见郑说之有据。方玉润云："此诗不特为妇人思夫之词，且寄远作也，观次章辞意可见。"则更可补郑朱未竟之义。

# 有狐

此丈夫行役，妇人忧其夫天寒无衣之诗。

有狐绥绥，在彼淇梁。
心之忧矣，之子无裳。

有狐绥绥，在彼淇厉。
心之忧矣，之子无带。

有狐绥绥，在彼淇侧。
心之忧矣，之子无服。

有狐绥绥，在彼淇梁。心之忧矣，之子无裳。

绥绥，行缓貌。

梁，石绝水也。

之子，谓出征之人。出征之人无裳，妇人思之也。

第一章，由有狐绥绥安步，行于淇水坝上说起，引起思念远人之心。有狐行于淇梁，可见已天寒水浅，狐乃临水觅食。天既渐寒，因思彼人在外，无衣裳可添，故增其心之忧也。

按：绥绥，旧说为独行求匹之貌，是配合再婚之义。马瑞辰以为绥绥是行缓貌，较旧说为长。

有狐绥绥，在彼淇厉。心之忧矣，之子无带。

厉，水深可涉之处也。

带，束衣之物也。

第二章，与一章同，惟换韵而重言之。

有狐绥绥，在彼淇侧。心之忧矣，之子无服。

第三章，与前二章同。又换韵，三叠言之，以加重其义。

按《诗序》云：“《有狐》，刺时也，卫之男女失时，丧其妃耦焉。古者国有凶荒，则杀礼而多昏，会男女之无夫家者，所以育人民也。”已甚穿凿。而朱传竟云：“有寡妇见鳏夫而欲嫁之，故托言有狐独行，而忧其无裳也。”尤为臆说中之甚者。此诗明白说出忧彼无衣，所指自是远人。何能解作意欲再嫁之语？更何能在未再嫁之前而先忧其无衣？既不合情，亦不合理。

# 木瓜

此男女赠答之诗。

投我以木瓜，报之以琼琚。
匪报也，永以为好也。

投我以木桃，报之以琼瑶。
匪报也，永以为好也。

投我以木李，报之以琼玖。
匪报也，永以为好也。

投我以木瓜，报之以琼琚。匪报也，永以为好也。

木瓜，楙木也。实小如瓜，可食。

琼，玉之美者也。◎琚，佩玉也。

匪，非也。

第一章，述彼赠我答之情状。彼投我以木瓜，我则报之以琼琚美玉。此还答并非还报，乃结赠答之情，而永以为好也。言并非物之还报，而为情之深结，故诗以咏之也。

投我以木桃，报之以琼瑶。匪报也，永以为好也。

瑶，美玉也。

第二章，与首章同，惟换韵，重言之。

投我以木李，报之以琼玖。匪报也，永以为好也。

玖，美玉也。

第三章，与首二章同，又换韵，三叠言之。

按《诗序》云："《木瓜》，美齐桓公也。卫国有狄人之败，出处于漕，齐桓公救而封之，遗之车马器服焉。卫人思之，欲厚报之，而作是诗也。"强指狄人入卫之事，不免附会。朱传则疑此乃男女相赠答之辞。愚意以为不必疑之，男女赠答是也。

# 王

王，谓王城也，即东周都洛邑。文王居丰，武王居镐，至成王周公始营洛邑，谓丰镐为西都，谓洛邑为东都。平王东迁，都洛邑，号为王城。故址在今河南洛阳县城西。王风乃王城畿内之民间诗歌也。

按：王城之诗，不列于雅，而列于风。郑笺云："平王东迁，政遂微弱，下列于诸侯，其诗不能复雅，而同于国风焉。"然不曰周而曰王。朱传云："平王徙居东都王城，于是王室遂卑，与诸侯无异，故其诗不为雅，而为风。然其王号未替也，故不曰周，而曰王。"

王国共十篇。

# 黍离

《诗序》云：“《黍离》，闵宗周也。周大夫行役，至于宗周，过故宗庙宫室，尽为禾黍。闵周室之颠覆，彷徨不忍去，而作是诗。”

彼黍离离，彼稷之苗。行迈靡靡，中心摇摇。
知我者，谓我心忧，不知我者，谓我何求。
悠悠苍天，此何人哉！

彼黍离离，彼稷之穗。行迈靡靡，中心如醉。
知我者，谓我心忧，不知我者，谓我何求。
悠悠苍天，此何人哉！

彼黍离离，彼稷之实。行迈靡靡，中心如噎。
知我者，谓我心忧，不知我者，谓我何求。
悠悠苍天，此何人哉！

彼黍离离，彼稷之苗。行迈靡靡，中心摇摇。知我者，谓我心忧，不知我者，谓我何求。悠悠苍天，此何人哉！

黍，稷之黏者，俗称黄米。◎离离，垂貌。

稷，与黍一类二种，黏者为黍，不黏者为稷。

迈，行也。行迈，犹言行进。◎靡靡，犹迟迟也。

摇摇，不定也。

知我者，知我心中所伤感者为家国之成废墟也，故谓我心中忧伤。

不知我者，谓我何求，言不知我有家国之感者，见我徘徊不定，将谓我是何求邪？

悠悠苍天，此何人哉，言不知我者，是何等人邪？叹息甚深，谓彼人竟不知有家国之恨也。

第一章，叙行役之人，至镐京见旧时宗庙宫室尽为黍稷，心中感伤，乃由眼前所见"彼黍离离，彼稷之苗"说起。然后述其心情："行迈靡靡，中心摇摇。"乃徘徊不能去。然此人于此徘徊不去之状，乃为人所注目。故曰：知我者，谓我有家国之感，中心忧伤，乃致如此。而不知者，指我无故作态，不知何求。悠悠苍天！是何等人哉！竟不知有家国之恨也。

彼黍离离，彼稷之穗。行迈靡靡，中心如醉。知我者，谓我心忧，不知我者，谓我何求。悠悠苍天，此何人哉！

第二章，与前章同，惟换韵重言之。

按：毛传谓诗人自黍离离，见稷之穗，故历道其所更见。意谓前后二章有时间性。首章见其苗，次章见其穗。果如此则行役之人是重过此，或竟留此，皆与诗义未合。彼稷之苗，彼稷之穗，及末章彼稷之实，皆为换韵而言之，不必以表示时间。且此诗无表示时间之必要，表现时间在诗中亦无何作用。诗所表现者首在情感，万不可穿凿。若见苗穗实之语，必指为时间，则诗乃解成文章矣。诗与文章之不同者在此。

彼黍离离，彼稷之实。行迈靡靡，中心如噎。知我者，谓我心忧，不知我者，谓我何求。悠悠苍天，此何人哉！

噎，音咽，食塞也。

第三章，与前二章同，惟换韵。三迭而言之，以加重其情感。

按：宗周即镐京也。幽王之乱，宗周灭。平王东迁，周室衰微。行役者经镐京而兴家国之感。

# 君子于役

此君子行役，妇人怀念之诗。

君子于役，不知其期。
曷至哉？
鸡栖于埘，日之夕矣，牛羊下来。
君子于役，如之何勿思！

君子于役，不日不月。
曷其有佸？
鸡栖于桀，日之夕矣，
牛羊下括。
君子于役，苟无饥渴？

君子于役，不知其期。曷至哉？鸡栖于埘，日之夕矣，牛羊下来。君子于役，如之何勿思！

君子，指夫也。◎于，语助词。于役，行役。于字用法见前《葛覃》。

不知其期，行役不知何时止也。

曷，何也。◎言此时行至何处邪？

埘，音时，鸡栖之所，凿墙而栖。

下来，返归畜者之家也。牛羊多在山上牧畜，故曰下来。

末二句言见时已晚，牛羊已归，不知君子此时在何处，有无宿止之所，故而思之也。

第一章，叙时当傍晚归息之际，不能勿思远行之人之心情。言君子行役于外，不知何时可以停止也。不知此时至于何处邪？现鸡已栖于埘矣，日已夕矣；牛羊已由山上下来，入其息止之处矣。惟君子行役于外，不知有否息止之所？牛羊且于日夕而归，惟行役之人不知何时能归，如何能不思之。

君子于役，不日不月。曷其有佸？鸡栖于桀，日之夕矣，牛羊下括。君子于役，苟无饥渴？

不日不月，言不可以日月计之。言其时间之无限定，不知何时能止也。

佸，音括，会也。◎曷其有佸，言何能有相会之日？

桀，杙也。即系兽之小木桩。

括，至也。◎言牛羊下而至于宿止所也。

苟，且也，尚也，庶几也。

第二章，略同首章，而变化甚多，不仅换韵而已。君子于役，不日不月，深蓄怨意，不只不知其期也。曷其有佸，意谓相会无时，较"曷至哉"又深一层。日之夕矣，牛羊下括，重首章之义换韵。而君子于役，苟无饥渴，则不仅念及行役之人之止宿，且念及其饥，其渴，而祷祝其庶几乎能不饥，能不渴。怀念之深，溢乎纸上。

按：苟无饥渴之"苟"，毛传曰："且也。且得无饥渴。"朱传亦云："苟，且也。亦庶几其免于饥渴而已。"以朱之解释为妥。《经传释词》云："苟犹尚也。诗《君子于役》曰：'君子于役，苟无饥渴。'言尚无饥渴也。"按尚，庶几也。《礼记·大学》："尚亦有利哉。"郑注："尚，庶几也。"且亦训尚，《易·乾·文言》："天且弗违。"疏云："言尊而远者尚不违。"

按《诗序》云："《君子于役》，刺平王也。君子行役无期度，大夫思其危难以风焉。"其说过于迂曲。朱传云："大夫久役于外，其室家思而赋之。"意颇近之，但仍未妥切。"日之夕矣，牛羊下来"，纯为农家之事，岂得谓为大夫之家？诗之为作，皆近取眼前景物，非农村中人，难有鸡栖羊返之语也。

# 君子阳阳

此咏乐舞之人自乐之诗。

君子阳阳，
左执簧，
右招我由房。
其乐只且。

君子陶陶，
左执翿，
右招我由敖。
其乐只且。

君子阳阳，左执簧，右招我由房。其乐只且。

阳阳，得意之貌。

左，左手也。◎簧，笙竽管中金叶也，振之出声。此指笙。

右，右手也。◎由，从也。

且，音居。只且，语助词，无义。

第一章，写君子执笙作乐之情状。言君子得意快乐，左手执笙，右手从房中招我。招我者，从其去以欣赏其奏乐也。其乐只且，形容奏乐间之欢乐情趣也。

君子陶陶，左执翿，右招我由敖。其乐只且。

陶陶，和乐之貌。

翿，音涛，舞者所持之羽也。

敖，舞之位也。

第二章，写舞之乐。言君子左手执羽，右手招我于舞位，以邀我欣赏其舞，其乐只且。

按《诗序》云："《君子阳阳》，闵周也。君子遭乱，相招为禄仕，全身远害而已。"然读此诗则为咏乐舞之人。然何以谓为相招仕禄？盖由右招之语而来。此解与诗中所言，全无相关，不可通矣。方玉润因禄仕一语，又谓为贤者自乐仕于伶官。此更为奇谈。贤者或出或隐，何至仕于伶官而自咏甚乐耶？朱传则云："此诗疑亦前篇妇人所作。盖其夫既归，不以行役为劳，而安于贫贱以自乐。其家人又识其意而深叹美之。"此真能编造故事者矣。其夫既非伶人，能吹笙则有之，持羽以舞，则非常情也。凡诗皆为一时抒情之作，如不取其文词中之情感，而遇诗则力求宣仁怀义，则必陷于主观曲解。此诗言执簧执翿，当是咏作乐舞之人。乐舞之人，阳阳陶陶，其乐只且，诗人咏之，如此而已。何闵周之谓？更无行役归来，安于贫贱之言。至于咏伶官可矣，非贤者仕于伶官也。

# 扬之水

此戍卒怨望之诗也。


扬之水，不流束薪。
彼其之子，不与我戍申。
怀哉怀哉！曷月予还归哉！

扬之水，不流束楚。
彼其之子，不与我戍甫。
怀哉怀哉！曷月予还归哉！

扬之水，不流束蒲。
彼其之子，不与我戍许。
怀哉怀哉！曷月予还归哉！

扬之水，不流束薪。彼其之子，不与我戍申。怀哉怀哉！曷月予还归哉！

扬，激扬也。

不流束薪，束薪置之水上，而不能浮流而下。指其水流之湍急，水上不能浮物也。

其，音记，语助词，无义。◎彼，指示字。◎之子，戍人指其妻而言。

戍，以兵守边疆也。◎申，国名，在今河南信阳县境，姜姓之国。

曷，何也。

第一章，戍人离家既久，怀念室家，希望早还之心情也。戍人所驻，当临水流，而水流湍急，于戍守寂寞之间，见水流而兴怀归之叹。言激扬之水，湍急不能浮束薪，是不能行船之水也。故虽有此水，而不能载我以归；虽有此水，更不能载彼以来。彼，吾之妻也。与我远隔，不能与我同戍于申国。于是乃曰：怀哉怀哉，何时何月我得还归哉！

按：此诗说者皆重视平王母家申甫许三国之事，而于"扬之水，不流束薪"之语，多忽略而过。毛传云："激扬之水至湍迅，而不能流移束薪。兴者喻平王政教烦急，而恩泽之令，不行于下民。"此说之附会，极为明显。后之说诗者，于此不另为解，是即默认为的当之说，固难明矣。然不流束薪一语，则难明之甚矣。愚意以为此语当作"有水而不能行船"之意，解如上述。

扬之水，不流束楚。彼其之子，不与我戍甫。怀哉怀哉！曷月予还归哉！

楚，木名。

甫，国名，即吕也。在今河南南阳县境，姜姓之国，初名吕，宣王之世改为甫。

第二章，作法与首章同。换韵，易申为甫，乃又易薪为楚。

扬之水，不流束蒲。彼其之子，不与我戍许。怀哉怀哉！曷月予还归哉！

蒲，蒲柳也。

许，国名，在今河南许昌县境，姜姓之国。

第三章，与前二章同义。换所戍之国为许，乃随之换韵，以蒲叶。三章每章易其地，重叠言之。以三地皆为戍人所曾戍之所，故乃引述三地，三叠唱之，以示戍人转徙不定，远暌阔别之情耳。并非每至一地乃为一咏也。

按《诗序》云："《扬之水》，刺平王也。不抚其民，而远屯戍于母家，周人怨思焉。"朱传云："平王以申国近楚，数被侵伐，故遣畿内之民戍之。而戍者怨思，作此诗也。"然此诗非平王时诗也。傅孟真云："此桓庄时诗。（桓庄，周桓王与周庄王。平王之后为桓王，桓王之后为庄王。）桓庄以前，申甫未被迫；桓庄以后，申甫已灭于楚。"故知必在桓庄当时，而非平王之时。至于所谓屯戍于母家者，申甫许三国固为姜姓之国，然其必须遣戍于三国者，不在母家，而在于三国为洛阳南面之屏障。南方楚国最强，故不得不戍守之也。朱传不察，致谓："至使复仇讨贼之师，反为报施酬恩之举，忘亲逆理，而得罪于天。"此皆由于受《诗序》之影响，未审慎考证，遽加议论，乃有此误。此诗当是远戍之卒，久不得归，怀念家室之诗。不必多所牵引，其义自明矣。

# 中谷有蓷

此咏乱世流离，夫离家而妇无依之苦况也。

中谷有蓷，暵其干矣。
有女仳离，嘅其叹矣。
嘅其叹矣，遇人之艰难矣！

中谷有蓷，暵其脩矣。
有女仳离，条其啸矣。
条其啸矣，遇人之不淑矣！

中谷有蓷，暵其湿矣。
有女仳离，啜其泣矣。
啜其泣矣，何嗟及矣！

**中谷有蓷，暵其干矣。有女仳离，嘅其叹矣。嘅其叹矣，遇人之艰难矣！**

中谷，谷中也。◎蓷，音推，益母草也。

暵，音汉，干燥之貌。◎其，犹然也，下均同。

仳，别也。仳离指与男人相别。

嘅，音忾，叹之声也。嘅其即嘅然。

艰难谓穷困也。

第一章，写女之被夫遗弃，而由"中谷有蓷"说起。言谷中之益母草，因旱而干矣。先描写益母草之旱，形容天旱不雨已久之状，故生活益陷困境，男子远离女子而去，弃女子而不顾。继乃述有女仳离，嘅然而叹息矣！何以叹息？叹凶年饥岁，其所遇之人贫困，而又无义，因弃之而远别也。

**中谷有蓷，暵其脩矣。有女仳离，条其啸矣。条其啸矣，遇人之不淑矣！**

脩，干也。

条其，条然，啸之长貌也。

淑，善也。

第二章，与首章章法相同。惟换韵。啸矣，其情又甚于叹者。遇人之艰难，是乃不幸；遇人之不淑，则又更不幸者矣。

**中谷有蓷，暵其湿矣。有女仳离，啜其泣矣。啜其泣矣，何嗟及矣！**

湿，音泣，欲干也。

啜，音辍，泣貌。

何嗟及矣，言嗟叹之何及矣！

第三章，章法与前二章同。又换韵。啜其泣矣，又悲伤之
更甚者。何嗟及矣，悔恨之甚也。此三章咏凶年饥岁，生活艰
困。而男不能与女共度艰苦，弃女而独去。女伤其所遇，一章
先言生活之困，二章言遇人不淑，三章言嗟叹何及。其不仅伤
时之艰，尤伤遇人之不善也。

按：暵其湿矣，湿，《毛诗》："雊遇水则湿。"笺："雊之
伤于水，始则湿，中而脩，久而干。有似君子于己之恩，徒用
凶年深浅为厚薄。"朱传："暵湿者，旱甚则草之生于湿者亦不
免。"各说均未能使人信服。《经义述闻》以为当读为晞。晞，
欲干也，见《玉篇》。其说是。

按《诗序》云："《中谷有蓷》，闵周也。夫妇日以衰薄，凶年饥馑，室家
相弃尔。"朱传以为："凶年饥馑，室家相弃，妇人览物起兴，而自述其悲
叹之辞也。"《诗序》所谓闵周者，又犯必向大题目下笔之过，其为不妥，
固不待言。至朱传所谓自述其悲叹之词，亦不免失察。盖诗中明言"有女
仳离"，是诗人之咏他人，非诗人之自咏。此诗明言遇人不淑，有女仳离，
是诗人见夫走而妇无依，因同情之，乃有此咏也。屈万里云"此咏妇人被
夫遗弃之诗"是也。

# 兔爰

此伤世乱生命多危之诗。

有兔爰爰，雉离于罗。
我生之初，尚无为。
我生之后，逢此百罹，
尚寐无吪？

有兔爰爰，雉离于罦。
我生之初，尚无造。
我生之后，逢此百忧，
尚寐无觉？

有兔爰爰，雉离于罿。
我生之初，尚无庸。
我生之后，逢此百凶，
尚寐无聪！

有兔爰爰，雉离于罗。我生之初，尚无为。我生之后，逢此百罹，尚寐无吪？

爰爰，缓意，谓缓动也。

雉，音至，野鸡。◎离，义同罹，遭也。◎罗，网罗也。

我生之初，指其初生极幼也。

尚，犹也。◎无为者，谓年幼无成人所关心之事也。

我生之后，指其渐长晓事也。

罹，音离，忧也。

尚，犹也。◎吪，音讹，动也，惊动义。◎尚寐无吪，意谓逢此百忧，犹可昏睡不动乎？

第一章，诗人伤时衰世乱，见兔之行，雉之遭罗网而感叹之。言有兔缓缓而行于野，有雉飞止而罹于网。此皆诗人所见眼前之事物也。诗中凡托物兴词之处，皆诗人近身所常见，如《关雎》之在河滨，《野有死麕》之在山野是也。此诗必处于山林之士，见兔之缓行，乃兴彼不知何时将遭兔罝捕捉之思也；见雉之罹网，乃兴雉鸟飞旋自由，而不免突遭网罗之念也。因以感念生于斯世之人，不知何时，遭遇何祸。如我生之初，年幼无知，犹不关心何者为祸事。及我渐长，则世渐乱而灾祸频仍，百种忧患，降及吾身。逢此祸乱之时，尚可沈睡而不惊醒乎？

有兔爰爰，雉离于罦。我生之初，尚无造。我生之后，逢此百忧，尚寐无觉？

罦，音孚。一种捕鸟之网，名覆车者。其形若车，有两辕，中施罦，以捕鸟。

造，作为也。◎尚无造，指祸乱之事尚未作也。

觉，觉醒也。

第二章，章法与首章同，惟换韵以重言之。


**有兔爰爰，雉离于罦。我生之初，尚无庸。我生之后，逢此百凶，尚寐无聪！**

罦，音童。又音冲。捕鸟网，亦即罗也。

庸，用也。◎尚无庸，义谓尚无须用心于避灾祸。

聪，闻也。

第三章，章法与首二章同。又换韵，三叠咏之，益增其叹息。


按《诗序》云："《兔爰》，闵周也。桓王失信，诸侯背叛，构怨连祸，王师伤败，君子不乐其生焉。"此又犯专寻大题目之病。时际丧乱，灾祸频仍，诗人感而赋之，哀生不逢时而已。若此则必及于王，及于诸侯，及于经传某事，则但觉索然无味，毫无诗人吟咏之情。朱子主张废《序》，而常申张《序》义。于此诗则谓："君子不乐其生，庶几寐而不动以死耳。"逢时多难，不力求治平之道，竟但愿寐而求死。悠悠苍天，此何人哉？以朱子之贤，亦有误入于此而为之说者矣！

## 葛藟

朱传云："世衰民散，有去其乡里家族而流离失所者，作此诗以自叹。"

绵绵葛藟，在河之浒。
终远兄弟，谓他人父。
谓他人父，亦莫我顾。

绵绵葛藟，在河之涘。
终远兄弟，谓他人母。
谓他人母，亦莫我有。

绵绵葛藟，在河之漘。
终远兄弟，谓他人昆。
谓他人昆，亦莫我闻。

绵绵葛藟，在河之浒。终远兄弟，谓他人父。谓他人父，亦莫我顾。

绵绵，长而不绝之貌。◎藟，音垒。葛藟，葛之属，蔓生。

浒，水涯也。

终，永也。古永终二字每连用，终犹永也。

谓他人父，意指远离自己之兄弟，居于异地，而谓他人为己之父。

末二句言此言虽谓他人为己之父，而他人仍不顾我，其困窘甚矣，其难为情也甚矣。

第一章，诗人述流离之痛也。首述河边葛藟蔓生，绵绵不绝。诗人见之，乃兴起兄弟相连之情。葛藟且能相连不绝，而兄弟长远相隔，今我竟呼他人为父！然尤有可痛者，即呼他人为父，他人亦不稍顾我。伤如之何？窘如之何？其难为情也如之何？

绵绵葛藟，在河之涘。终远兄弟，谓他人母。谓他人母，亦莫我有。

涘，水涯也。

有，识有也。

第二章，章法同首章，换韵重言之。

绵绵葛藟，在河之漘。终远兄弟，谓他人昆。谓他人昆，亦莫我闻。

漘，岸上平夷，岸下为水洗荡啮入，伸出若唇。◎昆，兄也。

闻，谓相闻问也。

第三章，章法如前，又换韵。

按《诗序》云：“《葛藟》，王族刺平王也。周室道衰，弃其九族焉。”此又极尽其小题大作之能事者。以朱传之说为是。

## 采葛

此男思女之诗。


彼采葛兮，一日不见，如三月兮。

彼采萧兮，一日不见，如三秋兮。

彼采艾兮，一日不见，如三岁兮。

彼采葛兮，一日不见，如三月兮。

葛，采之可以为绤裕。

第一章，诗人怀念彼女，意以为此时女或正在采葛也。然彼与我已不晤经时矣。一日不见，则我感有三月之久。言思念之甚也。

彼采萧兮，一日不见，如三秋兮。

萧，荻也，祭祀用。

三秋，指三年也。

第二章，章法与首章同，换韵改"月"为"秋"。言思之更深，一日不见，即如三年，形容时之难度也。

彼采艾兮，一日不见，如三岁兮。

艾，蒿属，干之可以灸疾。

第三章，章法与前二章同，又换韵重叠言之。

按《诗序》云："《采葛》，惧谗也。"实距词义太远。郑笺云："桓王之时，政事不明，臣无大小，使出者则为逸人所毁，故惧之。"按诗中毫不见有畏惧之意，只有思念之情。若必牵入君王政事之义，莫如指为思君，则或近。朱传云："采葛所以为绤裕，盖淫奔者托以行也。"此已较《序》为近情。但一见有男女之事则指为淫奔，亦不免太过。盖诗之为作，抒情而已，情在喜怒哀乐之间，不能无男女间事。若诗首《关雎》，即云君子淑女，未见其不可也。文学之作，但宜求不及秽恶淫邪，则男女相悦，乃人生中之自然性情，古今中外，多以纯洁之文词抒之，不必以秽恶之心目之也。此诗为男女相悦，暌离未久，而男极思女之诗也。

# 大车

此征夫思妻室之诗也。

大车槛槛（kǎn），毳衣如菼（cuì tǎn）。
岂不尔思？畏子不敢。

大车啍啍（tūn），毳衣如璊（mén）。
岂不尔思？畏子不奔。

榖（gǔ）则异室，死则同穴。
谓予不信，有如皦日（jiǎo）。

**大车槛槛，毳衣如菼。岂不尔思？畏子不敢。**

大车，主帅所坐之车。◎槛，音坎。槛槛，车行之声。

毳，音脆。兽之细毛。毳衣，绩毛为衣。◎菼，音毯，荻也。衣如菼，言其色青。

尔，指家中之妻也。◎言我行在外甚久，岂不思家中之汝邪？

子，指乘大车、衣毳衣之人，主事帅众之人也。◎言我虽思家中之汝，但畏主事之人，不敢有所为也。意谓不敢偷奔也。

第一章，写征人思家之情，而以闻大车槛槛之声，见帅众之人衣冠之庄严，不敢潜行奔逃也。

**大车啍啍，毳衣如璊。岂不尔思？畏子不奔。**

啍，音吞，车行之声。

璊，音门，玉之赤色者也。

奔，逃亡也。

第二章，章法与首章同，惟换韵。尾云"畏子不奔"，则较首章之"畏子不敢"义更明显，首章言不敢，不敢者何事？次章云不奔，知不敢者，是不敢逃亡而奔也。

**穀则异室，死则同穴。谓予不信，有如曒日。**

穀，生也。

穴，墓穴也。

谓予不信，言若谓我不可信。

曒，音皎，白也，明亮也。◎有如曒日，是发誓之语。言眼前有日在，如言而无信，日没则人没也。

第三章，因不得见其妻室，乃寄言以达其情，以稍温慰之。盖恐妻疑其在外另有所欢也。言生虽异室相处，将来死必同穴。如不信我言，我敢发誓："有如白日！"

按：此诗之旨，说者不同。《诗序》云："《大车》，刺周大夫也。礼义陵迟，男女淫奔，故陈古以刺今大夫不能听男女之讼焉。"此说谓古大夫人皆畏之，不敢淫奔。然第三章颇不易解。朱传云："周衰，大夫犹能以刑政治其私邑者，故淫奔者畏而歌之如此。"此说仍不脱大夫及淫奔之范围。惟淫奔之人既不得奔，乌得同穴？于第三章亦无法得释。且淫奔者既不敢奔，固自知其理屈矣，竟能为诗，其诗且得传于世，岂为人情乎？季明德谓为弃妇誓死不嫁之诗。然不嫁可矣，何以自谓不奔？又曰畏而不敢，此等言语，皆非弃妇之辞。姚际恒以为："伪传《子贡诗传》说皆以为周人从军，讯其室家之诗，似可通。尔指室家，子指主之者，奔，逃亡也。"方玉润从此说。愚意以为此说平易近人，无不能通处，较为可取。

## 丘中有麻

此咏女与男约期相见之诗。

丘中有麻，彼留子嗟。
彼留子嗟，将其来施施。

丘中有麦，彼留子国。
彼留子国，将其来食。

丘中有李，彼留之子。
彼留之子，贻我佩玖。

**丘中有麻，彼留子嗟。彼留子嗟，将其来施施。**

麻，谷名，子可食，皮可绩为布。

留，姓也。◎子嗟，留姓字子嗟也。

将，音锵，发语词。◎施施，徐行貌。

第一章，女子与男子相期约来见。女至则见丘中有麻之处，隐约若有人，料即所约之留氏子嗟也。已而果然，彼留子嗟，乃徐行而至也。

**丘中有麦，彼留子国。彼留子国，将其来食。**

子国，亦一留氏子之字也。

第二章，女子与男子相期约来见。女至则见丘中有麦之处，隐约若有人，料即所约之留氏子国也。已而果然，彼留子国乃来而就食于我也。

按：以上二章，首章言子嗟，次章言子国，若一女而前后约两人者。实则不然。子嗟为一男子，子国亦一男子。首章之所咏与次章之所咏，男子固不必为一人，女子亦不必为一人。此种诗歌，盖当时流行，咏男女相悦期会之歌谣，形容其情状而已，未必真有其事也。若今之流行歌曲，其词皆作者臆想作成，但求描绘目前社会生活情况，使人欣赏而已，并非皆实有者。若上二章，以今日之歌曲目之，则未尝非通俗之歌谣者。如云："李家妹妹约了张家哥哥碧潭去划船呀！""刘家妹妹约了张家弟弟碧潭去游泳呀！"此前后二段，皆述相约游乐而已，不拘于某人某事。故当换韵之处，随意曰子嗟、子国，叶韵而已，并非真有其人也。若必执泥求解，是自惑自缚而已。

丘中有李，彼留之子。彼留之子，贻我佩玖。

之子，犹言此人。◎彼留之子，即留姓之人。

贻，赠也。◎佩，佩玉也。◎玖，石之次玉，黑色者。

第三章，总述前二章之事以作结也。言彼女士约晤男子于丘中，彼留姓之男子乃赠女以佩玉焉。

按：此章但言彼留之子，未言子嗟子国者，即所谓子嗟子国皆设想之人，故诗人并不欲自拘于说明某人某事，但笼统言之，传达其情足矣。

按《诗序》云："《丘中有麻》，思贤也。庄王不明，贤人放逐，国人思之，而作是诗。"朱传则以为妇人望其所私者而不来，故疑丘中有麻之处，有与之私而留者。朱子指"妇人"望其所私，窃怪何以有此想法也。若朱子已见到是男女相约之诗，复察其语气，而知其为女子之语，则指其为女子想望男士之词可矣，何必指为妇人？少女少男，约期相见，古今所难免也。若已婚妇人期某男相见，则何等污秽？此朱子之大误也。

# 郑

郑，国名。周宣王封其庶弟友于郑邑，是为郑桓公。郑邑者，宗周畿内咸林之地。郑都在今陕西华县境。桓公后为幽王司徒，死于犬戎之难。其子武公掘突，与晋文侯迎宜臼于申而立之，是为平王，徙于东都。武公亦为司徒。郑又取虢郐十邑之地，其国扩大，右洛左济，前华后河，食溱洧焉。乃徙其封而施旧号于新邑，是为新郑。即今河南新郑是也。郑风皆东周时诗。

郑国共二十一篇。

# 缁衣

《诗序》云：“《缁衣》，美武公也。父子并为周司徒，善于其职，国人宜之，故美其德。”

缁衣之宜兮，敝，予又改为兮。
适子之馆兮，还，予授子之粲兮。

缁衣之好兮，敝，予又改造兮。
适子之馆兮，还，予授子之粲兮。

缁衣之蓆兮，敝，予又改作兮。
适子之馆兮，还，予授子之粲兮。

缁衣之宜兮，敝，予又改为兮。适子之馆兮，还，予授子之粲兮。

缁，黑色。缁衣，卿士居私朝之服也。◎宜，称也。言合于武公所服也。

敝，旧也。◎予，我也。此诗人假天子之言，予指天子。◎改，更也。◎言服敝旧则天子又更为新服与之也。

适，往也。◎馆，舍也，治事之处。◎此言天子往武公治事之馆。

还，归来。◎粲，餐也。◎予，指天子自言。◎言适馆还后，乃又授武公以餐食也。

第一章，美武公之德。宜其缁衣之位及天子宠信之状。言缁衣之服，信乎称于武公着之也。天子信而爱武公，如衣敝旧，则天子又更为新服以与之也。天子常往武公治事之馆，见武公治事之劳，还归之后，乃又授武公之餐食，以慰劳之也。此写天子对武公之宠信，亦即美武公之贤能多劳。

按：缁衣即《士冠礼》所云主人玄冠、朝服、缁带、素韠是也。诸侯与其臣服之，以日视朝，故《礼》通谓此服为朝服。卿士旦朝于王，皮弁，不服缁衣。退适治事之馆，释皮弁而服缁衣，以听其所朝之政也。见孔颖达疏。

缁衣之好兮，敝，予又改造兮。适子之馆兮，还，予授子之粲兮。

造，作也。

第二章，章法与首章同，换韵。重言以加重其义也。

缁衣之蓆兮，敝，予又改作兮。适子之馆兮，还，予授子之粲兮。

蓆，大也。

作，为也。

右三章，章法同前二章，又换韵，三叠咏之。

按：《缁衣》之解，《诗序》至朱传一致。自季明德《诗学解颐》，始以为武公好贤之诗。姚际恒、方玉润皆从之。以为全通矣。依此说，则缁衣为贤士所服，而予为武公。然缁衣既为卿士之服，当为武公所服，敝予又改为之"予"，则必非武公矣。何玄子《诗经世本古义》，以为"武公有功周室，平王爱之，而作此诗"，此说已较季说为通。缁衣为武公所服，而予则天子自称。惟此诗决不类平王自为之诗。当为诗人美武公之诗，而假天子之言。予指天子，而非天子自言也。按幽王之时，郑桓公为周司徒。平王时，郑武公仍为周司徒，故《序》云"父子并为周司徒"。

# 将仲子

此女子拒男子非礼之诗。

将仲子兮，无踰我里，无折我树杞。
岂敢爱之？畏我父母。
仲可怀也，父母之言，亦可畏也。

将仲子兮，无踰我墙，无折我树桑。
岂敢爱之？畏我诸兄。
仲可怀也，诸兄之言，亦可畏也。

将仲子兮，无踰我园，无折我树檀。
岂敢爱之？畏人之多言。
仲可怀也，人之多言，亦可畏也！

将仲子兮，无踰我里，无折我树杞。岂敢爱之？畏我父母。仲可怀也，父母之言，亦可畏也。

　　将，音锵，发语词。◎仲子，彼男子之名也。古人好用伯仲叔季。仲为次。

　　我，女子自称。◎踰，越也。◎里，居处也。二十五家为一里。

　　杞，音起，木名。◎折，踰墙而踏折也。

　　岂敢爱之，此言不敢爱此男子也。

　　畏我父母，言因我父母尚未许婚，则彼踰墙非礼而来，我虽喜之，而不敢爱也。

　　仲可怀也，言仲子之为人，固值得为我所怀念也。

　　末句言仲虽可怀，然父母未许，则仲亦不可越礼而来，我亦不敢非礼而近之。故父母之言，亦可畏也。畏其未许，而如我越礼，则罪在我矣。

　　第一章，戒仲子勿越礼而行也。呼仲子曰，勿踰越我之居处，勿踏折我之杞树。此指踰墙而踏折树木也。汝如此而来求爱，我岂敢爱汝？因汝非礼，我畏我父母不能许你我接近也。仲子固可怀念，但父母之言更为可畏，故请慎勿如此作也。

　　按：折树之折，季明德云："折，谓因踰墙而压折，非采折之折。"是为精见。

将仲子兮，无踰我墙，无折我树桑。岂敢爱之？畏我诸兄。仲可怀也，诸兄之言，亦可畏也。

　　折我树桑，因踰墙而踏折也。

　　畏我诸兄，畏兄之义如畏父母。

第二章，章法与首章同，换韵，踰墙、折桑，惟配合诗韵而已，并非另指一事。无踰里与无踰墙皆一义，无折杞、无折桑亦一事。诗之所以为诗，在此；解诗之不与解文同，在此。三章之踰园、折檀与此同，不再论述。惟此诗三章中分别述父母之言、诸兄之言、人之多言，则为三章之重点。是指出女之所以不敢非礼接受仲子之追求者，在畏父母之言，畏诸兄之言，及畏人之多言。此三句不能以一事看，而必以三事看。亦此诗之所以必为三章也。

将仲子兮，无踰我园，无折我树檀。岂敢爱之？畏人之多言。仲可怀也，人之多言，亦可畏也！

檀，木名。

第三章，章法与前二章同，换韵、重叠言之，而此章主在指出人之多言也。

按：此诗因有"仲可怀也""畏我父母"之语，《诗序》乃引郑庄公与弟叔段事，而以仲子为祭仲；以为畏我父母，是庄公不胜其母。乃指为刺庄公诗。然此诗与郑庄公事多不能相合。朱传已察其不关郑事矣，然又指为淫奔之辞。细审全诗是女子戒男子勿为非礼之言。既拒其非礼，则是守礼，而复以父母兄弟及人言可畏，婉转辞谢，足使非礼之男子生愧，无淫之可言。反之，此诗且足以为规戒之言也。

# 叔于田

此共叔段初居于京，颇能得众，京人爱之而为此诗。

叔于田，巷无居人。
岂无居人？不如叔也。
洵<sup>xún</sup>美且仁。

叔于狩，巷无饮酒。
岂无饮酒？不如叔也。
洵美且好。

叔适野，巷无服马。
岂无服马？不如叔也。
洵美且武。

叔于田，巷无居人。岂无居人？不如叔也。洵美且仁。

叔，京城大叔段也，郑庄公之弟，居于京城。◎于，助词。于字下加一动词，则成为一动词子句，有正在如何之义，见前《葛覃》。◎田，猎也。◎于田犹言在猎。

巷无居人，指里巷之中，无居人也。非里巷中真无居人，以虽有而不为众所注意，所注意者惟叔而已。故曰无居人。

岂无居人，不如叔也，言岂是真无居人？以其皆不如叔，故言是无居人耳。

洵，信也，即诚然。◎此言叔之所以为众注意如此者，以其信美而且仁也。

第一章，形容京人爱叔之状。言叔出而田猎，则京人即感里巷无人矣。岂真无人耶？以其不如叔，故人皆以全心注于叔，而不以里巷为有人也。叔之为人如何？信美而且仁也。

叔于狩，巷无饮酒。岂无饮酒？不如叔也。洵美且好。

狩，冬猎也。

饮酒，燕饮也。◎巷无燕饮，谓虽有亦无人关心也。

岂无饮酒，不如叔也，以其不如叔，故虽有之犹无之也。

第二章，章法与首章同，换韵重言之。

叔适野，巷无服马。岂无服马？不如叔也。洵美且武。

适，往也。郊外曰野。

服，乘也。◎巷无服马，言巷无乘马之人，非真无之也，虽有亦犹无也。如前二章。

武，武勇也。

第三章，章法同前二章，又换韵，三叠而歌咏之。

按《诗序》云："《叔于田》，刺庄公也。叔处于京，缮甲治兵，以出于田，国人说而归之。"然审其文词，如"洵美且仁"等，决不类刺义。朱传乃谓："段不义而得众，国人爱之，故作是诗。"又云："或疑此亦民间男女相悦之辞也。"朱子自不能指出何者为是，可见其未有定见。此诗若谓不义得众，则既为不义，何能得众？不义者往往以势制众，不能得众也。若谓为民间男女相悦，则民间之男，无此声势也。愚意以为：此段居京之初，美丰姿，能武事，京人爱之，故为此诗也。所谓其多行不义者，对庄公及郑而言，指其扩大势力，危害国家而言。至于对京城之治，其初必甚得民，乃能成其完聚，缮甲治兵。故此诗为京人爱之之辞，非不义得众之谓也。庄公与段事见《左传·隐公元年》。

# 大叔于田

此美共叔段田猎之诗。

大叔于田，乘乘马。
执辔如组，两骖如舞。
叔在薮，火烈具举。
襢裼暴虎，献于公所。
将叔无狃，戒其伤女。

叔于田，乘乘黄。
两服上襄，两骖雁行。
叔在薮，火烈具扬。
叔善射忌，又良御忌。
抑磬控忌，抑纵送忌。

叔于田，乘乘鸨。
两服齐首，两骖如手。
叔在薮，火烈具阜。
叔马慢忌，叔发罕忌。
抑释掤忌，抑鬯弓忌。

大叔于田，乘乘马。执辔如组，两骖如舞。叔在薮，火烈具举。襢裼暴虎，献于公所。将叔无狃，戒其伤女。

大，音泰。大叔，即共叔段。◎于田，见前篇《叔于田》。

乘乘马，第二乘字音剩，四马曰乘。言乘四马之车也。

辔，音佩，御马之索。◎组，织丝为之，其质柔。◎言辔如组者，言辔之持在手，运用自如，而在手中之组，柔如丝织也。

两骖如舞，古者一车四马，中间夹辕两马曰服，外面两旁二马系处，稍后，曰骖。如舞者，谓行列前后整齐，如舞者之列也。

薮，音叟，泽也，禽之府也。

烈，猛火也。

襢，音旦。裼，音锡。襢裼，肉袒，裸上身也。◎暴虎，徒手搏虎也。

公所，郑庄公之所。

将，音锵，发语词。◎狃，习也。◎将叔无狃，言叔勿以此暴虎之事为习惯。

女，音汝，尔也。

第一章，写大叔田猎之事。先写车马之盛：言大叔田猎，乘四马之车，执辔自如，如执丝组；两骖分列于两服之后，行列整齐，有如舞者之列。然后写大叔田猎之行动：言叔在泽间，举烈火驱兽。叔乃裸上身，空手搏虎，献于庄公之所。最后写京人关心爱彼之情：言叔勿以此暴虎之事为习，慎戒之，其能伤汝之身体也。此诗描绘瑰丽，铺张声势，极尽其能事。

叔于田，乘乘黄。两服上襄，两骖雁行。叔在薮，火烈具扬。

叔善射忌，又良御忌。抑磬控忌，抑纵送忌。

乘黄，四黄马也。

两服，四马之车，中间两马夹辕者曰服。◎上，前。襄，驾也。上襄犹言前驾。因服马居中而稍前，故云。◎参阅前章"两骖如舞"条。

两骖雁行，两骖在两服之左右外侧稍后，故曰雁行。

忌，语尾助词，无义。

良御，善御马驾车也。

抑，语词，无义。◎磬控，连绵字，射御者驰逐发矢勒止之貌。

纵送，连绵字，御者控马，马驰驱之貌。

第二章，欲写大叔之善射善御，而先重以田猎车马之盛。言叔于田，乘四黄马之车。两服前驾，两骖列如雁行。然后写叔之行动：叔在泽间，火烈具扬。凡此皆同上章而换韵。其下云叔善射忌，又良御忌，引起形容叔御马之语。乃云磬控、纵送，状其御马之操纵如意。描绘生动，如见叔在驰骋也。

按：磬控，毛传："骋马曰磬，止马曰控。"纵送，毛传："发矢曰纵，从禽曰送。"朱传云："舍拔曰纵，覆弸曰送。"以上各说均未妥。磬控、纵送皆为叠韵连绵字，十分显然。连绵字不可两字分开单解，磬控应为一义，纵送应为一义。马瑞辰、俞樾并有说。


叔于田，乘乘鸨。两服齐首，两骖如手。叔在薮，火烈具阜。叔马慢忌，叔发罕忌。抑释掤忌，抑鬯弓忌。

鸨，音保，杂毛之马。◎言乘四杂毛之马车。

齐首，相并两首，齐而前驱也。

两骖如手，两骖在两服两旁，如手之在身之两旁。

阜，盛也。

马慢，言田猎将毕，故马慢。

发，射也。◎罕，稀也。◎田将毕，故射稀。

释，解也。◎搁，音冰，箭筒之盖也。◎解箭筒之盖，言射已毕也。

鬯，音畅，同韬，弓囊也，作动词用。◎鬯弓谓盛弓于弓囊也。

第三章，写田猎已毕。仍以车马之盛为始，而换韵叠唱之。言叔于田，乘四杂毛马之车，两服齐首前驰，两骖如手，夹服而行。然后仍述叔在薮，火烈具盛。最后乃写猎之将毕：叔之马慢矣，叔之射稀矣，叔之箭筒之盖已解矣，叔之弓已入囊矣。次第写来，若见其人。

按：《诗序》以此诗为刺庄公者。谓叔多才而好勇，不义而得众。然此诗全文，皆赞美之辞，绝无讽刺之语。作《序》者惟以大叔后侵庄公，行为不义，故必曲解为刺，实成见太深之语。此诗实写大叔田猎盛况。形容其猎兽之武勇。此时京人郑人尚均未见大叔之不义，何能指大叔不义而为诗刺庄公乎？

# 清人

此郑人刺郑文公弃其师之诗。

清人在彭，驷介旁旁。
二矛重英，河上乎翱翔。

清人在消，驷介麃麃。
二矛重乔，河上乎消遥。

清人在轴，驷介陶陶。
左旋右抽，中军作好。

**清人在彭，驷介旁旁。二矛重英，河上乎翱翔。**

清，郑邑名。清人，清邑之人也。清邑在今河南中牟县西。◎彭，河上邑名。

驷，四马也。介，甲也。驷介，四马而被甲。◎旁，音崩。旁旁，盛貌。

二矛，一酋矛，一夷矛，共曰二矛；酋矛长二丈，夷矛长二丈四尺，并建于车上。◎英，以朱羽为矛饰也。重英谓重其英饰也。

翱翔，游玩之貌。

第一章，写高克帅郑师清邑之人在彭，久驻不用，翱翔遨游之状。言清邑之人在彭，四马被甲之车，军威甚盛。酋夷二矛建于车上，重英加饰，极为美壮。然此军只在河上遨游而已。

**清人在消，驷介麃麃。二矛重乔，河上乎消遥。**

消，亦河上地名。

麃，音标。麃麃，武貌。

乔，矛之近刃头处，所以悬毛羽者。◎重乔言重悬毛羽为饰也。悬鷮之羽，故曰乔。

消遥，闲游之貌。

第二章，章法与首章同，换韵，重宣其师久无用，徒具军容而在河上逍遥之状。

按：重乔之乔，《韩诗》作鷸。郑笺云："乔，矛矜，近上及室题，所以悬毛羽。"《释文》云："乔，郑居桥反，雉名。"室，剑削名。《方言》："剑削，自河而北，燕赵之间，谓之室。"题，头也。室题是矛之刃头。毛羽悬于矛之近刃头之处。所悬者乔毛而重之，故曰重乔。乔者，鷮之省。鷮，雉名，羽毛甚美。马瑞辰、陈奂并有说。

**清人在轴，驷介陶陶。左旋右抽，中军作好。**

轴，亦河上地名。

陶陶，乐而自适之貌。

左，御在将军之左，执辔而旋马者也。◎旋，还转其车。左旋言左方御者控马御车。◎右，谓勇力之士在将军之右，执兵以击刺者也。◎抽，拔刃也。右抽言居右之勇士拔刃而出，备冲刺也。

中军，军中也。◎作好，好读去声，犹作乐也。

第三章，章首与前二章同，惟换韵。然后以左旋右抽，写军中演习作乐之状。结尾二句，变前二章二矛重饰之辞，别著气象。

按《春秋·闵公二年》："冬，十二月，狄入卫，郑弃其师。"《左传》："郑人恶高克，使帅师次于河上，久而弗召，师溃而归，高克奔陈。郑人为之赋《清人》。"杜注云："高克，郑大夫也，好利而不顾其君，文公恶之，而不能远，故使帅师而不召。"郑卫连境，其时狄人侵卫，如郑能救之，郑可以霸。然文公不此之图，外为救卫，内则为逐高克之计。夫臣有其罪，君可以诏命逐之。何竟藉出师而故使师溃自奔？文公诚为不智矣。《春秋》讥其弃师，宜矣。高克兵在外久而无用，溃散而归，高克奔陈。郑人以为文文公退臣不以其道，赋诗《清人》以刺之。

《诗序》云："《清人》，刺文公也。高克好利而不顾其君，文公恶而远之。不能，使高克将兵而御狄于竟。陈其师旅，翱翔河上，久而不召，众散而归。高克奔陈。公子素恶高克进之不以礼，文公退之不以道，危国亡师之本也。故作是诗。"公子素，据陈奂疏以为是《汉书·古今人表》所列之公孙素，与郑文公高克列下上。公子素公孙素当是一人。

此诗言其师出之久无事而不得归，但相与游戏之状。清人者，清邑之人，高克所帅之众也。

# 羔裘

此郑人美其大夫之诗。

羔裘如濡（rú），洵（xún）直且侯。
彼其（jì）之子，舍命不渝。

羔裘豹饰，孔武有力。
彼其之子，邦之司直。

羔裘晏兮，三英粲兮。
彼其之子，邦之彦兮。

**羔裘如濡，洵直且侯。彼其之子，舍命不渝。**

羔裘，以羔羊之皮为裘也，是大夫之服。◎如濡，润泽也。

洵，信也。◎直，正直也。◎侯，美也。◎洵直且侯，言诚为正直而美也。

其，音记，语助词。◎之子，犹言此人。

舍，犹处也。◎命，天命也。◎渝，变也。◎处命不渝，言能以身居其所受之天命而不可夺也。

第一章，述大夫着羔裘润泽之服，诚为正直而美之人。若此人者，处命不渝，决无变易，诚信之君子也。

**羔裘豹饰，孔武有力。彼其之子，邦之司直。**

豹饰，以豹皮缘袖为饰也。

孔，甚也。◎言甚武勇而有力。

司，主也。◎直，直正也。◎主司直正者，主司改正过失也。古有司直之官。

第二章，美大夫之武勇而能改正他人之过。言大夫着羊羔之裘，而以豹皮缘袖而饰。大夫甚为武勇而且有力。斯人也，邦家之主管，改正人之过失者也。

按：司直之直，毛传、朱传无解。马瑞辰引《吕氏春秋·自知》篇，"汤有司直之士"。高注："司，主也。直，正也。正其阙过也。"谓司直是言君子之能直人。

**羔裘晏兮，三英粲兮。彼其之子，邦之彦兮。**

晏，鲜盛貌。

英，以素丝英饰裘也。◎粲，鲜明貌。

彦，士之美称。

第三章，重叠前二章之义，美其服饰之鲜盛，赞其德行，为邦家之彦秀。

按：此诗朱传以为美大夫之诗，后多从之。《诗序》以为刺朝也。言古之君子，以风其朝焉。如此解诗，则任何赞美之辞，皆可指为刺；可指其非美今之人，而在美古刺今也。过于迂曲，自不可取。兹采朱说。

## 遵大路

此诗人咏相悦之男女失和而将别之诗。

遵大路兮，掺执子之祛<sup>shǎn</sup>兮。<sup>qù</sup>
无我恶兮，不寁故也。<sup>wù</sup><sup>zhǎn</sup>

遵大路兮，掺执子之手兮。
无我魗兮，不寁好也。<sup>chǒu</sup>

遵大路兮，掺执子之祛兮。无我恶兮，不寁故也。

遵，循也。

掺，音闪，揽也，即持也。◎祛，音去，袂也，即袖也。

恶，音勿。◎言勿以我为可恶也。

寁，音斩，又音接，接续。◎故，故旧之情也。◎言不肯接
续我故旧之情也。

第一章，述二人将别，而一人请另一人留止之状。言循大
路而行，即将别矣。而其一人执另一人之袖而留之，曰："勿
以我为可恶，而不肯接续你我故旧之情也。"此形容相悦者易，
相恶亦易；而临别亦难，旧情亦难忘。既如此矣，何必如彼哉。

遵大路兮，掺执子之手兮。无我魗兮，不寁好也。

魗，音丑，恶也。

好，欢好也。

第二章，章法与首章同，换韵重为咏之。言循大路而行，
执子之手以留汝。勿以我为恶而不接续旧时欢好之情也。

按《诗序》云："《遵大路》，思君子也。庄公失道，君子去之，国人思望焉。"
朱传以为淫妇为人所弃，故于其去也。揽其祛而留之。此淫字是由郑风淫
一语而来。故言及男女之事，即指为淫。朱传多如此也，固不可信。然尚
能就诗中所言之事求解，自较《诗序》之平空牵入庄公失道者，近理多矣。
愚意以为，诗中文词，近似朱传所云，但不必指为淫妇。是相悦男女，男
欲弃女而去，女牵衣执手，而欲留之。然亦绝不类当事人自述之语。盖此
情可私言之，无公开之理。意者似诗人见郑之男女，相悦甚易，相恶亦速，
故咏以见其事，亦寓教诲其勿为轻易聚散之义。其中之"子""我"，皆诗
人代当事人自指之词，非诗人自己也。

## 女曰鸡鸣

此诗人咏贤夫妇相敬爱、相扶持之诗。

女曰鸡鸣，士曰昧旦。
子兴视夜，明星有烂。
将翱将翔，弋凫与雁。

弋言加之，与子宜之。
宜言饮酒，与子偕老。
琴瑟在御，莫不静好。

知子之来之，杂佩以赠之。
知子之顺之，杂佩以问之。
知子之好之，杂佩以报之。

女曰鸡鸣，士曰昧旦。子兴视夜，明星有烂。将翱将翔，弋
凫与雁。

女曰鸡鸣，女告男曰："时已鸡鸣。"

士曰昧旦，男曰："当为昧旦之时。"◎昧，晦也。旦，明也。
昧旦，天未大明也。

子兴视夜，女又曰："汝起视夜如何。"◎明星，启明之星也，
先日而出。◎烂，明也。有烂犹烂然。昧旦之时，众星皆不见，
惟启明烂然于东方。

将翱将翔，言即将天明，群鸟将翱将翔之时也。

弋，音异，缴射也。缴射谓以生丝系矢而射也。

第一章，叙夫妇对言，夙兴往射凫雁之状。女先醒，呼男曰：
"鸡鸣矣。"男惊觉曰："或昧旦之时矣。"女曰："汝可起视夜
如何。"男乃起视，告女曰："启明已烂然在东方，天将明矣。"
此时则群鸟将起而翱翔之时也，乃出而弋凫与雁，末二句为诗
人叙事之言。


弋言加之，与子宜之。宜言饮酒，与子偕老。琴瑟在御，莫
不静好。

言，语词，无义。◎加，射中也。

宜，肴也。肴，谓作成肴也。◎与子宜之，言汝得凫雁，我
为汝作成肴以食之也。

宜言饮酒，此句谓作成肴而以之下酒。

与子偕老，相敬爱相扶持如此，乃言偕老，夫妇之至情也。

御，用也。琴瑟之在用，言夫妇之和乐也。

莫不静好，莫不安静而和好。

第二章，叙男弋禽归来，夫妇和乐之状。男子既得禽而归，女曰："射而中，而得禽矣，我当与汝治为肴馔，以下酒共饮。有生活如此，愿我与汝白头偕老也。此贤夫妇，日常和乐，其琴瑟常能在用而不撤。夫妇间之生活，莫不安静而和好。其后二句亦诗人叙事之言。

按：毛传云："君子无故不彻琴瑟。"《礼记·曲礼》云："士无故不彻琴瑟。"郑注云："故，谓灾患丧病。"故言琴瑟在御者，见其夫妇和乐，无灾患丧病也。


知子之来之，杂佩以赠之。知子之顺之，杂佩以问之。知子之好之，杂佩以报之。

来之，致其来也。指友人而言。

杂佩，古时佩玉，由珩、璜、琚、瑀、冲牙等玉组成之。悬腰间下垂，行动则冲牙触璜有声。

顺，爱也。

问，赠也。

好，去声。爱好之也。

第三章，述愿协助夫婿之心意也。言我与汝既誓相偕老，则我不仅愿为理家事，且愿为汝之外事而协助也。乃云："如我知汝招致而来之友人，其必有益于汝也。如有必需，我甚至愿以所佩之杂佩赠之。亦无不可。"盖以助其夫结交益友也。此言杂佩赠之，未必真赠杂佩。言杂佩可赠以表示其心意耳。又云："知汝之厚爱此友人也，我亦愿以杂佩赠之；知汝爱好此友人也，我亦愿以杂佩报之。"后四句重复前二句之言，以加重其意也。此诗由"女曰鸡鸣"起，表女之贤。次章言治肴饮酒，亦表女之贤。三章言及日常生活之外者，向丈夫表示意愿之辞。盖两情相悦，自叙心愿，表示凡汝所愿，我莫不与汝同之。前后多表示女之贤，亦足见夫之贤。以二人对语写之，以日常生活写之，极见其神情。

按：杂佩，《诗经传说汇纂》有图。

按：此诗叙男女对言，所言为夙兴射凫雁，及饮酒、琴瑟、偕老等语，其为贤夫妇至为显明。而《诗序》以为刺不悦德，陈古义以刺今，不悦德而好色也。不知何以有如此之解释。自朱传谓为贤夫妇相警戒之辞后，世多从之。愚意以为细察其语意，则是夫妇生活之间，同起居，相敬爱，相扶持，相鼓励之辞。若但言相警戒，则觉肃然杀尽风景也。

## 有女同车

此诗人自美其妻之诗。


有女同车，颜如舜华。
将翔将翔，佩玉琼琚。
彼美孟姜，洵美且都。

有女同行，颜如舜英。
将翱将翔，佩玉将将。
彼美孟姜，德音不忘。

有女同车，颜如舜华。将翱将翔，佩玉琼琚。彼美孟姜，洵美且都。

> 舜，木槿也。◎华，同花。

> 翱翔，象其姿态之美也。

> 琼，美玉。◎琚，佩玉之一种。

> 孟姜，姜氏之长女。

> 洵，信也。◎都，美丽也。

第一章，言有女子与我同车，颜容之美，有如木槿之花。其姿态之美，如将翱将翔。且加以佩玉琼琚，彼美丽之姜姓长女，诚属美丽矣。

有女同行，颜如舜英。将翱将翔，佩玉将将。彼美孟姜，德音不忘。

> 英，花也。

> 将将，同锵锵，声也。

> 德音，美誉也。◎不忘，永存也。

第二章，重上章章法。言有女同行，颜如木槿花，有将翱将翔之姿，闻佩玉锵锵之声。彼姜氏长女，声誉之美，日渐其高，永存不能已也。同车、同行，固可为事实，亦象二人相偕之义，指夫妇也。

> 按：德音可得二义：一谓他人之言语，一谓声誉。屈万里有说。

按《诗序》云："《有女同车》，刺忽也。郑人刺忽之不昏于齐。太子忽尝有功于齐，齐侯请妻之，齐女贤而不取，卒以无大国之助，至于见逐，故国人刺之。"此又尽力牵诗入于宫庭者。忽既不昏于齐，何同车之可言？且忽又被逐（忽为郑庄公世子，祭仲逐之而立突），尚何须刺之？若刺，则亦宜刺突，方为刺之对象也。朱传云："疑亦淫奔之诗。"既云疑之，可见不敢自信。愚意以为，此诗于开始即云"有女同车"，淫奔何敢公然同车？此惟诗人自美其妻之诗，说诗者若能由平实求之，则自得之耳。

# 山有扶苏

此诗人咏女子赴期会，未遇所悦，而遇恶徒之诗。

山有扶苏，隰有荷华。
不见子都，乃见狂且！

山有桥松，隰有游龙。
不见子充，乃见狡童。

**山有扶苏，隰有荷华。不见子都，乃见狂且！**

扶苏，木名，即扶胥，小木也。

隰，音习，下湿之地。

子都，美男子之称。都，美也。

且，语词也。

第一章，写女子期会美男子都，至此地相会，此处山上有扶苏，水中有荷华，是期约之佳处也。然而未见子都之来，却遇一狂徒，竟来戏我，令人失望而且恐惧也。

**山有桥松，隰有游龙。不见子充，乃见狡童。**

桥，一作乔，高也。

游，枝叶放纵也。◎龙，红草也，即今之水荭。

子充，美男之称。充，美也。子充犹子都也。

狡童，狡狯之小儿也。

第二章，重首章之义，换韵重唱之，加重言之也。山有桥松，隰有游龙，或易一地。子都子充，皆美男之称，或未易人，或另易人；其首章女子与次章女子，亦或为一人，或另一人，然皆不关重要。其咏言者，言有女约美男期会，未遇所期之人，而遇狂徒，以为戒耳。前后不必为一人一事，但叠言重唱，以宣其义。此所以为诗，而非叙事之文章也。

按：《诗序》又以此为刺忽之作，言忽所美之人实非美人。与诗义毫不相关。此诗前后二章八句，叙述极为鲜明。是女约男至一地会晤，而所期者未至，而另一恶徒至焉。子都子充皆男性之名，则应期来至者，是女子也。

此诗疑为诗人鉴于郑国风俗，男女常相期会，而往往遭恶徒之乘，故咏叹之。亦戒女子勿轻易作期会，以免遇恶人也。

## 萚兮

此家人休憩共唱之歌。

萚兮萚兮，风其吹女<sup>tuò</sup>。
叔兮伯兮，倡予和女<sup>hè rǔ</sup>。

萚兮萚兮，风其漂女<sup>piāo</sup>。
叔兮伯兮，倡予要女<sup>yāo</sup>。

**萚兮萚兮，风其吹女。叔兮伯兮，倡予和女。**

萚，音托。草木皮叶落地为萚。

女，读为汝。汝，指萚而言也。

叔，伯，男子之字也。也指家人而言也。

倡，始唱也。◎予，诗人自谓。◎女，读为汝；汝指叔伯而言。和汝，应和始唱之歌也。◎倡予和女，谓请汝始唱，我将和汝之歌。

第一章，写家人休憩之间，咏歌之情状。诗人先作歌云："萚兮，萚兮，风其吹汝。"因而引起歌兴，乃请叔伯诸人为始唱，我将和汝而同歌也。

**萚兮萚兮，风其漂女。叔兮伯兮，倡予要女。**

漂，同飘。

要，成也。曲一终为一成。

第二章，章法与首章同，换韵漂、要二字而已。第二章一面重唱以加强其情调，一面以倡予要汝作为结束。要汝谓成一曲之终，即和汝之唱，而完成一曲之意。首章谓和唱，尾章谓完成。一开一收，结构虽短小而极为完整。

按：此诗说者各异。《诗序》谓刺忽："君弱臣强，不倡而和也。"直为猜谜。朱传则指为淫女之辞，后世多驳之。朱传于郑风每指为淫，实受"郑风淫"一语之影响。此外说法甚多，如严粲以为小臣忧国之心；姚际恒以为有深于忧时之意，所指已不可知；方玉润以为讽朝臣共扶危。立说各异，都能持之有故，言之成理。然皆患必以大题目说诗之蔽。诗何必非邦国之事不能言？说诗何以不敢指某诗为日常生活中情事？此皆以心目中向以《诗经》逐句必含仁义之道、治国平天下之义，于是乃以猜谜之形式在此范围内猜之。甚至虽知其不符，但以题目既大，则自以为无人再敢指责矣。实则未得其旨，谁能是之邪？若此诗者，家人伯仲，傍晚相聚于槐荫之下，凉风习习，箨叶飘落，欢谈共乐，心旷神怡。诗人乃信口作歌，家人和之，曰："箨兮箨兮，风其吹汝！"是何等自然之神情，殆为天籁。若此亦指为刺，或更指为淫，则三百篇中，当无有情致之诗矣！

## 狡童

此女子见绝于男，而戏其人之诗。


彼狡童兮，不与我言兮。
维子之故，使我不能餐兮！

彼狡童兮，不与我食兮。
维子之故，使我不能息兮！

**彼狡童兮，不与我言兮。维子之故，使我不能餐兮！**

狡童，狡狯之小儿，犹今人骂人之语"小子"。

不与我言兮，因绝情而去，不与我交言也。

维子之故，使我不能餐兮。言岂能因汝绝情而去之故，使我食不下咽？

第一章，女子以男子之始爱终弃而怨之。言彼狡狯之小子，今竟不与我交言矣。然天下男子多矣，岂能因汝如此绝情，弃我而去，乃使我食不能下咽乎？

**彼狡童兮，不与我食兮。维子之故，使我不能息兮！**

不与我食兮，言因绝情而去，乃不与我共食也。

末句言天下之男子多矣，岂能因子之不与我共食之故，而使我不得安息乎？

第二章，章法同首章，换韵。不与共食，乃使我不能安息，与前章不与我言，使我不能餐，事有不同，义则相似。前后二章，惟换韵重唱，以重宣其意。

按：此诗《诗序》又指为刺忽。谓不能与贤人图事，权臣擅命也。然既曰刺，而呼君为狡童，此竟詈之矣。绝不类刺诗。朱传以为"淫女见绝而戏其人之词"。愚意以为朱言极近似，惟不必指为淫女，则得平实矣。

## 褰裳

此亦见绝之女，戏谑男子之词也。

子惠思我，褰裳涉溱<sub>qiān</sub><sub>zhēn</sub>。
子不我思，岂无他人？
狂童之狂也且<sub>jū</sub>！

子惠思我，褰裳涉洧<sub>wěi</sub>。
子不我思，岂无他士？
狂童之狂也且！

**子惠思我，褰裳涉溱。子不我思，岂无他人？狂童之狂也且！**

子，指男士。◎惠，爱也。◎ 此言汝爱我之时，则思我。

褰，音愆，举也。褰裳，摄提其下衣也。◎涉，徒行渡水也。
◎溱，郑国之水名。

子不我思，岂无他人，言今汝已不思我矣，岂无他人思我邪？

狂童，狂妄之小子。◎且，语尾词，无义。

第一章，女子见男子已忘却前好，情义断绝，乃痛斥绝之
曰："汝爱我之时，思我念我，不惜提起下衣，徒行渡过溱水
而来会我。今汝已不思我矣！然岂无他人思我耶？狂妄之小子，
真狂也哉！"岂无他人一语，并非女已另有所欢。盖负气之语，
以示与男相绝之决心也。朱传或据此而指为淫女，不免太过。
男女争吵，既已相绝，此语可脱口而出。此诗之作，写女子之
言。如闻其声，真得其神情者也。

**子惠思我，褰裳涉洧。子不我思，岂无他士？狂童之狂也且！**

洧，音尾。郑国水名。

第二章，同首章之义而换韵重言之。于诗则得其重言加重
之用意矣；于女子之言，则若喋喋不休，声闻在耳。

按《诗序》云："《褰裳》，思见正也。狂童恣行，国人思大国之正己也。"笺云：
"狂童恣行，谓突与忽争国，更出更入，而无大国正之。"谓国人怨突篡国，
而望他国来见正。皆不合史实之语。春秋桓十五年夏五月，郑伯突出奔蔡。
冬十一月，公会宋公卫侯陈侯于袲，伐郑。《左传》曰："谋伐郑，将纳厉
公也。"厉公即突。是诸侯皆助突伐忽也。今《序》谓国人望他国来见正，
是不合于史者也。

# 丰

此女子出嫁自咏之诗。

子之丰兮，俟我乎巷兮。
悔予不送兮。

子之昌兮，俟我乎堂兮。
悔予不将兮。

衣锦褧<sup>jiǒng</sup>衣，裳锦褧<sup>cháng</sup>裳。
叔兮伯兮，驾予与行。

裳锦褧裳，衣锦褧衣。
叔兮伯兮，驾予同归。

子之丰兮，俟我乎巷兮。悔予不送兮。

子，谓亲迎者。◎丰，丰满也，谓面貌也。

巷，门外也。女子在房中观之，见其在门外等候也。

悔予不送兮，女子见男子亲迎而俟乎门外，自喜得如此良人。因悔前者相见之时，曾故作矜持而不送之，实有负于君子，故有感愧也。

第一章，写女子自咏其在房中，见男子亲迎而俟于门外，所生之感想。言亲迎之人，如此之丰满，在门外等候我。此时我真悔当初之时，彼来晤我，我竟不肯送之。今幸彼不以为意，而来亲迎，我当随去嫁之也。此处描写女子临嫁心理，且喜且愧，极为细腻。

子之昌兮，俟我乎堂兮。悔予不将兮。

昌，盛壮貌。

堂，门堂也。

将，亦送也。

第二章，换韵，重述首章之心情。重述一次，是诗歌之手法，加重其意也。

衣锦褧衣，裳锦褧裳。叔兮伯兮，驾予与行。

衣锦褧衣，第一衣字作动词，用穿著衣也。◎锦褧衣，嫁者之服也；上衣为衣。锦，文衣也。褧，音迥，衣上加褧，罩袍也，以单谷为之。单谷，单绉纱也。

裳锦褧裳，第一裳字作动词用，穿著裳也。◎锦褧裳，嫁者之服；下衣为裳。

叔、伯，指送者，叔伯，泛指老三老大，不必为兄弟也。

驾予与行，言驾车与我同行。

第三章，女子述其临嫁装饰启行之状也。言着文锦之衣，而外罩薄绉纱之襎衣；着文锦之裳，而外罩薄绉纱之襎裳。嫁衣既已穿妥，送嫁者或称叔者或称伯者，可驾车送我同行矣。

裳锦襎裳，衣锦襎衣。叔兮伯兮，驾予同归。

归，嫁也。

第四章，重述三章之义，与第一二两章之重述手法同。而本章换韵用颠倒首二句之方法，倍感清新。驾予同归，谓可驾车送予同行，我将嫁矣。亦是结束一篇之意味。全篇前二章重叠，后二章重叠，别具情调。

按：此诗说者多承认为男女婚嫁之诗，惟观点不同而已。《诗序》以为刺乱。谓婚姻之道缺，阳倡而阴不和，男行而女不随。朱传以为妇人以有异志不从，既则悔之。《诗序》必从诗中求其载道，故曰婚姻道缺，故曰刺乱。朱传仍在淫字上着眼，故曰有异志，悔之。实则此诗既云"叔兮伯兮，驾予与行"，何尚指女不随？尚何乱之有？朱传所云，乃由悔字上寻得。然悔不送，悔不将，何以即可解释为有异志？凡此失误，并非因不能深思，而病在力为主观之解释，乃使全篇不能解。此诗只是女子出嫁自咏者。俟巷俟堂，是亲迎也。悔送悔将，是女子于临嫁之时，见丰昌之君子，亲迎于堂。乃忆及前者相见之时，曾故作矜持之态，不肯送之。有负于君子之情。今彼竟未以为意，且亲自来迎，故自感悔愧也。

# 东门之墠

朱传云："室迩人远者，思之而未得见之辞也。"

东门之墠，茹藘在阪。
其室则迩，其人甚远。

东门之栗，有践家室。
岂不尔思？子不我即。

东门之墠，茹藘在阪。其室则迩，其人甚远。

墠，音善。扫除其地町町者。町町，平也。

藘，音闾。茹藘，一名茅蒐，即茜草，可染绛。◎阪，音反，陂陀不平之处也。

迩，近也。

第一章，思其人而不得见之辞也。言东门之墠地，相距不远，仅隔有茹藘之陂陀而已。彼墠处即我所思念之人所居也。但其所居之室虽甚近，而其人却无法得见。故云其人甚远。盖近而不得见，则谓之远也。

东门之栗，有践家室。岂不尔思？子不我即。

栗，栗树也。

践，行列貌。有践，犹践然，行列之状也。

岂不尔思，岂不思汝耶。

即，就也。◎言子不肯来就我也。

第二章，仍由所思之地说起。言东门之栗树生处，有整齐行列之家室者，即我所思之人之居处也。我岂不思汝乎？然我思汝而不能去，汝亦不来就我，故不能相见也。

按《序》云："东门之墠，刺乱也。男女有不待礼而奔者也。"盖男女相悦相思之诗，《序》必曰刺，或曰奔。而朱传则必曰淫。若此诗朱传则云："阪之上有草，所与淫者之居也。"然其下所言甚是："室迩人远者，思之而未得见之辞也。"即此诗之旨。

# 风雨

此故人相会，风雨联床话旧之诗也。

风雨凄凄，鸡鸣喈喈。
既见君子，云胡不夷？

风雨潇潇，鸡鸣胶胶。
既见君子，云胡不瘳？

风雨如晦，鸡鸣不已。
既见君子，云胡不喜？

风雨凄凄，鸡鸣喈喈。既见君子，云胡不夷？

凄凄，寒凉貌。

喈，音阶。喈喈，鸡鸣声。

云，如也。胡，何也。云胡，如何也。◎夷，悦也。

第一章，写故人重逢，满窗寒雨，一灯如豆，联床话旧，不觉鸡已鸣矣。而相谈之欢，犹有未尽。盖久未把晤，今既见君子矣，如何能不喜而不瘳耶？情境之美，令人一读难忘。李商隐诗"何当共剪西窗烛，却话巴山夜雨时"，虽不必出于此，却是此诗之境界。

风雨潇潇，鸡鸣胶胶。既见君子，云胡不瘳？

潇潇，风雨之声。

胶胶，犹喈喈也。

瘳，音抽，病愈也。

第二章，重首章之义，换韵。云胡不瘳者，言病体何能不愈。未必真病，形容欣慰之心情也。

按：胶胶，《广韵》引作嘐嘐，云："鸡鸣也。"录作参考。

风雨如晦，鸡鸣不已。既见君子，云胡不喜？

晦，昏暗也。

第三章，仍为前二章之义，而重叠三唱之。诗中二唱，三唱，为普遍多见之章法。盖诗与文不同，诗为唱者，唱时则必重叠，重叠而后始有力，始见情致，始能引起共鸣。乐曲中，主要旋律往往再重、三重，以表示其乐曲主题。诗之三叠，亦如此也。

按《诗序》云："《风雨》，思君子也。乱世则思君子不改其度焉。"说诗者多从之。惟朱传指为淫奔之诗。《诗序》所言，固为曲解旧病；朱传所指，亦《郑风》皆淫之旧说。细读全篇，诗境至高，而言辞至为显明。如不作曲寻，不求载道，而由真情善言美境中求之，则纯为一首抒情之诗。盖故人相逢，联床夜话，风雨敲窗，剪烛叙旧；欣喜不能已，鸡鸣而未能寐，情之深，境之美，文学中至高之致也。既不必道貌岸然，曰是思君子，使诗意索然；亦不必强指为淫，以为《郑风》之特质也。

# 子衿

此男女相悦，女子怨男子不来相晤之诗。

青青子衿，悠悠我心。
纵我不往，子宁不嗣音？

青青子佩，悠悠我思。
纵我不往，子宁不来？

挑兮达兮，在城阙兮。
一日不见，如三月兮。

**青青子衿，悠悠我心。纵我不往，子宁不嗣音？**

青青，纯绿之色。◎子，男子也。◎衿，音金，衣领也。◎青青子衿，言衣领以纯青色缘饰之，而男子服之。

悠悠，思之长也。

纵，虽也。

嗣，续也。嗣音，继续通音问也。

第一章，女子思其所悦，怨其少来也。言着青青领襟之服者，为我长思之人也。虽我不往汝处相晤，汝岂应不继续与我通音问耶？

**青青子佩，悠悠我思。纵我不往，子宁不来？**

青青，系佩玉之组绥之色。

第二章，重首章之义，换韵重唱之。言系青青之绥、带佩玉之人，令我长思者也。虽我不往视汝，汝岂应不来视我耶？

**挑兮达兮，在城阙兮。一日不见，如三月兮。**

达，音獭。挑达，往来相见貌。

阙，作二台于城门外之左右，筑楼观于其上，以其阙然为道，故谓之阙。

第三章，写女在城阙，候男不至，思与男相晤之乐，及暌隔之苦也。言我挑达往来于城阙之上，此地乃你我相见之处也。忆你我在此相聚时，如何欢乐耶？而今竟数日不见。来此候你，你竟不来。一日不见，即如三月之隔也。言其心情，以一日之长，为三月之长，日长难耐也。

按：此诗自《诗序》谓"刺学校废"，从之者多。盖此说来自以青衿为青领，青领者，学子所服，以为既言学子矣，所咏者必属学校矣，故曰刺学校废。然考《礼记·深衣》云："具父母，衣纯以青。"则凡父母在者，其深衣自领及衽皆以青缘之，非仅学者之服也。朱传云："此亦淫奔之诗。"盖涉及男女，朱传即以淫奔一辞说之。虽然，朱传已知此诗为男女之事，不受《诗序》之牢笼矣。诗中云"纵我不往，子宁不来"，此绝非学校之事。学校只有学生往学，岂有先生往教之理。《曲礼》云："礼闻来学，不闻往教。"学校即使不备，责学生不来学校可矣，绝不致责先生不去学生家。然则"纵我不往"一语，自非先生不往；"子宁不来"，当亦非学生不来也。

## 扬之水

此为兄弟不睦，欲求和好之诗。

扬之水，不流束楚。
终鲜兄弟，维予与女。
无信人之言，人实迋女。

扬之水，不流束薪。
终鲜兄弟，维予二人。
无信人之言，人实不信。

扬之水，不流束楚。终鲜兄弟，维予与女。无信人之言，人实迋女。

扬，激扬也。

楚，木名。

终，犹既也。

女，读为汝。◎言维我兄弟二人，无其他兄弟也。

迋，同诳。欺骗也。

第一章，或兄或弟，感于兄弟间受人言语所间，而彼此不往来，实伤手足之情，而为不智之举。乃赋诗明其心意，俾重和好。由激扬之水，不能流束楚兴起，言眼前之水，虽传达转送之路，但以其激扬，而不能流束楚，则船舶更不必言矣。以引起你我兄弟，难于通信，难于往还。但你我之间，既少兄弟，只有你我二人，固应彼此相亲相助，勿轻信他人离间之言。他人之言，实为欺骗汝也。

扬之水，不流束薪。终鲜兄弟，维予二人。无信人之言，人实不信。

第二章，重首章之义，换韵重唱之。

按《诗序》云："扬之水，闵无臣也，君子闵忽之无忠臣良士，终以死亡，而作是诗也。"此谓郑公子忽无忠臣良士之辅。然此诗所云"终鲜兄弟"，而庄公之子十一人，忽并非少兄弟者。若谓以兄弟喻臣，亦甚不类。《序》言自不可信。朱传则又指为淫者相谓，亦无所据。愚意此诗"终鲜兄弟，维予与女，无信人之言，人实迋女"，是兄弟失睦，而以言语解释，以求和好之词也。

# 出其东门

此诗人戒男子既已订婚，不可移情别恋之诗。

出其东门，有女如云。
虽则如云，匪我思存。
缟衣綦巾，聊乐我员。

出其闉阇，有女如荼。
虽则如荼，匪我思且。
缟衣茹藘，聊可与娱。

**出其东门，有女如云。虽则如云，匪我思存。缟衣綦巾，聊乐我员。**

如云，言其众多也。

匪，非也。◎思存，思之所存。

缟衣，白色之衣。◎綦，音其，苍艾色之巾也。◎缟衣綦巾，妇人未嫁之服。

聊，且也。◎员，音云。员为云之古字，语尾助词，语句完了之词。◎聊乐我员，言我且自乐之。

第一章，写男子见众多美女而不移其心。言出其东门，见有美女众多。虽美女如此之多，但此皆非我心中所念者也。然我所念者为谁，彼白色之衣、苍艾色之巾者。虽衣着朴实，而我独以为美。盖即未婚之妻，我且自乐之也。此为诗人编造之故事，以示不应移情恋也。

按：缟衣綦巾，毛传以为男子之服。马瑞辰考之，以为妇人未嫁之服，详见《毛诗传笺通释》。员，孔颖达《正义》："员，云，古今字，助句词也。"《经传释词》云："云，语已词也。"

**出其闉阇，有女如荼。虽则如荼，匪我思且。缟衣茹藘，聊可与娱。**

闉，音因，曲城也。城门之外，作环墙以为城门之屏障。◎阇，音都，城台也。曲城之上有台谓之阇，连言之则曰闉阇。

荼，音涂。茅草之穗也，色白。◎此言女服白色而人众多之义。

且，音居，语助词。

藘，音间。茹藘，一名茅蒐，即茜草，可染绛。◎此指染巾之色。缟衣而绛巾也。

娱，乐也。

第二章，重前章之义，换韵而叠唱之。言出其阇城之外，且见美女着白衣者甚众。虽则如此，但非我所思。如我心中所思者，缟衣绛巾，可与我共乐也。此当是其妻也。

按：此诗由其文词审之，为诗人戒男子既已订婚，不可移情别恋之义。而《诗序》以为闵乱也，谓"公子五争，兵革不息，男女相弃，民人思保其室家焉"。所谓五争者，指公子突二次，公子忽、公子亹、公子仪各一次，详见《史记·郑世家》。然诗中所叙与此毫不相关，《序》说不过将日常之事强牵入宫庭政治之又一例而已。朱传之说甚为接近："人见淫奔之女而作此诗。以为此女虽美且众，而非我思之所存。不如己之室家，虽贫且陋，而聊可以自乐也。"此说"此女虽美且众，而非我思之所存"一语，颇得其要。惟又指女皆为淫奔，不免难信。若有女如云，而皆为淫奔，岂非怪事？愚意此诗为诗人鉴于男子有妇，或已订婚，而往往见他女甚美，而移情别恋，故为此诗以劝戒之也。匪我思存之"我"，诗人代言，泛指其人也。

# 野有蔓草

此男女婚后得意，忆叙其初在田野相遇，而卒为婚姻之诗。

野有蔓草，零露溥<sup>tuán</sup>兮。

有美一人，清扬婉兮。

邂逅<sup>xiè hòu</sup>相遇，适我愿兮。

野有蔓草，零露瀼瀼<sup>ráng</sup>。

有美一人，婉如清扬。

邂逅相遇，与子偕臧。

野有蔓草，零露漙兮。有美一人，清扬婉兮。邂逅相遇，适
我愿兮。

蔓，延也。蔓草，蔓延之草也。

零，落也。◎漙，音团，露多貌。

清扬，视清明也。◎婉，婉然美也。见《鄘风·君子偕老》。

邂，音谢。逅，音后，或音垢。邂逅，不期而会也。

适，合也。◎适我愿兮，言合于我之愿望。

第一章，写由田野相遇至适我愿之经过。言我等初遇，是
在田野，有蔓草之处，而露珠凝于草上，团团然晶圆可爱。在
此时此地，有一美人，双目清明，婉然美好，与我相会。此不
期之会，竟使我能适合我之愿望，乃有今日之欢乐。

野有蔓草，零露瀼瀼。有美一人，婉如清扬。邂逅相遇，与
子偕臧。

瀼瀼，露盛貌。

如，犹然也。婉如犹婉然。◎此句犹上清扬婉兮。

臧，善也。

第二章，换韵重述前章之义。先写田野景物，然后写美人
之美态，然后述相遇后之结果。与子偕臧，即同获好处，指今
日婚后生活之乐也。

按：婉如之如，《经传释词》云："如，犹然也。""如然语
之转，故诗《葛屦》'宛然左辟'，《说文》引作'宛如左僻'。"

按：此诗《诗序》又附会甚远，谓："思遇时也。君之泽不下流，民穷于兵革，

男女失时，思不期而会焉。"朱传云："男女相遇于野田草露之间。"末强指为淫奔，故能就诗说诗，得其要旨。愚意以为"适我愿兮""与子偕臧"，是婚后得意之语。婚后得意，故咏其初相遇偕游之往事，享其燕尔之情趣也。

# 溱洧

此咏郑国三月上巳之辰，采兰水上，以祓除不祥之风俗。诗中言游侣之乐也。

溱与洧，方涣涣兮。
士与女，方秉蕑兮。
女曰："观乎？"士曰："既且。"
"且往观乎洧之外，洵訏且乐。"
维士与女，伊其相谑，赠之以勺药。

溱与洧，浏其清矣。
士与女，殷其盈矣。
女曰："观乎？"士曰："既且。"
"且往观乎洧之外，洵訏且乐。"
维士与女，伊其将谑，赠之以勺药。

溱与洧，方涣涣兮。士与女，方秉蕑兮。女曰："观乎？"士曰："既且。""且往观乎洧之外，洵訏且乐。"维士与女，伊其相谑，赠之以勺药。

溱，音真。洧，音尾。◎溱，洧，郑之两水名。

方，当也。◎涣涣，春水盛貌。

秉，持也。◎蕑，兰也。

既，已也。◎且，通徂，往也。◎既且，言已曾往观之矣。

洵，信也。◎訏，大也。

维，语词，无义。

伊，因也。◎谑，戏谑也。◎言士与女往观，因相与戏谑。

勺药，香草名。

第一章，述士与女上已游于溱洧，戏谑相乐之状。言溱与洧二水，此时正当水盛可游赏之时也。士与女，此时正持兰偕游。女曰："可往观之乎？"士曰："已曾往观过矣！"女又曰："且往观乎洧水之外，确实大而足以为乐也。"于是士与女相与往观，笑语相戏谑，尽其欢乐。临别之时，男赠女以香草勺药，以为相别之纪念。

按：郑笺云："其别则送女以勺药，结恩情也。"

溱与洧，浏其清矣。士与女，殷其盈矣。女曰："观乎？"士曰："既且。""且往观乎洧之外，洵訏且乐。"维士与女，伊其将谑，赠之以勺药。

浏，流清貌。

殷，众也。◎盈，满也。

将，大也。

第二章，换韵重唱首章之义。而自"女曰观乎"以下，除将谑之"将"字，皆重录前文。纯为重复吟咏，以宣其情者。朱熹以为将谑之将，当是相之误。由全篇章法观之，朱说甚是。

按：此诗写男女情侣，相偕游乐于溱洧，尽欢乐之情，于文词之间极为明朗，几乎无法作为别解。而《诗序》竟谓为刺乱，指为兵革不息，男女相弃，淫风大行，莫之能救焉！言其乱至不可救，真不知何所指。朱传初云：郑国之俗，上巳采兰水上，祓除不祥。然后又以为淫奔者自叙之词。淫奔者竟肯自叙！亦非是。诗中称士与女，非自叙之诗甚明。当是诗人咏其国之风俗，男女在溱洧偕游之情状也。

# 齐

齐，国名。周武王封太公望之国，其地东至于海，西至于河，南至于穆陵，北至于无棣。即今山东北部之地也。太公都营丘，地在今山东昌乐县东南。至五世胡公，徙都薄姑。地在今山东博兴县境。胡公子献公，又徙治临菑，即今山东临淄县。太公本姓姜氏，其先祖于虞夏之际封于吕，从其封姓，故曰吕尚。吕尚以鱼钓干周文王，文王遇太公于渭之阳，与语大悦，曰："吾太公望子久矣！"故号之太公望。齐至战国之初，田和篡其国，其后国号未改，然已非姜姓之国，而为田氏之齐。此诗皆姜氏齐之诗也。

齐国共十一篇。

# 鸡鸣

此咏贤妇警其夫早朝之诗。

鸡既鸣矣，朝（cháo）既盈矣。
匪鸡则鸣，苍蝇之声。

东方明矣，朝既昌矣！
匪东方则明，月出之光。

虫飞薨薨（hōng），甘与子同梦。
会且归矣，无庶予子憎！

鸡既鸣矣，朝既盈矣。匪鸡则鸣，苍蝇之声。

既，已也。

朝，音潮。朝盈者，会朝之臣已满矣。

则，犹之也。

第一章，写贤妇警其夫，二人相对语也。妇闻鸡鸣，乃呼夫曰："鸡已鸣矣，想会朝之臣已满矣。"促其夫速起赴早朝也。夫起视答曰："非鸡之鸣声，乃是苍蝇之声。"此盖言妇之多所关心，闻声则警觉，误以蝇声为鸡声，乃唤起其夫。妇固贤妇，夫亦贤夫也。

东方明矣，朝既昌矣！匪东方则明，月出之光。

昌，盛也。

第二章，贤妇见东方有光，于是又警其夫。妇曰："东方明矣，会朝之臣当已盛集矣！"意在促其夫速起也。其夫起视之。答曰："非东方明也，是月出之光。"

虫飞薨薨，甘与子同梦。会且归矣，无庶予子憎！

薨薨，虫飞之声。夜将旦则百虫飞。

甘，甘心也，乐也。◎同梦，同寝也。

会且归矣，言会朝将散而人皆归也。

庶，众也。◎予，与也。◎憎，恶也。◎此言勿使众人与汝以憎恶也。

第三章，妇三警其夫也。妇曰："虫飞薨薨矣，天将明矣。我本乐与君同寝也，但会朝且将散归矣。汝应速起赴朝，勿使众人与汝以憎恶也。"前二章以时为迟，而其实尚早。而此章则真虫飞薨薨矣，故力促之。言固愿同寝，但朝会则更为重要，勿以此而使人憎恶也。由此章之词更可证明为贤妇之语。盖若贤妃者，其夫为君。如君晏起，朝臣惟等候之耳。君不至，朝臣岂敢自散而归？故"会且归矣"一语，决非妃之言语可知矣。

按：此诗《诗序》谓"思贤妃也"，而指为"哀公荒淫怠慢，故陈贤妃贞女，夙夜警戒，相成之道焉"。惟所指哀公之事，并无确据。朱传但以为古贤妃告戒于君之词。后之说诗者亦大抵不离妃与君之范围。姚际恒云："谓为贤妃作也可，即大夫妻作也亦无不可。"已脱妃与君之范围。而方玉润云："贤妃进御于君，有夜漏以警心，有太师以奏诚。岂烦乍寐乍觉，以误蝇声为鸡声，以月光为东方明哉？此正士夫之家，鸡鸣待旦，贤妇关心，常恐早朝迟误，有累慎德，不惟人憎夫子，且及其妇，故尤为关心，时存警畏，不敢留于逸欲也。"此说所指不类妃君之事，颇见理智。愚意以为此诗人咏贤妇警其夫早朝之诗也。

# 还

此猎者自咏其丰获便捷之诗。

子之还兮，遭我乎猱之间兮。
并驱从两肩兮，揖我谓我儇兮。

子之茂兮，遭我乎猱之道兮。
并驱从两牡兮，揖我谓我好兮。

子之昌兮，遭我乎猱之阳兮。
并驱从两狼兮，揖我谓我臧兮。

子之还兮，遭我乎猺之间兮。并驱从两肩兮，揖我谓我儇兮。

还，音旋。便捷之貌。

遭，遇也。◎猺，音挠，山名，在临淄南十五里。

并驱，谓相偕而驱也。◎从，逐也。◎肩，本字应作豜，三岁豕也。

儇，音旋，亦便捷之貌。报前言之还也。

第一章，猎者自美其便捷获兽之状。言二猎者相遇于猺山之间，我赞美彼曰："子实为最便捷者。"于是我二人相偕而驰，追逐两豜而获之。彼猎者乃揖我赞我之便捷，以报我先前称彼之便捷也。

按：儇，毛传："利也。"笺云："儇，誉之也。誉之者，以报前言还也。"儇与还，皆为便捷义，音与义相近，故笺以为报前言还也。马瑞辰有说。


子之茂兮，遭我乎猺之道兮。并驱从两牡兮，揖我谓我好兮。

茂，美也。

牡，雄兽也。

第二章，重首章之义，换韵。首句称彼人之茂。茂，美也。尾句揖我谓我好，以报前言美也。


子之昌兮，遭我乎猺之阳兮。并驱从两狼兮，揖我谓我臧兮。

昌，盛壮貌。

山南曰阳。

臧，善也。

第三章，重前二章之义，又换韵而为三叠唱。

按《诗序》云："《还》，刺荒也。哀公好田猎，从禽兽而无厌。国人化之，遂成风俗。习于田猎谓之贤，闲于驰逐，谓之好焉。"夫百姓出猎，以为衣食，何以为不良风俗？朱传且云："猎者交错于道路，且以便捷轻利相称誉如此，而不自知其非也。则其俗之不美可见。"夫国君过于好田猎，可谓为好逸乐。而此诗是述猎人相遇赞美之词。百姓辛苦出猎，多获之后，相遇互美，无何可指责者，更无害于善良风俗。此诗纯为百姓日常生活之写照，而必牵百姓日常生活之事于国君之事，故见其不能合也。

# 著

此嫁者咏男子盛装俟己之状。

俟我乎著乎而，
充耳以素乎而，
尚之以琼华乎而。

俟我于庭乎而，
充耳以青乎而，
尚之以琼莹乎而。

俟我于堂乎而，
充耳以黄乎而，
尚之以琼英乎而。

俟我乎著乎而，充耳以素乎而，尚之以琼华乎而。

著，门屏之间。◎而，语尾词。

充耳，瑱也。以丝绳系之。其丝绳谓之紞。◎以素，謂用素丝以为紞也。

尚，加也。◎琼华，美石似玉者也。

第一章，述女于归至男家，见男于大门内，屏之外，盛服美饰，俟己之状。言彼俟我于著，玉瑱塞耳，系以素丝，而加之以美玉。

俟我于庭乎而，充耳以青乎而，尚之以琼莹乎而。

青，青色紞也。

琼莹，亦美石之似玉者。

第二章，章法同首章，易其所俟之地为庭。庭者较著为近于堂，则此章所述为女又进，而又见男之俟己也。由于地之易为庭，乃据庭以换韵，乃谓紞为青，易琼华为琼莹，实则饰物未必再易。以诗之体裁，前后章相迭，故变换其辞而已。三章之变换其词同此。

俟我于堂乎而，充耳以黄乎而，尚之以琼英乎而。

黄，黄色紞也。

琼英，亦美石似玉者。

第三章，章法同前二章，又易其所俟之地为堂。此则女已达于堂也。由此最后一章所至之地，亦可见其前后所经之地之次序。三章而历三地，三见其人，乃至升堂，极见结构之美。

按：此诗是嫁者咏男子盛装俟己之状。写女至男家之门，见男俟己于著、于庭、于堂者。而《诗序》以为刺时，谓时不亲迎也。若为刺义，必有类刺之语。然此诗惟述女见男之盛装美饰，毫无刺意。且不亲迎既能成俗，则必有其成俗之理，必为众所依循。既为众所依循，又何刺为？又此诗所言，由著至堂，固是女至男家之事。若必谓不曾亲迎，亦未由诗中见之。安知其在女至男家之前，男子未曾亲迎耶？凡此曲解之处，皆由于必以为刺而致之也。姚际恒云："此本言亲迎，必欲反之为刺，何居？若是，则凡美者皆可为刺矣。"然此诗是否亲迎，固不重要。读其诗，但为女嫁时见男子俟其至之状耳，不必争论是否为亲迎也。屈万里云"此是嫁者即事之诗"，是也。

# 东方之日

此是男子思慕女子之诗。

东方之日兮，
彼姝<sup>shū</sup>者子，在我室兮。
在我室兮，履我即兮。

东方之月兮，
彼姝者子，在我闼<sup>tà</sup>兮。
在我闼兮，履我发兮。

东方之日兮，彼姝者子，在我室兮。在我室兮，履我即兮。

姝，美色。

履，蹑也。◎即，就也。◎言蹑我之迹以相就也。

第一章，写美人与男相就之状，乃男子想象之词也。盖述男子思慕女子，希望想象之景况，非即事之词也。言日出于东方兮，彼美貌之女子，在我之室兮；在我之室兮，从我而行，蹑我之迹，以就我兮。此完全为一想象之美境，并非真有其事也。

东方之月兮，彼姝者子，在我闼兮。在我闼兮，履我发兮。

闼，音挞，内门也，门屏之间也。

发，行也。

第二章，义同首章，换日为月，因以换韵。谓日者言朝；谓月者言夕。希望朝夕相会之意也。在我闼与在我室，虽易其地，而其义相同；履我发与履我即，虽语法有变，而其义亦等。盖皆随韵用辞也。

按《诗序》云："《东方之日》，刺衰也。君臣失道，男女淫奔，不能以礼化也。"后世多因之而作臆断。孔疏谓刺哀公。伪《子贡诗传》谓刺庄公。何玄子《诗经世本古义》谓刺襄公。皆无据之说也。朱传指为淫奔之词，但未明言，惟指"此女蹑我之迹而相就"，以示淫奔之意。然此诗就其文词度之，纯系男子思慕女子之诗。而《诗序》每遇此类之诗，必舍其表面而逞臆见，而谓之刺淫、刺衰、刺乱。本为附会，乃后世竟以为如此方为能舍其表而探其里者，复据而推测，故愈去愈远也。

# 东方未明

《诗序》云："《东方未明》，刺无节也。朝廷兴居无节，号令不时，挈壶氏不能掌其职焉。"

东方未明，颠倒衣裳<sup>cháng</sup>。
颠之倒之，自公召之。

东方未晞<sup>xī</sup>，颠倒裳衣。
倒之颠之，自公令之。

折柳樊圃，狂夫瞿瞿<sup>jù</sup>。
不能辰夜，不夙则莫<sup>mù</sup>。

**东方未明，颠倒衣裳。颠之倒之，自公召之。**

东方未明者，非专指将明未明之时，是指夜色正黑，距明尚远也。

颠倒衣裳，颠倒衣裳之上下。上衣下裳，今穿着时颠倒穿之，而致上裳下衣。所以错误者，匆促之故，非由于东方未明也。

末二句，所以颠倒之者，由于公之召令忽然而至，乃致过于匆忙也。

第一章，手足慌乱，致衣裳颠倒之状。言东方未明，时间当在黑夜。而以公召已至，匆忙起床。公召且甚急，故致手足慌乱，衣裳颠倒。所以致此者，实由于公之召令无时，令人无所准备也。此所谓颠倒衣裳者，未必真有颠倒之事，不过形容手足错乱之状而已，乃夸张其词。

**东方未晞，颠倒裳衣。倒之颠之，自公令之。**

晞，日将出也。◎东方未晞，言尚未至日将出之时，指甚早也。

令，号令也。

第二章，重首章之义，换韵。首章言颠倒衣裳，本章言颠倒裳衣；首章言颠之倒之，本章言倒之颠之。变换自本身字句之颠倒，意味绝妙。

**折柳樊圃，狂夫瞿瞿。不能辰夜，不夙则莫。**

樊，藩也。◎圃，菜园也。◎言折柳枝以为菜园之藩离也。以柳枝为藩篱，极易拆除，不足以禁踰越者也。

瞿，音句。瞿瞿，惊顾之貌。◎言柳藩不足恃，然狂夫见此园有藩篱在，亦不敢轻易踰越，故惊顾之也。以比喻辰夜之间，虽无强固之限，而其分际甚明，无人不知，固当按时而作也。

辰，读为晨。◎不能辰夜，今乃不能为晨夜之分。

夙，早也。◎莫，同暮。◎言不失之早则失之晚，号令无时也。

第三章，以柳樊足以分界，喻晨夜之有分际。若不能分昼夜，而早晚无时，则亦难于行事矣。

本章一变前二章章法，作一结束，别有情境。

按：此诗有"自公召之"之语，《诗序》所谓刺无节者，盖得其当。惟"挈壶氏不得掌其职"之语，又见溢增臆说，直可删去也（挈壶氏，掌刻漏者）。

# 南山

此诗刺齐襄公淫其妹文姜，而鲁桓公亦有责也。


南山崔崔，雄狐绥绥（suí）。
鲁道有荡，齐子由归。
既曰归止，曷又怀止！

葛屦（jū）五两，冠緌（ruí）双止。
鲁道有荡，齐子庸止。
既曰庸止，曷又从止！

蓺（yì）麻如之何？衡从（zòng）其亩。
取妻如之何？必告父母。
既曰告止，曷又鞠止！

析薪如之何？匪斧不克。
取妻如之何？匪媒不得。
既曰得止，曷又极止！

南山崔崔，雄狐绥绥。鲁道有荡，齐子由归。既曰归止，曷又怀止！

崔崔，高大貌。

绥绥，行缓貌。见前《卫风·有狐》。

首二句，南山君像，崔崔，尊严之像，但雄狐绥绥而行其间，求匹耦于南山之上，则尊严君像破坏无余矣。此喻襄公为人君而有淫行也。

鲁道，适鲁之道路也。◎荡，平坦也。有荡即荡然，犹平坦然也。

齐子，指齐之子文姜。◎由归，由此道而嫁于鲁也。

曰，语词。止，语尾词。皆无义。◎言既已嫁于鲁矣。

曷，何也。◎怀，思也。◎言何又思念襄公乎。因襄公与文姜夙通也。

第一章，由南山雄狐，兴起齐襄公之淫行。然后言鲁国之大道平坦，文姜由此道而嫁。先有"雄狐绥绥"之语，后言"齐子由归"，则襄公与文姜夙通之义已见矣。诗人意谓，虽则夙通，然既已归鲁，则往者不可谏，来者犹可追，不宜再怀念旧事。故曰既曰归止，曷又怀止？

葛屦五两，冠緌双止。鲁道有荡，齐子庸止。既曰庸止，曷又从止！

屦，音居。葛屦，用葛织成之草鞋也。

两，双也。五两犹五双。◎古者结婚有送屦之礼。

緌，冠緌，冠缨下端之饰繐。◎缨为双，繐亦为双。◎冠而双緌，当是新郎所戴。

庸，用也。◎言用此坦平大道而归于鲁。

从，相从也。指又从襄公。

第二章，换首二句，重首章义。言葛屦五双，冠緌成双，以成婚礼矣。此言所成之礼，完全为正式婚礼，不可以为儿戏也。而文姜既有堂皇婚礼，由平坦之鲁道归鲁，又何可复从襄公？斯所以不可谅也。

按：葛屦二句，说者不一。郑笺云："葛屦五两，喻文姜与侄娣及傅姆同处。冠緌喻襄公也。五人为奇，而襄公往从而双之。冠屦不宜同处，犹襄公文姜不宜为夫妇之道。"此说直为猜谜。诗中文词但露谜面，郑笺揭其谜底。咏诗固不宜如此。果如此，则郑笺所猜亦未必正确。朱传云："屦必两，緌必双，物如有偶，不可乱也。"若如此解，则五两又指何而言？凡此皆臆断之说，故于义未能安。今人屈万里云："疑屦緌两物，皆结婚时新娘所制以赠新郎者。"又引《说苑·修文》篇："古者结婚有送屦之礼。"可见葛屦冠緌二语，为形容婚礼之正大，于词义乃能通达。兹采屈说。

**蓺麻如之何？衡从其亩。取妻如之何？必告父母。既曰告止，曷又鞠止！**

蓺，音艺，树也。

衡，通横。衡从，纵横也。

首二句言欲树麻者必先纵横耕治其田亩，然后树之。

取，通娶。

鞠，穷也。穷者，言襄公穷困文姜，使难遂夫妇之道。

第三章，由种麻之理，兴起娶妻之理。言种麻应如何？必纵横耕种其地也。然则娶妻当亦有其必经之途，即必告于父母也。既经正式途径，成正式之婚矣。何又使襄公逼文姜穷困而失夫妇之道邪？

**析薪如之何？匪斧不克。取妻如之何？匪媒不得。既曰得止，曷又极止！**

> 析薪，劈柴也。
>
> 匪，非也。◎克，能也。
>
> 极，穷也。与上章鞠止义相似。

第四章，叠三章之义，而由析薪之理兴起娶妻之理。言劈柴应如何？非以斧不能为之也；娶妻应如何，则非以媒妁不能得之也。此谓以媒妁而成婚姻者，是正当之婚姻也。既得成正常之婚姻矣，则襄公与文姜之往事，可以一概忘却，何又穷困文姜，竟使失夫妇之道？

按《诗序》云："《南山》，刺襄公也，鸟兽之行，淫乎其妹，大夫遇是恶，作诗而去之。"郑笺："襄公之妹，鲁桓公夫人文姜也。襄公素与淫通。及嫁，公适之。公与夫人如齐，夫人愬之襄公。襄公使公子彭生乘公，而搚杀之。夫人久留于齐，庄公即位后乃来。犹复会齐侯于禚，于祝丘，又如齐师。齐大夫见襄公行恶如是，作诗以刺之，又非鲁桓公不能禁制夫人而去之。"按郑笺所叙，见《春秋》及《左传》桓公十八年，庄公二年、四年、五年。此诗直指齐襄公、鲁桓公与文姜之事，甚为显著。《诗序》前后所言自无问题。惟后段言大夫作诗，则似未必。盖若郑国之大夫，职司政事，君行如有可谏则谏；谏而不听，当退则退。若此既不能谏止于前，而徒作诗讽刺于后，于事何益？非大夫所当为。愚意此为诗人之诗，即事咏叹。不只刺齐襄公，而兼责鲁桓公及文姜也。

# 甫田

此劝慰别离之人，勿为徒劳多思念之诗。

无田甫田，维莠骄骄。
无思远人，劳心忉忉。

无田甫田，维莠桀桀。
无思远人，劳心怛怛。

婉兮娈兮，总角丱兮。
未几见兮，突而弁兮。

**无田甫田，维莠骄骄。无思远人，劳心忉忉。**

上田音佃，耕治也。◎甫，大也。◎言勿耕治过大之田。

莠，音有，害苗之草类，俗名狗尾草。◎骄，音乔，乔之借字，高也。骄骄，高貌。

忉，音刀。忉忉，忧劳也。

第一章，劝慰者以耕治过大之田，将徒劳无益为说，以劝勿思远人，是徒劳无用之事。此必田家，故以种田为喻。言：人力不足，则勿耕过大之田。耕过大之田则耕治无力，莠草多生，收获必少，多劳无益。至于对今之远人亦然，幸勿思之，思之乃如佃甫田耳，徒多忧劳而无益也。此诗"无思远人"之语，明写在诗句之中，而尚有谓此诗不知何义者，岂不异哉？

按：骄骄，毛传无训。次章维莠桀桀，毛传云："桀桀犹骄骄也。"胡承珙谓骄为乔之借字。《法言》引作乔乔。下文桀桀亦高出之义。

**无田甫田，维莠桀桀。无思远人，劳心怛怛。**

桀桀，亦高长貌。

怛，音旦末切。怛怛，犹忉忉也。

第二章，重首章之义而叠唱之，换韵。叠唱之义恐一唱不足宣其义，故重复再言之。此诗于劝慰之间，更需重复之法，以说服之也。

**婉兮娈兮，总角丱兮。未几见兮，突而弁兮。**

婉娈，少好之貌。

总角，聚两髦也。◎丱，音惯，总角之貌。束两辫上耸如两角之形也。

未几见兮，言不久又重见也。

弁，音卞。冠也。男子二十而冠。◎突，忽然高出之貌。

第三章，劝慰者设想之事，以告被劝者也。言勿再思远人矣，彼不久将返而再见也。彼与汝少而相好，婉娈美好，头上总角。而不久归来，汝将发现其突然而高大，不总角而头上戴冠矣。此章不再重复前二章之义，而另为设想之安慰，愈见亲切。而叙写人物之变，如见其人。

按：此诗义旨，说者纷纭。《诗序》："大夫刺襄公也。无礼义而求大功，不修德而求诸侯。志大心劳。所以求者，非其道也。"此说与诗毫无相关，附会之词而已。朱传云："戒时人厌小而务大，忽近而图远，将徒劳而无功也。"亦由《诗序》演变而来，并无新而确实之义。而方玉润指朱传"顺文敷义"，又恐非诗人本旨。然朱传只为未能顺文敷义耳。若果能顺文敷义，则文既顺矣，义则敷矣，尚有何不通之处？又何以非诗人本旨？岂方氏之意，非猜谜附会，强作解人，不足以云得诗之旨乎？此所以历代说诗者误入歧途也；此所以诗之难得通达之解说也。姚际恒于此诗，百思不能得其可附会之义，乃曰："此诗未详。"但彼于以往各说，均不同意。方玉润亦从姚说，谓为未详。愚意以为，此诗乃安慰离别之人之诗。前二章劝勿作徒劳之怀念，三章设想远人将不久归来，则将见其成长而弁也。

# 卢令

此诗人咏齐国猎者出猎，赞其人犬美壮之诗。

卢令令，其人美且仁。

卢重环，其人美且鬈。

卢重鋂，其人美且偲。

**卢令令，其人美且仁。**

卢，田犬也。◎令，音零。令令，环声。◎言犬颈下所带之环也。

其人，指猎者，美而且仁爱也。

第一章，美猎者出猎，言其所携田犬曰卢，颈下系铃，令令而发声。此猎者，体貌美壮，而且仁爱。

**卢重环，其人美且鬈。**

重环，子母环也。大环又贯小环，田犬系于颈下者也。

鬈，音权，勇壮也。

第二章，首句卢重环与前章卢令令同义，一言其声，一言其物。次句，首章赞其美且仁，本章赞其美且勇，为本章之主句。

**卢重鋂，其人美且偲。**

鋂，音梅，一环贯二环也。

偲，音鳃，强也。

第三章，与第二章章法同。重鋂重环，但因换韵而变，不必以为必非一物也。其人美而且强，又重叠赞之。

按《诗序》云：“《卢令》，刺荒也。襄公好田猎毕弋，而不修民事。百姓苦之，故陈古以风焉。”襄公好田猎，而其死有关于田事，见《左传·庄公八年》。然此诗与襄公全无关涉，更无所谓陈古以风之意。盖游猎自是齐人风俗。诗人见其人犬美壮，咏而赞之。朱传云：“其意与《还》略同。”则近似之。惟《还》是猎者自咏，而此则为诗人咏猎者耳。

# 敝笱

《诗序》云：“《敝笱》，刺文姜也。齐人恶鲁桓公微弱，不能防闲文姜，使至淫乱，为二国患焉。”

敝笱在梁，其鱼鲂鳏。
齐子归止，其从如云。

敝笱在梁，其鱼鲂鱮。
齐子归止，其从如雨。

敝笱在梁，其鱼唯唯。
齐子归止，其从如水。

**敝笱在梁，其鱼鲂鳏。齐子归止，其从如云。**

敝，残旧也。◎笱，音苟，捕鱼之具，竹制；承梁之空处以捕鱼，有倒门，鱼入则不能出。◎梁，鱼梁，堰石障水而空其中，以通鱼之往来，因从其间以捕鱼者。

鲂鳏，鲂，音房，即鳊鱼；鳏，音官，即鳏（音衮）鱼。皆大鱼。

齐子指文姜。◎归，嫁也。◎止，语尾词。

如云，言盛也。

第一章，示鲁桓公之弱，不足以制齐女也。先言以敝旧之笱，设于石梁之空间。而其鱼则若鲂若鳏，大而有力者，非敝笱所能制也。以此喻鲁桓公之弱，若对齐女文姜者，不能制也。何以见之，观齐女于归之景象，其从者如云，声势极盛，非鲁桓公之福也。

按：鲂、鳏，见《经义述闻》说。

**敝笱在梁，其鱼鲂鱮。齐子归止，其从如雨。**

鱮，音叙。似鲂而头大。鲂、鱮皆大鱼也。

如雨，言多也。

第二章，义同首章，换韵重言之。

**敝笱在梁，其鱼唯唯。齐子归止，其从如水。**

唯唯，出入不制之貌。

如水，亦言多也。

第三章，义同前二章。唯唯，言其鱼出入不制，毫无阻碍。明写文姜屡会襄公之事。

按：《诗序》所云，大致得此诗要旨。此诗表面是咏文姜嫁于鲁之诗。若"齐子归止，其从如云"之句，是写当时之状无疑。惟自"敝笱在梁，其鱼鲂鳏"之句观之，明存大鱼在敝笱则不能制服之意，而寓鲁不能制齐女之意。斯则是在文姜败德之事已生之后所咏。至文姜虽夙与齐襄公通，然未必于初嫁之时，即由本国之人作如是咏也。必文姜与襄公复通，而鲁桓公死之，诗人乃写其嫁时光景，而以敝笱不能制大鱼喻之，以刺文姜而责鲁桓公之不能防闲文姜也。文姜为齐襄公妹，夙与襄公淫通，后嫁鲁桓公。桓公十八年与文姜如齐，襄公使公子彭生杀桓公。文姜久留于齐，庄公即位后乃返，犹复会齐侯。参《南山》篇。

# 载驱

此诗刺襄公与文姜相会之无礼义也。

载驱薄薄，簟茀朱鞹。
鲁道有荡，齐子发夕。

四骊济济，垂辔沵沵。
鲁道有荡，齐子岂弟。

汶水汤汤，行人彭彭。
鲁道有荡，齐子翱翔。

汶水滔滔，行人儦儦。
鲁道有荡，齐子游敖。

**载驱薄薄，簟茀朱鞹。鲁道有荡，齐子发夕。**

载，语辞，无义。◎薄，音粕。薄薄，疾驱之声。

簟，音店，方文之竹席也。茀，音弗，车之蔽物也。簟茀，以方文竹席为车蔽也。◎鞹，音廓，兽皮之去毛者。朱鞹，以朱漆鞹也。◎言文姜所乘之车，朱鞹为车饰。车蔽者，遮车后户，不能见车中人也。

鲁道，鲁国之大路。◎荡，平坦也。有荡，即荡然。

齐子指文姜。◎发，明发也，即旦也。发夕即旦夕。◎齐子旦夕者，言文姜之车旦夕可以往来也。

第一章，写文姜驰会襄公之状。言其车疾驰，薄薄然有声。此车设簟，设朱漆皮之车蔽，诚安适而华丽矣。而鲁道又坦平无阻，文姜乃可旦夕往还其间，与襄公相会也。

按：发夕，毛传："自夕发至旦。"义颇未安。马瑞辰、胡承珙皆以为发是明发，即旦也，发夕即旦夕，义较传说为妥。

**四骊济济，垂辔沵沵。鲁道有荡，齐子岂弟。**

骊，马之黑色者也。◎济济，美貌。

辔，音佩，御马之索也。◎沵，音你。沵沵，众也。形容垂辔纷乱之貌。

岂弟，音恺悌，和乐平易也。

第二章，再写文姜往会襄公，车马之盛美，并写文姜态度之从容。言文姜乘四黑马之车，垂辔沵沵然。鲁道坦平，文姜往还与襄公相会，态度和乐平易，毫无惭愧之色。文姜与襄公之会，本无礼义，而竟和乐平易，毫无愧色，刺之深矣。

**汶水汤汤，行人彭彭。鲁道有荡，齐子翱翔。**

汶，音问，水名。正流曰大汶河，源出今莱芜县东北原山，西南流经泰安县治东，至汶上县西入运河。在齐南鲁北二国之境。指文姜襄公相会处也。◎汤，音伤。汤汤，水盛貌。

彭，音邦。彭彭，盛多貌。

翱翔，游玩之貌。

第三章，写文姜车马所经途间之状。言汶水汤汤，沿河行人盛多。意谓一路所经，为热闹之区，为众目所见也。然文姜驰车鲁道，翱翔游乐，不自知其不可也。

**汶水滔滔，行人儦儦。鲁道有荡，齐子游敖。**

滔滔，流貌。

儦，音标。儦儦，众貌。

游敖，敖游也。

第四章，如三章义，换韵而叠唱之。


按：此诗写襄公与文姜相会之事，以刺襄公与文姜之无礼（齐襄公与文姜事见《南山》及《敝笱》二篇）。《春秋》书文姜与齐襄公五会：庄公二年冬，会齐侯于禚。四年春，享齐侯于祝丘。五年夏，如齐师。七年春，会齐侯于防。冬，会齐侯于谷。《诗序》但谓刺襄公。而朱传但谓刺文姜。然此诗所言齐子发夕、齐子岂弟，皆言文姜。是藉文姜之事明襄公之事，淫乱无礼义是在二人也。

# 猗嗟

此齐人美鲁庄公仪容材艺之诗。

猗嗟昌兮！颀而长兮。
抑若扬兮，美目扬兮。
巧趋跄兮，射则臧兮。

猗嗟名兮！美目清兮。
仪既成兮，终日射侯，
不出正兮，展我甥兮！

猗嗟娈兮！清扬婉兮。
舞则选兮，射则贯兮，
四矢反兮，以御乱兮。

猗嗟昌兮！颀而长兮。抑若扬兮，美目扬兮。巧趋跄兮，射则臧兮。

  猗嗟，叹词。◎昌，盛貌。

  颀，音祈，长貌，形容其美也。

  抑，美色。◎若，语助词。◎扬，美貌也。

  扬，目动貌。◎美目扬兮，言其目开而见其美也。

  跄，音枪，趋貌。◎巧趋跄兮，形容射之动作。

  臧，善也。

  第一章，美庄公之状貌，而射且善。言美矣盛矣，其体颀长，其貌抑扬，美目开张转动，而趋走巧妙，射法至善，诚为非常之人物也。

  按：扬，谓美貌也。马瑞辰有说。

猗嗟名兮！美目清兮。仪既成兮，终日射侯，不出正兮，展我甥兮！

  名，称其名也。

  清，明也。

  仪，射仪也。◎既成，言终其事而礼无违也。

  射，音石，以矢射物也。◎侯，张布为箭靶，其中画宜射之的曰正。

  正，音征。侯之中画正以为射之的者。不出正，言射而必中也。

  展，诚也。

  第二章，复美其状貌及射法。言美矣，其名不虚矣。美目清明。射之礼已终其事，而礼无违失。终日射侯，而每射皆不失其中于正。其状貌之美，射法之精，诚为我齐君之甥也，他人何能致此！

猗嗟娈兮！清扬婉兮。舞则选兮，射则贯兮，四矢反兮，以御乱兮。

娈，壮好貌。

清扬，目清明也。◎婉，美也。

选，齐也。◎谓能与音乐节奏齐谐。

贯，穿也。◎言射中而贯穿之。

四矢，礼射每发四矢。◎反，复也。◎言四矢皆重贯于一处也。

以御乱兮，言如此人物，可以为国家御乱也。

第三章，再重叠美其体貌及射法。言美欤，壮好欤，目清明而美。舞则与乐节合谐，射则贯穿侯之正，而四矢皆由一处重贯而中。如此人物，诚可以为国家御乱矣。

按：清扬，目清明也，陈奂、马瑞辰并有说，见《鄘风·君子偕老》。贯，毛传："中也。"郑笺："习也。"马瑞辰以为贯穿之贯，较旧说为长。

按：庄公为桓公之子，文姜所生也。《诗序》云："《猗嗟》，刺鲁庄公也。齐人伤鲁庄公有威仪技艺，然而不能以礼防闲其母。失子之道，人以为齐侯之子焉。"然细审原诗，皆赞美之词，全无刺意。当是庄公初到齐，齐人美之之诗。何玄子云："春秋庄四年冬，公及齐人狩于禚，此诗疑即狩禚事。盖公朝齐而因以狩也。古者诸侯相朝则有宾射，故所言者皆宾射之礼。又诗曰：'展我甥兮。'自是庄公初至齐而人骤见之之语。"颇为近理。至《序》云"人以为齐侯之子焉"语，盖本《公羊传》："夫人谮于齐侯：

'公曰：同非吾子，齐侯之子也！'"此事为文姜谮语，焉可以说诗？《诗序》据此，大为不妥。方玉润谓为美鲁庄公材艺之美，是也。

# 魏

魏，国名，姬姓之国。《汉书·地理志》云："河东土地平易，有盐铁之饶，本唐尧所居，诗风唐魏之国也………魏国亦姬姓也，在晋之南河曲，故其诗曰'彼汾一曲''置诸河之侧'。自唐叔十六世至献公，灭魏，以封大夫毕万。"

按：《左传·襄公二十九年》："虞、虢、焦、滑、霍、扬、韩、魏，皆姬姓也。"其始封之时，约当周初，而始封之人及其世次，则无可考。其域南枕河曲，北涉汾水。约在今山西省南部解县、安邑、芮城、平陆、夏县等一带地。鲁闵公元年，晋献公灭魏，以为毕万采邑，魏遂亡而入晋。其后毕万后裔与韩赵分晋，则是战国时七国之魏，非姬姓之魏也。郑氏《诗谱》云："其与秦晋邻国，日见侵削，国人忧之。当周平桓之世，魏之变风始作。"是魏风皆是献公灭魏以前之诗。

魏国共七篇。

# 葛屦

此为妇人刺其家中长上褊心之诗。


纠纠葛屦，可以履霜。
掺掺女手，可以缝裳。
要之襋之，好人服之。

好人提提，宛然左辟。
佩其象揥。
维是褊心，是以为刺。

纠纠葛屦，可以履霜。掺掺女手，可以缝裳。要之襋之，好
人服之。

纠纠，稀疏之貌。◎葛屦，用葛织成之草鞋，夏日所用。屦，
音句。

首二句言履霜应着冬日皮屦，而以葛屦，可谓褊矣。

掺，读作纤。掺掺即纤纤。

可以缝裳，古代妇人三月庙见然后执妇功，此谓不足三月，
不宜缝裳，乃强其缝之，故刺之曰可缝也。◎裳，下衣也。

要，裳之腰也。◎襋，音棘，衣领也。二字皆作动词用，缝
成其腰，缝成其领也。意谓作成衣裳也。

好人，指其所刺之人，当为长上。

第一章，述褊心之状。言缠结之葛屦。夏日所著之履也，
然今者长上，命冬日亦可穿着；葛屦履霜，是当甚冷，然处此
褊心之下，只能从命也。而纤纤女手，尚未至缝裳之时，然长
者既令缝之，则缝之可矣。盖古者妇人三月庙见，然后执妇功。
兹未满三月，而长者竟使缝裳，可见其褊心也。迨成其腰，成
其领，衣裳既成，奉与好人服之耳，非自己所能用者也。皆怨
词也。

按：三月庙见，《正义》云："三月庙见，谓无舅姑者，妇
人三月乃见于舅姑之庙。若有舅姑，则《士昏礼》所云'质明
赞见妇于舅姑'，不待三月也。虽于昏之明旦即见舅姑也，亦
三月乃助祭行。故《易·归妹》注及郑笺《膏肓》皆引《士昏礼》
云'妇入三月而后祭行'，然则虽见舅姑，犹未祭行，亦未成
妇也。"纠纠，毛传："犹缭缭也。"《正义》："当为稀疏之貌。"

好人提提，宛然左辟。佩其象揥。维是褊心，是以为刺。

提提，安舒貌。

宛然，柔顺貌。◎辟，音避，避也。左辟，是作者自谓，示恭敬也。

揥，音替，搔头簪也，贵妇人之饰物。

维是褊心，以其有是褊隘之心。

是以为刺，故作诗以刺之也。

第二章，写好人之安舒，而内实褊心。言好人着新制之衣，提提然安舒，从容而行。因彼为长者，我只能柔顺而左避，以示恭敬。好人衣着华丽，头上且佩象牙搔头。然而其外貌虽极其华贵高尚，而内心实极褊隘，故作诗以刺之。

按《诗序》云："《葛屦》，刺褊也。魏地陋隘，其民机巧趋利。其君俭啬褊急，而无德以将之。"此诗尾处明言："维是褊心，是以为刺。"《序》以为刺褊，自得其旨。惟所谓其君俭啬褊急，无德以将之者，又横牵入国君。似乎三百篇除有关国君后妃则不能为诗者。乃使全篇尽失。此惟妇人居家怨长者褊心，一为发泄，乃咏以刺之者。朱传云："此诗疑即缝裳之女所作。"斯为得之。诗中言佩其象揥，自当是贵族，而非平民也。

## 汾沮洳

此诗人怨魏之卿大夫生活过奢，不知民间疾苦之诗。

彼汾沮洳，言采其莫。
彼其之子，美无度。
美无度，殊异乎公路。

彼汾一方，言采其桑。
彼其之子，美如英。
美如英，殊异乎公行。

彼汾一曲，言采其藚，
彼其之子，美如玉。
美如玉，殊异乎公族。

彼汾沮洳，言采其莫。彼其之子，美无度；美无度。殊异乎公路。

彼，指示字，犹今言"那个"。◎汾，水名，在今山西省，出太原晋阳山，西南流入黄河。◎沮，音居。洳，音茹。沮洳，下湿之地也。◎彼汾沮洳，言彼汾水所流经之下湿之地也。

言，语词无义。◎莫，菜名，似柳叶，厚而长，有毛刺，可为羹。

之子，是子也。

美无度，为美饰而无节度，过分奢侈之意。

殊异，不同也。◎公路，掌国君路车之官，晋以卿大夫之庶子为之。◎殊异乎公路者，不合于公路也。所以指为不合者，以其生活过奢，不知民之疾苦也。

第一章，诗人以汾之沮洳，采莫之人之苦，与彼卿大夫好美饰过分作为对比。一方为勤苦艰辛，一方为侈奢无度。言彼汾水低湿之地，采莫者艰苦而作焉。彼卿大夫，好美饰而无节度，诚非得宜，实与卿大夫之官相殊异也。盖大夫不宜过奢，而宜崇俭，以成良好之风气也。

彼汾一方，言采其桑。彼其之子，美如英。美如英，殊异乎公行。

一方，此方之对称，彼一方也。

英，花也。

行，音杭。公行，即公路，以其主兵车之行列故谓之公行。

第二章，与首章义同，换韵而重言之。

彼汾一曲，言采其藚，彼其之子，美如玉。美如玉，殊异乎公族。

曲，水流曲处。

藚，音续，水蕮也，一名泽蕮，叶如车前草，可食。

公族，掌公之宗族之官，晋以大夫之适子为之。

第三章。与前二章义同，又换韵，三叠而言之。

按《诗序》云：“《汾沮洳》，刺俭也。其君俭以能勤，刺不得礼也。”夫俭为美德，何以刺之？且所言者公路、公行、公族，明为卿大夫，何以言刺君？此诗盖诗人在沮洳间采莫、采桑、采藚，污浊自处劳苦，而思及诸卿大夫美服侈饰，从容游嬉，实非卿大夫所应有者，故咏而刺之也。

# 园有桃

朱传云："诗人忧其国小而无政，故作是诗。"

园有桃，其实之殽。
心之忧矣，我歌且谣。
不知我者，谓我士也骄。
"彼人是哉！子曰何其？"
心之忧矣！其谁知之？
其谁知之？盖亦勿思！

园有棘，其实之食。
心之忧矣，聊以行国。
不知我者，谓我士也罔极。
"彼人是哉！子曰何其？"
心之忧矣！其谁知之？
其谁知之？盖亦勿思！

园有桃，其实之殽。心之忧矣，我歌且谣。不知我者，谓我士也骄。"彼人是哉！子曰何其？"心之忧矣！其谁知之？其谁知之？盖亦勿思！

之，犹是也。◎殽，食也。

歌，以乐和曲曰歌。◎谣，徒歌而无乐也。

不知我者，谓我士也骄。言不知我者，闻我歌且谣，乃以我为骄也。

彼人，指执政者。

子，指诗人，假他人之语以言者。◎其，语辞。何其，犹言是何事也？

"彼人是哉！子曰何其？"此二句诗人所道不知我者之言。谓彼执政之人，所行者是矣。汝所言者，是何意耶？

盖，同盍，何也。◎亦，语词无义。◎盖亦勿思，言何能不思虑也。

第一章，诗人述自己忧心，而他人不知其意也。言园有桃树，则其果实即是食物也。以喻国之有民，其力固足以强大如桃之有实矣。然如我之国，徒具人力，而日渐衰微，故我为之心忧。心为之忧，故我为之歌且谣，以抒我之情，达我之意。然不知我者，当以我为骄。彼不知我者云："若彼国之执政者，所行者是矣！而子尚以为非是，若子之所言，是何意耶？"众人皆如此，我心甚为忧矣。我心中所忧者，谁能知之？谁能知之？若此情形，何能不使人思虑耶？

按：盖与盍同。盍，何也。陈奂说。

园有棘，其实之食。心之忧矣，聊以行国。不知我者，谓我士也罔极。"彼人是哉！子曰何其？"心之忧矣！其谁知之？其谁知之？盖亦勿思！

棘，枣树也。

聊，且也。◎行国，行于国中。古于都城亦谓之国。

极，至也。◎士也罔极，言士心纵恣无所至极。

第二章，义与首章同，换韵而重唱之。

按《诗序》云："《园有桃》，刺时也。大夫忧其君国小而迫，而俭以啬，不能用其民，而无德教。日以侵削，故作是诗也。"惟揆度全诗，皆忧时之义，并非刺也。

# 陟岵

此诗当为行役者思家所作，思父母兼及兄弟也。

陟彼岵<sup>zhì</sup>兮，瞻望父兮。
父曰："嗟！予子行役，夙夜无已。
上慎旃<sup>zhān</sup>哉！犹来无止。"

陟彼屺<sup>qǐ</sup>兮，瞻望母兮。
母曰："嗟！予季行役，夙夜无寐。
上慎旃哉！犹来无弃。"

陟彼冈兮，瞻望兄兮。
兄曰："嗟！予弟行役，夙夜必偕。
上慎旃哉！犹来无死。"

陟彼岵兮，瞻望父兮。父曰："嗟！予子行役，夙夜无已。上慎旃哉！犹来无止。"

陟，音至，升也。◎彼，指示字。◎岵，音户，山无草木者。行役，因公而出行也。

夙，早也。

上，尚，古通用。◎尚，庶几也。◎旃，音毡，之焉二字之合声。

犹来无止，言犹可以来归，无留止于外也。

第一章，诗人行役于外，登山而眺，远望家乡，因想象其父望其子归来之言。父曰："嗟！我子在外行役，早夜不停，庶几谨慎小心焉。则犹可以归来，不致留止于外也。"

按：旃，毛传："旃，之。"《经传释词》云："旃为之焉之合声。"

陟彼屺兮，瞻望母兮。母曰："嗟！予季行役，夙夜无寐。上慎旃哉！犹来无弃。"

屺，音起，山之有草木者。

季，指少子也。依伯仲叔季而言也。

弃，谓死也。

第二章，诗人又登山，又眺远，因设想其母思子之言，而以同样章法换韵而成第二章。

陟彼冈兮，瞻望兄兮。兄曰："嗟！予弟行役，夙夜必偕。上慎旃哉，犹来无死。"

予弟行役，夙夜必偕。言与其他行役之人相偕也。此相偕者共同行动，不得自由也。

第三章，诗人又登山眺远，因设想其兄思弟之言，而换韵成第三章。三章虽每章易其所思之人，易其所陟之山，然仍是重复叠唱之法，以加重表示其思家之义。三章每易其地，未必真为易一地作一章，亦未必为先思父为一章，又思母为一章，又思兄为一章。盖为成诗之形式而作若此耳。

按《诗序》云："《陟岵》，孝子行役，思念父母也。"与诗旨大致相合，然诗之三章云"瞻望兄兮"，是弟对兄之言。若谓为孝子之言，则不妥。

# 十亩之间

此隐士自咏也。


十亩之间兮，
桑者闲闲兮。
行，与子还<sup>xuán</sup>兮。

十亩之外兮，
桑者泄泄<sup>yì</sup>兮。
行，与子逝兮。

十亩之间兮，桑者闲闲兮。行，与子还兮。

闲闲，往来自得之貌。

还，音旋，归返也。

第一章，诗人自咏归隐之状。言十亩之间，采桑者往来自得。若此生活，我等宜行而同归于此，隐居可也。

十亩之外兮，桑者泄泄兮。行，与子逝兮。

泄，音异。泄泄，犹闲闲也。

逝，往也。

第二章，同首章之义，换韵而重唱之也。

按《诗序》云："《十亩之间》，刺时也。言其国削小，民无所居焉。"此又因必寻大题目，乃脱离诗意甚远者。此诗明言闲闲泄泄，为往来自得之状。何以谓民无所居邪？朱传云："政乱国危，贤者不乐仕于其朝，而思与其友归于农圃，故其词如此。"颇为近似。愚意此则显然隐士自咏耳。

# 伐檀

《诗序》云："《伐檀》，刺贪也。在位贪鄙，无功而受禄，君子不得进仕尔。"

坎坎伐檀兮，寘之河之干兮。
河水清且涟猗。
不稼不穑，胡取禾三百廛兮！
不狩不猎，胡瞻尔庭有县貆兮！
彼君子兮，不素餐兮！

坎坎伐辐兮，寘之河之侧兮。
河水清且直猗。
不稼不穑，胡取禾三百亿兮！
不狩不猎，胡瞻尔庭有县特兮！
彼君子兮，不素食兮！

坎坎伐轮兮，寘之河之漘兮。
河水清且沦猗。
不稼不穑，胡取禾三百囷兮！
不狩不猎，胡瞻尔庭有县鹑兮！
彼君子兮，不素飧兮！

坎坎伐檀兮，寘之河之干兮。河水清且涟猗。不稼不穑，胡取禾三百廛兮！不狩不猎，胡瞻尔庭有县貆兮！彼君子兮，不素餐兮！

坎坎，伐檀之声。◎檀，木名，可以为车者。

寘与置同。◎干，厓也。

涟，风行水成文也。◎猗，语词，犹兮也。

种之曰稼，收之曰穑。对言之则为种为收之义，散言之则稼穑义通也。

一夫所居曰廛，其田百亩。此谓取三百夫之田赋也。

冬猎曰狩，夜猎曰猎。对言之则为冬猎夜猎之义，散言之则狩猎义通也。

县，同悬。◎貆，音桓，兽名。

素餐，空餐也。言不劳而食也。

第一章，诗人刺贪者不劳而食，由自食其力者说起。言坎坎然伐檀木以为车，此自食其力之人也。然今乃置车于河之干。将有用之物，置于无用之地。河水清且涟漪，形容河中有水，非车所能行于其上者，亦兼写河水之美。而见车横河畔，人徒寂寞之状，极见诗之境界。今有用之人与有用之物，皆置而不用，而不稼不穑之人，何以竟取三百夫之田赋邪？不狩不猎之人，何以见其庭上悬有貆邪？此盖皆贪者耳。若彼君子之人，则不肯不劳而食也。


坎坎伐辐兮，寘之河之侧兮。河水清则直猗。不稼不穑，胡取禾三百亿兮！不狩不猎，胡瞻尔庭有县特兮！彼君子兮，不素食兮！

辐，音福，车轮间之细木，以放射式共凑于毂，以支辋而成轮者。

河水清则直猗，谓波文直也。

亿，万万为亿。三百亿，言禾秉之多也。

特，兽之三岁者。

素食犹素餐。

第二章，如首章之义，换韵而重言之。

坎坎伐轮兮，真之河之漘兮。河水清且沦猗。不稼不穑，胡取禾三百囷兮！不狩不猎，胡瞻尔庭有县鹑兮！彼君子兮，不素飧兮！

漘，音唇，涯也。

沦，小风拂水成文如轮也。

囷，音君，仓之圆者。

鹑，音纯，鹌鹑也。

飧，音孙，熟食曰飧。

第三章，同前二章义，又换韵而叠唱之。

# 硕鼠

《诗序》云："《硕鼠》，刺重敛也。国人刺其君重敛，蚕食于民，不脩其政，贪而畏人，若大鼠也。"

硕鼠硕鼠，无食我黍<sup>shǔ</sup>！
三岁贯女<sup>rǔ</sup>，莫我肯顾。
逝将去女，适彼乐土。
乐土乐土，爰得我所。

硕鼠硕鼠，无食我麦！
三岁贯女，莫我肯德。
逝将去女，适彼乐国。
乐国乐国，爰得我直。

硕鼠硕鼠，无食我苗！
三岁贯女，莫我肯劳。
逝将去女，适彼乐郊。
乐郊乐郊，谁之永号。

硕鼠硕鼠，无食我黍！三岁贯女，莫我肯顾。逝将去女，适彼乐土。乐土乐土，爰得我所。

硕，大也。

贯，习惯也。此谓使之养成习惯也。◎女读为汝。

顾，念也。◎莫我肯顾，言莫肯顾念于我。

逝，发声也，无义。◎女读为汝。

爰得我所，言乃得我安身之所也。

第一章，以大鼠比重敛之君。大鼠多食人之食谷，故曰无食我之黍。意谓勿重敛我之财也。三年以来，一切由汝，任意而为，使汝养成习惯矣。汝一意重敛，不稍顾念于我。我将去汝，往彼乐土矣。至彼乐土，我将有安身之所也。

按：逝将去女之"逝"，毛传："往也。"《经传释词》云："逝，发声也。字或作噬。《诗·日月》曰：'乃如之人兮，逝不古处。'言不古处也。《硕鼠》曰：'逝将去女，适彼乐土。'言将去女也。《有杕之杜》曰：'彼君子兮，噬肯适我。'言肯适我也。"较旧说为长。

硕鼠硕鼠，无食我麦！三岁贯女，莫我肯德。逝将去女，适彼乐国。乐国乐国，爰得我直。

莫我肯德，莫肯施德于我也。

直，得其直道也。

第二章，重首章之义，换韵而重唱之。爰得我直，言我乃能得其直道也。直道者，正直可行之大道，谓无阻碍也。以表示硕鼠食麦之国无直道也。

硕鼠硕鼠，无食我苗！三岁贯女，莫我肯劳。逝将去女，适彼乐郊。乐郊乐郊，谁之永号。

莫我肯劳，莫肯慰劳我也。

永，长也。◎号，歌呼也。◎永号言永歌，欢乐之表现也。

第三章，同前二章之义，又换韵而叠唱之。

# 唐

唐，国名，姬姓。其封域在太行恒山之西，太原太岳之野，即今山西省太原一带。其都晋阳，即今太原，为尧旧都之地（尧后迁都河东平阳，在今临汾县境内）。周成王封其弟叔虞于此，是为唐侯。《汉书·地理志》云："成王灭唐，而封叔虞，唐有晋水，及叔虞子燮为晋侯云。"郑玄《诗谱》云："成王封母弟叔虞于尧之故墟，曰唐侯，南有晋水。至子燮，改为晋侯。"《左传·昭公十五年》载周景王谓晋籍谈曰："叔父唐叔，成王之母弟也。"《史记·晋世家》云："成王与叔虞戏削桐叶为珪，以与叔虞曰：'以此封君。'史佚因言：'请择日立叔虞。'成王曰：'吾与之戏尔。'史佚曰：'天子无戏言。言则史书之，礼成之，乐歌之。'于是封叔虞于唐。"唐，初封为唐，后改为晋也。

唐国共十二篇。

## 蟋蟀

朱传云："唐俗勤，故其民间终岁劳苦，不敢少休。及其岁晚务闲之时，乃敢相与热饮为乐。"

蟋蟀在堂，岁聿其莫。
今我不乐，日月其除。
无已大康，职思其居。
好乐无荒，良士瞿瞿。

蟋蟀在堂，岁聿其逝。
今我不乐，日月其迈。
无已大康，职思其外。
好乐无荒，良士蹶蹶。

蟋蟀在堂，役车其休。
今我不乐，日月其慆。
无已大康，职思其忧。
好乐无荒，良士休休。

蟋蟀在堂，岁聿其莫。今我不乐，日月其除。无已大康，职思其居。好乐无荒，良士瞿瞿。

蟋蟀，虫名，振翅而鸣。◎在堂者，鸣声在堂，蟋蟀九月在堂。

聿，音玉，语词无义。

今我不乐，言当此之时，如我不为乐。

除，去也。谓日月去而年终也。

已，以，古通。以，用也。◎大，读为太。◎康，乐也。◎无已大康，言虽宜为乐，然勿用太过于乐也。

职，主也。◎职思其居，言主思其所居之事。

荒，废也。◎好乐无荒，言虽此时好乐，但不可至于荒乱废事也。

瞿，音句。瞿瞿，却顾之貌。◎良士瞿瞿，言若彼良士，瞿瞿然却顾，不敢恣乐也。

第一章，写岁暮安乐，而不可忘正事也。言蟋蟀已鸣在堂矣，时已九月之末，此后则岁将暮矣。当此之时，我如不为乐，则日月逝去，时光空度矣。然亦不可行乐太过，宜主思所居之事。此时虽可好乐，但不可至于荒乱废事。若良士则瞿瞿然却顾，不敢恣意为乐也。

蟋蟀在堂，岁聿其逝。今我不乐，日月其迈。无已大康，职思其外。好乐无荒，良士蹶蹶。

逝，迈也。

迈，行也。

外，余也。其所治事之余也。

蹶，音贵。蹶蹶，动而敏于事。

第二章，重首章之义，换韵而重唱之。良士蹶蹶，言良士于行乐之时，蹶蹶然敏于其事，而常思及所治之余，虽非属其所治，亦思之也。

**蟋蟀在堂，役车其休。今我不乐，日月其慆。无已大康，职思其忧。好乐无荒，良士休休。**

役车，庶人乘役车，役车休，农功无事也。

慆，音滔，过也。

职思其忧，主思其可忧之事也。

休休，安闲之貌。◎末二句言乐而有节，不至于过，则可以安闲，亦不敢恣乐之意也。

第三章，义同前二章，又换韵叠唱之。最后云"良士休休"，言乐而有节，则所以能安闲也。役车其休，言农事已毕，即岁暮之时也，义与前二章"岁聿其莫""岁聿其逝"相同。

按《诗序》云："《蟋蟀》，刺晋僖公也。俭不中礼，故作诗以闵之。"今观诗中所言，毫无刺意；更无俭不中礼之义；亦无为僖公而作之迹可寻。朱传以为所言，是古代农业社会生活之写照，颇能获其诗旨。

# 山有枢

此刺唐人吝啬之诗。

山有枢，隰有榆。（xí）
子有衣裳，弗曳弗娄。（lǚ）
子有车马，弗驰弗驱。
宛其死矣，他人是愉。

山有栲，隰有杻。（kǎo）（niǔ）
子有廷内，弗洒弗扫。
子有钟鼓，弗鼓弗考。
宛其死矣，他人是保。

山有漆，隰有栗。
子有酒食，何不日鼓瑟？
且以喜乐，且以永日。
宛其死矣，他人入室。

山有枢，隰有榆。子有衣裳，弗曳弗娄。子有车马，弗驰弗驱。宛其死矣，他人是愉。

枢，刺榆也。

隰，音习，下湿之地也。

娄，音屡，亦曳也。曳娄皆拖曳之义，谓穿著衣服也。

宛，死貌。

愉，乐也。

第一章，由山有刺榆，低地有榆写起，表明彼人之有财富也。因以兴起"子有衣裳，弗曳弗娄"以下二语。言彼是甚富有之人，而有衣裳却不肯穿着服用，有车马而不肯驰驱乘用。此种吝啬行为，并非俭德。若其死去，则徒将财产遗于他人，使他人欢乐而已。

山有栲，隰有杻。子有廷内，弗洒弗扫。子有钟鼓，弗鼓弗考。宛其死矣，他人是保。

栲，音考，山樗也。

杻，音纽，檍也，叶似杏而尖，白色，皮正赤，其理多曲少直。

廷，通庭。廷谓中庭内，谓堂与室也。

考，敲击也。

保，保有之也。

第二章，与首章义同，换韵而重言之。

山有漆，隰有栗。子有酒食，何不日鼓瑟？且以喜乐，且以永日。宛其死矣，他人入室。

漆，漆树也。

永，长也。长日，永长此日，乐不已也。

第三章，首尾均同前二章，惟换韵。至中间四句则突改变写法，以"子有酒食"一语，引起下面"何不日鼓瑟"一问，然后以"且以喜乐，且以永日"，以明其可以喜乐之状，生动有致。读其词，若闻其人直言于前，声在耳际。

按：此诗说者不一，至为纷纭。《诗序》又择题之最大者，谓刺晋昭公："不能修道，以正其国，有财不能用，有钟鼓不能以自乐，有朝廷不能洒扫，政荒民散，将以危亡，四邻谋取其国家而不知。"观全篇诗句，有劝其有衣食车马当及时享用之意，岂是不能修道，将以危亡之时所当言者？《序》之不足取固不待言。朱传则以为答《蟋蟀》一篇，而以解其忧，亦纯属猜度之辞。

何玄子以为诸大夫哀昭公之将亡，而私相告语之辞。解诗若此，真若猜谜。姚际恒则以为："诸家谓刺时君之败亡者，意本近是，然无所考。"既无所考，亦无据之谈。王质《诗总闻》以为此劝友人及时行乐之诗，是纯就文字而求者，极为接近。姚际恒云："若直依诗词作及时行乐解，则类旷达者流，未可为训。且其人无子耶？若有之，则以子孙为他人，是庄子之委蜕，佛家之本空矣！"姚之所见，则以为其人必为有子，亦太执著。且子孙虽非他人，当然亦非本人。何况本人死后，财产能否一定由子孙承受，皆不可知之事。他人二字，亦未必即专指子孙。愚意以为，与其谓此诗为劝人及时行乐之诗，莫如谓为刺吝啬之诗。及时行乐有恣意奢侈之意味，刺其吝啬则有用财应得其适宜之义，庶几得之也。

# 扬之水

《诗序》云："《扬之水》，刺晋昭公也。昭公分国以封沃，沃盛强。昭公微弱，国人将叛而归沃焉。"


扬之水，白石凿凿。
素衣朱襮，从子于沃。
既见君子，云何不乐？

扬之水，白石皓皓。
素衣朱绣，从子于鹄。
既见君子，云何其忧？

扬之水，白石粼粼。
我闻有命，不敢以告人。

扬之水，白石凿凿。素衣朱襮，从子于沃。既见君子，云何不乐？

扬，激扬也。

凿凿，鲜明貌。

襮，音博。领也。诸侯之服绣黼领而丹朱为纯也。纯音准，缘边也。

沃，曲沃。◎从子于沃，言国人欲献诸侯之服，从桓叔于曲沃也。

君子，指桓叔。

第一章，写国人倾心于曲沃桓叔之状。由扬之水兴起。激扬之水，波流湍急，动荡不安之状也。而其间白石凿凿然，在激荡之水流中屹立，不仅强固，且甚鲜明也。因以喻晋之动荡，及曲沃之强大，而曲沃之用心亦至明显也。现晋之民众，欲以素衣朱沃，献于曲沃而从桓叔矣。彼民众之心，倾向桓叔，既至曲沃，而见桓叔，则云何不乐？是谓众心已趋沃而背晋，难于挽救也。

扬之水，白石皓皓。素衣朱绣，从子于鹄。既见君子，云何其忧？

皓皓，洁白也。

朱绣，即朱襮也。

鹄，曲沃邑也。

云何其忧，言无忧也。

第二章，义同首章，换韵而重唱之。

**扬之水，白石粼粼。我闻有命，不敢以告人。**

粼粼，水清石见之貌。

命，命令也。

我闻有命，不敢以告人。闻其命而不敢以告人者，为之隐也。桓叔将以倾晋，而民为之隐。为之隐则心倾于桓叔也。

第三章，仍以扬之水起兴。而遽以两句作结，使读者有惊奇之感。因前二章用同一章法，本章又用同一起法，似仍以同一章法叠唱。然而突然缩短，且直叙其心意，言我已闻彼曲沃有命，已在谋晋矣。但兹事体大，我不敢以告人也。谓我不敢告人者，是愿桓叔之事成也。

按：郑笺："封沃者，封叔父桓叔于沃也。沃，曲沃，晋之邑也。"《左传·桓公二年》："惠之二十四年，晋始乱，故封桓叔于曲沃。"按惠之二十四年，鲁惠公二十四年也。晋文侯卒，子昭侯危不自安，封文侯弟成师于曲沃。曲沃大于翼。翼，晋君都邑也，成师号为桓叔。桓叔是时年五十八，好德，晋国之众皆附焉。曲沃渐强而晋弱，其后六十七年，桓侯之孙曲沃武公卒灭晋代为诸侯。曲沃武公即晋献公之父也。此诗之作，是晋之诗人咏晋人叛而归沃之状，以刺昭公之失策也。

# 椒聊

《诗序》云：“《椒聊》，刺晋昭公也。君子见沃之盛强，能修其政，知其蕃衍盛大，子孙将有晋国焉。”

椒聊之实，蕃衍盈升。
彼其之子，硕大无朋。
椒聊且！远条且！

椒聊之实，蕃衍盈匊。
彼其之子，硕大且笃。
椒聊且！远条且！

椒聊之实,蕃衍盈升。彼其之子,硕大无朋。椒聊且！远条且！

> 椒聊，椒也。即今之花椒。
>
> 蕃衍，繁多也。◎盈，满也。言椒实虽小，而多则可以满升。
>
> 其，音记，语词。◎之子，是子也，谓沃桓叔。
>
> 硕，大也。◎朋，比也。
>
> 且，音居，语词。
>
> 远条，长枝也。枝而能长，谓桓叔之力伸展，子孙众多也。
>
> 第一章，以椒实之小而能聚以为大，喻曲沃之可畏也。言椒之实甚小，然多而可以满升矣。彼沃之桓叔者，真硕大而无与比拟者也。然后仍以椒为喻而兴叹曰："椒乎！其伸长其枝条乎！"叹曲沃势力之张大而不能止之也。

椒聊之实,蕃衍盈匊。彼其之子,硕大且笃。椒聊且！远条且！

> 匊，音菊，两手曰匊。今俗言捧也，拼二手承物之谓。
>
> 笃，厚也，厚亦大也。
>
> 第二章，重首章之义，换韵而叠唱之。盈匊与盈升皆言其积而成堆。大而且笃，换韵之语耳，亦言其大而已。

按：沃之事见前《扬之水》。

## 绸缪

此咏新婚夫妇，感结为婚姻之不易，惊喜交集之诗。

绸缪束薪，三星在天。
今夕何夕？见此良人！
子兮子兮，如此良人何！

绸缪束刍，三星在隅。
今夕何夕？见此邂逅！
子兮子兮，如此邂逅何！

绸缪束楚，三星在户。
今夕何夕？见此粲者！
子兮子兮，如此粲者何！

绸缪束薪，三星在天。今夕何夕？见此良人！子兮子兮，如此良人何！

绸缪，音俦谋，缠绵也。◎言束薪而缠绵束之也。

三星，参宿也。

良人，夫称也。

子，咨之假借，嗟叹之词。

如此良人何，喜极之语也。

第一章，写新婚之夜，新妇见新郎，感婚姻原多阻碍，今竟得结婚乃惊喜交集也。绸缪束薪者，喻夫妇相与之情也。夫妇二人，相与之情，如缠绵束薪之相与为一也。三星在天，言夜间也。今夕是何夕，竟得见此良人！新妇感意外也。子兮子兮，新妇嗟叹不已。我有如此良人，我将如何？新妇喜极而不知如何以应付此当前美妙之境遇也。

按：三星，毛传："参也。"郑笺："心星也。"《正义》释传，引王肃，谓十月也。《正义》释笺，从郑说，谓为三月之末四月之中。据以为婚不得时之说。此前后二说已自矛盾矣。此三星在天是人在室中，绸缪相与；室外为暗夜，星斗在天。写情、写景、写时间，造成诗之境界之作用也。若必考其星名，推其季节，惟有陷入迷途而不返，去诗之旨必益远也。

绸缪束刍，三星在隅。今夕何夕？见此邂逅！子兮子兮，如此邂逅何！

刍，干草也。

在隅，在天之东南隅也。

邂逅，会合也。

第二章，亦以新妇为主而言，义同首章，换韵而重唱之。三星在隅与在天之义同。见此邂逅，言夫妇竟有此会合，初未敢希望，而今竟能结婚，有意外之感也。有此会合，真不知何以处之也。

绸缪束楚，三星在户。今夕何夕？见此粲者！子兮子兮，如此粲者何！

楚，木名。

在户，当室之户也。

粲，美也。指新妇。

第三章，仍以"绸缪束楚，三星在户"兴起"今夕何夕"之语。然以新郎为主而言，故曰"见此粲者"。然后新郎亦若新娘之惊喜而嗟叹：有如此粲者，将如何！前后男女心声呼应，道尽喜极不知所措，如在梦中之状。

按：《诗序》云："《绸缪》，刺晋乱也，国乱则婚姻不得其时焉。"《序》之所言，又以故入国乱大题而失之模糊。此诗但道男女成婚，并无不得其时之义。毛传云："三星在天，可以嫁取矣。"明言得时。郑笺云："乃见其在天，则三月之末，四月之中，见于东方矣，故云不得其时。"实属牵强。三星在天、三星在隅、三星在户，皆泛指夜间而已。若如郑笺在天在隅在户为四月五月六月三期间，而此婚者必为三对配偶，而所经之情形必皆为同一情形！即使果然，然则若七月八月九月之婚者是否得时，固亦应道及。否则即除四至六月之外皆得时矣。解诗如此，直为解释法律条文矣，岂诗之义哉？朱传云："国乱民贫，男女有失其时而后得遂其婚姻之礼者。"颇为近理。细审原诗，愚意以为：当是新婚夫妇感婚姻结合之难，新婚之夜，惊且喜者也。姚际恒、方玉润都谓纯系贺新婚之诗，似未甚妥，因此中无一祝贺之词也。

# 杕杜

朱传云："此无兄弟者，自伤其孤特而求助于人之辞。"

有杕之杜，其叶湑湑。
独行踽踽，岂无他人？
不如我同父。
嗟行之人，胡不比焉？
人无兄弟，胡不佽焉？

有杕之杜，其叶菁菁。
独行睘睘，岂无他人？
不如我同姓。
嗟行之人，胡不比焉？
人无兄弟，胡不佽焉？

有杕之杜，其叶湑湑。独行踽踽，岂无他人？不如我同父。嗟行之人，胡不比焉？

杕，音弟，孤特貌。有杕即杕然，即孤特然。◎杜，植物名，赤棠也。

湑，音胥。湑湑，盛貌。

踽，音距。踽踽，无所亲之貌。

岂无他人？不如我同父。言岂无他人可亲，惟不如同父之兄弟也。

行，音杭，道路。

比，亲也。

佽，音次，助也。

第一章，由杕然之杜起兴，言赤棠之树，是孤特之树矣。然其叶且能茂盛，而我则独行而无所亲也。然世上岂是无其他人在邪？固有之，但皆不如我同父之兄弟相亲相助，故不免于独行耳。于是嗟叹道路之人，何不见我之孤独而亲我邪？何不见我之无兄弟而相助邪？

有杕之杜，其叶菁菁。独行睘睘，岂无他人？不如我同姓。嗟行之人，胡不比焉？人无兄弟，胡不佽焉？

菁，音精。菁菁，盛貌。

睘，音琼。睘睘，无所依貌。

第二章，义同首章，换韵，以为重唱。

按诗序云："《杕杜》，刺时也，君不能亲其宗族，骨肉离散，独居而无兄弟，将无沃所并尔。"此说又附会历史，攀曲沃强大之事，以强合刺时之说，固不足取。朱传之说是。

# 羔裘

《诗序》云：“《羔裘》，刺时也。晋人刺其在位不恤其民也。”

羔裘豹祛，自我人居居。
岂无他人？维子之故。

羔裘豹褎，自我人究究。
岂无他人？维子之好。

羔裘豹袪，自我人居居。岂无他人？维子之故。

祛，音趋，衣袖也。羔为裘，而以豹皮为袖，在位卿大夫之服也。

居居，怀恶不相亲比之貌。

岂无他人，言岂无他人可往归乎？

之，是也。◎故，故旧也。◎维子之故，言惟以子为故旧之人也。

第一章，写在位卿大夫盛服倨傲，人心恶之之状。言其人羔裘而豹皮为袖。自我者，言其目中无人，惟有自我，并无他人，于是其倨傲之态，唯我独尊之心，乃成怀恶不相亲比之实，惟知享乐在位而不恤其民，民乃生怨。虽然，民仍未遽叛离。诗人指出："岂是无他人可归往者乎？"其所以未去者，维念此卿大夫为故旧之人也。乃以此诗刺之，使改悔也。

按：此诗人所言"民有他人可以归往"之语，所怨者既为卿大夫，则民当是卿大夫采邑之民。说见郑笺。孔氏《正义》谓卿大夫世食采邑，在位者幼少未仕之时，与此民相亲相爱，故称好也。虽属臆测，颇为近理。


羔裘豹褎，自我人究究。岂无他人？维子之好。

褎，同袖。

究究，犹居居也。

好，去声，爱好也。言爱好此卿大夫而不去也。

第二章，义同首章，换韵而重唱之。

按：此诗之疑问在"居居""究究"二辞。毛传："居居，怀恶不相亲比之貌。""究究，犹居居也。"循毛传，则本诗为刺在位不恤民，则无疑问。而朱传以为"居居""究究"皆未详。二辞之义既不能定，则本篇之旨乃不能定。愚意《诗序》说《诗》，往往未合；而毛传训诂，固多可取。《尔雅·释训》："居居，究究，恶也"。与毛传义合。《正义》引李巡注《尔雅》云："居居，不狎习之恶。"居与倨通。倨傲无礼，故为恶也。胡承珙有说。朱传但道未详，无何证据，以驳毛传，似不足重视。《尔雅》所释者，亦足供参考。马瑞辰引《荀子》"是裾裾何也？"杨倞注："衣服盛貌。"胡承珙谓"裾裾与居居同"，亦谓有倨傲之色。马说谓徒有盛服，不恤其民之义，是亦恶义也。是众说仍不离于毛传。然则如无其他更有力之证明，则《诗序》之说可采也。

# 鸨羽

朱传云："民从征役而不得养其父母，故作此诗。"

肃肃鸨羽，集于苞栩。
王事靡盬，不能蓺稷黍。
父母何怙？
悠悠苍天，曷其有所！

肃肃鸨翼，集于苞棘。
王事靡盬，不能蓺黍稷。
父母何食？
悠悠苍天，曷其有极！

肃肃鸨行，集于苞桑。
王事靡盬，不能蓺稻粱。
父母何尝？
悠悠苍天，曷其有常！

**肃肃鸨羽，集于苞栩。王事靡盬，不能蓺稷黍。父母何怙？悠悠苍天，曷其有所！**

肃肃，羽声。◎鸨音保，鸟名，似雁而大，无后趾，不栖于树。

苞，茂也。◎栩，音许，栎也，其子实即为橡子。

王事，王室之事，犹今言国家之事。◎靡，无也。◎盬，音古，止息也。◎王事靡盬者，王事靡可止息也。

蓺，音意，种也。

怙，音户，恃也。

曷，何也。◎曷其有所，言如何能有安身之所！

第一章，征人苦于行役而思田园父母，自为叹息之词也。肃肃鸨羽集于苞栩者，征人自为比也。征人终日劳苦，日暮途远，夕阳在山，随地扎营。栖止非其所安，故因以兴叹，乃以肃肃群鸨自比。鸨为雁类，本不木栖，今言集于栩木之枝上，喻其所栖非所安之处，以比征人之无安所也。今行役已久，而王事尚无止息之时，不能归家种稷黍，田园荒芜，父母何所依恃？天乎！天乎！不知如何能有安身之所！本章首二句鸨集于栩之语，诗人想象自比之语，并非实事也。因鸨鸟之爪，不宜木栖，绝不可能集于树，故可明见其为设词。

按：盬，息也。《经义述闻》说。

**肃肃鸨翼，集于苞棘。王事靡盬，不能蓺黍稷。父母何食？悠悠苍天，曷其有极！**

棘，枣也。

极，已也。言此行役如何能已也。

第二章，义同首章，换韵重言之。稷黍、黍稷，颠倒应用，美在自然，韵乃随之。

**肃肃鸨行，集于苞桑。王事靡盬，不能艺稻粱。父母何尝？悠悠苍天，曷其有常。**

鸨行，鸨之行列也，结队而飞也。

尝，食也。

常，平常也。言如何能复其平常家居之日也。

第三章，同前二章，又换韵而叠唱之。

按《诗序》云：“《鸨羽》，刺时也。昭公之后，大乱五世，君子下从征役，不得养其父母，而作是诗也。”《序》之说本与朱传说相似。惟《序》说必指为昭公之后，大乱五世，不免自限范围，不如朱传所言包括之周严也。盖《诗序》常持某诗专为某事而作之观念，而无某诗是何种情感之看法。若此诗当是征役之人望田园、思父母之作，所表达者，为诗人之心情。至于其征役在何时，则无关情感，自无关诗旨。固不必若《诗序》之必寻出在昭公之后。何况《序》亦无何根据。原为抒情之诗，强作咏史之诗，故觉其扞格而不入也。

# 无衣

此晋大夫为武公请命于天子之使之诗也。


岂曰无衣七兮？
不如子之衣，
安且吉兮。

岂曰无衣六兮？
不如子之衣，
安且燠<sup>yù</sup>兮。

**岂曰无衣七兮？不如子之衣，安且吉兮。**

侯伯之礼七命。其国家官室车旗衣服礼仪皆以七为节。诸侯之礼，执信圭七寸，冕服七章。七章之衣者，画衣三章（雉、火、宗彝），绣裳四章（藻、粉米、黼、黻）。岂曰无衣七兮者，言岂无七章之服，旧固有之也，然非天子命我之服也。

子，天子之使也。武公之大夫，就天子之使，请天子之衣，故云子之衣也。子之衣即指天子之命服而言之。

安且吉兮，言服天子之命服，则既安且吉。

第一章，晋大夫向天子之使请命，请命为诸侯也。以服言之，七章之服，侯之服也。谓晋侯岂是无七章侯服乎，然是旧有之服，不如天子之命服。有天子之命，则真为诸侯矣。服天子之命服，则安而且吉。

**岂曰无衣六兮？不如子之衣，安且燠兮。**

天子之卿六命，车旗衣服以六为节。变七言六者，谦也。不敢必为侯伯，得受六命之服，列于天子之卿，亦足矣。

燠，音玉，暖也。暖亦安之意也。

第二章，降其衣为六章之服，天子之卿服也。首章诸侯之命，以七章侯服言之。次章降挹而请之，若能获六命之服，亦已足矣。然此惟谦词而已，非真降而求之也。

按《诗序》云：“《无衣》，美晋武公也。武公始并晋国，其大夫为之请命乎天子之使，而作是诗也。”《序》之所言，惟美武公一语不足信。盖武公赂王以获王命，不足以言美也。武公名称，曲沃桓叔之孙也。晋侯缗二十八年，曲沃武公伐晋侯缗灭之，尽以其宝器赂献于周厘王。厘王命曲沃武公为晋君，列为诸侯，于是尽并晋地而有之。参阅本书《唐风·扬之水》篇。武公虽并晋而心不自安，以未得天子之命服也。诸侯不命于天子，则不成为国君。故请乎天子之使。

# 有杕之杜

此自感孤特，无人相过而赋也。

有杕之杜，生于道左。
彼君子兮，噬肯适我。
中心好之，曷饮食之。

有杕之杜，生于道周。
彼君子兮，逝肯来游。
中心好之，曷饮食之。

有杕之杜，生于道左。彼君子兮，噬肯适我。中心好之，曷饮食之。

杕，音弟，孤特貌。有杕即杕然。◎杜，赤棠也。见前《杕杜》篇。

噬，音逝，发语词。◎适，往也。◎噬肯适我言肯来我家也。

好，去声。

曷，何也。◎曷饮食之，言不知何以能饮之食之，晤对畅谈，一为快也。

第一章，以"有杕之杜，生于道左"起兴。言有赤棠孤特然生于道左，兴己孤独无相与之意也。而若我者，今亦孤独寂寞，甚望彼君子肯来我之家中也。然彼未能来也，我惟中心好而思慕之而已。不知彼能否来此，我将何以能饮之食之，得一快也。

有杕之杜，生于道周。彼君子兮，逝肯来游。中心好之，曷饮食之。

周，曲也。

逝、噬皆发语之辞。

第二章，同首章，惟换韵以重言之耳。

按《诗序》云："有杕之杜，刺武公也，武公寡特，兼其宗族，而不求贤以自辅焉。"然诗之内容，是切望彼人来我之义，并无不求贤之义。若谓诗中言求，即为刺不求，如此曲解则言苦则刺乐，言乐则刺苦，言东则刺西，言西则刺东乎？是何无定旨邪？朱传云："好贤而恐不足以致之。"其义甚近。惟仍以国君为视界，似除有关于国君者不足为诗。是亦小题大作，使诗意荡然者。由诗辞中察之，是自感孤独，无人过往而赋之诗也。

# 葛生

此为女子悼念亡夫之诗。

葛生蒙楚，蔹蔓于野。
予美亡此，谁与？独处！

葛生蒙棘，蔹蔓于域。
予美亡此，谁与？独息！

角枕粲兮，锦衾烂兮。
予美亡此，谁与？独旦！

夏之日，冬之夜。
百岁之后，归于其居。

冬之夜，夏之日。
百岁之后，归于其室。

**葛生蒙楚，蔹蔓于野。予美亡此，谁与？独处！**

葛，蔓生植物，见前《周南·葛覃》篇。◎蒙，掩也。◎楚，木名。

蔹，音敛，蔓生草也。

予，我也。◎美，所美之人，其君子也。◎亡，去也。不忍言其死，故曰去耳。

谁与，与，共也。言与谁相共也。◎独处，言惟有独处耳。

第一章，女子见葛已生而甚长，蒙于楚木，蔹已蔓遍于野，春已深矣。而触目荒烟蔓草，倍增凄凉。盖嫠妇之心，见春草而益生忉怛也。乃念予所美之人去此不返，冬去春来，谁与我相共享之邪，惟有独处而已！首章由葛生而引起愁思也。

**葛生蒙棘，蔹蔓于域。予美亡此，谁与？独息！**

棘，枣也。

域，茔域也，即墓地。

息，止息也。◎独自止息亦言独处之义也。

第二章，女由野至于墓地也。言葛生掩棘，而蔹草蔓生，遍掩墓地。予所美者，一去不返。谁与我相共邪？惟独自止息而已！次章叙由首章之愁思，而至墓地一悼念也。

**角枕粲兮，锦衾烂兮。予美亡此，谁与？独旦！**

角枕，以角饰枕也。◎粲，鲜明貌。

衾，音钦，被也。◎烂，鲜明貌。

独旦，独处至于天明也。

第三章，女由墓地归，夜寝伤感之情也。不再言葛生，言鲜明之角枕，灿烂之锦衾，昔日有我所美之人共享，今其人去而不返，谁与我相共邪？惟有独处达旦而已！以上三章，章法相同，而三易其地，使境界三变，忧伤益深，然情犹未尽，乃有下两章。

按：角枕，屈万里说。

**夏之日，冬之夜。百岁之后，归于其居。**

夏之白昼长而夜短，言夏之日者，日长难度也。

冬之夜长昼短，言冬夜者，长夜漫漫，不能入寐。谁与？独旦！凄苦极矣！

居，坟墓也。

第四章，泛言平日孤独之情也。夏之日长，冬之夜长；日长难度，夜长不能入寐，寂寞凄凉，苦楚何堪！然而此情谁诉？惟待百岁之后，与君子相会于其墓中而已。诗至于此，情已道尽，然犹不能止也，乃换韵重唱之，作末章。

**冬之夜，夏之日。百岁之后，归于其室。**

室，墓室也。

第五章，义同四章，颠倒冬夜夏日，因以换韵，重词叠唱，意境愈为凄然，缠绵悱恻，不可方物。

按《诗序》云："《葛生》，刺晋献公也，好攻战，则国人多丧矣。"盖已得见为悼念亡夫之诗，然仍以为题旨太小，乃牵向好攻战则国人多丧。此全非解《诗》之态度，直为设法将《诗》解为大题目之作法。明明为感情丰富之悼念亡人之诗，而转变其旨，指为刺晋献公，则诗之情感全失，索然无味。《诗序》之病，在此种处者不少。朱传以为妇人以其夫久从征役而不归而作。然此诗中并无一语表示行役。朱传所以思及此者，显受《诗序》献公好攻战之语之影响，而造出久役不归之说。此诗自首至尾，为女子之情感。"百岁之后，归于其居"之语，郑笺谓"妇人专一，义之至，情之尽"。想为众所同感，则此诗当系女子悼念亡夫之诗也。

# 采苓

朱传云："此刺听谗之诗。"

采苓采苓，首阳之巅。
人之为言，苟亦无信。
舍旃舍旃，苟亦无然。
人之为言，胡得焉！

采苦采苦，首阳之下。
人之为言，苟亦无与。
舍旃舍旃，苟亦无然。
人之为言，胡得焉！

采葑采葑，首阳之东。
人之为言，苟亦无从。
舍旃舍旃，苟亦无然。
人之为言，胡得焉！

采苓采苓，首阳之巅。人之为言，苟亦无信。舍旃舍旃，苟亦无然。人之为言，胡得焉！

苓，音零，药名，植物，一名大苦。

首阳，山名。在今山西永济县，亦名雷首山。

为，读为伪，为言者，讹言也。以下为言均同。

苟，且也。◎无信，勿信。

旃，音毡，为之焉二字之合声。见前《魏风·陟岵》。

无然，勿以为然也。

第一章，劝人勿轻信不真实之言也。"采苓采苓，首阳之巅"者，当是当时众所周知之不可信之言也。以采苓之人，皆自称采苓在首阳之巅，因首阳之巅产最佳之苓也。但首阳之巅，高而难攀，人少能登者。故虽非山巅之苓，而制造伪言，自称山巅之苓，以证其为难得佳品也。其后则采苓者皆自言为首阳山顶之苓。始或信之，后经证实其非真首阳山顶之苓，故"首阳山巅之苓"，乃为不可信之伪言矣。诗人乃以此流行之伪言为全篇之始。言所谓"采苓采苓，在首阳之巅"者，诚属人之伪言，且勿轻信也。若此类之伪言，乃常有之。当舍之不听，勿以为然也。若能不轻信之，则人之为讹言者，何能有所得哉！

按："采苓采苓，首阳之巅"，毛传未能贯串其义。朱传义亦模糊。郑笺云："言采苓之人众多非一也，皆云采此苓于首阳山之上。首阳山之上信有苓矣，然而今之采者，未必于此山。"极为近理。今据以释之。

首阳，旧说有五处。兹据孔氏《正义》："首阳之山在河东蒲坂县南。"即在今永济县。

人之为言，"为"当读为伪，说详见孔氏《正义》及阮氏《校勘记》。

采苦采苦，首阳之下。人之为言，苟亦无与。舍旃舍旃，苟亦无然。人之为言，胡得焉！

苦，苦菜也。

与，许也。

第二章，义同首章，换韵而重唱之。言采苦之义与采苓同。言此苦菜为首阳山下之珍品，实未必也。

采葑采葑，首阳之东。人之为言，苟亦无从。舍旃舍旃，苟亦无然。人之为言，胡得焉！

葑，芜青也，菜名，已见《邶风·谷风》。

第三章，义同前二章，换韵而叠唱之。言采葑之义与采苓、采苦同。谓自标珍产难得，实则伪言也。

按《诗序》云："《采苓》，刺晋献公也。献公好听谗焉。"《序》说亦谓刺听谗者，惟指专刺献公，则必指骊姬事也（献公听骊姬，太子申生死，公子夷吾、重耳出奔，详见《左传》及《史记·晋世家》）。然全篇末稍露此事之意，安见其必为此事而发？且刺听谗不专指献公可矣，不专为国君发亦可矣，此亦《诗序》必欲以国君为《诗》之对象之病。朱传之说是也。

# 秦

　　秦，国名，其在禹贡雍州之域（今陕西甘肃二省大部及青海额济纳之地为古雍州之地），秦之先为颛顼之后，至大费（一名伯翳，《尚书》谓之伯益），佐禹治水有功，赐姓嬴氏。其后中潏居西戎，似保西垂。七世孙非子，居犬丘，好马及畜，善养息之。周孝王召使主马于汧渭之间，马大蕃息。孝王分土封之为附庸，而邑之秦。使复续嬴氏祀，号曰秦嬴。秦嬴玄孙秦仲，为周宣王大夫，诛西戎，不克，西戎杀秦仲。犬戎与申侯伐周，杀幽王，而秦襄公将兵救周，战甚力，有功。平王东迁，秦仲孙襄公以兵送平王。平王封襄公为诸侯，赐之岐以西之地。襄公于是始与诸侯通聘享之礼。襄公生文公，以兵伐戎。遂收周余民而有之。地至岐。岐以东献之周。至玄孙德公，始徙于雍（今陕西兴平县）。

　　秦国共十篇。

## 车邻

此美秦之富而强，君能易近臣民而能和乐之诗。


有车邻邻，有马白颠。
未见君子，寺人之令。

阪有漆，隰有栗。
既见君子，并坐鼓瑟。
今者不乐，逝者其耋。

阪有桑，隰有杨。
既见君子，并坐鼓簧。
今者不乐，逝者其亡。

有车邻邻，有马白颠。未见君子，寺人之令。

邻邻，众车之声也。

白颠，额有白毛。

君子指秦君。

寺人，内小臣也。寺人为奄人，后世之宦者。◎之，是也。令，使也。◎寺人之令，言先使寺人通报也。

第一章，诗人述入宫未见君以前之经过。言有众车前进，邻邻然有声，有白额之马，以供驱驾。此言行路之排场也。及达宫中，未见国君之前，有国君所使之寺人，先行通报于君。此虽言君之排场，亦诗人之光荣，故叙之也。


阪有漆，隰有栗。既见君子，并坐鼓瑟。今者不乐，逝者其耋。

阪，音反。陂陀不平之处，阪则有漆树生焉。

隰，音习，下湿之地。隰有栗树生焉。◎言阪有漆、隰有栗者，象国之治也。各种之地，有各种之种植生长，各种之事，有各种之秩序。有生产，有制度，国治之象也。

既见君子，既已见其君。

并坐鼓瑟，言君臣相燕饮安乐也。

今者不乐，言如今再不乐。

逝，去也，指日月逝去。◎耋，音迭，老也。八十曰耋。◎逝者其耋，言日月逝去，我将老矣。

第二章，诗人叙其见其国君相燕饮之乐也。先言阪有漆，隰有栗，述国家治强之象也。国家治强，其君始觉可敬。及既见其国君，君竟能与其并坐鼓瑟，相与燕饮，诗人至此则更觉其君之可亲。故曰如今再不及时欢乐，则日月逝去，将光阴徒过而人老矣。此得见其贤君，喜极之言也。

**阪有桑，隰有杨。既见君子，并坐鼓簧。今者不乐，逝者其亡。**

簧，笙中之鼓动发声之铜片，此指笙。

亡，丧弃也。◎末二句言今者再不欢乐，则日月逝去，老而丧亡，光阴徒逝也。

第三章与二章义同，换韵而重唱之也。此诗首章，叙将见之经过。次章叙既见之乐。三章叠唱，重第二章，可见其全篇重在既见君子已后之事。乃于此二章中重复叙述国家之富，国君之贤，以称美之也。

按《诗序》云："《车邻》，美秦仲也。秦仲始大，有车马礼乐侍御之好焉。"然秦仲为周宣王大夫，诗中言寺人等官，非所宜有。朱传谓："是时秦君始有车马及此寺人之官。将见者，必先使寺人通之，故国人创见而夸美之也。"此皆重视于车马侍御之美盛，以为足以夸耀者。然细察全诗，作者意在美其君之能易接近，而能并坐鼓瑟，和乐可亲。是以知秦之能富而强者，以君之贤也。诗而美之。

# 驷驖

此美秦君田猎之盛也。

驷驖孔阜，六辔在手。
公之媚子，从公于狩。

奉时辰牡，辰牡孔硕。
公曰左之，舍拔则获。

游于北园，四马既闲。
輶车鸾镳，载猃歇骄。

**驷骥孔阜，六辔在手。公之媚子，从公于狩。**

驷，四马也。◎骥，音铁，铁色之马也。◎驷骥，言四马皆为铁色。◎孔，甚也。◎阜，大也。

辔，音佩，御马之索，每马有二辔，四马当有八辔，但以骖马内辔纳之于觼，故在手者，仅六辔也。

媚子，所亲爱之人也。

于，语助词。◎狩，冬猎曰狩。

第一章，写田猎出行之状也。言有四铁色之马，皆甚为肥大，为公车之驾。六辔在手者，御而驰之也。车上何人？公及公之所亲爱之人，从公狩猎也。

按：六辔在手，骖马内辔纳之于觼者，觼即鐊，环之有舌者，置于轼之前。轼者，车前之横木也。骖马之内辔，不须牵挽，系于轼前之觼，御者但执骖马之两外辔，及两服之辔四，故合则共为六也。见孔氏《正义》。服马者，四马居中之二马。骖马者，四马居左右外侧之二马。服马相并稍前，骖马居两侧稍后。参看《郑风·大叔于田》篇。

**奉时辰牡，辰牡孔硕。公曰左之，舍拔则获。**

时，是也。◎辰，读为麎，牝麋也。以泛指雌兽，与牡为对文。◎牡，兽之雄者也。◎奉者，虞人驱兽以待君射也。◎奉时辰牡者，言奉献此雌雄之兽，供君射之也。

孔，甚。◎硕，大。

左之，命御者使左其车，以射兽之左。古射者必以中其左为善。

舍，释而放之也。◎拔，矢末也。◎舍拔则获，言矢放则中而有收获也。

第二章，写田猎之状也。言掌山泽苑囿之虞人，驱合时之雄兽，以供君射。此所供之时兽，皆甚为壮大。公曰："左向！"盖射以"中其左"为善也。于是发矢，每发必获！公诚善射者也。

按：奉时辰牡，毛传云："冬献狼，夏献麋，春秋献鹿豕群兽。"此《周礼·天官·兽人》文。此群兽为兽人献以供食之兽，非虞人驱以供射之兽。马瑞辰云："按：辰当读为麎。《尔雅》：'麋牡麎牝麎。'《说文》：'麎，牝麋也。'辰牡犹言骏牝。彼以骏为牡，与牝对言。此以麎为牝，与牡对言。"马氏之意，谓"辰""牡"为对文，犹言"牝""牡"。辰字非形容词，辰牡并非依时节所供之牡兽。盖以毛传所引《周官》，以辰牡为供射，显有疑问。若以辰牡作牝牡解之，则不必为时兽，当与《天官·兽人》之文无关。马氏之说于解释不生疑义，较旧说为长。

**游于北园，四马既闲。輶车鸾镳，载猃歇骄。**

闲，熟习也。

輶，音由，轻也。◎鸾，铃也。◎镳，马衔也。轻车为驱逆之车，异于乘车，置鸾于镳之两旁。乘车则鸾在衡而和在轼也。

猃，音险，猎犬之长喙者。◎歇骄，猎犬之短喙者。◎载猃歇骄者，以车载犬，猃与歇骄皆有之焉。

第三章，叙田事已毕，游园之状也。言田事既已毕矣，乃游于北园，驾于车之四马既为调习闲熟者，乃轻车置鸾铃于镳之两旁，载猎犬于车之上，轻快驱驰，从容游乐，自甚得也。

按《诗序》云：“《驷䮫》，美襄公也。始命，有田狩之事，园囿之乐焉。”然诗中无始命之意。亦无时代可寻，谓专以美襄公，似嫌勉强。方玉润云："美田猎之盛也。"但既曰公，则当在襄公之后所作，而为美秦之某一君田猎之盛者也。

# 小戎

此丈夫出征，妇人送别之诗也。

小戎俴收，五楘梁辀，
游环胁驱，阴靷鋈续。
文茵畅毂，驾我骐馵。
言念君子，温其如玉。
在其板屋，乱我心曲。

四牡孔阜，六辔在手，
骐駵是中，騧骊是骖。
龙盾之合，鋈以觼軜。
言念君子，温其在邑。
方何为期？胡然我念之？

俴驷孔群，厹矛鋈錞。
蒙伐有苑，虎韔镂膺。
交韔二弓，竹闭绲縢。
言念君子，载寝载兴。
厌厌良人，秩秩德音。

小戎俴收，五楘梁辀，游环胁驱，阴靷鋈续。文茵畅毂，驾
我骐馵。言念君子，温其如玉。在其板屋，乱我心曲。

小戎，兵车也。将帅所乘曰元戎或大戎，群臣所乘曰小戎。
◎俴，音践，浅也。◎收，轸也，车后横木谓之轸，车四面木亦
曰轸。大车之轸深八尺。兵车之轸，由前至后四尺四寸，故曰浅轸。

楘，音木，历录也。历录者，交紾缠束之名。以丝交紾缠之，
务为缠固。◎五楘，束之凡五处也。◎辀，音舟，车辕也。大车
谓之辕，兵车田车乘车谓之辀，辀前端上曲如桥梁，故曰梁辀。
梁辀缠束五处，故曰五楘梁辀。

游环，以皮为之，在服马背上，骖马之外辔贯之，其游移不
定，故曰游环。◎胁驱，以皮为之，前系于衡之两端，后系于轸
之两端。当服马胁之外，所以驱骖马，不得内入也。

阴，舆前轼下之板，又名揜軓。軓音范。遮于车轼前轸下正
中，掩住軓板，亦以为饰也。◎靷，音引，引车所用之皮条。后
端系于车轴，出于揜軓之下，前端系于衡。以出于阴下，故曰阴
靷。◎鋈，音沃，白金也。◎续，续靷也。靷之长度非一皮条所
能任，故必接续以足也。其长，接处用环扣紧之，以白色金属为
环，故曰鋈续。

茵，车席也。文茵，虎皮车席。◎畅，长。◎毂，音谷，车
轮中心包围车轴之圆木也。

骐，音其，马青骊文如博綦也。◎馵，音注，马之左足白者。

君子，妇人谓其夫也。

温其，温然也。◎如玉，美之之词也。

板屋，以板为屋。西戎以板为屋。

心曲，心灵深处也。

第一章，妇人送其出征之夫，见其出征时车马之状；想象别后彼至西戎，居宿板屋之苦境，而心中烦乱不安。言小戎兵车浅轸，梁辀而加以五处缠束，马身系以游环，加以胁驱，阴靷以白金扣续之，敷虎皮之车席，转兵车之长毂，驾骐馵之马，驰驱而去矣！以上写车，写车饰，写马，皆其夫临出发时之景象，为妇目中所见者也。由车起，然后及马，是由征人登车起，迄马动而人去也。然后始言及：言念君子，温其如玉。今将远去西戎，宿其板屋，不知其苦况如何，使我心中烦乱也。

按：历录，毛传但云："束有历录。"孔氏《正义》云："所束之处，因以为文章历录然。历录，盖文章之貌也。"朱传从之。若此则"历录"为一形容词，言其有文彩也。王夫之《诗经稗疏》云："于束之上，更以丝交綮，如纺车之左右交綮，务为缠固，此之谓历录。何文章之有邪？"胡承珙据以考之，证王说为是。然则历录是梁辀上所缠束之处也。

梁辀，前端上曲之辕也。辕者，车前长伸之木，用以系马而引车者也。大车两木，直平曰辕。小车一木，居车之中，稍曲而上。而服马夹之而驾。孔氏《正义》曰："梁辀，辀上曲句衡。衡者轭也（横木以阻马颈，藉以引车者）。辕从轸以前稍曲而上，至衡则居衡之上，而向下句之，衡则横居辀下，如屋之梁然，故谓之梁辀也。"

游环，毛传："靷环也，游在背上，所以御出也。"《释名》："游环，在服马背上，骖马之外辔贯之，游移前却无定处也。"

阴：阮元《考工记车制图解》："阴者，舆前式下板也。""軓之为物，盖在舆之前，轸之下正中，略如伏兔，为半规形，以围轴身。""此阴板撑乎轴前空虚，下垂至轴，上并軓亦掩之使不见，故阴名撑軓，且为舆前容饰也。或直谓撑軓为軓者，误矣。"按戴震以为撑軓即为軓，见《考工记图》。以阮说为长。

靷，毛传："所以引也。"朱传："靷以皮二条前系骖马之头，后系阴板之上也。"胡承珙："《说文》：靷，引轴也。""盖靷从舆下而出于軓前，以系于衡，其革不能如此之长，必须为环以接续之，故曰鋈续，其后则系于车轴。故《说文》以靷为引轴。""若靷系于阴板之上，阴板非挽舆得力之处，何以引车？诗以阴连靷言者，殆以其自下而出于撑軓之前，故曰阴靷耳。"以胡说为近理。

**四牡孔阜，六辔在手，骐骝是中，騧骊是骖。龙盾之合，鋈以觼軜。言念君子，温其在邑。方何为期？胡然我念之？**

牡，雄马也。◎孔，甚也。◎阜，大也。

辔，音佩，御马索也。每马二辔，四马有八辔，以骖马内辔纳于觼，故在手者六辔耳。参前《驷驖》篇。

骝，音留，马赤身黑鬣曰骝。◎是中，在中间，谓两服也。

騧，音瓜，黄马黑喙者曰騧。◎骊，黑马也。以騧骊为两侧之骖。

龙盾，盾上画龙文者也。◎合，言合而载二盾也。

觼，音厥，环之有舌者。◎軜，音纳，骖之内辔也。◎置觼于轼前，击軜。所以系二辔，成六辔也。故曰觼軜。以白金饰觼故曰鋈。

邑，西鄙之邑也。

方，将也。◎方何为期，将何时为归期也。

胡然我念之，言何为使我思念之邪？

第二章，亦由其出发时之车马写起。首章由车写至马，此章由马写至车。是马已行动，而车乃渐远也。言四雄马甚为肥大，六辔在手，乃前驶矣。骐骝为服，騧骊为骖，龙文之盾合而载于车上，轼前有白金饰之䡅以纳骖之外辔焉。车已启行，人已去矣，我惟怀念君子，在西鄙之邑，当亦温然若我想象中之人也。但不知将以何时为归期邪？何以使我如此之思念之邪？

俴驷孔群，厹矛鋈錞。蒙伐有苑，虎韔镂膺。交韔二弓，竹闭绲縢。言念君子，载寝载兴。厌厌良人，秩秩德音。

俴驷，四介马也。谓以薄金为介。介，甲也。◎孔，甚也。◎群，合群也。

厹，音求。厹矛，三隅矛也，刃有三角，即有三叉之矛。◎錞，音敦，矛之下端也。鋈錞是白金之錞。

蒙，龙杂也。◎伐，中干也，盾之别名。◎苑，文貌。有苑即文采然。画杂羽之文采于盾上曰蒙伐，蒙伐乃文采烂然之盾。

韔，音畅，弓囊也。虎韔，用虎皮作成之弓囊也。◎镂，雕镂也。◎膺，弓之前面曰膺，弓之后面曰臂。镂膺谓雕镂之弓面。

交韔二弓，于帐中颠倒安置二弓，以备有损坏也。

闭，古通作䪐，一作柲，弓檠也。以竹为之，缚于弓里，备损伤于弓也。◎绲，音滚，绳也。◎縢，音腾，捆扎也。◎竹闭绲縢，言以竹为䪐，以绳捆扎于弓里也。

载，则也。◎兴，起也。

厌厌，安也。◎良人指夫言。

秩秩，有序也。有序言相继而来，无差失也。◎德音，指对方之语言。见前《邶风·日月》。

第三章，由马之群动写起，描写兵器，其意念在作战也。四介马，合群调和而动，是则车已行矣。彼人在车上，置有白金为鐏之三隅矛，有画文采之盾，有虎皮所作之弓囊，而弓面镂饰，于囊中颠倒交插二弓，竹秘紧系于弓里，此皆妇送其夫时所见，但见其英姿飒爽，驰车而去。此去当必与敌人作战，但不知能安全否？故此后思念君子，在寝眠之时，当皆不能释于怀也。但愿良人安然，不断寄回音信也。

按：镂膺，毛传："膺，马带也。"马瑞辰引范处义、严粲说，谓镂饰弓室之膺。弓以后为臂，则以前为膺。故弓室之前亦为膺耳。诗上言虎韔，下言交韔二弓，不应中及马带。其说极为合理。

按《诗序》云："《小戎》，美襄公也。备其甲兵，以讨西戎。西戎方强，而征伐不休，国人则矜其车甲，妇人能闵其君子焉。"据此则一诗两义，而中间并无贯通语气之处，实不可通。且亦未见有专为襄公之词。朱传不仅从其说，且谓虽妇人亦知勇于赴敌，而无所怨。诚不知何以云然。此外众说纷纭，总由君臣之间作想，皆不能得其旨。愚意此乃丈夫出征，妇人送别之诗也。此诗每章之首，由车马刀弓写起，状出征启行之情形也。随之写送别之人之心情，"言念君子"以下各语是也。此一章法，后世杜子美兵车行用之，极为明显。

# 蒹葭

此为隐者自咏之诗。

蒹葭苍苍，白露为霜。
所谓伊人，在水一方。
溯洄从之，道阻且长。
溯游从之，宛在水中央。

蒹葭萋萋，白露未晞。
所谓伊人，在水之湄。
溯洄从之，道阻且跻。
溯游从之，宛在水中坻。

蒹葭采采，白露未已。
所谓伊人，在水之涘。
溯洄从之，道阻且右。
溯游从之，宛在水中沚。

兼葭苍苍，白露为霜。所谓伊人，在水一方。溯洄从之，道阻且长。溯游从之，宛在水中央。

蒹，荻也。◎葭，音加，芦也。◎苍苍，深青之色，盛多而成苍苍之色也。

伊，当作繄，繄犹是也。◎是人，诗人自谓也。

在水一方，在水之另一边也。言隔绝之意也。

溯，音素。洄，音回。◎溯洄，逆流而上也。

阻，险阻也。

遡游，顺流而涉也。

宛，坐见貌。言其形貌可以目见其存在于前也。

第一章，隐士自咏其幽居之情味，及外人不得寻致而中心自慰之意态。首言兼葭苍苍，白露为霜者，写其居处草泽之间，秋色渐深，芦荻萧萧，霜露满天之景象。虽词惟八字，而意境萧疏，予人以超俗离尘之感。所谓伊人，在水一方者，诗人自谓也。诗人处幽深之处，人莫能知，自云："此人者，居在水之另一方！"言不与世人杂处，而在不可寻之所也。然此处所之不可寻如何耶？则"遡洄从之，宛在水中央"。逆流而上，既险且远。顺流寻之，目可见，而不可及：似人在水间，而船不可达。是则以居处之幽隐自许，言无人能寻得我，我深感自慰也。遡洄、遡游二句，迷离难求其理，非写实之作，意态而已。

按：伊人，伊当作繄，从郑笺。


兼葭萋萋，白露未晞。所谓伊人，在水之湄。溯洄从之，道阻且跻。溯游从之，宛在水中坻。

萋萋，犹苍苍也，盛多之貌。

晞，音希，干也。

湄，音眉，水边也。

跻，升也。◎道阻且跻，谓走上升路，甚为艰难。

坻，音迟，水中小渚也。

第二章，义同首章，换韵重唱之。

蒹葭采采，白露未已。所谓伊人，在水之涘。溯洄从之，道
阻且右。溯游从之，宛在水中沚。

采采，犹萋萋也，亦盛多貌。

未已，未止也。

涘，音俟，厓也。

右，谓迂回也。

沚，音止，水中小渚也。

第三章，义同前二章，又换韵而为叠唱之。


按《诗序》云："《蒹葭》，刺襄公也。未能用周礼，将无以固其国焉。"此
亦贤者不为所用之义，惟转折太远，令人无法将《序》义与文词相接。《诗
序》之弊多有如此者。朱传云："言秋水方盛，所谓彼人，乃在水之一方，
上下求之而皆不可得，然不知其何所指也。"既不知何所指，则不必论矣。
崔述云："此诗在《小戎》之后，《黄鸟》之前，知秦人惟务强兵而不复爱
惜人才为事，使伊人不在水一方；且将有继子车氏三良而不保其身者，信
乎其有见几之哲。宜诗人之反复而叹美之也。"谓为诗人赞美隐者之诗，
已极近似。惟愚意此诗当是隐者自咏之诗也。盖若为诗人咏隐者，则为即
事之诗，寻而难致也。试问若宛在水中央者，果有此种虚无飘渺之地乎？

或谓亦只意象之而已，若果只为意象之而已，本诗则并非即事，乃徒作想象描写耳。然则诗中所述，不免落空，而呈模糊。今如作隐者自咏，则为隐士深藏，自言所居无人能寻到之诗。所谓伊人者，诗人自拟也。如此则全无难解之处矣。且蒹葭白露，直不食人间烟火，非隐者自咏，难能道之也。

# 终南

朱传云："此秦人美其君之诗。"

终南何有？有条有梅。
君子至止，锦衣狐裘。
颜如渥丹，其君也哉！
<small>wò</small>

终南何有？有纪有堂。
君子至止，黻衣绣裳。
佩玉将将，寿考不忘。
<small>qǐ</small>
<small>fú</small>
<small>qiāng</small>

终南何有？有条有梅。君子至止，锦衣狐裘。颜如渥丹，其
君也哉！

　　终南，山名，在今陕西省西安之南。

　　条，木名，山楸也。◎梅，木名，柟也。

　　君子，指其君也。◎至止，至终南山下也。

　　锦衣，采锦之衣。锦衣而狐裘，诸侯之服也。

　　渥，厚渍也。◎丹，红色之粉末。◎颜如渥丹，言面色如厚
渍以丹，形容其红润也。

　　其，语词。

　　第一章，写其君之服饰容止而赞美之也。首写终南之山，
终南在陕，秦地也。"终南何有"者，欲夸终南之有也，乃自
答"有条有梅"。言其山之气势，物之丰富，以象秦之壮大也。
于此山之下，有我君至止焉。我君服饰如何？锦衣狐裘，灿然
诸侯之服也。我君仪容如何？颜如渥丹，面色红润，此诚是我
之国君乎！赞叹之语也。


终南何有？有纪有堂。君子至止，黻衣绣裳。佩玉将将，寿
考不忘。

　　纪，读为杞。◎堂，读为棠。杞、棠，均木名。

　　黻，音弗。黻衣即衮衣。

　　将，音锵。将将，佩玉声也。

　　不忘，长久之意。

　　第二章，大旨同首章，仍以"终南何有"起：言终南何有？
有杞而有棠也。吾君至止，着衮衣绣裳，而佩玉之声锵锵然，

言其服饰之美也。若此真吾国之好君也，其将寿考而长久乎！

按：有纪有堂，毛传："纪，基也；堂，毕道平如堂也。"朱传："纪，山之廉角也；堂，山之宽平处也。"皆牵强而又义不适。《经义述闻》以为：纪读为杞，堂读为棠。不仅于字音有据，而于文义亦顺。盖首章有条有梅，皆木名。本章有纪有堂忽然写山。曰山有基、有角、有平处，皆无意义，甚为不合。得杞与棠之解则豁然通矣。

黻衣绣裳，毛传："黑与青谓之黻，五色备谓之绣。"马瑞辰、胡承珙均引《尔雅》："衮，黻也。"谓黻衣犹言衮衣。马氏谓："黻衣绣裳，犹《九罭》诗衮衣绣裳，衮衣与黻衣皆通言章服耳。"

按《诗序》云："《终南》，戒襄公也。能取周地，始为诸侯，受显服，大夫美之，故作是诗以戒劝之。"审其词章，毫无戒劝之意，只有赞美之语。《诗序》之所以多误者，常有故意牵入某君，故意认定某史之意图，因而曲折以言其旨，虽不稍近不顾也。至于大夫美之，实亦未必。牵大夫为作者，与牵某君为诗中之主人，是同一弊也。

# 黄鸟

《诗序》云：“《黄鸟》，哀三良也。国人刺穆公以人从死，而作是诗也。”

交交黄鸟，止于棘。谁从穆公？子车奄息。
维此奄息，百夫之特。临其穴，惴惴其慄。
彼苍者天，歼我良人！如可赎兮，人百其身。

交交黄鸟，止于桑。谁从穆公？子车仲行。
维此仲行，百夫之防。临其穴，惴惴其慄。
彼苍者天，歼我良人！如可赎兮，人百其身。

交交黄鸟，止于楚。谁从穆公？子车鍼虎。
维此鍼虎，百夫之御。临其穴，惴惴其慄。
彼苍者天，歼我良人！如可赎兮，人百其身。

交交黄鸟，止于棘。谁从穆公？子车奄息。维此奄息，百夫之特。惴惴其慄。彼苍者天，歼我良人！如可赎兮，人百其身。

交交，通咬咬，鸟声也。

棘，枣也。

子车，子车氏。◎奄息，名也。

特，杰出之称。

穴，谓冢圹中也。

惴，音赘。惴惴，惧貌。◎慄，战慄。

歼，音尖，尽杀也。◎良人，善良之人。

末二句言有百人来以其身赎之也。

第一章，秦人惜三良之死，行于野，望穆公之墓而兴哀悼也。交交黄鸟止于棘者，于野之所见，而于心之所感也。言行在林野、交交而鸣之黄鸟，栖止于枣树，荒野少人之景象也。诗人见而有所触，以黄鸟虽为小禽，而彼有自由飞鸣、往来栖止之所。若彼三良，人中之杰出，反而殉葬而死。乃由此兴起：谁从穆公之葬而死？子车氏名奄息者是也。此人为百夫中之杰出者，实不当驱以从死也。想象彼人当临圹穴之中，恐惧而战慄之状，能不令人同情而哀悼！言念及此，乃呼诉于天：言苍天乎，何竟杀尽善人？如可赎此善人，则必有百人以其身来赎也。此言其得人望之深，甚至有多至百人肯为之牺牲生命以赎之。

按：交交，毛传："小貌。"朱传："飞而往来之貌。"马瑞辰云："交交通作咬咬，谓鸟声也。《文选》嵇叔夜《赠秀才入军诗》：'咬咬黄鸟，顾畴弄音。'李善注引《诗》'交交黄鸟'，又引古歌'黄鸟鸣相追，咬咬弄好音'。《玉篇》《广韵》并曰：

'咬咬，鸟声。'毛诗作交交者，涓借字耳。"

人百其身，郑笺云："人皆百其身，谓一身百死犹为之。"于文义颇为不顺。马瑞辰云："人百其身，谓愿以百人之身代之。言人百其身者，倒文也。"愚意倒文是也。"愿以百人之身代之"即是"百人愿以身代之"，以见秦人爱之之义，方合于诗之作也。

交交黄鸟，止于桑。谁从穆公？子车仲行。维此仲行，百夫之防。临其穴，惴惴其慄。彼苍者天，歼我良人！如可赎兮，人百其身。

行，音杭。仲行，人名。

防，当也。◎百夫之防，言一人可当百夫。

第二章，义同首章，惟换从死之人为仲行，因以换韵，而重唱之。

按：仲行，郑笺谓为字。马瑞辰以为仍当为名，而非字。由《左传》《史记》所录度之，三人皆应为名，不宜中间一人用字。马说为是。

交交黄鸟，止于楚。谁从穆公？子车鍼虎。维此鍼虎，百夫之御。临其穴，惴惴其慄。彼苍者天，歼我良人！如可赎兮，人百其身。

楚，木名。

鍼，音拑。

御，当也。犹上章防之义。

第三章，义同前二章，又换其所伤悼之人，因以又换韵，从而为三叠之唱。三易其所追思之人，而成一唱三叹之词，笔墨天然，不可多见。

按：鍼，《左传》杜注："其廉反。"《史记正义》同。

按：此事见《左传·文公六年》："秦伯任好卒，以子车氏之三子奄息、仲行、鍼虎为殉。皆秦之良也。国人哀之，为之赋《黄鸟》。"《史记·秦纪》："缪公卒，葬雍，从死者七十七人。秦之良臣子舆氏三人名曰奄息、仲行、鍼虎，亦皆在从死之中。秦人哀之，为作歌《黄鸟》之诗。"任好，穆公名。穆、缪通。子车氏《史记》作子舆氏。

# 晨风

此妇人被弃，望与其夫重聚之诗。


鴥彼晨风，郁彼北林。
未见君子，忧心钦钦。
如何如何！忘我实多。

山有苞栎，隰有六驳。
未见君子，忧心靡乐。
如何如何！忘我实多。

山有苞棣，隰有树檖。
未见君子，忧心如醉。
如何如何！忘我实多。

**䲶彼晨风，郁彼北林。未见君子，忧心钦钦。如何如何！忘我实多。**

䲶，音聿，疾飞貌。◎彼，指示字。◎晨风，鹯也，鸟名，似鹞，青黄色。

郁，茂盛貌。

君子指夫。

钦钦，忧而不忘之貌。

第一章，妇人思君子之言也。䲶彼晨风，郁彼北林者，妇人眼中所见之景象也。妇人为其夫所弃，寂寞苦思，凭窗远眺，见彼晨风之鸟，疾飞而入彼茂盛之北林。此正昔日与夫相共欣赏之景物也。触景生情，于是兴叹。言未见君子之同在，思望之心，钦钦然忧而不能忘也。然我虽思望之，究能如何！因彼忘我实已多矣。言彼忘我之多者，意谓彼重来相聚，实甚难也。是仍盼相聚之意。哀怨缠绵，第一等好诗。若谓是刺秦康公，不知是何等滋味也。

**山有苞栎，隰有六驳。未见君子，忧心靡乐。如何如何！忘我实多。**

苞，茂也。栎，音历，木名，一名栩。

隰，音习，下湿之地。◎驳，音剥，即驳马，木名，即梓榆也。

靡乐，无乐，言忧之甚也。

第二章，义与首章同，惟换首二句䲶彼、郁彼，为山有、隰有，并换韵。山有苞栎，隰有六驳者，景物依旧，人事已非也。远看山，仍有茂栎，近看隰，仍有六驳马之树。景物如昔，而君子不与我共之矣。忧心无乐，念之甚深，然如何如何！彼竟忘我而不返也。

**山有苞棣，隰有树檖。未见君子，忧心如醉。如何如何！忘我实多。**

棣，音弟，唐棣也，木名。

檖，音遂，赤罗也。木名，一名杨檖。

如醉，忧更深矣。

第三章，换韵叠唱。二三章章法全同，与首章二句不同，义亦相似，仍是一意三叠之诗。

按《诗序》云："《晨风》，刺康公也。忘穆公之业，始弃其贤臣焉。"此惟视诗中有被弃之意，便作臆断耳。由诗中文字何曾寻出康穆公痕迹？朱传以为妇人念其君子之诗，稍为近理。愚意以为：此非怀念之词，而为被弃冀能复聚之语也。

# 无衣

此秦人勤王从军之诗。

岂曰无衣？与子同袍。
王于兴师，修我戈矛，
与子同仇。

岂曰无衣？与子同泽。
王于兴师，修我矛戟，
与子偕作。

岂曰无衣？与子同裳。
王于兴师，修我甲兵，
与子偕行。

岂曰无衣？与子同袍。王于兴师，修我戈矛，与子同仇。

同，共也。

王，指周王。◎于，语助词。于字义已屡前见。◎王于兴师，言王正在兴师也。

第一章，从军者相与共励也。言岂以我等无衣而同着此袍乎？今吾与汝皆共同着此战袍者，为勤王也。现王正在兴师征伐，我当备我戈矛，共赴战场，而与子同其仇敌，而共歼之也。

岂曰无衣？与子同泽。王于兴师，修我矛戟，与子偕作。

泽，襗之假借字，裤也。

作，起也。

第二章，义同首章，换韵重唱之也。同泽与同袍义同。偕作言共同起而歼敌也。

按：泽，毛传："润泽也。"笺云："襗，亵衣。近污垢。"孔氏《正义》云："笺以上袍下裳，则此亦衣名，故《易传》为襗。《说文》云：'襗，裤也。'是其亵衣近污垢也。"

岂曰无衣？与子同裳。王于兴师，修我甲兵，与子偕行。

裳，上衣下裳。

行，音杭，往也。

第三章，又换韵，为三叠唱。

按《诗序》云："《无衣》，刺用兵也。秦人刺其君好攻战，亟用兵，而不与民同欲焉。"读此诗"同仇""偕作""偕行"诸语，皆是振奋之词，毫无刺意。朱传："秦俗强悍，乐乎战斗，故其人平居而相谓也。"此说殊不能合。盖乐于战斗则平居相谓"与子同仇"，不免太过。与子同仇，必有已成之敌也。伪《子贡诗传》，申培《诗说》，谓："秦襄公以王命征戎，周人赴之，赋此。"前半近是，然以为周人赴之则误矣。谢枋得谓秦人欲报戎仇，故踊跃从军，而无退志。然"王于兴师"之义何在？方玉润谓："秦人乐为王复仇也。"虽近之而不具体，似只为乐于复仇，而未见其行动。实则此诗必为已从军启行，乃有斯言也。否则何言同袍同泽？愚意以为，此秦人勤王从军之诗也，不必固指为何时何事，庶几无疑焉。

# 渭阳

朱传云："秦康公之舅，晋公子重耳也。出亡在外，穆公召而纳之。
时康公为太子，送至渭阳而作此诗。"


我送舅氏，曰至渭阳。
何以赠之？路车乘黄。
shèng

我送舅氏，悠悠我思。
何以赠之？琼瑰玉佩。
guī

**我送舅氏，曰至渭阳。何以赠之？路车乘黄。**

我，秦康公自称。◎舅氏，指晋公子重耳。

曰，发语词，无义。◎渭阳，渭水之阳也。此时秦都于雍，至渭阳者，雍在渭南。水北曰阳。晋在秦东，行必渡渭，盖东行至于咸阳之地也。

路车，诸侯之车也。◎乘，音盛。四马曰乘。乘黄者，四马皆黄色也。

第一章，送别之词也。言我送舅氏，至于渭之北，即将别矣。何以赠之？赠以诸侯所乘之路车，而驾以四黄马也。

**我送舅氏，悠悠我思。何以赠之？琼瑰玉佩。**

悠悠，思之长也。

瑰，音归。琼瑰，石而次于玉者。◎琼瑰玉佩，以琼瑰为佩玉也。

第二章，换韵而叠唱之。易所至之处，为所思之情。所至者，送别至此而止；所思者，从此而别，故思之也。

按：琼瑰，《正义》曰："佩玉之制，唯天子用纯，诸侯以下则玉石杂用。此赠晋侯，故知琼瑰是美石次玉。"

按：康公为穆公之子，名罃。穆公夫人，晋献公之女而重耳之姊也。故重耳乃康公之舅也。晋骊姬作乱，太子申生死新城，重耳夷吾出奔。晋献公卒，立骊姬子奚齐，其臣里克杀奚齐。荀息立卓子。克又杀卓子及荀息。秦送夷吾返晋立为晋君，是为惠公。惠公卒，子圉立，是为怀公。子圉初质于秦，亡归。秦怨子圉亡去。子圉立一年，秦使人送重耳归晋，立为晋君，是为文公。杀子圉。详见《左传》僖公五年至廿四年，及《史记·秦本纪》

及《晋世家》。此诗则重耳归晋，康公送至渭水所咏。其时为穆公廿四年，亦即鲁僖公廿四年。康公时尚为太子。此诗显为送别之词。而《诗序》谓康公念母也，又云及其即位而作是诗，明为送舅，而必曰念母。强牵孝思，而全不顾诗之原文，《诗序》之拙，至于如此。

# 权舆

朱传云："此言其君始有渠渠之夏屋，以待贤者。而其后礼意浸衰，供意浸薄。至于贤者每食而无余。于是叹之，言不能继其始也。"

於我乎夏屋渠渠，
今也每食无馀。
于嗟乎！不承权舆。

於我乎每食四簋，
今也每食不饱。
于嗟乎！不承权舆。

**於乎夏屋渠渠，今也每食无馀。于嗟乎！不承权舆。**

夏，大也。◎屋，具也。大具，大馔具也。◎渠渠，犹勤勤
也，即殷勤。

不承，不继也。◎权舆，始也。

第一章，诗人自叹受凉薄之词也。言君之于我，其始与以
大馔具，以丰盛之肴。而今日食则无馀，不能饱矣。于嗟乎！
君之待我，不能继其始也。意谓不能始终如一也。

**於我乎每食四簋，今也每食不饱。于嗟乎！不承权舆。**

簋，音轨，竹制容器，容一斗二升，内方外圆，以盛黍稷。

第二章，同首章之义，换韵而叠唱之。

按：此诗古今说者，大致相近。惟《诗序》附会云："《权舆》，刺康公也。
忘先君之旧臣，与贤者有相始而无终也。"但不知由何处得见为专对康公
之语？又何处必见为旧臣对新君之语？此惟叹君主礼遇，今非昔比之词耳，
无关于康公也。

# 陈

陈，国名，太皞伏羲氏之墟，在禹贡豫州之东（今河南省旧开封府以东，南至安徽亳州一带）。其地广平，无名山大川。西望外方（即嵩高山），东不及孟诸（泽名，在今河南商丘县东北）。周武王时，舜帝之后有虞阏父者，为周武王陶正。武王赖其利器用，与其神明之后，以元女大姬妻其子妫满，而封之于陈。都于宛丘之侧（今河南淮阳县东南），是曰陈胡公。与黄帝、帝尧之后，共为三恪。太姬无子，好巫觋歌舞之乐，其民化之。陈传世至闵公二十一年（即鲁哀公十七年），为楚惠王所灭。

陈国共十篇。

# 宛丘

此刺陈之士大夫游荡之诗。


子之汤<sup>dàng</sup>兮，宛丘之上兮。
洵有情兮，而无望兮！

坎其击鼓，宛丘之下。
无冬无夏，值其鹭羽。

坎其击缶<sup>fǒu</sup>，宛丘之道。
无冬无夏，值其鹭翿<sup>dào</sup>。

**子之汤兮，宛丘之上兮。洵有情兮，而无望兮！**

子，指游荡之人也。◎汤，读为荡，游荡也。

宛丘，其丘四方高，而中央低下，故曰宛丘。宛丘在陈城南道东。

洵，信也，诚然也。

无望，无德望也。

第一章，直指游荡之人有失德望也。言此游荡之人，在宛丘之上作乐，诚得逸乐之情矣，而于德望则全然无之也。

按：宛丘，毛传："四方高中央下曰宛丘。"《尔雅·释丘》："陈有宛丘。"《水经·渠水注》："宛丘在城南道东。"《释名》云："中央下曰宛丘。"则此宛丘是以其形而名之，又为陈之丘名也。

**坎其击鼓，宛丘之下。无冬无夏，值其鹭羽。**

坎，击鼓之声。坎其，犹坎然。

无冬无夏，犹言无论冬季夏季。

值，持也。◎鹭羽，鹭鸶之羽也。毛长洁白，舞者用以为翳。翳者，舞者持以指麾者也。

第二章，写游荡者逸乐之情状也。言击鼓坎然，在宛丘之下。无论冬季夏季，常持其鹭羽。指其常在歌舞作乐之中也。

**坎其击缶，宛丘之道。无冬无夏，值其鹭翿。**

缶，音否。陶器，大腹小口，以盛液体物者。古人扣之，以节乐拍。

翿，音导，翳也。

第三章，同二章，换韵以重唱之也。

按《诗序》云："《宛丘》，刺幽公也。淫荒昏乱，游荡无度焉。"此诗是刺游荡者，意固昭然，但未必是刺幽公。此诗中既无幽公之迹可寻，亦无国君意味在内。且云"子之汤兮"，非对君之语。朱传云："国人见此人常游荡于宛丘之上，故叙其事以刺之。"是能得其当之说。至于此人为谁，既言乐舞，又能常为游荡之事，非平民所能为，当为陈之士大夫也。

# 东门之枌

此咏陈国巫觋歌舞，男女往观之状，以刺其失也。

东门之枌，宛丘之栩。
子仲之子，婆娑其下。

榖旦于差，南方之原，
不绩其麻，市也婆娑。

榖旦于逝，越以鬷迈。
视尔如荍，贻我握椒。

东门之枌，宛丘之栩。子仲之子，婆娑其下。

枌，音坟，白榆也。

宛丘，见上篇《宛丘》。◎栩，音许，栎也，俗谓橡子。

子仲，氏也。◎之子，男子也，指子仲氏之男子。

婆娑，舞貌。

第一章，写东门之白榆之下，或宛丘之栎树之下，有子仲氏之男子，婆娑起舞。谓东门之枌，宛丘之栩者，指出觋之舞处，不止一地也。此章专写男觋之舞，可见非男女相聚而舞，是觋之舞也。

按：子仲之子，郑笺云："之子，男子也。"而朱传以为女。按次章云"不绩其麻"显指女子，则此章当指男子。从郑笺。


榖旦于差，南方之原，不绩其麻，市也婆娑。

榖，善也。旦，日也。榖旦即吉日。◎于，词语。◎差，音钗，择也。

南方之原，南方原氏之女也。

绩，纺也。纺麻为妇女之事。

市也婆娑，舞于市也。

第二章，写女巫之舞也。言择其吉日，南方原氏之女，不绩其麻，而于市中歌舞。原氏盖巫之氏也。舞必择吉日，可见其为祭祝之意。此章又专写女，可见非男女相聚而舞。

按：南方之原，郑笺云："南方原氏之女，可以为上处。"上处者，即舞位之前头。朱传云："以会于南方之原。"今按前章云"子仲之子"，本章云"南方之原"，皆为姓氏，当合章法。

原以邑为氏，陈奂有说。

**穀旦于逝，越以鬷迈。视尔如荍，贻我握椒。**

逝，往也。◎穀旦于逝，言吉日而往也。

越以，犹于以，语词也。◎鬷，音宗，总也。迈，行也。总行，谓相合而共行，指男女同行也。

荍，音翘，芘芣也，又名荆葵，又名锦葵，花似钱大，花色粉红，有紫纹缕之。

贻，赠也。◎握椒，一握之椒也。椒，芬芳之物。

第三章，写男女相杂，以观巫觋歌舞，乃有失态之状也。言今日为吉日，当有巫觋之舞，宜前往观看也。乃男女相共而往。观赏之际，男之视女，见女有如锦葵之美；而女之于男，则赠以一握之椒，以见男女间之情也。

此诗前二章章法相同，一以写男观，一以写女巫，前后二叠，状其歌舞，道其风俗。三章虽仍以穀旦起头，然章法全变，而转写国中男女往观情状，为全篇主旨所在，因以刺之。前后章法井然有序。

按《诗序》云：“《东门之枌》，疾乱也。幽公淫荒，风化之所行，男女弃其旧业，亟会于道路，歌舞于市井尔。”朱传云：“此男女聚会，歌舞而赋其事，以相乐也。”朱说已见《序》说之穿凿，乃取其部分，其说近似。惟男女歌舞，但缘相聚，即歌舞相乐，似仍觉牵强。盖歌舞之事，似应在祭祀、庆祝、节日之际，必有相聚之会，必有歌舞之由也。姚际恒引汉王符《潜夫论》云：“诗刺‘不绩其麻，女也婆娑’，今多不修中馈，休其蚕织，而起学巫觋，鼓舞事神，以欺诳细民。”姚氏以为足证诗意。观诗中“穀旦于差""穀旦于逝"之语，行动择取吉日，祭祝之意存焉。若谓巫觋歌舞祝祷，男女相聚而观之，致失其所务，而相与调笑，诗人咏而刺之，庶几是矣。

# 衡门

此隐者自咏之诗。

衡门之下，可以栖迟。
泌之洋洋，可以乐饥。
（泌 bì）

岂其食鱼，必河之鲂？（鲂 fáng）
岂其取妻，必齐之姜？

岂其食鱼，必河之鲤？
岂其取妻，必宋之子？

衡门之下，可以栖迟。泌之洋洋，可以乐饥。

衡门，横木为门。门之深者有堂宇，此但横木为门，则房舍之最简陋者也。

栖迟，游息也。

泌，音必，泉水也。洋洋，水广大貌。

乐饥，游乐而忘饥。

第一章，隐者自道虽居简而食不足，然自得其乐之状。言横木为门，虽极简陋，然于我可以游息自乐矣；食虽不足，而泌之洋洋，游于其上，亦以自得其趣而可以忘饥也。

岂其食鱼，必河之鲂？岂其取妻，必齐之姜？

河，指黄河。◎鲂，音房，鱼名。黄河之鲂鱼，小头缩项，穹脊阔腹，扁身细麟，其色青白，腹内有肪，味最鲜美。

取，娶也。

齐之姜者，齐国姜姓之女也。

第二章，隐者自道无奢无求自得其乐之状。言食能且饱则可矣，岂必食河中之鲂耶？娶妻但荆钗布裙，相与为家可矣，岂必若齐国姜氏之女，既美且富邪？

岂其食鱼，必河之鲤？岂其取妻，必宋之子？

宋之子，宋国，商之后，子姓。此言宋国子姓之女也。

第三章，义同二章，换韵叠唱之，以加重其义也。

按《诗序》云："衡门，诱僖公也。愿而无立志，故作是诗，以诱掖其君也。"

谓僖公愿而无立志，故以此诗诱之。此诗为隐逸之意，其诱僖公隐逸可矣，诱其立志可乎？且世间宁有诱其君隐逸者乎？《诗序》之去题甚远者，往往如此。《韩诗外传》云："衡门，贤者不用世而隐处也。"朱传云："此隐居自乐而无求者之辞也。"皆能得其旨。

# 东门之池

朱传云：“男女会遇之辞。”


东门之池，可以沤<sup>òu</sup>麻。
彼美淑姬，可与晤歌。

东门之池，可以沤<sup>zhù</sup>纻。
彼美淑姬，可与晤语。

东门之池，可以沤菅<sup>jiān</sup>。
彼美淑姬，可与晤言。

东门之池，可以沤麻。彼美淑姬，可与晤歌。

池，城池也。

沤，音怄。久浸渍也。渍麻使之柔也。

淑姬，贤女也。

晤，对也。

第一章，东门之池，沤麻之所也。沤麻为女事，男女约相会晤，此正其地也。故曰彼美淑姬，可以晤歌，言可以与女晤对于此而同歌也。有谓淑姬既为贤女，何能与人约晤？惟与人相约即认为不贤，恐为后世之事，三百篇之际，或不致如此也。况作诗者当为男士，男士约女相遇，自然以为淑姬。此为诗人主观之淑姬耳，淑姬一辞，不足为疑。

东门之池，可以沤纻。彼美淑姬，可与晤语。

纻，音伫，麻属。

第二章，义同首章，换韵重唱之。

东门之池，可以沤菅。彼美淑姬，可与晤言。

菅，音尖。草名，似茅而滑润。根质强韧，可为刷帚。

第三章，义同前二章，又换韵而三叠唱之。

按《诗序》云：“《东门之池》，刺时也。疾其君之淫昏而思贤女以配君子也。”此说腐极。若其君有淫昏之处，当思贤臣以辅佐之，何以思贤女邪？况全篇之中，丝毫未见君昏之义，不知《诗序》何以云尔。细审其辞，但为男女约晤见之语，不必务求深义，则迎刃而解矣。

# 东门之杨

此男女相期会而女未能至，男乃赋此。


东门之杨，其叶牂牂。
昏以为期，明星煌煌。

东门之杨，其叶肺肺。
昏以为期，明星晢晢。

东门之杨，其叶牂牂。昏以为期，明星煌煌。

　　杨，杨柳之扬起者。

　　牂，音臧。牂牂，茂盛貌。

　　昏，黄昏也。

　　明星，启明也。◎煌煌，明貌。启明见时，是将天明也。◎昏以为期，言以黄昏为相见之期，然候至启明已见，而未见来也。

　　第一章，写相期约而不遇也。言东门之地，杨柳茂盛之处，彼此相约，于黄昏相遇。然候至启明已煌煌照耀，彼人仍未至也。

东门之杨，其叶肺肺。昏以为期，明星晢晢。

　　肺，音沛。肺肺犹牂牂，茂盛貌。

　　晢，音哲，晢晢犹煌煌也。

　　第二章，义同首章，换韵而叠唱之。

按《诗序》云："《东门之杨》刺时也。昏姻失时，男女多违，亲迎女犹有不至者也。"然诗中未见昏姻之义。朱传以为期会而有负约不至者，是也。至者由黄昏候至启明，当必为男子也。

# 墓门

此刺时君不能除恶之诗。

墓门有棘，斧以斯之。
夫也不良，国人知之。
知而不已，谁昔然矣。

墓门有梅，有鸮<sup>xiāo</sup>萃止。
夫也不良，歌以讯之。
讯予不顾，颠倒思予。

墓门有棘，斧以斯之。夫也不良，国人知之。知而不已，谁昔然矣。

　　墓门，墓道之门，冢间幽闲希行，故生棘薪也。

　　斯，析也，即劈也。

　　夫，指人而言，言此人不良。

　　已，犹去也。◎知而不已，言知其不良而不能去之。

　　谁昔，昔也。犹言畴昔。谓此种情形，不仅今日有之，自昔已常然矣。

　　第一章，由"墓门有棘，斧以斯之"，兴起"夫也不良"之文。言墓门冢间，以幽闲希行，而有棘矣。然犹以为棘生于此，有碍于事，乃以斧劈去之。而今若此人之不良者，国人尽皆知之。知其恶而不去之，良可叹也。惟此种事不只今日有之，自古常然也。


墓门有梅，有鸮萃止。夫也不良，歌以讯之。讯予不顾，颠倒思予。

　　梅，柟也。

　　鸮，音宵，恶声之鸟也。◎萃止，集聚栖止。

　　讯，音信。谏也。◎歌以讯之，言以此诗谏之。

　　予，我也。◎讯予不顾，言谏之亦不顾我也。

　　颠倒，颠覆破灭也。◎颠倒思予，言至颠覆破灭之时，则当思我之谏言也。

　　第二章，仍以墓门二语，兴起下文。盖从上篇章法，顺势而为之也。言墓门有柟树，上乃有恶鸟集聚栖矣。以恶鸟兴起恶人也。今乃有人不良，我乃作歌以为谏，在能除之也。而竟不我顾，待为患至于颠覆破灭，则当思我之谏言矣。

按：讯，毛传："讯，告也。"《释文》引《韩诗》云："讯，谏也。"义较毛传为长。

按《诗序》云："《墓门》，刺陈佗也。陈佗无良师傅，以至于不义，恶加于万民焉。"陈佗事见《春秋》。《左传·桓公五年》："陈侯鲍卒，再赴也。于是陈乱。文公子佗杀太子免而代之。"杜注："佗，桓公弟五父也。称文公子，明佗非桓公母弟也。免，桓公太子。"（免音问）《春秋·桓公六年》："秋八月壬午太阅。蔡人杀陈佗。"注："佗立踰年，不称爵者，篡立未会诸侯也。"《毛诗正义》："以免为大子，其父卒，免当代父为君，陈佗杀之而取国，故以弑君言之。"按陈佗弑太子免而自立，国人恶之，次年，蔡人杀佗，佗无谥。《史记·陈杞世家》以佗为厉公，有误。厉公名跃，其母蔡女，故蔡人弑佗而立厉公。司马贞《索隐》考之甚详。此《诗序》所指之事也。惟此诗于辞中并未见佗之字样。谓"夫也不良"是指其傅相不良，于史亦无实据。朱传疑之，但云"此人不良"，不谓陈佗。审其全篇，有"国人知之"之语，谓为刺其君不能除恶，则无疑义。《诗序》之说虽似亦相近，然无实据。而行文之间，若以陈佗为恶，则是刺桓公。兹以为刺时君，不专指某人，较为周严。

# 防有鹊巢

朱传云："此男女之有私，而忧或间之之词。"

防有鹊巢，邛有旨苕。
谁侜予美？心焉忉忉。

中唐有甓，邛有旨鹝。
谁侜予美？心焉惕惕。

**防有鹊巢，邛有旨苕。谁侜予美？心焉忉忉。**

防，堤防也。

邛，音蛩，丘也。◎旨，美也。◎苕，音调，草名，叶青茎绿，可食。

侜，音舟，张也，诳也。◎予美，谓予所美之人。

忉，音刀。忉忉，忧劳貌。

第一章，写男女情好而忽有隙，乃忧有间言之心情。言鹊是巢于木者，苕生于下湿之地。今竟谓堤防之上有鹊巢之；高丘之上，生有美苕，真不可信之语也。是凭空造谣者耳。然是谁造类此不可能之谣言，以欺诳我所美之人？而彼人竟而信之，真使人心中忧劳不安也。

按：防，毛传："邑也。"朱传："防，人所筑以捍水者。"马瑞辰以为宜读如堤防之防，不得以为邑名。


**中唐有甓，邛有旨鹝。谁侜予美？心焉惕惕。**

中，中庭也。◎唐，中庭路也。◎甓，音辟，瓴甋也，砖也。用以建阶。

鹝，音逆。小草杂色如绶。

惕惕，犹忉忉也。

第二章，义同首章，换韵而叠唱之。中庭之路为平地，而言有甓，甓者砖以为阶者，斯不可信之事也。高丘而生鹝草，是造谣之言也。

按：甓，《尔雅·释宫》："瓴甋谓之甓。"郭注："甋砖也，今江东呼瓴甓。"马瑞辰考之，以为有阶斯有甓。平地无阶，斯无疐。

按《诗序》云：“《防有鹊巢》，忧谗贼也。宣公多信谗，君子忧惧焉。”惟诗中毫无君臣之义在。忧惧间言，则本诗之旨耳。

# 月出

朱传云："此亦男女相悦而相念之词。"

月出皎兮，佼人僚兮。
舒窈纠兮，劳心悄兮。

月出皓兮，佼人懰兮。
舒懮受兮，劳心慅兮。

月出照兮，佼人燎兮。
舒夭绍兮，劳心惨兮。

月出皎兮，佼人僚兮。舒窈纠兮，劳心悄兮。

　　皎，月光也。

　　佼，音绞，好貌。佼人，美人也。◎僚，音了，好貌。

　　舒，发声字，无义。◎窈纠，犹窈窕也，美好之貌。纠，音矫。

　　悄，忧也。思而不见，故忧也。

　　第一章，由月光之美，兴美人之美，以写思念之情。言月出矣，月光皎然，当此月夜，何能不思彼美人。彼美人容态窈窕，令人思慕。然思而不见，令人心为之忧劳也。

　　按：舒窈纠兮，毛传："舒，迟也。窈纠，舒之姿也。"马瑞辰云："窈纠犹窈窕，皆叠韵。与下慢受、夭绍同为形容美好之词，非为舒迟之义。舒者，噬之假音，噬通逝。""舒者，发声字，犹逝为语词也。""犹之《日月》诗：'逝不古处'，言不古处也。"兹采马说。

月出皓兮，佼人懰兮。舒慢受兮，劳心慅兮。

　　懰，音柳，好貌。

　　慢，音酉，慢受，犹窈纠，见上章按语。

　　慅，音草，忧貌。

　　第二章，义同首章换韵而重唱之。

月出照兮，佼人燎兮。舒夭绍兮，劳心惨兮。

　　燎，明也。明亦美好之义。

　　夭绍，叠韵字，形容姿容美好之貌。见首章按语。

　　惨，忧也。

第三章，义同前二章，又换韵而三叠唱之。

按《诗序》云：“《月出》，刺好色也。在位不好德而说美色焉。”此是见诗中所叙，已无法避免指出其言及男女间事，乃暗引《论语》“吾未见好德如好色者也”一语，指为刺在位不好德而好色。其为牵强，显而易见。此诗但为月下思人，纯为抒情之作耳。

# 株林

《诗序》曰:"株林,刺灵公也。淫乎夏姬,驱驰而往,朝夕不休息焉。"

胡为乎株林?从夏南。
匪适株林,从夏南。

驾我乘马,说于株野。
乘我乘驹,朝食于株。

**胡为乎株林？从夏南。匪适株林，从夏南。**

株，夏氏邑也。在今河南柘城县。◎林，野也。

夏南，徵舒字。徵舒字子南，故称夏南，夏姬之子也，此称其子，不称其母，实指夏姬也。

匪适株林，从夏南。言非去株林，特以欲从夏南，故至株林耳。

第一章，隐述陈灵公至夏氏家会夏姬事，而不言其母，但言其子，以为含蓄。盖言之者无罪，闻之者足以戒之义也。言彼人何事而来株邑之野乎？是从夏南而来游也。又强调云："非适株林也，是从夏南也。"意谓株林无可适之理，惟有夏南在株林，故适之耳。夏南者何？但言其子，不言其母，实则指其母夏姬也。

按：株林，毛传："夏氏邑名。"马瑞辰曰："株为邑名，林则野之别名称。刘昭续《汉书·郡国志》曰：'陈有株邑，盖朱襄之地。'《路史》：'朱襄氏都于朱。'注：'朱或作株。'是株为邑名。故二章朝食于株，得单言株也。《尔雅》：邑外谓之牧；牧外谓之野；野外谓之林。"按此诗首章曰："胡为乎株林？"次章曰："说于株野。"林与野显为对文。马说较毛传为长。

**驾我乘马，说于株野。乘我乘驹，朝食于株。**

乘，音胜。四马曰乘。

说，音税，舍息也。言舍息于株也。

乘我乘驹，上乘音成，下乘音胜。马六尺以下曰驹。言乘我四驹也，是易四马而为四驹，以转移人之耳目也。

朝食于株，言其就食之时间。是已过宿也。

第二章，写灵公来株之状，而不明言也。言驾我四马而往，至何处邪？舍息于株之野也。株之野即夏氏之所耳。而又复欲避人耳目，乃易四马而为四驹而乘之，而朝食于株。言朝食者，谓其舍息于株林，实已过宿也。

按：夏姬，陈大夫夏御叔之妻，而夏徵舒之母也，为郑穆公女。夏徵舒字子南，为陈卿。事见《左传》宣公九年及十年。九年："陈灵公与孔宁、仪行父通于夏姬。皆衷其衵服以戏于朝。泄冶谏曰：'公卿宣淫，民无效焉。且闻不令，君其纳之。'公曰：'吾能改矣。'公告二子。二子请杀之，公弗禁。遂杀泄冶。"孔宁、仪行父，陈卿也。十年："陈灵公与孔宁、仪行父饮酒于夏氏。公谓行父曰：'徵舒似女。'对曰：'亦似君。'徵舒病之。公出，自其廐射而杀之。"《春秋》书云："陈夏徵舒弑其君平国。"

# 泽陂

此男女相悦而相念之诗。

彼泽之陂<sup>pō</sup>，有蒲与荷。
有美一人，伤如之何！
寤寐无为，涕泗滂沱。

彼泽之陂，有蒲与蕳<sup>jiān</sup>。
有美一人，硕大且卷<sup>quán</sup>。
寤寐无为，中心悁悁<sup>juān</sup>。

彼泽之陂，有蒲菡萏<sup>hàn dàn</sup>。
有美一人，硕大且俨。
寤寐无为，辗转伏枕。

彼泽之陂，有蒲与荷。有美一人，伤如之何！寤寐无为，涕泗滂沱。

陂，音坡。◎泽，障也，阻水之堤。

伤，思也。言思念而伤感也。

无为，无所作为。言寂寞无事可作也。

涕泗，自目曰涕，泪也；自鼻曰泗，鼻液也。◎滂沱，大雨貌。此言涕泗交流，以滂沱形容其多。

第一章，述思念之苦状，由彼泽畔之陂有蒲草与荷兴起。言有如此之泽陂，生有甚美之蒲草，与盛开艳丽之芙蕖，对此良辰美景，焉得不思心中之美人。然思而不见，其思念感伤之情，如何如何！乃使人寐寤之间，寂寞无聊，以至涕泗滂沱也。

彼泽之陂，有蒲与蕑。有美一人，硕大且卷。寤寐无为，中心悁悁。

蕑，音间。兰也。见《郑风·溱洧》。

硕，大也。硕大，谓长丽佼好。◎卷，音权。好貌。

悁，音娟。悁悁，忧思也。

第二章，义同首章，换韵而重唱之。

彼泽之陂，有蒲菡萏。有美一人，硕大且俨。寤寐无为，辗转伏枕。

菡音喊，萏音胆。菡萏，荷花也。

俨，好貌。

辗转伏枕，言辗转不寐，伏枕而思。

第三章，义同前二章，又换韵而三叠唱之。

按朱传曰："此诗之旨，与《月出》相类。"而《诗序》曰："刺时也。言灵公君臣，淫于其国，男女相悦，忧思感伤焉。"实由前篇《株林》附会而来，绝无可信之处。朱说是也。

# 桧

桧，国名，又作郐，相传为祝融之后，妘姓。桧国在禹贡豫州外方之北，荥波之南（荥波即荥泽，泽名也。在今河南省荥泽县南），居溱洧之间（故城在今河南省密县东北，接新郑县界）。周平王时，为郑武公所灭，并入郑。此桧诗盖未被并于郑以前之诗。

桧国共四篇。

## 羔裘

此桧人伤其君骄侈怠慢，忘于治事，故作是诗。

羔裘逍遥，狐裘以朝（cháo）。
岂不尔思，劳心忉忉（dāo）。

羔裘翱翔，狐裘在堂。
岂不尔思，我心忧伤。

羔裘如膏，日出有曜（yào）。
岂不尔思，中心是悼。

羔裘逍遥，狐裘以朝。岂不尔思，劳心忉忉。

羔裘，缁衣羔裘，诸侯之朝服。◎逍遥，指游宴。衣朝服以游宴，是过于好洁衣服也。

狐裘，锦衣狐裘，诸侯朝天子之服也。今以朝天子之服以适朝，是过于好洁衣服也。好洁衣服，其事不大。诗人以此象其一意美饰衣着，乐于游宴，而忘治事。盖恃险而骄侈怠慢也。

忉音刀，忧劳貌。

第一章，诗人见其君之不务国政，专好修饰游宴，乃为忧劳不已也。言吾君以羔裘朝服游宴，以狐裘朝天子之服适朝，专好修饰游乐，而不修国政，我岂能不关心吾君而思之，乃心为之忧劳不已也。

羔裘翱翔，狐裘在堂。岂不尔思，我心忧伤。

翱翔，犹逍遥也。

堂，公堂也。在公堂亦在朝之义。

第二章，义同首章，换韵而重唱之。

羔裘如膏，日出有曜。岂不尔思，中心是悼。

膏，脂也。言润泽有光如油脂也。

有曜即曜然，明亮貌。谓羔裘因日照而有光彩也。

第三章，换头。写羔裘而不言逍遥翱翔，更不言狐裘。专言羔裘之美，日出则曜然有光，引起前二章羔裘狐裘之思，则兼有前二章之义矣。然后仍以"岂不尔思，中心是悼"作结。复存一唱三叹之韵味。笔法出奇，一新耳目。

按：《诗序》曰："羔裘，大夫以道去其君也。国小而迫，君不用道，好洁其衣服，逍遥游燕，而不能自强于政治，故作是诗也。"夫国君好洁衣服，不为大过，何遽言去国？此盖以好絜其衣服之事，象其骄侈怠慢，忘于治事之状；大夫谏而不用，故中心忧劳是矣。君不能自强，正宜力为辅助，若君一失其道，则即去国，是何贤臣邪？朱传曰："桧君好洁其衣服，逍遥游宴而不能自强于政事，故诗人忧之。"斯已见《序》之言去其君为误矣。然仍本于《序》说，谓好洁衣服为其过失之主，仍未得桧君之失。桧君之所失，骄侈怠慢，忘于治事也。《国语》：郑桓公为周司徒，问于史伯。史伯对曰："子男之国，虢郐为大，虢叔恃势，郐仲恃险，皆有骄侈怠慢之心。"其后郑武公辛取二国地以为郑有。此诗之作，或在此时，或未必即在此时。然由史伯之言，可见郐君所以有此心，而诗人之所以有此作也。

## 素冠

此是妇人思君子之诗。

庶见素冠兮，
棘人栾栾兮，
劳心慱慱兮。

庶见素衣兮，
我心伤悲兮，
聊与子同归兮。

庶见素韠兮，
我心蕴结兮，
聊与子如一兮。

庶见素冠兮，棘人栾栾兮，劳心慱慱兮。

庶，庶几也。希冀之词。◎素冠，古男子冠礼用素冠，古之常服。庶见素冠，言希望见彼男子也。

棘，通瘠，瘦也。瘠瘦之人，女子自谓也。◎栾，音鸾。栾栾，瘦貌。女为思念而憔悴也。

慱，音团，慱慱，忧貌。

第一章，女子思念君子之心情也。言希望能见素冠之人，然而未见也。思人之人，为之憔悴，以其心之忧劳有以致之也。

按：棘，毛传："急也。"陈奂云："棘者假借字。""《吕览·任地》篇：'棘者欲肥，肥者欲棘。'高注云：'棘，羸瘠也。'"

庶见素衣兮，我心伤悲兮，聊与子同归兮。

素衣，古男子之服。

聊，且也。◎同归，欲之其家也。

第二章，仍为思念之情。言希见素衣之人。我心思尔，甚为伤悲。心中所愿，则且与汝同归家耳。

按：素衣，并非丧服，《论语·乡党》："素衣麑裘。"

庶见素韠兮，我心蕴结兮，聊与子如一兮。

韠，音毕，蔽膝也。◎素韠亦男子所服，非丧服。

我心蕴结兮，言有事蕴于心中，结而不能解也。

如一，如一人也。◎言相与能如一人，同生同死也。

第三章，同二章章法，换韵而叠唱之。

按：素韠亦非丧服，《士冠礼》云："主人玄冠朝服，缁带素韠。"《玉藻》云："韠，君朱；大夫素。"

按：《诗序》曰："《素冠》，刺不能三年也。"朱传从之。盖三年之丧，为孔子之主张，后世儒者，遇此大题目，多莫敢议论。惟三年之丧即使应守，而此诗中所言，固与三年之丧无关也。《诗序》之所以说此诗为刺不能三年者，以有素冠素衣素韠数语而已。然素冠素衣素韠之文，从未于丧礼中见之。姚际恒考之綦详。然则据素冠等语以为指三年之丧，明为误矣。因旧说以此诗为刺三年之丧，而通俗乃以棘人为居父母丧者之称。流传既久，已不可更易。然此诗非指三年之丧而言，则可确定。姚际恒曰："此诗本不知指何人，但以'劳心''伤悲'之词，'同归''如一'之语，或如诸篇，以为思君子可，以为妇人思男亦可。"愚意以为：一诗以指二事，绝非诗人本旨。取其一可矣。审度全篇诗句，若"同归""如一"诸语，固是妇人思其君子之语。当属抒情之作，无何奥义可寻也。

## 隰有苌楚

此伤世乱贫困，至于羡草木无知无家之能为乐也。

隰有苌楚，猗傩其枝。

夭之沃沃，乐子之无知。

隰有苌楚，猗傩其华。

夭之沃沃，乐子之无家。

隰有苌楚，猗傩其实。

夭之沃沃，乐子之无室。

隰有苌楚，猗傩其枝。夭之沃沃，乐子之无知。

隰，音习，下湿之地。◎苌楚，羊桃也。叶长而狭，花紫赤，其枝茎弱，过一尺，引蔓于草上。

猗，音阿。傩，音娜。猗傩，美盛之貌。

夭，少好貌。◎沃沃，光泽貌。

子，指苌楚。◎乐子之无知，言无知故不知愁苦也。

第一章，伤时痛苦，感物思悲也。言隰有羊桃之花，伸展其枝，花开美盛，当青春少好之际，光泽灿然。诗人见草木之美盛，感若草木者，虽生乱世，而仍能不减其得天之厚。以草木无知也，故不知忧时；故能保其英秀，自得其乐。而自己虽为一万物之灵之人，而翻不如草木之自得也。

按：猗傩，毛传："柔顺也。"王引之谓猗傩与阿难同，美盛之貌，见《经义述闻》。愚意以为："柔顺"形容苌楚，不若"美盛"有可羡之处。盖诗人伤己之苦，羡彼之乐，自以美盛之义为长。且三章言猗傩其实，柔顺之义，尤为未洽。

隰有苌楚，猗傩其华。夭之沃沃，乐子之无家。

无家，故无负担牵累，乃能少苦也。

第二章，义同首章，换韵而重唱之。乐草木之无家少累，可见流离之痛。有家之人竟羡无家之草木，其痛深矣。

隰有苌楚，猗傩其实。夭之沃沃，乐子之无室。

无室犹无家。

第三章，义同前二章，又换韵而三叠之。

按：《诗序》曰："《隰有苌楚》，疾恣也。国人疾其君之淫恣，而思无情欲者也。"此说去诗之原意甚远，毫不相关，可以不必辩也。朱传曰："政烦赋重，人不堪其苦，叹其不如草木之无知也。"已稍近之。惟政烦赋重，亦未见于诗中。盖伤生不逢时，丧乱频仍，颠沛流离，故至于羡无室无家而翻能为乐也。故见苌楚而羡之，以为苌楚无知，且无室家之累，实为能乐者也。

# 匪风

《诗序》云："《匪风》,思周道也。国小政乱,忧及祸难,而思周道焉。"

匪风发兮,匪车偈兮。
顾瞻周道,中心怛兮。

匪风飘兮,匪车嘌兮。
顾瞻周道,中心吊兮

谁能亨鱼,溉之釜鬵。
谁将西归? 怀之好音。

匪风发兮，匪车偈兮。顾瞻周道，中心怛兮。

匪，彼也。下同。◎发，飘扬貌。

偈，音杰，疾驱貌。

周道，适周之路也。

怛，音达，悲伤也。

第一章，桧人流离道途，因景物而兴怀。言彼风吹飘扬，彼车也疾驱。是流离于途，奔走之状也。而何以有此于风日之中远行之事邪？国乱也。若周室能兴如文武成康之世，桧亦得救矣，何致如是哉？因而瞻望适周之道，而中心悲伤也。

按：匪，毛传："非有道之风。"匪训非。《经义述闻》以为：匪，彼也。义较毛传为长。"非风"释为"非有道之风"，意颇牵强。"非车"释为"非有道之车"，车而非有道，义尤模糊。

匪风飘兮，匪车嘌兮。顾瞻周道，中心吊兮。

飘，吹也。

嘌，音飘，疾也。

吊，伤也。

第二章，义同首章，换韵而重唱之。

谁能亨鱼，溉之釜鬵。谁将西归？怀之好音。

亨同烹。烹鱼以喻治国。烹鱼烦则碎，治民烦则散，知烹鱼则知治民矣。

溉，音概，洗涤也。◎之，犹其也。◎鬵，音寻，大釜也。

西归，归附于周也。即仕于周。因桧在周东，故曰西归。

怀，念也，盼望也。◎好音，好消息也，意谓盼周之兴。

第三章，望周之兴而救桧也。言谁能烹鱼，则我将为之洗涤釜鬵。喻谁能治民，则我愿任劳役也。谁将西归于周而仕之乎？意谓归周之人，能治国而兴周。故曰：我望因之而获好音。望周道复兴，则能救桧也。

按：此诗当是以桧之衰乱，百姓流离，乃思周室之兴，而能救桧也。

# 曹

曹，国名，姬姓，曹国在禹贡兖州陶丘之北（今山东省菏泽、定陶一带，曹都故城在今定陶县）。周武王弟叔振铎所封之国。传二十四世，至曹伯阳，为宋所灭。

曹国共四篇。

## 蜉蝣

此诗人叹人生短暂而竞夸浮华，不务实际也。

蜉蝣之羽，衣裳楚楚。
心之忧矣，于我归处。

蜉蝣之翼，采采衣服。
心之忧矣，于我归息。

蜉蝣掘阅，麻衣如雪。
心之忧矣，于我归说。

**蜉蝣之羽，衣裳楚楚。心之忧矣，于我归处。**

蜉蝣，音浮游，小虫名。身狭长，约长五六分，绿褐色。成虫交尾产卵后即死，生存仅数小时。幼虫生水中，三年始脱皮为成虫。

楚楚，鲜明貌。◎衣裳指蜉蝣之羽，如衣裳之鲜明也。

于我，犹言我且也。◎于我归处，言众皆如此，我何能独异，但且自寻归息之处耳。伤心之语也。

第一章，以蜉蝣之无知，比众生之愚昧。蜉蝣朝生而暮死，然彼未知其生之促也，振羽以飞，炫其衣裳，回旋自得，若天地之间，惟我为大者然。虽不竟日之间，委化尘土，而不能自知其生之短暂，竟自以为若彭祖也。此即庸人不知生命之可贵，竞夸浮华之象也。若人之一生，不善用其生命，而竞趋虚饰，不知老之将至者，忽焉与万物俱逝，不异蜉蝣也。一日之生与百年之生，由日月之永恒，宇宙之无穷观之，其为短促一也。此诗人所以忧众人之空掷其生命，而无所作为，乃心为之忧矣。然众人皆醉，惟我独醒，亦何能为？我且自寻归息之处耳。斯未必真绝群而去，但为伤心之语而已。

按：于我，犹言我且，屈万里说。


**蜉蝣之翼，采采衣服。心之忧矣，于我归息。**

采采，美盛貌。

第二章，义同首章，换韵而重言之。


**蜉蝣掘阅，麻衣如雪。心之忧矣，于我归说。**

掘阅，容阅也。容阅，言形容鲜阅也。

麻衣，白布衣也。◎如雪，鲜洁貌。

说，音税，舍息也。

第三章，义同前二章，又换韵而三叠之。

按：掘阅，毛传："容阅也。"《正义》曰："掘地而出，形容鲜阅也。"马瑞辰、胡承珙均以为掘训穿，阅训穴，谓自土中穿穴而出。考证甚详。然蜉蝣一物，近世生物学记载，其幼虫栖水中，捕食小虫，约三年脱皮为成虫。蜉蝣英文名为Ephemera strigata，中文名亦作浮游，蜉蝣，一名渠略。其幼虫既不生土中，穿穴而出之说固不可信。《正义》亦拘于掘之一字，以为掘地而出，形容鲜阅。而毛传固未言掘地之义。是毛传"容阅"一语，即"形容鲜阅"之义也。容阅是指蜉蝣全体，与上二章之羽之翼亦相应合。

按：《诗序》曰："《蜉蝣》，刺奢也。昭公国小而迫，无法以自守，好奢而任小人，将无所依焉。"朱传以为《序》说"或然而未有考也"，乃谓："此诗盖以时人有玩细娱而忘远虑者，故以蜉蝣为比而刺之。"若从《序》说刺曹君之奢，而以蜉蝣之朝生暮死比之曹君，而又以蜉蝣之微细比之奢侈，极为不合。朱传虽疑而另作说解，谓以蜉蝣为比，而刺玩细娱而忘远虑者。但蜉蝣只为微细而生命短暂之小虫而已，何细娱远虑之可言？愚意以为蜉蝣虽渺小而生命短暂，然彼不自知也。当其生也，仍振羽动翼，示其华美。诗人以为人之一生，宁非如此？而庸庸碌碌，熙熙攘攘，竞为浮华，不知老之将至；未能于短暂之生命间，有所作为。故诗以慨叹之也。

# 候人

《诗序》曰："候人，刺进小人也。共公远君子而好近小人焉。"

彼候人兮，何戈与祋。
彼其之子，三百赤芾。

维鹈在梁，不濡其翼。
彼其之子，不称其服。

维鹈在梁，不濡其咮。
彼其之子，不遂其媾。

荟兮蔚兮，南山朝隮。
婉兮娈兮，季女斯饥。

彼候人兮，何戈与祋。彼其之子，三百赤芾。

候人，官名，道路迎送宾客之官也。

何，古通荷，负也。◎祋，音对，殳也。殳音殊，兵器名，以竹为之，长一丈二尺，有稜无刃。

之子，是子。指彼小人之流，赤芾乘轩者。

芾，音沸，冕服之韠也，以革为之，蔽膝也。大夫以上，赤芾乘轩。◎三百赤芾，言曹共公之臣，乘轩者三百人。

第一章，指君子不能得意，只为候人之官而已。而小人之流，反居高位。言彼君子，只为候人之官，迎送宾客于道路，荷戈与祋，何其微贱辛苦。而彼小人之流，竟有三百人赤芾乘轩！可谓用人反其道矣。


维鹈在梁，不濡其翼。彼其之子，不称其服。

鹈，音啼。鹈鹕也，大于鹅，色灰白，嘴长尺许，颔下有大喉囊。能竭水取鱼，先则连水吞入，贮喉囊中，继乃吐其水而食之。◎梁，鱼梁，堰石障水而空其中，以通鱼之往来者也。参前《谷风》。

濡，渍湿也。

称，去声，配合适当也。

第二章，以鹈之在梁，以兴起彼人服赤芾之不称。言彼鹈鹕在鱼梁之上，寻鱼而食，其羽翼鲜明，虽遇水而不渍。诚是彼鹈鹕应有之光泽，正相称也。若彼小人者，虽服赤芾，然亦觉无何光彩，不甚适体。其人气质卑劣，德薄服尊，与服不能相称也。

维鹈在梁，不濡其咮。彼其之子，不遂其媾。

咮，音昼，鸟嘴也。

遂，称也。◎媾，宠也。

第三章，义同第二章，换韵叠唱之。

按：遂，称也。媾，宠也。采朱传之说。朱传云："遂之为称，犹今人谓遂意曰称意。"毛传："媾，厚也。"笺云："遂犹久也。不久其厚，言终将薄于君也。"义不能与上文相贯。且二三两章是叠唱之章法，此解与上章服尊德薄之义不能相对。以朱说为是。

荟兮蔚兮，南山朝隮。婉兮娈兮，季女斯饥。

荟，音会。荟蔚，草木盛多貌。此指云气升腾貌。

隮，音跻，云升也。

娈，音鸾。婉娈，少好貌。

季女，少女也。

第四章，言小人得志，君子失意也。荟兮蔚兮，是南山朝时，云气升腾盛多之貌。此喻小人气盛而众多也。而婉娈少女，于此时，却陷于饥饿之中。此喻君子虽美，而饥饿于小人得意之间也。诗六义中所谓"比"者，于此章甚为显明。

按：《左传·僖公二十八年》，晋文公伐曹。三月入曹，数曹共公不用僖负羁，而乘轩者三百人。即诗所谓"三百赤芾"是也。初曹共公无礼，闻重耳骈胁，欲观其裸。浴，薄而观之。僖负羁馈重耳盘飧，置璧其间。重耳受飧反璧。见《左传·僖公二十三年》。故晋文公恶曹共公之无礼，而以僖负羁为贤，及入曹，乃数之以罪。

# 鸤鸠

朱传云："诗人美君子之用心，均平专一。"


鸤鸠在桑，其子七兮。
淑人君子，其仪一兮。
其仪一兮，心如结兮。

鸤鸠在桑，其子在梅。
淑人君子，其带伊丝。
其带伊丝，其弁伊骐。

鸤鸠在桑，其子在棘。
淑人君子，其仪不忒。
其仪不忒，正是四国。

鸤鸠在桑，其子在榛。
淑人君子，正是国人。
正是国人，胡不万年。

鸤鸠在桑，其子七兮。淑人君子，其仪一兮。其仪一兮，心如结兮。

鸤，音尸。鸤鸠，布谷鸟也。

仪，仪度也。◎一，专一也。

如结，言其如物之固结而不散也。

第一章，由鸤鸠之有七子，兴起淑人君子之美。鸤鸠在桑，其子七者，言鸤鸠之能在桑理其巢，为其室，则能生其七子，育其七子，以致有成。因以兴起淑人君子，有其高尚之仪度，而其威仪容态，能有常度，而不失其专一，以现于外。则其内心亦必固结不散，持其均平，专一而不稍移易也。

鸤鸠在桑，其子在梅。淑人君子，其带伊丝。其带伊丝，其弁伊骐。

其子在梅，言其子已能飞翔而在梅也。

伊，维也。◎带，指大带用素丝。大夫以上大带用素，其带伊丝，谓大带用素丝，故言丝也。

弁，音卞，皮弁也。冠也。◎骐，当作璂，以玉为之。弁之饰也。

第二章，言鸤鸠之能在桑理其巢，乃能有子而能飞在梅也。以兴起淑人君子，其带用素丝。而其冠用玉饰。言其衣冠者，谓其衣冠有制，不改常度也。义与首章"其仪一兮""心如结兮"相同。

按《正义》云："《玉藻》说大带之制云：'天子素带朱裹终辟，诸侯素带终辟，大夫素带垂辟，士练带率下辟。'是大夫以上，大带用素。故知其带伊丝，谓大带用素丝，故言丝也。”

毛传：“骐，骐文也。”郑笺云：“骐当作璂，以玉为之。”《正义》引《夏官·弁师》云：“王之皮弁，会五采玉璂。注云：‘会，逢中也。璂结也。皮弁之逢中，每贯结五采玉以为饰，谓之綦。’引此诗云：‘其弁伊綦。’”又云：“诸侯及孤卿大夫之皮弁，各以其等为之。注云：‘皮弁，侯伯綦饰七。子男綦饰五。玉用采。’如彼周礼之文，诸侯皮弁，有綦玉之饰。此云：‘其弁伊骐。’”知骐当作璂，以玉为之。

鸤鸠在桑，其子在棘。淑人君子，其仪不忒。其仪不忒，正是四国。

棘，枣树。

忒，音特，变也。

四国，四方之国。◎正是四国，言四方之国皆以淑人君子之其仪不忒，而以为法。乃得以正，乃得以是。正者不失，是者不误。

第三章，章首同前章，换韵。尾言其仪度有常而不变，则能正是四国。义先自修己，而又及正人。

鸤鸠在桑，其子在榛。淑人君子，正是国人。正是国人，胡不万年。

第四章，章首同前章，换韵。最后言正是国人，胡不万年。盖四国既是正矣，国人既是正矣，斯德之崇高，国人仰而敬之，乃祈其万寿无疆也。美之至矣。

按《诗序》云：“《鸤鸠》，刺不一也。在位无君子，用心之不一也。”然诗中纯为赞美之语，绝无刺义，何以《序》谓刺不一，使人不解。后世说诗者多以此诗为“美”诗，而非“刺”诗。兹采朱说。

# 下泉

此伤晋之侵，乃念周之衰，无以制霸也。


冽彼下泉，浸彼苞稂。
忾我寤叹，念彼周京。

冽彼下泉，浸彼苞萧。
忾我寤叹，念彼京周。

冽彼下泉，浸彼苞蓍。
忾我寤叹，念彼京师。

芃芃黍苗，阴雨膏之。
四国有王，郇伯劳之。

冽彼下泉，浸彼苞稂。忾我寤叹，念彼周京。

冽，寒也。◎下泉，下流之泉也。

苞，草丛生也。◎稂，音郎，草之似禾者。言浸彼丛生之稂也。

忾，音慨，叹声。◎寤，觉也。

周京，周之京，天子所居也。

第一章，以寒泉流下，浸彼丛稂，喻晋之侵曹，而曹既无力，王室今亦衰微，无能扶曹制晋。于是我觉而忾然叹息，念彼周京不已。伤其陵夷，今不如昔，不能救曹也。

冽彼下泉，浸彼苞萧。忾我寤叹，念彼京周。

萧，蒿也。

京周即周京。倒文以协韵耳。

第二章，义同首章。换韵而重唱之。

冽彼下泉，浸彼苞蓍。忾我寤叹，念彼京师。

蓍，音尸。草名，类蒿。

京，高丘也。◎师，众也。◎京师盖高丘之地而居民众多也。

第三章，与前二章同义，又换韵而三叠之。

芃芃黍苗，阴雨膏之。四国有王，郇伯劳之。

芃芃，美貌，盛长貌。

膏，润也。

有王，诸侯朝于天子也。

郇伯，郇侯也。文王之后，为州伯，有治诸侯之功。劳，力报反。慰劳也。

第四章，因前三章之衰，而由此一章怀往者王室之盛也。芃芃黍苗，是忆往昔各国康乐之象也。阴雨膏之，是王室能扶小国之象也。由此以忆起四国有王，王室强大之事，而又有郇伯以劳之。盖郇伯有治诸侯使各国康乐而无侵害之功，故念之也。是往昔王室一何盛邪？而今不然矣！由此生今昔之感，而实伤今之被晋侵而无援也。

按：郇伯，朱传："郇侯，文王之后，尝为州伯，治诸侯有功。"王应麟引《春秋释地》："解县西北有郇城。"《说文》云："国在晋地。"《左传·僖公二十四年》："师退，军于郇。"又"郇，文之昭也。"其地在今山西省猗氏县西南。

按《诗序》云："《下泉》，思治也。曹人疾共公侵刻，下民不得其所，忧而思明王贤伯也。"此说以为曹人疾曹共公之暴虐，乃忧思明王贤伯而赋此。然观其"下泉浸稂"之语，下泉绝不似喻君，浸亦不似喻君暴虐之义。朱传疑之，乃云："王室陵夷而小国困弊，故以寒泉下流而苞稂见伤为比，遂兴其忾然，以念周京也。"义稍近似，但仍嫌空泛而少事实。盖此诗言"念彼周京""郇伯劳之"，与国事有关，显然可见。愚意以为此晋文入曹，曹人伤晋之侵，而念周室衰微，无力以制晋扶曹，故念周而怀郇伯也。下泉之冽，是喻晋也。寒冽是言其侵人之厉也。苞稂喻曹人生命之所系。是先感其国之辱，其人之危，然后思外援之不济，王室之今非昔比者。是先由本身之感受而兴辞，较朱传之先伤王室陵夷者，窃以为似稍近理，而切事实也。

# 豳

豳，国名，亦作邠。在禹贡雍州岐山之北（今陕西省栒
邑县境）。周之先公刘迁于豳。十世为大王，徙居岐山之阳。
十二世为文王。纣为无道，而文王笃仁，敬老慈幼，礼下贤者，
于是为众所归心。乃作丰邑，自岐下徙都于丰。文王崩，太子
发立，是为武王。武王伐纣而为周天子。

按：豳虽为周先人之国，然与周公无关。而《豳风》多言
周公之事。郑玄《诗谱》云："成王之时，周公避流言之难，
出居东都二年，思公刘大王居豳之职，忧念民事至苦之功，以
比序己志。后成王迎之，反之摄政，致太平。出其入也，一德
不回，纯似于公刘大王之所为。太师大述其志，主意于豳公之
事，故别其诗以为豳国变风焉。"朱传从此意，云："周公旦以
冢宰摄政，乃述后稷公刘之化，作诗一篇，以戒成王，谓之豳
风。而后人又取周公所作，及凡为周公所作之诗以附焉。"二
说虽稍有小异，盖皆以为《豳风》非豳人所作。惟以为周公作
《七月》一诗，乃以其他与周公有关之诗合为《豳风》。是纯属
臆测之说也。今细审《七月》一诗，是豳人咏豳地生活之作；
无周公陈王业之可言，亦非周公所作。经师揣度臆造经义，往

往距题甚远。甚至宋翔凤据《周礼·春官·籥章》注，谓《七月》而有三体，兼风雅颂。胡承珙亦谓《籥章》于每祭皆歈《七月》全诗，而取其义各异。孙诒让且谓宋胡之说为是。以为独有三体者，是周公陈豳公之教，其始为风，其中为雅，其成为颂。此皆臆度寻绎，愈穷愈远者。盖皆以不能知豳风何以多叙周公，乃必认定《七月》为其关键之故也。然而《七月》一诗，固为豳人自咏，毫无疑义，亦非《豳风》多述周公之事之关键也。《豳风》多咏周公之事缘于何故，亦确属难解。惟无论此事如何难解，旧说穿凿附会，绝无是处。是愚见所敢断言者也。盖指豳人生活之诗为陈王业，固已不通；至若因《七月》为周公陈王业，即将有关周公之诗皆入《豳风》，则更无理由也。今人屈万里先生疑周公东征所率豳人甚多，所为歌诗，皆豳地之声调。故其诗虽作于东国，而仍以豳名之也。虽亦疑词，未作定论。然颇为近理。愚意以为：周公东征，所率多豳地之民，是可见之事实。观《东山》一诗，自是豳人随周公东征三年，反乡抒情之作，无疑也。《破斧》之诗，则豳人随周公东征之士，美周公伐罪救民也。《九罭》则东人送周公西归之诗，而豳人于事后传诵者。以此推之，则《鸱鸮》或东征时作，豳人诵之；《狼跋》则豳人美周公之诗，当亦豳人在东征时作，故入《豳风》。东征多豳人，即豳人为诗多叙周公之理；周公之事，多豳人所述，亦即有关周公之诗入《豳风》之理。此虽推测之词，皆据诗追求所得。窃以为可通之说，非若旧说平空臆断者耳。

豳国共七篇。

# 七月

此豳人自咏其生活之诗。

七月流火，九月授衣。
一之日觱发，二之日栗烈。
无衣无褐，何以卒岁？
三之日于耜，四之日举趾。
同我妇子，馌彼南亩，田畯至喜。

七月流火，九月授衣。
春日载阳，有鸣仓庚。
女执懿筐，遵彼微行，爰求柔桑。
春日迟迟，采蘩祁祁。
女心伤悲，殆及公子同归。

七月流火，八月萑苇。
蚕月条桑，取彼斧斨。
以伐远扬，猗彼女桑。
七月鸣鵙，八月载绩。
载玄载黄，我朱孔阳，为公子裳。

四月秀葽，五月鸣蜩。

八月其获，十月陨箨。

一之日于貉，取彼狐狸，为公子裘。

二之日其同，载缵武功。

言私其豵，献豣于公。


五月斯螽动股，六月莎鸡振羽。

七月在野，八月在宇，

九月在户，十月蟋蟀入我床下。

穹窒熏鼠，塞向墐户。

嗟我妇子，曰为改岁，入此室处。


六月食郁及薁，七月亨葵及菽。

八月剥枣，十月获稻。

为此春酒，以介眉寿。

七月食瓜，八月断壶，

九月叔苴，采荼薪樗，食我农夫。


九月筑场圃，十月纳禾稼。

黍稷重穋，禾麻菽麦。

嗟我农夫，我稼既同，上入执宫功。

昼尔于茅，宵尔索綯，

亟其乘屋，其始播百谷。

二之日凿冰冲冲，三之日纳于凌阴。

四之日其蚤，献羔祭韭。

九月肃霜，十月涤场。

朋酒斯飨，曰杀羔羊，跻彼公堂。

称彼兕觥，万寿无疆！

七月流火，九月授衣。一之日觱发，二之日栗烈。无衣无褐，何以卒岁？三之日于耜，四之日举趾。同我妇子，馌彼南亩，田畯至喜。

七月，夏历之七月也。夏之七月，为周之九月，以下凡言月，皆夏历。◎火，星名，大火心星也。六月初黄昏时，大火心星见于南方。至七月之昏，则下而向西流。故曰七月流火。流谓向下沉也。

九月，为周之十一月。◎授衣，授与寒衣也。◎九月授衣，言九月霜始降，蚕绩之功成，制寒衣以授家人，以御寒也。

一之日，夏历之十一月，周之正月也。◎觱，音必。觱发，风寒也。

二之日，夏历之十二月，周之二月也。◎栗烈，寒气也。

褐，音何，毛布，贫贱者之服也。

何以卒岁，言若无衣无褐，则何以度岁末而过新年邪？

三之日，夏历之正月，周之三月也。◎于，助词。于耜即修理耜也。耜由"于"助成动作。耜以名词作动词。耜，音似，农具，似今日之锹。

四之日，夏历之二月，周之四月也。◎举趾，谓举足踏耜，即开始耕田也。

馌，音叶，馈也。◎馌彼南亩，言送饭至南亩间，以供田间耕作者食用也。

畯，音俊。田畯，田大夫，劝农之官也。◎田畯至喜，言田畯至此，见耕作之状而欣喜也。

第一章，写七月渐凉，备衣度岁，至春始耕之事。言七月大火心星下流，已告秋凉之将至矣。九月霜降，天寒，妇功已成，则授寒衣与家人。十一月已风寒，十二月则气大寒矣。若无衣无褐，何以度此岁末？故皆备衣以迎新年也。至正月新年一过，则修理农具。二月则开始耕作，我妇我子送饭至田间，以供我等在工作间就食。田大夫来，见众皆为耕作而忙，乃极欣喜。

按：于耜，毛传："始修末耜也。"朱传："于，往也。耜，田器也。于耜言往修田器也。"马瑞辰云："于，犹为也。为与修同义。于耜即为耜也，为耜即修也。"按于之为词，属于助字。如"于归""于飞"，"于"字本身无义，与下一字动词合为一义。"于归"即归之动态，"于飞"即飞之动态。其"于"字下接名词而用为动词者，如《大雅·江汉》"于疆于理"，本篇之"于耜""于貉"皆然。"于"字但助下一字，使成动态，本身不必另具某义，如训"往"，训"为"也。故"于耜"则"耜"即成动词，"于"助"耜"成一动态之义，亦即若所谓"为耜"之义，即对耜加以整理备用也。愚意对"于"字如此多作解释者，因感于"于"字必须有一"准确之用法"，不宜若在"于归"则"于"训"往"，在"于耜"则"于"训"为"，"猃狁于夷"则"于"训"是"（王引之说），则皆是视"于"字在句中所需之义为训。然则"于"字全无本义矣。愚意以为"于"字在一动词之上，或一名词之上，或一名词而用为动词之时，"于"字但为一助成动态之助动词，不必另寻其义也。下文第四章"于貉"、第七章"于茅"同此。


七月流火，九月授衣。春日载阳，有鸣仓庚。女执懿筐，遵彼微行，爰求柔桑。春日迟迟，采蘩祁祁。女心伤悲，殆及公子同归。

载，始也。◎阳，温和也。

仓庚，鸟名，黄鹂也。

懿筐，深筐也。

遵，循也。◎微行，小径也。

柔桑，穉桑也。蚕始生宜穉桑。

迟迟，舒缓貌。春日渐长而日暄，故云迟迟。

蘩，白蒿也。所以生蚕。蚕生未齐，未可食桑，故以此白蒿啖之也。◎祁祁，众多貌。

殆，近词。◎及，与也。◎公子，豳公子也。◎末二句言将与豳公子同归，女思自己之终身，已许嫁公子，将归其家，则远父母，故而悲也。

第二章，细写春日女采桑蘩之情状。仍以"七月流火，九月授衣"为章首，盖承上章而为起势。上章言天寒备衣卒岁，此章专言女功，故再言流火授衣。然后叙女于春晴日暖黄鹂飞鸣之美景中，手执深筐，循小径而行，寻取柔嫩之穉桑小叶。此时春日暄暖，日上迟迟，昼长风软，心气和畅，乃采白蒿甚多，以食初蚕。然食蚕为得丝，得丝为制衣。制衣为谁？为己制，亦为公子制。备嫁而用也。盖已许嫁豳公子矣。今秋衣成，将嫁与公子，同归其家，而远自己之父母矣。故亦不免伤悲也。此章始写采桑之状，复写采桑之情，由景物之美，忽及女心中所怀之事，婉转变化，极尽其曲折之妙。

七月流火，八月萑苇。蚕月条桑，取彼斧斨。以伐远扬，猗彼女桑。七月鸣鵙，八月载绩。载玄载黄，我朱孔阳，为公子裳。

萑，音丸。萑苇即芦苇。八月收芦苇，以备来年用为曲簿。曲簿，养蚕之具也。

蚕月，养蚕之月。◎条桑，条取桑枝，以采其叶也。

斨，音枪。斧之属。斧受柄之孔椭者曰斧，方者曰斨。

远扬，谓远处扬起之枝。

猗，美盛貌。◎女桑，桑小而条长者，不可条取，取其叶而存其条枝。

鵙，音决，伯劳也。

载，则也。◎绩，纺也。

◎玄，黄，染丝之色也。

孔，甚。◎阳，明也。◎我朱孔阳，言我所染之朱色甚为鲜明。

为公子裳，以供公子为裳。

第三章，复承前二章无衣之意，故仍以七月流火起，而继言八月萑苇。收萑苇者，备明年为曲簿用以养蚕也。养蚕所以制衣，是承无衣之意。于是乃言蚕月条取桑叶，取斧以伐远枝。小桑不可条取，但采其叶，而存其条。故女桑能猗然盛美也。蚕事既备，至七月伯劳鸣后，则八月麻熟而可绩之时。绩成之物，乃染为玄，染为黄，而尤以我所染之朱色，最为鲜明。此则可以供上，以为公子之裳也。


四月秀葽，五月鸣蜩。八月其获，十月陨蘀。一之日于貉，取彼狐狸，为公子裘。二之日其同，载缵武功。言私其豵，献豣于公。

秀，不荣而实曰秀。◎葽音腰，草名。

蜩，音条，蝉也。

陨，堕也。◎蘀，草木皮叶落地也。

貉，音贺。兽名。◎于为助词，于貉即猎貉。

同，会同也。谓冬猎大合众人而行之也。

缵，音纂。继也。功事也。田猎所以习武事，故云。

私，私有之也。◎豵，音宗，豕一岁者曰豵。此谓兽之小者，获则收为私有之用。

豣音肩，三岁豕也。◎公，豳公也。

第四章，主写冬猎之事，而先由"四月秀葽"叙至"十月陨蘀"，意谓自四月至十月间，收获已毕，蚕事已完，冬衣已授，然犹恐其不足以御寒，故于十一月田猎取狐狸为公子裘。十二月无事，则大会合田猎，取豕以为度岁之肴。而兼于冬日之暇，习武事而继先人之功。言能武事以卫国，守先人之功德也。于是获小豕则自收之，获大豕则献之于豳公，亦爱上之无已也。

按：其同，郑笺云："君臣及民，因习兵俱出田也。"马瑞辰以为：同，会合也，谓冬猎大合众也。较笺说为长。


五月斯螽动股，六月莎鸡振羽。七月在野，八月在宇，九月在户，十月蟋蟀入我床下。穹室熏鼠，塞向墐户。嗟我妇子，曰为改岁，入此室处。

斯螽，虫名。◎动股，股动磨翼而发声也。

莎，音莎，莎鸡，虫名。◎振羽，振羽而作声也。

七月在野，言虫在野。此指下文十月蟋蟀入我床下之蟋蟀。

宇，檐也。谓蟋蟀八月在屋檐之下。

户，门也。◎九月在户，言蟋蟀迁地避寒，九月乃至门户间。

十月蟋蟀入我床下，避寒依人，故入床下。

穹，音穷，穴也。窒，音质，塞也。穹窒者，塞屋中之穴洞，免入寒风，免有藏鼠也。◎熏鼠，以烟火熏鼠穴，使不能藏于其中。此二者当先熏鼠，鼠去而后窒穴。

向，向风之方向，北向之窗牖也。冬季北风凛冽，塞北窗以防寒。◎墐音谨，以泥涂物也。庶人筚户，风寒可透入，以泥涂于户，则御寒。

曰，发语词。◎为，将也。言将改岁也。

第五章，写岁暮准备度岁迎新，而先自五月斯螽动股说起。盖由虫之动，见季候之变，迤逦道来，使人但觉渐至天寒岁暮，笔法极妙；而亦承首章"七月流火，九月授衣"之御寒之义。言五月斯螽动股而鸣，虫始鸣也。六月则莎鸡振羽而鸣。至七月则蟋蟀鸣于野，秋气至矣。八月则蟋蟀在檐下，以野渐凉则迁近人之处。九月则更迁于户间，十月则入于室而在床下矣。次第写来，但觉凉气渐侵，而虫声入室。十月之后，一之日，二之日寒风凛冽，乃熏鼠塞洞，塞北窗，墐荜门，使屋舍得以保暖。共妇及子，入此温暖之室，以度岁暮，而迎新春也。前四章主言衣，此章主言住。

按：斯螽，毛传："蚣蝑也。"朱传以为即蟋蟀。或谓即《周南》之螽斯。未知孰是。莎鸡，毛传："莎鸡羽成而振讯之。"

未作他辞。朱传以为即蟋蟀。

六月食郁及薁，七月亨葵及菽。八月剥枣，十月获稻。为此
春酒，以介眉寿。七月食瓜，八月断壶，九月叔苴，采荼薪
樗，食我农夫。

> 郁，唐棣之属。薁，音郁，蘡薁也，俗谓之野葡萄。
>
> 亨，同烹。◎葵，菜名。◎菽，音叔，豆也。
>
> 剥，击也，使落也。
>
> 春酒，冻醪也。冻时酿之，新春饮之也。
>
> 介，助也。◎眉寿，高寿也，高年每有豪毛秀出者曰毫眉。
>
> 壶，瓠也。断壶谓断蒂取瓜也。
>
> 叔，拾也。◎苴，音趋，麻子也。可供菜羹。
>
> 荼，苦菜也。◎樗，音枢，恶木，采以为薪也。
>
> 食，音嗣。以物与人以供其食。
>
> 第六章，写农圃饮食之事。言六月食郁及野葡萄，以其时
> 此两物正熟也。七月则葵及豆可食矣。八月可以择枣而食，十
> 月则稻收成矣。稻刈之后，农事已毕，乃为冻醪，备新春之饮，
> 诸事具备，但祈福矣。故饮酒互祝，以助成高寿也。以上农之
> 事也。七月可以食瓜，八月可以取瓠，九月可以拾麻子，然后
> 采荼菜，采樗为薪，以食我农夫。是见足食无馁也。以上是圃
> 之事。前五章主言衣与住，此章主言食。

九月筑场圃，十月纳禾稼。黍稷重穋，禾麻菽麦。嗟我农夫，
我稼既同，上入执宫功。昼尔于茅，宵尔索绹，亟其乘屋，

其始播百谷。

春夏为圃，至秋冬则以为场。场是收获之地。筑场圃者，筑场于原来之圃也。

禾，谷连藁秸之总名。禾之秀实而在野曰稼。

重，音虫。穋，音露。先种后熟曰重，后种先熟曰穋。

同，聚也。◎我稼既同，言稼已收聚完毕。

上入，上而入于都邑。◎执，作也。◎宫功，豳公宫室之事也。

尔，语词。◎于，助词。于茅，治茅草之事。于茅之语法与前于耜于貉同。

宵，夜也。◎索，搓制也。◎绹，音陶，绳也。

亟，急也。◎其，语词。◎乘，覆也。乘屋，以茅覆屋顶。

其，将然之词。◎末二句言所以急覆屋者，以来岁即将又播谷也。

第七章，写农事之余，则服劳役执宫功。言九月则筑圃为场矣。十月则纳禾稼于场矣。其所获者，有黍、稷、重、穋、禾、麻、菽、麦，皆收获毕事矣。我等所获既聚而藏之矣，则农事已毕，乃入都邑而作豳公宫室之事，是为国服劳役也。昼则治茅草之事，夜则搓制绳索。急完成以茅覆屋之事，因不久即将又播谷耕种也。

按毛传："绹，绞也。"朱传："索，绞也。绹，索也。"义相违。《经义述闻》以为：索，搓制也；绹，索也。今采之。

二之日凿冰冲冲，三之日纳于凌阴。四之日其蚤，献羔祭韭。九月肃霜，十月涤场。朋酒斯飨，曰杀羔羊，跻彼公堂。称

**彼兕觥，万寿无疆！**

> 冲冲，凿冰之声也。
>
> 凌阴，藏冰之室也。
>
> 蚤，早朝也。
>
> 献羔祭韭，用羔羊韭菜献祭，然后开冰室也。
>
> 九月肃霜，气肃而霜降也。
>
> 十月涤场，言场事已毕，涤而扫之。
>
> 朋酒，朋侪为酒。◎斯，犹是也。◎飨，宴也。
>
> 曰，语词。
>
> 跻，音济，升也。◎公堂，学校也。
>
> 称，举也。◎兕觥，以兕角为爵也。

第八章，写藏冰饮酒之事，而结于祝公之万寿，亦见忠爱之心也。言十二月冰结最厚，冲冲凿之。正月藏于凌阴。及二月早朝，献羔羊韭菜以为祭，然后开凌阴而始取冰用之。用冰之日，则气暖也。由春至秋之事，前各章已言之，故不再叙。乃云九月霜降而气肃，十月则场事已毕，涤扫场地而无事矣。于是设朋酒以飨宴，杀羔羊以为肴。登彼学校之堂，举其兕觥，祝公万寿无疆。

按：朋酒，毛传："两樽曰朋。"《正义》云："此言朋酒，则酒有两樽。故言两樽曰朋。"朱传引《仪礼·乡饮酒礼》："两尊壶于房户间是也。"姚际恒云："殷世质朴，不知已有此礼否？而邠民尤处田野，亦未必备设两樽。其云朋酒，当是朋侪为酒，乃岁时伏腊，田家作苦之意耳。"颇为可取。

公堂，毛传："学校也。"姚际恒云："公堂毛传谓学校，近是。

盖殷曰序，豳公国中亦必有之。农人跻堂称觥，以庆君上，非必至豳公之堂也。"按此说近是。若豳人称觥庆上，千万人皆至豳公之堂，似非常情；假学校公家之堂相聚，称觥以祝，则甚合理也。假学校相聚者，如今日假学校礼堂以为聚会之所，以其场地能容纳群众之集会也。

按《诗序》云："《七月》，陈王业也。周公遭变，故陈后稷先公风化之所由，致王业之艰难也。"朱传从之，稍易其作诗之原因谓："周公以成王未知稼穑之艰难，故陈后稷公刘风化之所由，使瞽矇朝夕讽诵以教之。"两说与诗之内容既不能合，又毫无根据。朱传疑之，而又不得合理之说，乃又想出"周公以成王不知稼穑之难"之理由，实距事实更远。吾人于此诗中丝毫未见有周公痕迹。由首至尾，但为生活情状而已。当是豳人自咏生活之诗，就事论事，自属无疑，何以必在文外寻题？此《诗序》之大弊也。而朱传往往不敢不从者，以其题目甚大也。《豳风》多言周公之事，而此诗无之，是纯属诗人平居之作。其中凡鸟语虫鸣，草荣木实之象；妇子入室，茅绹升屋之俗；养老慈幼，跻堂称觥之乐；田官狩猎，藏冰祭献之制；采桑绩染，播谷纳禾之事；春日秋霜，冬寒卒岁之情，无不俱备。真为田家乐居之活动图画，情词并茂，景物生动，若在眼前，诚真善且美之文也。若以陈王业释之，则索然无味矣！

# 鸱鸮

此周公述志之诗也。


鸱鸮鸱鸮，既取我子，无毁我室！
恩斯勤斯，鬻子之闵斯。

迨天之未阴雨，彻彼桑土，绸缪牖户。
今女下民，或敢侮予。

予手拮据，予所捋荼。
予所蓄租，予口卒瘏，曰予未有室家。

予羽谯谯，予尾翛翛。
予室翘翘，风雨所漂摇，予维音哓哓。

**鸱鸮鸱鸮，既取我子，无毁我室！恩斯勤斯，鬻子之闵斯。**

鸱，音池。鸮，音萧。鸱鸮，恶鸟，攫鸟子而食者也。◎此诗为鸟言以自比，言鸱鸮鸱鸮者，呼其名而告之也。

既取我子，无毁我室，指鸱鸮而言，谓汝既取我子而食，勿得再毁我之巢。以此比武庚既败管蔡，不可更毁我周室也。

恩，爱也。◎勤，笃厚也。◎斯，语已词。

鬻，稚也。◎闵，怜闵也。

第一章，自托为鸟之爱巢者，呼鸱鸮而谓之曰："鸱鸮鸱鸮，尔既取我之子矣，勿更毁我之巢也。"以比武庚既败管蔡，不可更毁我王室也。继言："以我情爱之心，笃厚之意，以养护稚子，甚为不易，稚子诚可怜闵也。"稚子以比成王，盖示周公摄政为爱王护王之意，以其年幼可闵，故不得不如此也。

**迨天之未阴雨，彻彼桑土，绸缪牖户。今女下民，或敢侮予。**

迨，及也。

彻，取也。◎桑土，桑根也。

绸缪，音俦谋，犹缠绵，多缠紧绕之谓也。鸟巢以草或细根等纠缠而成，故曰绸缪。◎牖户，本为窗门。此指鸟巢通气出入之处。

女读为汝。◎下民，巢下之人。喻治下之臣民也。

或敢侮予，言我勤苦如此，宁有敢欺侮我之人乎。

第二章，以鸟之为巢自比。言及天之未阴雨，先取彼桑根，将巢之通气出入之处，妥予纠缠紧绕，以防其拆散。今我之勤苦至于如此也，而汝下民，岂得尚有敢欺侮我之人邪？

予手拮据，予所捋荼。予所蓄租，予口卒瘏，曰予未有室家。

拮，音结。据，音居。拮据，手病也。◎谓手操作劳苦。

捋，音勒，取也。◎荼，萑苕也，可以藉巢者。萑苕即荻之穗也。

蓄，积也。◎租，聚也。

卒，尽也。◎瘏，病也。

曰，语词。以我未有家室，乃尽力而为之，故苦瘁如此。

第三章，仍以鸟之为巢作比。言我之手因操作劳苦而痛矣。因我取荻穗，用以藉巢。积聚劳苦，以至于此。于是我之口尽病矣。手既病，口亦病，勤苦极矣。所以如此者，以我无室家，故尽力而为之也。以喻王室之未固，故尽力以守而安之也。

按：拮据，毛传："撠挶也。"陈奂云："《玉篇》云：'拮据，手病也。'撠挶者即手病之谓；挶俗作撠。"此手病谓操作劳苦所致。后人取此义谓境况窘迫曰拮据。


予羽谯谯，予尾翛翛。予室翘翘，风雨所漂摇，予维音哓哓。

谯谯，音樵樵，杀也。杀，毛羽敝也。

翛，音消。翛翛，敝也。

翘翘，危也。

哓，音萧。哓哓，声也。恐惧告诉之意。

第四章，仍以鸟为比。言我之羽减少矣，我之尾敝矣。此皆为成我之室而致羽杀尾敝也。然我之室仍翘翘然危也，而风雨又从而漂摇之，故我恐惧而哀鸣也。自首章叙忧巢爱子之义，次第叙未雨绸缪之心，手口皆病，羽杀尾敝之苦。然为成其巢，安其室，保其子，固愿尽瘁也。

按：《诗序》曰："《鸱鸮》，周公救乱也。成王未知周公之志，公乃为诗以遗王，名之曰鸱鸮焉。"朱传云："武王克商，使弟管叔鲜、蔡叔度监于纣子武庚之国。武王崩，成王立，周公相之。而二叔以武庚叛。且流言于国曰：'周公将不利于孺子。'故周公东征二年，乃得管叔武庚而诛之。而成王犹未知周公之意。公乃作此诗以贻王。"此《尚书·金縢》之说也。《金縢》伪书，自不足信。徐察全诗，当是周公自述艰苦为国之诗，无以遗成王之意。可谓为周公述志之诗也。

# 东山

此东征之士，记归途及到家情状之诗。

我徂东山，慆慆不归。我来自东，零雨其濛。
我东曰归，我心西悲。制彼裳衣，勿士行枚。
蜎蜎者蠋，烝在桑野。敦彼独宿，亦在车下。

我徂东山，慆慆不归。我来自东，零雨其濛。
果臝之实，亦施于宇。伊威在室，蠨蛸在户。
町畽鹿场，熠燿宵行。不可畏也，伊可怀也。

我徂东山，慆慆不归。我来自东，零雨其濛。
鹳鸣于垤，妇叹于室。洒扫穹窒，我征聿至。
有敦瓜苦，烝在栗薪。自我不见，于今三年。

我徂东山，慆慆不归。我来自东，零雨其濛。
仓庚于飞，熠燿其羽。之子于归，皇驳其马。
亲结其缡，九十其仪。其新孔嘉，其旧如之何？

我徂东山，慆慆不归。我来自东，零雨其濛。我东曰归，我心西悲。制彼裳衣，勿士行枚。蜎蜎者蠋，烝在桑野。敦彼独宿，亦在车下。

徂，音殂，往也。◎东山，东方有山之地。指东征所至之地。

慆，音滔。慆慆，言久也。

零，落也。◎濛，细雨貌。其濛，犹濛然也。

曰，语词无义。◎我来自东，谓我由东归来。

我心西悲，由东归而向西，乃向西而兴悲也。

上曰衣，下曰裳。衣裳指常居之服，意谓脱去戎装也。

士，事也，从事也。◎行，音杭，阵也。◎枚，衔枚也。◎勿士行枚，言勿再从事于战阵而衔枚疾走也。

蜎，音娟，蜎蜎，蠕动之貌。◎蠋，音蜀，桑虫也。

烝，发语词，无义。

敦，音堆，团也。

亦，语助词，无义。

第一章，征人归来，叙行路之心情及状况。言我往东山，久久不归。今我自东归来矣，时正细雨濛濛而落。今我由东而归，我心西向而兴悲。盖家在西方故生感叹也。但自此时起，可制平居衣裳，脱去戎服，不再从事于行阵之中，衔枚疾走矣。行路之间，见彼桑野，蠋虫满树，于细雨飞洒之中，蜎蜎蠕动。此盖彼蠋之生存，固若是也。而我则在凉雨寒风之中，团团然独宿于车下，凄凉寂寞，是我今日之情况也。

按：亦，为语助词。见《经传释词》。

我徂东山，慆慆不归。我来自东，零雨其濛。果臝之实，亦施于宇。伊威在室，蟏蛸在户。町畽鹿场，熠燿宵行。不可畏也，伊可怀也。

臝，音裸。果臝，栝楼也，草药名，又名瓜蒌，果实似黄瓜而较大。其根亦入药，名天花粉。

施，音异，延也。◎宇，屋檐也。

伊威，虫名，又名鼠妇，委黍。节足动物，甲虫类，栖息于阴湿之处。

蟏，音萧。蛸，音梢。蟏蛸，长足小蜘蛛，俗名喜子。

町，音廷。◎畽，音湍，上声。◎町畽，舍旁之隙地也。以无人而鹿以为场矣。

熠，音翊。◎燿，音耀。熠燿，明不定貌，闪动之状也。◎宵行，喉下有光如萤之虫名。◎熠燿宵行，言宵行夜出，闪闪有光也。

不，词也。承上文之用。不可即可也。

伊，维也，常语也。

第二章，叙到家所见室庐荒废之状。仍以"我徂东山"至"零雨其濛"四句为章首。此惟起歌之形式，以下每章如此，再四重复之，既见情感，亦立风格。由"果臝之实"起为到家所见。言瓜蒌之果实，延伸至于屋，以无人管理而致也。伊威之虫，是栖息于阴湿之处者，而我屋中已有甚多，可见其室屋无人整饬也。而蜘蛛竟在门户结网，可见人出入之少也。至于房旁之隙地，已作为鹿常来游之场。夜间则宵行之虫，闪动其微光而飞舞，处处呈荒凉之景象。故曰可畏也！而可怀思也！可畏者，荒凉景象；可怀者，三年不见，故居乌得不怀？故虽荒废可畏，而仍爱而居之也。

按：不，词也。见《玉篇》。《经传释词》云："经传所用，或作丕，或作否，其实一也。有发声者，有承上文者。"本章"不可畏，即可畏也。盖本章所述归家所见各种景象，满目凄凉。征人远行，离家三年，见故舍如此，诚感离家甚久，家室荒废之可畏，非只景象之可畏也。如此将可畏之心情道出，方合于前述之景象。故"不"字当为语词。朱传不知据何本，改"不可畏也"为"亦可畏也"，盖同是此义。惟此"不"字固勿须改为"亦"，即得其义。朱文公固应知之，而不审何以竟改之也。

**我徂东山，慆慆不归。我来自东，零雨其濛。鹳鸣于垤，妇叹于室。洒扫穹窒，我征聿至。有敦瓜苦，烝在栗薪。自我不见，于今三年。**

鹳，音贯。似鹤而顶不红。巢水边高树上，以鱼介为食。◎垤，音迭。蚁冢，蚁所聚土而隆起者，有高大如冢者。

妇叹于室，言鹳好水，将阴雨则鸣，妇则以为行路于之外人，又将遇雨，故叹于室也。

穹，空隙也。◎窒，塞也。◎洒扫而塞室之隙也。待其夫之归而作准备也。

聿，音玉，助词也。聿至谓到家。

敦，音堆，团也。有敦即敦然，团团然也。◎瓜苦，即苦瓜。

烝，语词。◎栗薪，栗木为薪也。周土所宜之木，与苦瓜皆故乡微物也，故久不见则见而感深也。

第三章，叙妇待夫归之状，及到家见苦瓜栗薪之感想。言我于零雨濛濛中归来矣。其时鹳鸣于蚁冢之上，妇闻鹳之鸣，知又有雨矣。而念及行路之人，在雨中之苦，乃叹于室中也。又计算征人将于近日到家，故洒扫而又塞屋中之洞隙，稍作整饬，以迎归人。于是我归至家矣，见团团然之苦瓜，在彼栗薪之上，此两物皆我故乡盛产之物也，然我已不见之三年矣。今日乃又重见之，深感今日是真又回至我之故园矣，能不令人喜悦逾常邪！

按：栗薪，郑笺："栗，析也。"《释文》引《韩诗》作蓼。云："众薪也。"陈奂云："栗木为薪，故曰栗薪。"朱传云："栗，周土所宜木。"愚意以为栗薪与苦瓜两物，是触动归人感情之物，故此薪当非普通之薪，采朱传、陈奂之说。


我徂东山，慆慆不归。我来自东，零雨其濛。仓庚于飞，熠耀其羽。之子于归，皇驳其马。亲结其缡，九十其仪。其新孔嘉，其旧如之何？

仓庚，鸟名，黄鹂也。仓庚仲春而鸣，嫁娶之季节也。

熠耀，光闪动之貌。见首章。

之子于归，女归嫁也。说见《周南·桃夭》篇。

皇驳其马，马之黄白者曰皇。骊白者曰驳。骊音留，马之赤身黑鬣者。

缡，音离，祎也。又称蔽膝，又称大巾。佩之于前，可以蔽膝；蒙之于首，可以覆头。◎结缡谓母结其蔽膝之带。女婚时之礼也。

九十，言九种、十种。非实际数字，形容其多也。◎九十其仪，言其礼仪繁多。以上六句回忆往事。

新，谓新婚之时。◎孔，甚也。◎嘉，善也。

旧谓今日也。与上句之新为对文。不知旧之如何，盖相戏情好之语也。

第四章，归见其妇，喜而忆昔者结婚当日之事，因而以戏语调笑相乐也。仍以"我徂东山"为章首，言既归来矣，重见我妇。忆结婚之日，正仓庚飞鸣，闪耀其羽之时。当此良辰美景，女乃出嫁我家。喜仪行列，有黄白之马，有骊白之马，车服盛美，极为堂皇。当时母亲为女结缡之带，礼仪之多，无法尽述。"在彼新婚之时，新妇甚美且善，但不知历时已久，彼此已皆为旧人，今当如之何邪？"此久别重逢，喜而相戏之语，性情流露，如闻其声，如见其二人晤对相喜悦之情。洵至美之文也。

按：武王克商，使弟管叔蔡叔监于武庚之国。武王崩，成王立，周公相之，而二叔以武庚叛。周公东征，三年而毕定。此诗由其词观之，纯属从征之士，归来述怀之作。而《诗序》云："《东山》，周公东征也。周公东征，三年而归，劳归士，大夫美之，故作是诗也。"朱传竟谓是周公既归而作此诗以劳归士者，尤为令人诧异。审原诗首章写归来行路之心情，零雨独宿车下之状；二章到家所见萧条荒废之情况；三章述妇洒扫穹窒，迎候之心，及归见苦瓜栗薪，缅怀旧日之情感；四章见妇，回忆结婚当时，而作戏语。凡此种种，明为征人自道之语，岂有周公或大夫劳之而代其夫妇作戏谑之语者乎？

# 破斧

此豳人随周公东征之士，美周公伐罪救民之诗。

既破我斧，又缺我斨<sub>qiāng</sub>。
周公东征，四国是皇。
哀我人斯，亦孔之将。

既破我斧，又缺我锜<sub>qí</sub>。
周公东征，四国是吪<sub>é</sub>。
哀我人斯，亦孔之嘉。

既破我斧，又缺我銶<sub>qiú</sub>，
周公东征，四国是遒<sub>qiú</sub>。
哀我人斯，亦孔之休。

既破我斧，又缺我斨。周公东征，四国是皇。哀我人斯，亦孔之将。

斧，兵器也。破斧，言征伐之久，斧已破缺也。

斨，音锵，亦斧也。见《七月》三章。缺斨同上破斧义。

东征，参前《鸱鸮》《东山》二篇。

四国，商与管蔡霍也。◎皇，匡也，正也。

哀，怜也。哀我人，谓怜爱我人也。◎斯，语尾词。

将，大也。◎末二句言周公亲自东征，以救民而匡天下，其哀怜吾人之心，亦大矣。

第一章，东征之士，虽极劳苦，然见周公之为国而勤劳如此，乃美赞之。言我等东征既久，既破我之斧，又缺我之斨，固甚劳矣。然周公之东征，匡正四国，天下安宁。百姓重得康乐，其怜爱我人之心，亦甚美矣。

按：姚际恒云："四国，商与管蔡霍也。毛氏谓管蔡商奄非也。其时奄已封鲁矣。"

既破我斧，又缺我锜。周公东征，四国是吪。哀我人斯，亦孔之嘉。

锜，音奇，凿属。

吪，音讹。化也。

嘉，善也。

第二章，义同首章，换韵而重唱之。

既破我斧，又缺我銶，周公东征，四国是遒。哀我人斯，亦孔之休。

　　銶，音求，凿柄也。

　　遒，音酋，敛也。

　　休，美也。

　　第三章，义同前二章，再换韵而三叠之。

　　按：銶，毛传："木属曰銶。"马瑞辰云："《释文》引《韩诗》曰：'銶，凿属。'说文有梂，无銶。梂字注曰：'凿首。'凿首谓凿柄也。《广雅》：'梂，树也。'梂与柎同，柎亦柄也。凿柄以木为之，故传云木属。"

按《诗序》云："《破斧》，美周公也。周大夫以恶四国焉。"笺："恶四国者，恶其流言毁周公也。"揆其原文，是豳人随周公东征之士，赞美周公伐罪救民之诗。谓为周大夫之作，颇不类也。

# 伐柯

此是咏婚姻宜礼之诗。

伐柯如何？匪斧不克。
取妻如何？匪媒不得。

伐柯伐柯，其则不远。
我<ruby>觏<rt>gòu</rt></ruby>之子，<ruby>笾<rt>biān</rt></ruby>豆有践。

伐柯如何？匪斧不克。取妻如何？匪媒不得。

> 柯，斧柄也。伐柯，伐树木以为柄也。
>
> 克，能也。◎匪斧不克，言取斧之柄，非以斧不能为之也。
>
> 取，即娶。
>
> 匪媒不得，非从媒介绍，通二姓之言，不可得也。

第一章，言娶妻之必经媒妁，由"伐柯"言之，以为比。言如何能伐木以为斧柄邪？则非以斧为之不可得也。此谓事有必然之理也。然则我将娶妻当如何得之邪，非有媒妁为介不可也。

伐柯伐柯，其则不远。我觏之子，笾豆有践。

> 则，法则也。◎谓伐柯者，手执斧柄，伐取树木，以成斧柄。而其式样法则，即在手中。故云其则不远也。
>
> 觏，见也。◎之子，指新妇言。
>
> 笾，音边。竹器，形制如豆。古之礼器。用以盛物，祭祀燕享所用。◎豆，古之食肉盛器，木制，形若今之高脚杯，有盖，容四升。◎有践，犹践然。践，行列之貌。

第二章，写既娶初见之礼也。言伐树以取斧柄之事，其法则不远，就手中所执之旧柄之式样伐之，即得新柯矣。娶妻能有媒，亦若伐柯有固定之礼可循也。于是我乃依礼娶妇。于是见彼新妇于笾及豆排列有序之间。设笾豆者，成其同牢之礼也。此诗首章言娶妻必经媒妁，次章言我乃经媒妁而结婚，而行同牢共食之礼。是男子自咏婚礼之诗，显而易见也。

按：同牢言夫妇之同食。《仪礼·士昏礼》："御衽于奥，滕良席在东。"疏:"前布同牢席,夫在西,妇在东,示以阴阳交会有渐,故男西女东。"

按《诗序》云:"《伐柯》,美周公也。周大夫刺朝廷之不知也。"此直为猜谜,且亦不能合其谜面者。朱传则云:"周公居东之时,东人言此,以比平日欲见周公难。"距题尤为远甚。盖《豳风》多周公之事。说诗者于此诗,虽不稍见其涉于周公,亦不敢移其想法,必欲指为与周公有关之诗。乃以猜谜方式,强指为指某事而言。朱传则亦受此影响耳。反复审度,此诗与周公实毫无关系。其所言者,皆媒聘婚礼之语,当是咏婚姻宜合于礼之诗也。

# 九罭

此东人送周公西归之诗。

九罭之鱼，鳟鲂。
我觏之子，衮衣绣裳。

鸿飞遵渚，公归无所，
于女信处。

鸿飞遵陆，公归不复，
于女信宿。

是以有衮衣兮，
无以我公归兮，
无使我心悲兮。

九罭之鱼，鳟鲂。我觏之子，衮衣绣裳。

罭，音域。九罭，缕罟，小鱼之网也。

鳟，音忖，赤目鱼也。鳟鲂皆鱼之美者大者。

觏，见也。◎之子指周公言。

衮衣，九章之衣。一曰龙，二曰山，三曰华虫，雉也，四曰火，五曰宗彝，虎蜼也。皆缋于衣。六曰藻，七曰粉米，八曰黼，九曰黻，皆绣于裳。天子之龙，一升一降。上公但有降龙。以龙首卷然，故谓之衮也。

第一章，东人见周公也。言有九罭之小网，不当网鳟鲂。以喻周公之大，此下土小国不宜久留周公也。我见周公，着衮衣绣裳，上公之服，诚令人钦敬仰慕，而亦知其不能留于此也。

鸿飞遵渚，公归无所，于女信处。

遵，循也。◎渚，小洲。

所，处也。处，止也。◎无所，犹言不止。谓不止处于东也。

于，犹与也。◎女读为汝，谓周公也。◎信，再宿曰信。◎处，止也。◎言与汝再宿而止处，不舍之义也。

第二章，公将行，东人不舍之义。言鸿飞循渚而去，喻公之将归也。今公将归而不止于我东国矣。我等无挽留之策。惟与汝再宿而处，以惜别也。

鸿飞遵陆，公归不复，于女信宿。

高平之地曰陆。

复，返也。

宿，犹处也。

第三章义同二章，易前二句句尾而叠之。

## 是以有衮衣兮，无以我公归兮，无使我心悲兮。

是，此也，指东国，言因周公之东征，而东国得有服衮衣之人。

无以我公归兮，言勿使我公归也。希冀之语。

无使我心悲兮，言我公不归，则我心不悲，希其不归，免我心悲也。

第四章，惜别之语也。言此东国能有服衮衣之人，诚大幸矣。希望勿使周公归，希望勿使我之心悲。因公归则我悲，公留则我即不悲矣。

按《诗序》云："《九罭》，美周公也。周大夫刺朝廷之不知也。"谓与《伐柯》一章同旨，其不可取，不必多议。朱传云："此亦周公居东之时，东人喜得见之而言。"然朱传于次章明言东人闻成王将迎周公；三章明言将留相王室而不复东来；四章明言人有愿其且留于此，无遽迎公以归，归则将不复来，而使我心悲。然则为惜别之辞，朱传已自明言之矣。何以又言"东人喜得见之而言"？足见其多取曲折，而反失其旨也。

此诗当是东人送周公西归之诗，而豳人于归后传之，故入《豳风》也。

# 狼跋

此豳人美周公之诗也。

狼跋<sup>bá</sup>其胡，载疐<sup>zhì</sup>其尾。
公孙硕肤，赤舄<sup>xùn</sup>几几<sup>xǐ</sup>。

狼疐其尾，载跋其胡。
公孙硕肤，德音不瑕。

狼跋其胡，载疐其尾。公孙硕肤，赤舄几几。

跋，足蹋之也。◎胡，颔下悬肉也。

载，则也。◎疐，音至，通踬，跲也。跲，碍也

公，周公。◎孙，音逊，让也。◎硕，大也。◎肤，美也。

舄，音昔，屦也。赤舄，冕服之屦。◎几几，安重貌。

第一章，以狼之跋前疐后，兴起周公遭谤之义，而能处之不失其常。言老狼颔下悬肉，前行则足蹋其肉，而退则踬碍于其尾。此动则得咎矣。然周公则虽遭流言之变，而能降挹谦逊，乃能安然自得。盖以其硕德美行有以致之。故仍赤舄盛美，虽遭大故，而安重如常，不失其度也。

狼疐其尾，载跋其胡。公孙硕肤，德音不瑕。

瑕，疵病也。◎德音，声誉也。参前《郑风·有女同车》。言声誉无瑕疵也。

第二章，义同上章。颠倒二句之法以换韵。以德音不瑕为结，成二叠之唱，辞态俱美。

按《诗序》云："《狼跋》，美周公也。周公摄政，远则四国流言，近则王不知，周大夫美其不失圣也。"然此未必为周大夫作，亦幽人所作也。